The Dreamer

기억의 향수

향 기 를   따 라

진노랑 지음

The Dreamer

기억의 향수

향 기 를 따 라

바른북스

추천사

헤어짐은 또 다른 시작이다. 먼저 떠난 가족이 남긴 따뜻한 위로와 격려로 남은 이들의 관계가 새롭게 변화되는 과정을 아름답게 푼 소설입니다. 어둠이 있어야 빛이 보이듯이, 갈등을 겪었기에 서로의 소중함을 절실히 깨닫게 되는 내용이 마음속 깊이 와닿습니다.

– 지승헌(한의사)

장면이 그려지는 섬세한 묘사가 이 작품의 매력이고, 등장인물에 대한 개개인의 성향을 잘 묘사하여 줄거리 전체의 균형을 유지하고 있습니다. 가족 구성원들 간의 갈등 관계를 향수라는 특이한 재료를 통하여 해소해 나가는 방식이 매우 인상적입니다.

– 김현수(변호사)

시각이나 청각 못지않게 후각이 어떤 기억에 영향을 미칠 수 있다는 점이 새롭게 다가왔습니다. 향수로 사람이나 특별한 경험을 기억하고 떠올린다는 관점이 신선해서 읽는 내내 다음 에피소드가 궁금해졌던 책입니다.

– 조태옥(세종식품연구소 소장)

글을 읽고 난 후 가족 간의 관계나 사랑을 다시금 되돌아보게 하는 작품입니다. 작가가 독자들에게 전달하려는 메시지가 분명하여 읽으면서 공감하는 부분이 많았습니다.

– 김세건(강원대학교 교수)

　점점 각박해지고 자기중심적으로 변하는 시대에 살고 있는 현대인에게 향수라는 매개체를 통해 또 다른 향수를 불러일으키는 기발한 발상이 이 소설만의 특징이라 할 수 있겠습니다.

– 박석조(세무법인 대영 대표 세무사)

　'향수'라는 물건으로 사별한 가족의 향수를 불러일으키는 따뜻한 소설입니다. 판타지적 요소가 가미되어 있지만 가족 간의 현실적인 갈등을 다룬 소재로 누구나 쉽게 공감할 수 있습니다.

– JAE

　가볍게 읽기 좋은 작품입니다. 은근히 이야기 속으로 빠져드는 마법이 글 속에 숨어있습니다. 한 번 잡으면 다음 내용이 궁금해서 끝까지 읽는 데 많은 시간이 걸리지 않았습니다.

– 한마음

목차

추천사 … 4

프롤로그 … 8

여우비 … 10

The Dreamer … 31

메이비 베이비 … 54

남겨진 사람들 … 84

1주기 … 115

화이트 머스크 … 146

복숭아 … 176

국화꽃 향기 … 214

초코 바나나 … 245

초록 내음 … 278

시간의 위로 … 310

에필로그 … 354

감사의 글 … 366

프롤로그

어둠 속에서 무언가 반짝거렸다. 깜깜해서 아무것도 보이지 않는데도 왠지 마음은 편안하게 느껴지는 것이 익숙한 공간 속에 와있는 것 같았다. 또다시 반짝, 이제는 포근한 향기도 나는 것 같다. 어디선가 맡아본 향기, 그런데 늘 나와 함께 내 주변을 맴돌았던 것처럼 너무나도 편안하고 친숙한 그 느낌. 불빛보다 향기에 집중을 할 때쯤 또 한 번 반짝, 반딧불이처럼 조금은 희미하고 여린 연녹색 불빛이 잠깐 보였다 다시 사라졌다.

'이게 뭐지… 여기는 어디야…?'

저 불빛의 정체에 대해 고민하는데 어디선가 나를 부르는 것만 같다.

'어때, 이제 괜찮지?'

웅얼거리는 소리 때문인지 아득하게 느껴지는 목소리가 들려왔다. 어디선가 들어본 목소리, 내가 아는 사람인 것 같은데… 갑자기 들려온 따뜻한 목소리에 왠지 모르게 눈물이 날 것만 같았다. 조금만 더 내게 말을 걸어주면 알 것 같은데… 한 번만 더…

"너의 향기가 날 이끌어~."

갑자기 너무 선명하고도 시끄럽게 울려대는 소리에 눈이 번쩍 뜨였다. 아, 꿈이었구나.

눈물이 날 것만 같았던 꿈속에서처럼 눈 속에는 조금만 더 있었다면 눈물을 쏟아내기 시작했을 정도로 눈물이 한가득 고여있었다. 계속해서 큰 소리로 노래를 부르는 알람 소리에 누워있는 그대로 머리맡 주변으로 손을 뻗어 스마트폰을 찾았다.

"아… 이 노랫소리 때문에 그랬나… 알람 소리를 바꾸든지 해야지. 좋아하는 노래가 알람이면 기분 좋게 일어날 수 있을 줄 알았더니 오히려 일어날 때부터 들으니 싫어지려고 하네."

더듬더듬, 손으로 휴대폰을 잡아 알람을 끄고 조금 더 누워있었다. 지금 일어나야 정신없이 바쁠 오늘 스케줄에 늦지 않고 시간을 맞출 수 있다는 것을 알았지만 조금만, 조금만 더 누워서 아까의 그 꿈을 떠올려 보고 싶었다.

'반짝이던 건 뭐였을까… 그리고 그 목소리는 누구였을까…?'

침대 위에서 뒤척이며 꿈에 대해 생각해 보았지만, 딱히 다른 단서들이 떠오르지 않아 결국 그만두고 일어나 세수를 하러 갔다.

무언가를 잊어버린 듯한 느낌으로 시작한 오늘, 사소한 것 하나도 빠짐없이 챙기고 체크해야 할 것들이 한가득인 대망의 이삿날이었다.

1.

여우비

제주국제공항 도착. 분명 방금 전까지 공항의 통유리 창 너머로 햇볕이 쏟아져 내리고 있었는데 갑자기 우중충한 잿빛 구름이 몰려들더니 비가 한 방울씩 떨어지고 있었다. 평일 오후여서인지 비교적 여유 있는 공항 안에서 탑승 게이트 주변 의자에 앉아 또다시 오늘 아침의 꿈에 대한 생각으로 빠져들고 있었다.

'오후 1시 15분, 피치에어 PH3256편 탑승 승객분들께 안내 말씀드립니다. 항공사 내부 사정으로 인해 탑승 게이트가 기존 게이트 5번에서 게이트 9번으로 변경되었습니다. 오후 1시부터 탑승 수속을 시작하오니 변경된 게이트로 와주시기 바랍니다. 다시 한번 안내 말씀드립…'

'오후 1시 20분, 플라이제주 JJ0423편 승객분들께 안내 말씀드립니다. 이제 곧 탑승을 시작하오니 탑승하시는 승객분들은 게이트 12번

으로 와주시기 바랍니다. 다시 한번…'

"선배님, 선배님! 무슨 생각을 그렇게 하고 계세요."

누군가 시연의 어깨를 흔들며 소리치는 바람에 생각에서 빠져나왔다.

"인사드려도 못 들으시고, 탑승 안내방송도 못 들으셨죠? 무슨 일 있으세요?"

"아, 유진아… 미안해. 잠을 좀 제대로 못 잤는데 아침부터 바쁘게 이사 마무리하느라 정신이 좀 없어서…"

어색하게 웃으며 후배 유진이에게 대충 둘러댔다. 비행을 할 때, 늘 긴장한 상태로 꼼꼼하게 체크하는 모습만 보다가 탑승 게이트 주변 의자에 멍한 상태의 손님으로 앉아있는 모습을 보니 많이 낯설고 걱정되었나 보다.

"어? 짐 많으실 텐데 면세점에서 뭘 이렇게 사신 거예요?"

"아, 서울 간다니까 사촌 동생들이 면세점에서 대신 사 와달라고 리스트를 보냈더라고. 내 생일 때도 그렇게 긴 장문의 카톡은 보내준 적 없으면서 이것들이."

향수며 와인이며, 이제는 제주도 특산물이 되어버린 인기 캐릭터의 제주에디션 열쇠고리와 블록, 각종 굿즈까지 양손으로도 버거운 꾸러미들을 어떻게 해야 할지 이제야 막막해졌다.

"선배님, 서울베이스로 발령받으셨는데 업무에는 얼마 있다가 복귀하시죠?"

"음… 글쎄… 짧으면 3개월, 길면… 중간에 본사에서 연락이 오지 않을까? 지금은 좀 쉬면서 기다려야 할 것 같은데?"

"제주베이스에 선배님까지 가시면 저 이제 누구랑 놀고, 누구랑 밥 먹어요~."

"그러게… 나도 네가 있어서 너무 든든하고 즐거웠는데 너무 아쉬워~. 연락 자주 할 거지? 나 이제 장기 휴가 같은 백수니까 귀찮게 해도 연락 차단하기 없기! 그나저나 어떻게 집 계약 시기가 딱 맞아서 다행이네. 집에 내 짐은 다 부치고 웬만큼 괜찮은 물건들은 몇 개 두고 왔어. 그리고 챙긴다고 챙겼지만, 나중에 혹시 내가 잊어버린 것 같은 물건 있으면 알려줘."

"네, 선배님. 선배님 아니었으면 진짜 길거리로 나앉을 뻔했어요. 계약기간 아직 남아서 자동 연장하려고 안심하고 있었는데 갑자기 집주인이 연장이 안 된다고 하셔서…"

"그러니까, 마음 놓고 있다가 갑자기 엄청 당황스러웠겠는데? 그래도 너랑 나랑 인연은 인연인가 보다, 서로가 필요한 순간 매번 타이밍이 딱 맞는 걸 보면?"

"선배님이랑 저는 운명이라니까요? 아, 선배님 이제 진짜 탑승하셔야 할 것 같아요."

탑승구 주변에 제일 먼저 앉아있던 시연은 가장 마지막 차례가 되어서야 김포행 비행기에 몸을 실었다.

항공사 '플라이제주'의 캐빈승무원으로 5년 차에 접어든 시연이 후배 유진이를 처음 만난 건, 3년 전 시연이 입사 2년 차에 제주베이스로 발령이 나고 첫 비행이었던 제주발 김포행 비행기 안에서였다. 평일 오전 이른 시간부터 하얀 반팔 블라우스에 검정치마, 검은색 구두와 헤어망으로 단정하게 머리를 올려 고정한 일명 승무원 머리를 한 손님들이 공항 안을 머물다 탑승을 이어가기를 반복하던 날이었다. 제주공항에 있다 보면 주기적으로 볼 수 있는 모습에 '항공사 면접 시즌인가 보다' 하고 대수롭지 않게 생각한 시연이 탑승 준비를 위해 오늘 비행할 항공기로 들어섰다.

"안녕하십니까, 어서 오십시오. 티켓 확인 도와드리겠습니다~."

"안녕하십니까, 어서 오십시오~."

승객분들의 탑승이 한창이던 도중 저 멀리서부터 얼굴에는 긴장한 기색이 역력한 채 쭈뼛쭈뼛 걸어오는 손님이 있었다. 항공사 공식 면접 복장이라고 불리는 하얀색 반팔 블라우스에 H라인 검정치마, 앞코가 둥근 검은색 구두에 깔끔한 검은 가죽 손목시계까지 착용한 모습으로 연신 크게 심호흡하며 걸음을 떼는 모습까지 더해지니 꼭 몇 년 전 자신의 모습을 다른 사람의 눈을 빌려 보는 것만 같은 느낌이었다. 시연도 같은 경험을 했던 입장이라서 그런지 왠지 모르게 그 긴장한 모습에 동화되어 자꾸만 그 손님에게로 눈길이 갔다.

모든 승객이 탑승을 완료하고 기내 안내방송을 시작하며 비상탈출구의 위치와 구명조끼의 위치, 사용 방법, 산소마스크 착용법 등을 기내 방송에 맞춰 복도에서 시연하는 도중 아까 그 손님과 눈이 마주쳤다. 창가가 아닌 복도 쪽 좌석에 앉은 손님은 경직된 모습으로 탑승하던 모습과 달리 시연의 움직임을 단 한 순간도 놓치지 않겠다는 진지한 눈빛으로 뚫어져라 시연의 행동 하나하나를 눈에 담고는 중간중간 메모를 하기 시작했다. 선한 얼굴에 열정 가득한 모습을 보니 어느 항공사에 지원했는지, 첫 번째 지원인지 자꾸만 이것저것 궁금증이 생겨났다. 안전하게 이륙 후, 승객분들께 음료 서비스를 마치고 도착까지 잠시 여유가 있는 사이 시연은 아까 그 손님에게로 다가갔다. 가까이 다가서면서도 갑자기 말을 걸면 불편해하시지는 않을지, 그렇지 않아도 마음의 여유가 없으실 텐데 공연히 방해를 하는 건 아닌지 고민을 하던 찰나였다.

"저… 저기요…! 잠깐만…요."

"네, 손님. 무엇을 도와드릴까요?"

"아… 저기… 그러니까… 어… 안 불편하세요?"

"네? 죄송합니다만, 어떤 점이 불편하신지 자세히 여쭤봐도 되겠습니까?"

"아, 그, 그 신발이요. 어, 제가 오늘 사실 면접이거든요, 항공사 승무원이요. 개선사항 관련된 질문에 대해 고민 중이었는데요… 이전부터 궁금하기도 했었는데 좀 전에 보니까 치마에 높은 구두 신으시고도 짐도 올려주시고, 할머니 부축도 해주시고 하시던데…"

"아, 저희 승무원들이 착용하는 구두와 유니폼에 대해 말씀하십니까? 지상에서는 각자 기호에 따라 대게 5cm 이상 굽 높이의 구두인 램프화를 착용하지만, 기내에서는 혹시 모를 긴급 상황에 대비하고 안전한 서비스 제공을 위해 대체로 3cm 이하 굽 높이의 기내화를 착용하고 있어서 괜찮습니다. 또, 유니폼에 치마와 바지 모두를 채택하고 있는 항공사들이 많아지면서 요즘은 가벼운 운동화를 착용하는 타항공사들도 있습니다."

"아… 운동화… 유니폼에도 히든밴딩이 들어간 슬랙스 같은 편한 바지를 채택해서 거기에 가벼운 운동화까지 착용하면 활동하기 훨씬 편할 것 같아요. 교통약자 승객분들이 탑승하셔도 더 도와드리기 편할 것 같고요!"

아까보다 더 반짝반짝한 눈망울로 폭풍 메모를 이어가던 손님을 바라보다 그 열의에 함께 미소가 번지는 시연이었다.

"참, 혹시 실례가 안 된다면 오늘 면접 보신다는 항공사가 어디이신지 여쭤봐도 되겠습니까?"

"아, 실은 플라이제주… 여기 항공사요… 하하."

"오늘 캐빈승무원 면접 일정이 저희 항공사였나요? 중요한 날 이렇게 함께 비행할 수 있어서 기쁩니다. 아, 잠시만 기다려 주시겠습니까?"

손님과 이야기를 나누던 시연이 뭔가를 떠올리고 자리를 떠났다. 갤리로 들어가서 이것저것 무언가를 찾던 시연이 작은 지퍼백 안에 볼펜 몇 자루를 끼워 넣으며 나타났다.

"손님, 괜찮으시다면 이걸 좀 챙겨드려도 되겠습니까?"

손님에게 건넨 지퍼백 안에는 귀가 멍해지는 기압 차의 낯선 느낌 때문에 우는 어린 승객들을 진정시키고 기압 차 해결을 돕기 위해 준비해 둔 작은 사탕과 초콜릿, 그리고 플라이제주의 이름과 동백 마크가 함께 새겨진 볼펜이 들어있었다.

"예전에 면접장에서 옆자리 지원자에게 받았던 사탕으로 긴장을 푸는 데 많은 도움을 받았던 것이 기억나서 조금 준비했습니다. 손님께도 조금이나마 도움이 되어 다음번에는 함께 일하는 동료로 다시 만나 뵙고 싶습니다. 미리 잘 부탁드리겠습니다."

시연이 건넨 진심 어린 따뜻한 말과 작은 선물에 감동한 손님은 눈

주변이 빨갛게 달아올랐지만, 새벽부터 공들여 준비한 화장 때문에 열심히 눈물을 말려야 했다. 그리고 캐빈승무원에 지원했을 때부터 업무강도와 쉽게 방전되는 체력에 대해 걱정하던 주변 사람들의 말에 흔들리던 마음을 한순간에 다잡을 수 있었다. 이렇게 따뜻한 사람들과 함께 일할 수 있다면 아침, 저녁 각종 운동들을 섭렵해서라도 꼭 입사하고 싶다고.

　그날 그 손님은 우연이었는지, 운명이었는지 면접장에서 시연과 나눴던 대화들 중 일부였던 플라이제주의 유니폼에 대한 질문을 받게 되었고, 꼬리 질문으로 받은 유니폼 개선에 관한 내용을 편안하고 자세하게 이야기한 부분이 크게 작용하여 면접관들께 좋은 인상을 심어줄 수 있었다. 그리고 몇 달 후, 무사히 마친 수료식에서 윙과 함께 동백 마크와 이름이 새겨진 정식 명찰도 함께 받을 수 있었다.

　'캐빈승무원 한유진'

"아… 그때 그 선배님 이름을 알아뒀어야 하는 건데… 면접 생각에 긴장해서 입사만 하면 어떻게든 만나 뵐 수 있을 줄 알았는데 이렇게 많은 분들이 근무하시다니… 게다가 서울베이스에서만 근무하시는 게 아니라서 이건 뭐 어떻게 찾을 방법이 없네. 아, 회사 커뮤니티 대나무 숲? 이런 데에 올릴까? 어쩌지…"

　입사 후 1년 동안 유진은 새벽 출근과 스케줄 근무로 짜여진 일상 속에 점점 녹아들고 있었다. 장거리 비행과 고된 업무, 바닥난 체력이 때때로 유진의 발목을 잡으며 순간순간 나오는 맞지 않은 길인가를 고민하게 했지만, 그때마다 감동과 자신감을 주었던 비행기 안에서의 그 순간을 되뇌며 마음을 다잡았다. 유난히 힘든 날이면 혼자 승무원 찾기에 돌입해서 그날의 그 선배님을 몰래 찾아보기도 했지만, 1년이 다 되어가도록 한 번도 마주치지 못한 것에 점점 우울해져 갔다. 그러던 어느 날 제주발 국제선 노선 증가로 갑작스럽게 제주베이스로 발령을 받게 되었다. 그리고 제주베이스 발령 후 첫 비행 브리핑에서 운명처럼 다시 시연과 만나게 된 유진이었다.

딩-동.
"손님 여러분, 우리 비행기는 지금 김포국제공항에 도착하였습니다. 지금 시각은 오후 2시 10분이며, 기온은 섭씨 26도입니다. 귀한 시간 플라이제주와 함께해 주셔서 감사합니다. 안녕히 가십시오."

김포공항에 도착한 후, 일부러 기내에서 천천히 짐을 챙기며 기장님과 부기장님, 그리고 함께 일했던 선, 후배들과 간단히 인사를 주고받았다. 유진이는 제주에서의 첫 비행 브리핑 날 서로를 다시 만났을 때처럼 울망울망한 표정을 지어 보였지만, 이제는 선배의 위엄을 보여야 한다며 금방 다시 씩씩한 표정으로 시연을 보내주었다.
실은 서울베이스로 발령만 난 것이 아니었는데, 코로나로 인해 좀처럼 국제선 노선이 예전처럼 회복되지 않아 회사 차원에서 돌아가며 장기 휴가를 가고 있었고, 발령과 더불어 이번에 시연의 차례가 온 것이었다. 그로 인해 내일부터는 장기 휴가라는 이름의 그늘 아래에 있는 사실상 백수인 셈이었다. 전에는 스케줄 표를 받으면 오프인 날부터 체크하느라 바빴었는데, 이제는 근무하는 날만을 체크할 수 있을 만큼 눈에 띄게 비행 스케줄이 줄어들어 언젠가는 시연의 차례가 올 것이라는 걸 전부터 예상하고 있었다. 하지만 막상 현실로 다가오자 특별한 계획도, 정해진 기약도 없는 부담스러운 긴 휴가를 받아들이기가 더 막막하고 막연한 느낌이었다.

빵!

"언-니! 여기야, 여기!"

비상 깜빡이를 켜고 달려오던 흰색 중형 세단의 창문이 내려가더니 그 안에서 지호가 소리치며 서둘러 차에서 내리고는 바쁘게 트렁크에 짐을 실었다.

"언니~. 무겁지, 미안… 근데 이번 제주에디션은 못 참겠는 걸 어떡행~."

"지금껏 언니 생일 때도 그렇게 긴 카톡은 못 받아본 것 같거든? 너 제주에디션이야, 나야?"

"당연히! 제스… 언니지~ 그러니까 이렇게 마중도 나왔잖아~."

"나 말고 제주에디션 마중 나온 것 같은 기분이지만 일단은 알겠어. 어디, 우리 동생 얼굴 오랜만에 자세히 좀 보자~. 어, 너 머리 잘랐어?"

"응! 이제 슬슬 더워지는 것 같아서 기분 전환 삼아 이번엔 좀 짧게 잘라봤어. 어때?"

"이쁘네~. 잘 어울려. 진짜 제법 아나운서 느낌이 나는 것 같기도 하고?"

"아… 아직 아니야. 나 이번에도 또 카메라 테스트 완전 망쳤거든… 아 정말 그 카메라에 빨간 불빛만 들어오면 미친 듯이 긴장된다니까? 연습할 때는 그래도 그 정도까지는 아닌데 진짜 도대체 왜 그러지? 나 이거 진짜 안 맞나?"

"연습을 안 하는 것도 아니고, 연습한 결과도 점점 나아지는데 그건 대체 왜 그러지? 일단은 가면서 마저 이야기하자."

지호가 운전하고 온 차에 타서 그동안 어떻게 지냈는지, 점심은 뭐 먹었는지, 짐 정리하고 저녁은 뭐 먹을지 이런저런 이야기를 하다 보니 어느새 지호의 자취방에 도착했다. 분명 어제도 내내 카톡을 주고받다가 통화로 이어져 새벽이 되어서야 전화를 끊으면서도 자세한 건 내일 만나서 이야기하자고 한 말이 거짓은 아니었는지 둘의 대화는 끊이질 않았다. 시연은 부모님이 지내고 계시는 수원의 본가로 들어갈까도 생각했지만, 장기 휴가라고 해도 우선 서울베이스 발령이니 당분간은 서울에 있는 지호의 자취방에서 신세를 지며 집을 구할지, 본가로 들어갈지 결정하기로 했다. 당장 필요하지 않은 큰 짐들은 본가로 미리 보내두었고 지호의 자취방으로도 지내면서 필요한 물건들을 보내두었기에 차에서 옮겨야 할 짐들은 커다란 트렁크 2개와 지호와 민석이 부탁한 물건들, 가족들 생각나서 함께 구매했던 면세품들이 전부였다.

"다 옮겼다~. 이제 끝! 언니, 저녁 뭐 먹을까?"

"이제 3시 반인데 벌써 정해? 근데 왠지 조금 배가 허전한 것 같기도…?"

"그치그치? 그럼 일단 우리 카페인부터 주입하는 걸로! 아, 얼마 전에 당근으로 커피머신 데려왔지롱~. 언니 뭐 마실 거야? 말만 해, 내가 다 만들어 줄게."

두 번에 나눠서 짐을 옮기기에는 짐의 개수가 조금 애매하고 결정적으로 너무 귀찮다며 시연과 지호 모두 본인들이 들 수 있는 최대한의 힘을 발휘해서 짐을 한꺼번에 집안으로 옮겼다. 그 덕분에 둘 다 지쳐서 거실에 늘어진 채로 이야기를 나누다 지호의 말을 듣고 시연이 커피를 고르러 일어섰다. 작은 집이라 거실과 주방의 경계가 거의 모호한 탓에 엉금엉금 기어서 주방으로 간 시연이 커피 캡슐 통을 열어 뒤적였다.

"음… 나는…! 역시 아메리카노! 어? 뭐야, 캡슐은 아메리카노밖에 없는데? 다른 맛은 어디 있어?"

"실은 아메리카노밖에 없지롱~. 언니 맨날 아메리카노만 마시길래 다양한 맛 있는 척하고 일부러 물어본 거야. 히힛."

"아, 또 속았어. 아 진짜 유지호 아직도 저래. 근데 너 아까 타고 온 차, 작은아빠 차 아니지 않아? 쉐어링카는 아닌 것 같던데. 아, 작은엄마 차였나?"

맛있는 커피를 내려준다던 지호는 여전히 거실 바닥에 등을 맞대고 누워서 휴대폰을 보고 있고, 늘상 있었던 일이었던 듯 자연스레 시연이 이리저리 움직이며 커피머신에 물과 캡슐을 넣고 마실 컵을 찾아 헤매며 물었다.

"아, 그거. 그거 정환 오빠 차야. 지난번에 통화하다가 언니 마중 가야 한다고 했더니 오빠가 차 빌려준대서. 일 때문에 자동차 보험도 운전하는 사람 누구나 보장받는 젤 비싼 걸로 해뒀다던데?"

"진짜? 오… 정환 오빠는 잘 지낸대? 아, 그럼 차 다시 가져다줘야 하지 않아? 오빠 출장이랑 외근 많을 텐데…"

"응, 그래서 조금 있다가 전화해 보려고. 아! 지금 딱 전화 오네, 이 오빠도 양반은 아니야~."

여전히 거실 한가운데 누운 채로 시연과 대화하던 지호가 그대로 정환의 전화를 받았다.

"응, 오빠. 시연 언니랑 잘 도착해서 지금 우리 집에 있어, 그렇지 않아도 오빠 차 때문에 전화하려던 참이었는데 텔레파시~."

전화기 너머로 어렴풋이 정환의 목소리가 들려왔다. 내일 갑자기 출장이 잡혀서 오전 일찍부터 움직여야 하니 오랜만에 다 같이 밥도 먹을 겸 오늘 저녁은 시간이 어떤지 물어보았다. 퇴근 시간 무렵 정환이 서울로 넘어오는 것보다 지호와 시연이 퇴근 시간 전에 수원으로 갔다가 지하철을 타고 집으로 돌아오는 편이 훨씬 효율적일 것 같았다. 장소가 결정되자 시연과 지호가 내려놓은 커피를 텀블러에 옮겨 담아 양손에 들고 서둘러 다시 차에 올라탔다.

"네비 예상 시간 보면 늦어도 한… 5시 반쯤에는 도착할 것 같은데? 미현 언니도 오늘 온대?"

"음… 일단 정환 오빠가 전화해 보겠대. 언니 학원 스케줄이 요새 좀 유동적이래, 반에 코로나 확진된 학생 많으면 휴강하기도 해서 나중에 갑자기 보강이 잡히기도 한다던데?"

집안에서는 가장 큰누나와 큰언니를 맡고 있는 미현은 정환의 동생으로, 임용고시를 준비하다 몇 번 낙방하자 지금은 영어학원에서 중, 고등학생들을 가르치며 근무와 공부를 병행하는 중이었다. 공부에만 전념할 수 없는 상황이라 미리 수업 실연 준비를 하는 셈 치고 일하고 있지만, 돈을 벌며 공부를 병행하는 게 생각처럼 쉽지 않아 내심 고민이 많다.

전공이 외국어인 영어에다가 비전공자들도 어학연수를 다녀오는 마당에 미현은 어학연수를 가려고 알바하며 모아둔 돈까지 집안을 위해 내놓아야 했었다. 그 당시에는 선택지가 없었던 상황에서 내린 당연한 결정이었기에 이제 와서 후회하지는 않지만, 임용고시에서 떨어질 때마다 괜한 자격지심과 주눅이 드는 것마저 막을 수는 없었다. 그래도 금방 털고 일어나서 다시 웃으며 긍정적으로 생활하며, 주어진 상황과 환경 속에서 본인이 할 수 있는 일들을 찾아 열심히 다음을 준비하는 성격 덕분에 오빠와 동생들이 걱정과 고민이 있을 때 가장 먼저 찾는 대나무 숲이다.

"시연, 지호~. 오랜만이야. 우리 언제 마지막으로 봤지? 시연이 너는 이제 서울로 완전 온 거야?"

"언니~. 보고 싶었어, 못 본 사이에 더 예뻐진 것 같네? 나 이번에 서울베이스로 발령 나서 왔어. 발령이라고 쓰고, 장기 휴가라고 읽는 상황이지만?"

오랜만에 네 사람이 함께 모여 밥을 먹으면서 그동안 아껴뒀던 재밌는 이야기들, 화났던 이야기들을 서로 쏟아내며 웃고, 대신 화내주느라 시간이 힘껏 달리고 있었다. 그러다 문득 미현을 주려고 면세점에서 사 왔던 향수가 생각나 가방 속을 뒤지는 시연이었다.

"아, 맞다. 언니, 이거. 다른 거 사러 들렀다가 시향 해봤는데 뿌리자마자 딱 언니 생각나던데? 완전 언니 스타일."

"어? 튤립향이네? 그렇지 않아도 이 향기 항상 궁금했었는데! 파는 곳도 많지 않아서 시향 해볼 기회도 없고 그래서 잊고 지냈었는데, 역시 시연이 센스! 고마워~. 이 향은 앞으로 시연이를 기억하는 데 쓰일 것 같은데?"

"기억? 아, 지난번에 유튜브 클립 영상 보니까 향수로 만났던 사람이나 특별한 여행지를 기억하는 데 쓰는 연예인이 있기는 하던데."

"나도 그거 본 것 같아. 전에 특정한 시기에 즐겨들었거나 좋아했던 노래를 나중에 들었을 때 그 당시 상황이나 감정, 기분들이 떠오르는 듯한 느낌을 받았던 적이 있어서 청각이 기억에 많은 영향을 주는 것 같았거든? 근데 그 영상보고 나니까 의외로 청각만큼 후각도 기억에 영향을 많이 주는 것 같더라고. 가끔 외국에서 샀던 바디워시같이 향기 나는 제품을 한국 와서 다시 사용할 때 그날의 비행, 도착했던 목적지의 분위기, 인상 깊었던 손님들이 떠오른 적이 있었는데 그런 맥락인 건가?"

"오… 뭔가 굉장히 로맨틱한 기억법 같은데?"

시연이 선물한 향수 하나에 갑자기 향수와 있었던 일화들을 서로 늘어놓기 시작했다. 유명한 향이라며 추천받거나 인기 있는 향이라고 해서 온라인 구매를 감행했다가 실패한 이야기부터 다른 사람이 뿌렸을 때 향이 너무 좋아 물어보고 따라서 샀는데 본인에게는 좀 다른 느낌의 향으로 발향이 되는 바람에 집에서 먼지만 쌓이고 있다는 이야기, 인사만 하던 사람이 바꾼 향수 때문에 이미지가 달라져 보였다는 이야기까지 각양각색의 에피소드들을 나누면서 향기가 단순히 좋은 냄새만을 의미하는 것이 아닌, 어떤 이미지, 경험, 때로는 기억이 될 수 있음을 새삼 느낀 시연이었다. 저녁을 먹고 커피와 간단한 베이커리를 사 들고 근처 미현의 집으로 자리를 옮겨 조금 더 이야기를 나눴다.

앞으로의 계획이나 지금 하고 있는 일들의 고민들을 서로 나누다 며칠 뒤면 벌써 덕훈의 1주기가 다가온다는 것을 깨닫고 정확한 날짜를 다시금 확인했다. 시연의 큰아빠인 덕훈은 3년 전쯤 갑작스럽게 간암이 발병하여 2년여 동안 굳은 의지와 노력으로 힘든 투병 생활을 이어갔지만, 결국 작년에 가족들 곁을 떠나고 말았다.

덕훈이 가족들을 끔찍이도 아끼고 사랑했고, 가족들도 덕훈을 더없이 사랑하고 존경해 왔기에 갑작스러운 덕훈의 부재는 가족들의 마음을 뒤흔들고 일상을 엉키게 만들기 충분했다. 누구보다 가족들을 위했던 덕훈의 마음을 알기에 남겨진 가족들이 깊은 슬픔과 큰 공허함으로 오래도록 힘들어하는 것을 덕훈이 원하지 않으리라는 것 또한 알고 있었지만, 그가 차지했던 삶의 크기가 너무 컸기에 가족들은 생각처럼 쉽게 그 공백을 채울 수 없었다. 그래서 가족들은 무언가를 채우기보다 자기만의 방식대로 그저 모른 척 외면하며 채워지지 않는 공허함을 감추고 지내는 것을 선택했다.

덕훈의 1주기 제사 때 다시 만나자는 말을 끝으로 세 사람은 미현의 집에서 나와 집으로 향했다. 시연과 지호는 지하철을 타고 가는 내내 각자 음악을 듣거나, 유튜브를 시청했고 정환도 돌아가는 차 안의 적막을 채우기 위해 의미 없이 라디오만 켜둔 채 밤길을 달렸을 뿐이었다. 각자 무언가에 몰두한 모습이었지만, 마음은 모두 다른 곳을 향해있어서인지 영혼 없이 몸만 그 자리에 덩그러니 남겨져 있는 듯한 느낌을 주었다.

다 같이 저녁을 먹고 헤어진 후, 이틀이 지난 오후. 지호는 오랜만에 학교 친구들과 약속이 있다며 나갔고, 시연이 혼자 집에서 간단히 점심을 챙겨 먹고 정리한 후 이제 막 소파베드에 누워 뒹굴뒹굴할 참이었다. 좋아하는 음악을 틀까, 유튜브를 볼까 고민하며 탁자에 올려둔 휴대폰에 손을 뻗는 순간 갑자기 전화벨이 울렸다. 화면에 정환의 이름이 떠오르며 휴대폰이 계속 노래를 불러댔다.

"여보세요? 응, 오빠."

'시연아, 지금 혹시 바쁘니? 괜찮으면 나 좀 도와줄 수 있어?'

"지금 완전 여유롭지, 괜찮아. 무슨 일 있어? 급한 일이야?"

'아니, 의뢰인이 인감도장이랑 인감증명서 가져다주시기로 하셨는데 오늘 갑자기 제주도로 출장이 잡히셔서 곧바로 공항으로 출발하셔야 할 것 같다고 김포공항에서 만날 수 있냐고 하시는데… 나는 지금 천안이고 사무실 직원들도 다 외근 나가서 도저히 시간을 맞출 수 없을 것 같거든… 인감도장 때문에 우편으로는 보내기 싫으시다는데, 출장 다녀오신 다음에 받으면 받아놓은 다른 서류들 기한이 애매해져서… 진짜 미안한데 대신 좀 받아줄 수 있을까?'

"김포공항에서 인감도장이랑 인감증명서만 받아오면 되는 거지? 유효기간 3개월 내인지 확인하고? 그 정도라면 당연히 도와줄 수 있지! 그래도 나랑 시간이 맞아서 다행이네, 몇 시 비행기이신데?"

'4시 출발이시래, 그럼 의뢰인한테 네 이름이랑 연락처 전해드릴

게. 진짜 고마워.'

"별말씀을~. 아, 나한테도 의뢰인 성함이랑 연락처 보내줘. 혹시 공항에서 헤매거나 그러면 통화해야 할 수도 있으니까. 중간에 변동 사항 있으면 또 연락해 주고!"

시간이 아주 여유롭지는 않지만 다행히도 공항까지 지하철이랑 공항철도를 타고 가면 늦지 않게 도착해서 서류를 받을 수 있을 것 같았다. 며칠 전에도 다녀왔던 공항이지만 매일같이 출근하던 곳을 요즘에는 자주 가지 못해서 그런지 왠지 단어만 들어도 벌써 애틋한 느낌이 들었다. 공항을 생각하다 보니 혹시라도 중간에 변수가 생기거나 길이 막힐 수도 있어서 공항에는 무조건 미리, 일찍 도착해서 대기해야 한다는 강박감과 함께 승무원 시절 루틴이 시연을 서둘러 집 밖으로 내몰았다. 공항으로 가는 도중 오빠의 의뢰인과 통화를 하고 공항 안에서 만날 장소를 정했다.

공항 안 편의점 앞, 시연이 서두른 덕분에 약속 시간보다 일찍 도착해서 의뢰인을 기다리는 동안 편의점에서 캔커피와 에너지바를 사 왔다. 여행 가는 가족들, 출장 가는 사람들, 단정하게 유니폼을 입고 단체로 움직이는 승무원들 모두 너무도 익숙한 모습들이었지만, 오늘따라 어딘가 낯설게 느껴지는 모습들에 시연은 장기 휴가가 주는 무게의 부담감을 다시금 느끼게 되었다. 시연에게 공항은 언제나 설렘과 시작, 다음을 준비하는 공간이었기에 이렇게 자신만 멈춰있는 듯한 모습이 서글퍼졌다.

물론 일을 하면서 늘 기쁘고 즐거운 일들만 있었던 것은 아니었다. 타이트한 스케줄과 바닥난 체력 때문에 힘든 날도 있었고, 자신의 사소한 실수 때문에 손님의 여행을 망친 것 같아 속상한 마음에 잠을 이루지 못했던 날도 있었다. 하지만 그럼에도 불구하고 지금껏 캐빈승무원을 해올 수 있었던 것은 늦은 밤 비행, 갤리에 모여 동료들과 잠시 도란도란 이야기 나누며 함께 마셨던 커피 한잔의 따뜻함과 마음이 잘 맞는 동료들과 랜딩비어를 마시며 비행을 마무리했던 시간의 위안 덕분이었다. 물론 새벽녘 구름 사이로 조금씩 밝아오는 일출의 모습을 맞이할 때마다 느꼈던 벅찬 마음도 빼놓을 수 없었지만, 무엇보다도 다양한 손님들만큼 각기 다른 사연과 여정에 함께하며 즐거움과 설렘, 때로는 위로를 건네드릴 수 있었던 순간들이 남기고 간 포근함 때문에 버틸 수 있었다.

영원히 이어질 수 있을 것만 같았던 그 순간들이 누구도 예상치 못했던 뜻밖의 등장에 시간과 공간들이 멈춰가면서, 생각보다 길어지는 공백을 견디지 못하고 떠나는 동료들이 점차 늘어가자 상실감과 회의감이 한꺼번에 시연을 잠식해 오고 있었다. 어쩌면 자기에게도 먼저 다른 길을 걷게 된 동료들처럼 또 다른 새로운 길을 선택해야 하는 순간이 온 걸까 생각해 보게 되었다.

"…연 씨? 유시연 씨? 되시죠?"

"…네? 아, 네네! 안녕하세요, 법무사 유정환 사무소에서 서류 받으러 온 유시연입니다."

"바쁘실 텐데 공항까지 오시라고 해서 죄송해요, 여기 도장이랑 서류요."

"잠시만요, 맞네요. 감사합니다. 참, 급하게 오시느라 배고프실 텐데 나중에 여유 되실 때 드세요."

시연이 의뢰인에게 조금 전에 자기 몫과 함께 사두었던 캔커피와 에너지바를 하나씩 건네드렸다.

"아, 제가 사드렸어야 했는데… 감사합니다, 잘 먹을게요."

"아닙니다, 안전하고 즐거운 비행 되십시오."

순간적으로 캐빈승무원의 습관 아닌 습관이 나와버렸다. 직업병인 걸까… 살짝 당황한 듯한 의뢰인과 어색하게 인사를 나누고 공항을 빠져나오면서 정환에게 전화를 걸어 서류와 도장 모두 잘 받았다고 알려주며 언제 건네주면 좋을지 물어보았다. 정환은 아직 시간적 여유가 있으니 도장과 서류는 이번 주 금요일 제사에서 만나면 건네달라고 했다. 받아야 할 서류도 제시간 안에 다 받아서인지 긴장이 풀린 시연이 올 때와는 다르게 천천히 집으로 돌아가려고 걸음을 옮겼다.

벚꽃이 거의 만개하여 따뜻한 봄바람에 이리저리 살랑살랑 흔들리는 모습이 너무나도 평온하게 다가와 바라보는 것만으로도 기분이 좋아졌다. 집에 가는 동안 꽃구경을 하고 싶은 마음에 버스 정류장으로 향하는 순간, 저 멀리서 집으로 가는 버스가 오고 있었다. 서둘러 정류장까지 뛰어간 시연이 겨우 버스를 타고 자리에 앉아 숨을 골랐다. 마스크를 쓰고 달리려니 먼 거리가 아니었음에도 금방 숨이 차서 진정시키는 데 시간이 걸렸다. 어느 정도 진정을 되찾아 가는 와중에 휴대폰에서 띠링-, 알람이 울렸다. 확인해 보니 지호가 운영하는 유튜브에 새로운 영상이 업로드되었다는 알림이었다.

아나운서 지망생인 지호는 카메라 울렁증, 정확히는 카메라의 빨간색 녹화 불빛만 보면 고장이 나버리는 바람에 연습 삼아 유튜브 '유죠의 하루'를 시작했다. 전문적인 유튜버가 아닌 단순히 같이 공부하는 스터디윗미 영상이나 아나운서 발음 연습, 준비 과정 등을 일기 삼아 올리는 유튜브여서 구독자도 시연을 포함한 가족들 몇 명과 함께 스터디하는 친구들 조금이 전부였다. 대략 9분 정도 되는 영상을 끝까지 시청하고 나서야 휴대폰에서 눈을 뗀 시연이 바깥 풍경을 바라보았다. 어, 그런데 뭔가 이상했다.

오랜만에 서울 버스를 타서 그런 건지 헷갈리기 시작한 시연이 버스 노선을 살펴보며 때마침 나오는 버스 안내방송에 귀를 기울였다. 이번 정류장과 다음 정류장을 알리는 안내방송이 목적지와 점점 더 멀어지고 있는 것에 당황한 시연이 어디서부터 잘못된 건지 기억을 더듬었다. 아까 버스 번호에만 정신이 팔려 정류장을 미처 확인하지 못하고 일단 급하게 버스에 타는 바람에 반대 방향으로 가는 노선을 탄 것이었다. 전혀 다른 방향으로 가는 것을 확인한 시연이 서둘러 하차 벨을 눌렀고 다음 정류장에서 하차할 수 있었다.

처음 와보는 동네에 갑자기 뚝 떨어지게 된 시연이 제대로 된 방향의 버스를 타기 위해 반대편 정류장으로 건너갔다. 한산하고 조용한 동네인지 정류장에도, 주변에도 걸어 다니는 사람이 거의 보이지 않았다. 허무한 마음으로 버스 도착 정보를 확인하자, GPS마저 오류가 난 것인지 버스들의 번호만 있고 도착 시간은 로딩 중으로 멈춰있었다.

뜻밖에 일이 하나씩 엉키는가 싶더니 설상가상 이제는 갑자기 비가 쏟아져 내렸다. 해가 이렇게 쨍쨍한데, 소나기처럼 억수 같은 비가 꽃잎과 함께 버스 정류장 지붕 위에 내려앉았다. '오늘 비 온다는 예보 없었는데!' 조금은 황당한 기분에 정류장 의자에 앉아 비닐우산을 파는 주변 편의점을 검색해 보다 괜히 움직이면 길을 잃어버릴 것만 같은 느낌이 들어 포기하고는 가방 안을 들여다봤다. 공항 편의점에서 샀던 캔커피와 에너지바가 파우치와 함께 엉켜 서로를 누르고 있었다. 갑자기 배가 고파진 시연이 빗소리를 배경음악 삼아 에너지바를 먹기 시작했다. 에너지바 하나를 다 먹도록 버스도, 버스 도착 정보도 모습을 드러내지 않자 이내 심심해진 시연이 음악을 들으러 무선 이어폰을 꺼냈지만 그새 배터리를 다 써버린 건지 연결조차 되지 않았다. 계속해서 묘하게 꼬이는 상황에 슬슬 짜증이 올라오던 그때, 시연의 뒤쪽으로 깔끔한 느낌의 매장 하나가 눈에 띄었다.

2.

The Dreamer

깨끗한 아이보리색의 외관에 통유리로 된 커다란 창과 출입문. 문 손잡이와 커다란 창 주변의 마감은 골드로 포인트를 준 단정하고 세련된 느낌의 매장 위에는 따뜻하고 은은한 느낌의 노란색과 하얀색이 어우러져 입체적으로 쓰여진 간판이 자리하고 있었다.

'The Dreamer'

잠깐의 여우비겠지 싶어 비가 그치기를 기다리는데 점차 굵어지는 빗줄기에 버스 정류장 지붕 아래로도 비가 들어오자, 시연은 결국 좀 전부터 자신의 눈길을 사로잡던 매장 안으로 발을 옮겼다. 딸랑-. 맑은 종소리와 함께 문을 열어 매장 안으로 들어선 시연이 적막감만 감도는 분위기에 당황했다. 큰 환영 인사도 조금은 부담스럽지만 너무 고요해서 밖에서 내리는 빗소리만이 백색소음으로 들리는 것도 왠지 조심스러웠다. 괜스레 민망해진 시연이 조용한 매장 안을 이리저리 둘러보아도 잠시 자리를 비우신 것인지 아무도 없고 시연만 덩그러니 쭈뼛쭈뼛 서있었다.

"저… 저기요… 아무도, 안 계시나요…?"

출입문 쪽에 서서 기다려도 아무런 기척이 느껴지지 않자 시연이 먼저 고요함을 깨기 위해 목소리를 냈다. 어떤 응답도, 부스럭거리는 소리조차도 되돌아오지 않자 되돌아 나가기 위해 문 쪽을 향해 몸을 돌리는데, 아까 밖에서 보았던 통유리 창 위쪽에 달린 별 모양 전등이 시연의 시선을 끌었다. 별 모양의 골드빛 철제 모양틀이 은은한 색의 동그란 전구를 감싸고 있는 조명 3개가 나란히 기다란 줄에 의지해 천장에 매달려 있었다. 그 아래로는 하얀 낮은 수납장이 자리하고 있었는데, 그 위에는 여러 투명한 병들이 각기 다른 이름을 붙인 채 다양한 느낌의 액체들을 담아 진열되어 있었다. 뭔가 끌리는 느낌에 발걸음을 돌린 시연이 매장의 안쪽을 자세히 눈에 담기 시작했다.

아이보리색 벽에 붙은 하얀색 벽 선반에도 여러 투명한 병들이 놓여있었고, 다른 쪽 진열대에는 선물용 상자, 공병들과 함께 다양한 색상의 액체들을 담은 투명한 병들이 나열되어 있었다. 각 벽면에는 각기 다른 별 모양의 꼬마전구가 반짝이며 걸려있었고, 매장 안에서 유일하게 파스텔톤 하늘색이 가득 칠해져 있던 천장의 중앙에도 커다랗고 테두리가 둥근 느낌의 별 조명이 빛을 내고 있었다. 큰 크기와 다르게 은은한 빛을 내고 있어서 자세히 쳐다보니, 조명 전체에 불빛이 켜지는 것이 아닌 별 모양을 만들고 있는 금빛 테두리의 주변에서 따뜻한 불빛이 퍼지듯 새어 나오고 있는 신기한 디자인의 조명이었다. 각양각색의 별 모양 조명들이 내뿜고 있는 은은한 빛 때문인지 분명 오늘 처음 들어와 본 곳인데도 어딘가 설명할 수 없는 익숙함과 편안함이 느껴졌다.

시연은 전체적인 매장의 느낌을 다 둘러보고 나서야 문득 무엇을 파는 곳인지 생각해 보게 되었다. 들어오기 전에 봤던 상호가 '더 드리머'이기에 단순히 드림캐처나 아기자기한 소품들을 파는 편집숍이겠거니 생각하고 버스를 기다리는 동안 귀여운 소품들 구경하면서 비도 피하려고 가벼운 마음으로 매장에 들어선 것이었다. 그런데 곳곳에 걸려있는 조명들에 온통 별들이 수놓아져 있는걸 보니 수면안대나 양말, 파자마 같은 숙면에 도움이 되는 물건들을 파는 공간인가 싶다가도 섬유 재질의 물건들은 하나도 없고 웬 투명한 병들만 가득한 것에 시연은 다시 고민에 빠졌다.

'아, 아로마 테라피에 쓰이는 오일이나 디퓨저, 향초 같은 것들을 파는 곳인가 보다! 어… 근데 향초는… 없는데?'

판매하는 물건에 대한 실마리를 찾기 위해서 이리저리 고개를 돌리며 진열된 상품들을 둘러보던 시연이 또다시 미궁에 빠졌다. 향초는 없는 건지 좀 더 자세히 살펴보고 있는데 갑자기 잔잔한 클래식 음악이 빗소리에 더해져 연주를 하기 시작했다. 그리고는 그저 벽인 줄만 알았던 공간이 반으로 나눠지더니 미닫이문이 열리며 그 안에서 매장의 주인으로 보이는 사람이 얼굴도 보이지 않을 만큼 커다란 상자를 품 안에 가득 안은 채 걸어 나왔다.

"저… 저기… 안녕… 하세요오?"

"…? …으앗, 깜짝이야! 언제, 아니 어떻게 들어오셨어요?"

"…출입문이 열려있던데요…"

"아… 문 잠그는 걸 잊어버렸나 봐요, 창고에서 정리하면서 뭘 좀 찾았거든요. 빗소리 때문에 안 들렸나 봐요, 죄송해요. 오래 기다리셨나요?"

"아니에요, 아무도 안 계시길래 다시 나가려다가 조명이 예뻐서 잠시 구경 중이었어요."

흰색 퍼프 블라우스에 청바지를 입고 그 위에 라벤더색의 연보라 앞치마를 맨 주인은 시연과 대화를 하면서도 카운터 뒤에 있던 창고에서 가지고 나온 몸집만 한 상자를 열어 안을 뒤적이고 있었다.

'찾았다!'

상자의 크기가 컸던 만큼 안에서 찾고 있는 물건 또한 크기가 클 거라는 예상이 무색하게 주인이 손에 들고 일어선 물건은 향수병에 꽂는 작은 스프레이였다. 시연은 주인이 손에 든 향수 스프레이를 보고 나서야 이 매장이 향초도, 오일도, 디퓨저도 아닌 향수를 파는 곳임을 알게 되었다. 그제야 수많은 투명한 병들의 정체를 알게 되었지만, 왠지 어딘가 보통의 평범한 향수 매장과는 다른 느낌이 들어서 다시 매장을 둘러보았다. 향수라고 생각을 하고 살펴보니 조금씩 차이점들이 보였다.

가장 눈에 띄었던 점은 시향지가 없다는 점이었고, 다음은 향수를 DIY하는 수제향수 매장이라고 해도 일반적으로 향을 담고 있는 병의 뚜껑이 스포이트나 스프레이 타입으로 되어있을 텐데 모두 뚜껑으로 밀봉이 되어있다는 점이었다. 그리고 결정적으로 가장 이상하게 느껴지는 부분은 투명한 병들에 붙어있는 향기의 이름이 써있는 라벨이었다. 대개 과일이나 꽃, 코튼이나 우디, 오션과 같은 향들의 이름이 붙어있는데 이 매장 안에 보이는 병들의 그 어디에도 향의 이름이 기재된 병을 찾아볼 수 없었다. 병에 붙어있는 라벨지 안에는 그리움, 기쁨, 슬픔, 공포와 같은 감정부터 사랑, 믿음, 신뢰와 같은 마음, 그리고 따뜻함, 고마움, 감사함과 같은 느낌들을 뜻하는 단어들이 나열되어 있을 뿐이었다. 투명한 유리병들을 하나씩 살펴볼수록 단서를 얻기는커녕 머릿속이 점점 더 복잡해지면서 더욱 알 수 없는 느낌이 든 시연이 결국 주인에게 향수들에 대해 물어보기로 결심했다.

"저기… 여기가 그… 수제향수? 만드는… 뭐, 그런 곳이죠? 제가 처음이어서요."

"수제향수… 라고 하면 그럴 수도 있겠네요."

뭐지, 혹시라도 실례일까 겨우 용기를 내서 질문한 것과 달리 딱히 시원스러운 대답이 돌아오지 않았다. 이왕 이렇게 된 거 그냥 궁금한 점들을 다 물어보고 수제향수나 하나 만들어 가야겠다고 생각한 시연이 편하게 향수에 대해 물어보기 시작했다.

"저도 수제향수 만들어 보고 싶은데요, 여기는 원래 향 이름이 이렇게 되어있는 건가요? 그러면 시향을 다 해보고 결정을 해야 하는 건지… 아, 혹시 코로나 때문에 매장 내에서는 시향 금지인 건가요?"

"아, 제가 미처 설명을 못 드렸네요. 저희 '더 드리머'에서는 향수를 향기로 배합해서 만들지 않아요. 앞서 잠깐 보셨던 것처럼 감정이나 느낌, 생각, 마음 등을 배합해서 소중하거나 특별한 기억을 되새기는 것을 도와주는 맞춤형 향수를 만들기 때문에 같은 재료로 배합된 향이라도 사용하는 사람에 따라 각기 다른 느낌의 향으로 발향되거든요. 그리고 같은 사람이 같은 향수를 사용하더라도 떠올리는 기억에 따라 향은 전혀 다르게 발향되기 때문에 매장에서 별도로 시향을 하지 않는 거예요."

시연은 분명 한국 사람에게 한국어로 설명을 듣고 있는데도 도통 무슨 말인지 이해가 가지 않아 본인이 제대로 들은 것이 맞는지부터 의심이 들기 시작했다.

들었던 내용을 다시 차근차근 정리해 보자면 일단, 향수 자체가 향을 배합해서 만드는 액체인데 향이 아닌 감정이나 생각과 같이 향과는 거리가 먼 다른 것들을 배합해서 향기를 내는 액체를 만들어 낸다. 그리고 그렇게 만들어진 향수는 사용하는 사람에 따라 다 다른 향을 내고, 같은 사람이 사용한다고 해도 그 사람이 생각하는 기억에 따라 또 다른 향이 난다. 설명을 제대로 알아들었다면 뭐, 이런 내용인 것 같은데… 아니, 과학기술이 많이 발전했다고는 하지만 이건 너무 비현실적인 느낌이다. 한마디로 얘기하면 향이 랜덤이라는 건데, 그럼 이건 수제향수가 아니라 그냥 랜덤향수인 셈이잖아.

설명을 머릿속에서 다시 정리해 보아도 당황스러운 이야기에 진지하게 고민하던 시연이 마침내 결정을 내렸다.

"향수, 만들게요. 어떤 것부터 고르면 되나요?"

만들기로 한 향수가 수제인지, 랜덤인지, 향수의 원료로 향이 들어가는지, 다른 무언가가 들어가는지는 시연에게 더 이상 중요하지 않았다. 기억을 되새겨 준다는 것, 그거 하나라면 향이 무엇이든 간에 상관없었다. 어떤 순간이었는지 너무 아득한 느낌이라 기억조차 이제는 흐릿해져 정말 있었던 일인지, 꿈인지도 불분명했지만 꼭 다시 보고 싶은, 기억해 내고 싶은 순간이 있었기 때문이었다.

"그럼 우선 이 향수를 만들려고 하시는 이유부터 정하시는 게 가장 먼저일 것 같네요. 기억을 되새기고자 하는 부분이 인물인지, 장소인지, 아니면 다른 무언가인지 정하시고 그에 파생되는 감정이나 느낌, 생각 등을 고르시면 될 것 같아요."

"그러면 몇 개까지 넣을 수 있나요?"

"여러 개를 넣으실 수도 있지만, 그렇게 넣으시면 다양한 기억을 불러오는 데 어려움이 있으실 수 있어요. 선명하거나 강렬한 기억이시라면 여러 개를 넣어 정확히 딱 그 기억을 되새기실 수 있는 확률이 높아지겠지만, 오래되거나 희미한 기억이시라면 다소 포괄적으로 생각하셔서 조금만 넣으시는 편이 오히려 되새기고 싶은 기억을 떠올리는 데 더 좋으실 수 있어요."

"아까 언뜻 보니까 색이 있는 것도 있던데요, 색도 넣을 수 있는 건가요?"

"네, 넣으실 수 있지만 기억의 정확한 느낌을 아실 때 넣는 것을 추천드려요. 때로는 슬픔과 기쁨이 함께 공존하듯이 기억이라는 게 늘 한 가지 감정과 느낌을 담고 있지 않을 때가 많거든요."

그리움, 기쁨, 슬픔, 행복, 원망, 고마움, 감사, 수줍음, 후회, 소심, 석정, 미련, 불안, 존경, 공포, 당황, 사랑, 믿음, 신뢰… 파스텔톤부터 원색에 가까운 각종 색이 담긴 유리병들. 향수를 만들기 위해 바라본 선반에는 아까 미처 보지 못했던 향료들도 많이 있었다. 갖가지 다양한 원료들을 하나씩 살펴보았더니 세럼이나 에센스에서 볼 수 있었던 것처럼 조그만 캡슐 모양을 지닌 형태도 있었고, 완전히 묽은 느낌과 우유 빛깔의 점성을 지닌듯한 느낌까지 묘하게 조금씩 원료 입자들의 모양이나 농도가 제각각이었다.

주인의 설명을 함께 들으며 원료와 색을 고르던 시연의 표정이 갑자기 어두워졌다. 기억을 되새기고 싶을 때는 그 기억을 절대 잊어버리지 않고 싶어 뚜렷하게 새기기 위함도 있겠지만, 자신의 경우처럼 희미해져 가는 기억을 다시 덧그려서 더 오래 기억하고 싶은 경우도 있는 법이었다. 하지만 이어진 설명을 듣고 나니 왠지 이미 많이 흐릿해져 버린 기억을 생생하게 다시 떠올릴 수 있는 가능성은 낮을 것 같은 기분이 들었기 때문이다. 선택사항을 하나씩 고를 때마다 점차 말이 없어지는 시연을 눈치챈 주인이 잠시 카운터 뒤로 가더니 처음에 커다란 상자에서 찾아내었던 스프레이를 가지고 나왔다.

"제가 기다리시게 했던 시간도 있고 하니까 손님께는 특별히 이 글로우 스프레이를 드릴게요. 이게 정말 구하기 힘든 스프레이인데요, 향수가 호스를 타고 나오면서 뿌려질 때 그 사람이 원하는 기억을 떠올리면서 부족했던 부분을 채워주거든요. 아마 이 스프레이를 사용하시면 특별한 기억을 되새기시는데 마음이 더 편안하실 거예요."

주인의 특별 선물에 자신감을 얻은 시연이 고민 끝에 원료들을 골랐다. '그리움', '존경', 그리고 '투명'. 실은 시연조차도 떠올리고 싶어 하는 기억에 대한 확신이 없었기 때문에 그 기억을 다시 떠올리려 애쓸 때마다 들었던 희미한 감정과 느낌에 의지해 고른 것이었다. 저 스프레이가 부족한 부분을 채워준다니 불확실한 나머지는 맡겨야겠다고 생각했다. 조금은 무모할 정도로 스프레이에게 모든 걸 맡기는 듯

한 느낌이었지만, 시연 나름대로는 최선의 선택을 했다고 믿었다. 시연이 모든 옵션들을 다 고르고 난 후, 원료들을 배합할 차례였다. 주인은 스포이트나 저울과 같은 별도의 도구들은 주지 않고 마개가 꼭 닫힌 원료의 유리병들과 함께 눈금조차 없는 조그마한 계량컵 하나만을 불쑥 건네주었다.

"…? …저울이나 스포이트, 실린더 같은 그런 것들은 안 주시나요? 얼마만큼 넣어야 하는지, 어느 정도 넣었는지 체크를 해야 할 것 같은데요."

"별도의 다른 도구들은 필요하지 않을 거예요. 저희 매장에 비치된 원료들의 유리병은 소량의 양만 나오게 특별 제작이 되어있고, 원료들의 계량은 손님의 마음에 담긴 크기에 비례해서 각각 자연스럽게 맞춰질 거니까요."

"아, 그러면 그… 향수 베이스? 그거는요? 향료만으로 만들면 굉장히 진하고 양도 많이 들어가지 않나요?"

"향수 베이스는 향수를 제작하고 계신 손님의 마음을 기반으로 하고 있어요. 음… 쉽게 말해서 만드는 사람의 마음이 곧 베이스인 셈이죠."

시연은 또다시 말은 알아들었지만 이해는 하지 못하는 순간을 경험하고 있었다. 그렇지만 처음과 다르게 뭔가에 홀린 듯 이내 깊게 더 생각하지 않고 향수 만들기에 집중했다. 향료를 하나씩 느낌이 가는 대로 조심스럽게 계량컵으로 옮겨 담으며 간절함을 더했다. 분명 그렇게 많은 양을 담지 않았다고 생각했는데, 계량컵 안은 옮긴 양보다 좀 더 많은 양의 액체가 섞여있는 듯해 보였다. 하지만 원료의 유리병과 계량컵 어디에도 눈금이 그려져 있지 않았기에 확신할 수는 없었다. 정말로 마음이 베이스로 함께 섞이고 있는 걸까? 다시 의구심이 모습을 드러내려고 했지만, 이곳에 발을 들인 순간부터 이상하지 않았던 것이 없었기에 파고드는 생각을 멈추고 마무리 작업에 좀 더 정신을 모았다.

시연이 배합을 마무리하고 완성된 향수를 병에 담으려는데, 주인은 지금까지 전시되어 있던 일반적인 크기의 향수병이 아닌 립스틱 정도의 크기의 휴대용 향수병을 시연에게 건네주었다. 어리둥절한 표정의 시연에게 원래 처음 만든 첫 작품은 만드는 사람의 간절한 마음과 만드는 과정에 대한 믿음에 따라 완성도가 천차만별로 달라서 처음 만든 향수는 6~7번 정도 사용할 수 있는 용량을 무료로 제공하고, 다음번에 왔을 때 좀 더 큰 정식 용량으로 제작, 구매할 수 있다고 주인이 설명했다.

"아… 그래도 이렇게 오랜 시간 향수 만드는 것까지 도와주셨는데 선물로 그냥 받아가면 제 마음이 편치 않을 것 같아요, 요새 원데이 클래스도 1대1 과정이면 비싸던데요…"

"괜찮아요, 다음번에 다시 방문해 주실 것에 대한 홍보라고 생각해 주세요. 참, 가장 중요한 부분을 깜박 잊고 말씀을 안 드렸네요. 향수의 지속 시간은 분사량에서 차이가 나겠지만 대략적으로 5~8시간 정도예요, 그리고 향수를 뿌리는 주위의 수분도에 따라서도 지속력에 영향을 받을 수 있어요. 5시간에서 8시간 정도면 단잠을 즐기기 딱 좋은 시간일 것 같지 않아요?"

"기억에 관한 향수니까 잠들기 전에 뿌리고 자도 좋을 것 같네요, 어떤 향일지 모르겠지만 특별한 향기를 덮고 잠드는 것도 새로운 경험이 될 것 같아요. 감사합니다, 근데 그냥 진짜 받아가도 될지…"

뜻밖의 과한 선물을 받은 것 같아 시연이 매장을 나서기 주저하고 있자, 주인이 재촉하며 말했다.

"괜찮다니까요, 다음에 기회가 되시면 여우비가 올 때, 또 놀러 오세요. 어, 저기 시연 씨가 타야 하는 버스 오고 있는 거 아니에요?"

"네? 어, 맞아요! 그럼 다음에 또 올게요, 감사했습니다!"

서둘러 인사를 마친 시연이 매장을 나와 버스 정류장으로 뛰어갔다. 종소리를 내며 느리게 닫히는 유리문 사이로 나지막이 주인의 목소리가 시연의 등 뒤로 퍼졌다.

'좋은 기억 되세요.'

시연은 공항에서 버스를 잘못 탔을 때처럼 또 번호만 확인하고 얼른 버스에 올라탔지만 향수 매장에 들어가기 전에 방향을 미리 확인해 두었기 때문에 걱정 없이 자리에 앉았다. 버스 창문 밖으로 바라본 거리는 언제 비가 쏟아졌나 싶을 정도로 맑았고, 비에 젖은 곳이라고는 하나 없이 물방울조차도 맺혀있지 않았다. 빗방울이 다 마를 정도로 오래 매장에 있었나 싶어 손목시계를 확인하는데, 아까 잘못 탔던 버스에서 내렸을 때부터 20분 정도밖에 지나있지 않았다. 아무리 길게 잡아도 30분 정도였다. 이상한 느낌에 시계의 배터리가 다 되었거나 고장 났다고 생각한 시연이 휴대폰을 열어 시간을 다시 확인했지만, 시간은 똑같았다. 버스 전광판에서 빛나고 있는 시간도 마찬가지였다. 해가 길어지고 있다지만 창밖에서 내리쬐고 있는 햇빛도 늦은 오후의 것이 아니었다.

여우비와 함께 뭔가 홀린 듯한 느낌에 잠시 정류장에서 잠이 든 건가 싶었지만, 가방 속에 캔커피와 함께 있는 작은 향수병을 보고 꿈이 아니었음을 확인했다. 그리고 주인과의 마지막 대화를 되뇌어 보았다. '여우비가 올 때, 시연 씨, 버스…' 매장 안에서 의미를 모를 이야기는 많이 들었었지만, 분명 마지막 말은 알아들을 수 있는 말이었다. '내가… 내 이름과 타야 할 버스 번호를 이야기했었나…?' 더 깊은 혼란에 빠진 시연이 멍해진 채로 버스에 몸을 싣고 집으로 향했다.

띠, 띠, 띠, 띠… 띠…띠 띠리링-.
"다녀왔습니다…"
시연이 계속 생각에 빠진 채로 지호의 자취방에 도착했다. 친구들을 만나고 돌아온 지호가 편안한 복장으로 거실 탁자 위에 노트북을 올려둔 채, 유튜브의 댓글과 반응을 살피다 왠지 넋이 나간 듯한 시연을 발견하고 물었다.
"언니, 어디 다녀와? 근데 밖에서 무슨 일 있었어? 얼굴이 왜 그래…?"
"어? 아니… 정환 오빠 부탁으로 공항으로 심부름을 다녀오다가 버스를 반대로 타서…"
버스를 반대 방향으로 타서 급하게 내렸는데 갑자기 비가 쏟아져 내렸고 우산도 없고 버스도 언제 올지 몰라서 근처 편집숍 같은 곳을 들어갔다, 그런데 수제향수를 파는 곳이었고 갑작스럽지만 들어간 김에 향수를 만들고 나오는데 주인이 내 이름이랑 타야 할 버스 번호도 알고 있고, 그곳에서 꽤 오랜 시간 머무른 것 같았는데 버스를 타고 보니 시간이 조금만 지나있었다는 이야기를 우왕좌왕 두서없이 늘어놓았다. 시연은 향수를 만드는 과정도 이상했다고 이야기하고 싶었지만, 그것까지 이야기하면 이상한데도 따라서 만든 본인까지 어딘가 이상해 보일 것만 같은 느낌에 다음에 이야기하기로 마음먹었다.

"그러니까 언니 말은, 언니가 이야기 안 했는데 언니 이름이랑 타야 할 버스 번호도 주인이 알고 있었고, 오래 있었던 것 같은데 시간이 얼마 안 지나있었다는 거지?"

"응! 맞아맞아."

시연이 격하게 고개를 끄덕이며 자신이 느낀 이상함에 동조해 달라는 눈빛을 보냈다.

"아, 뭐야~. 언니 거기서 향수 만들었다며, 향수 만드는 데 몰입해서 무심코 질문에 대답했던 거 기억 못 하는 거 아니야? 그리고 잘못 탔던 버스에서 내려서 바로 시간 확인했던 거야? 가끔 마음이 급하거나 당황하면 시간 체감하는 게 다를 때 있지 않아? 나는 또 무슨 큰일이 있었던 줄 알고 걱정했네, 오히려 다행이다."

대수롭지 않게 넘어가는 지호의 반응에 그런 건가 싶다가도 분명 선명하게 느꼈던 이상함에 다시 기분이 찜찜해졌다. 그러다 문득 놓친 부분이 떠올랐다.

"비! 너 아까 4시 무렵쯤 밖에 갑자기 비 엄청 오지 않았어? 아니, 해가 쌩쌩한데 비가 억수같이 쏟아지는… 여우비!"

"비? 비가 왔던가? 나는 4시쯤… 친구들이랑 카페에 있었는데? 근데 창가 쪽에 빈자리가 없어서 안쪽 자리 앉아서 잘 모르겠어… 그래도 갑자기 비가 왔으면 손님들 중에 비 온다고 하는 사람들이 있었을 텐데… 그리고 오늘 비 예보 없지 않았어?"

"그러니까! 비 예보도 없었는데 갑자기 그렇게 쏟아져 내렸다니까."

"언니. 근데 원래 일기예보는 잘 맞지 않을뿐더러 비가 온다고 해도 서울 전역에 다 같이 동시에 오지는 않잖아, 그냥 신경 쓰지 마~."

지호가 진정하라는 듯이 시연의 어깨에 두 손을 올리고 이야기를 이어갔다. 그래도 시연의 얼굴이 좀처럼 펴지지 않자, 눈치를 보던 지호가 말했다.

"그러면 그 향수 가게 이름이 뭔데? 인터넷에 검색해 보면 리뷰라든지 어디 위치라든지 뭐라도 나올 거 아니야."

'아, 역시 유지호 천재!'를 외치며 인터넷 검색창에 '더 드리머'를 치자 처음 보는 예능과 향수랑은 전혀 관계가 없는 축구용품, 의류 등을 파는 가게들만 나왔다. 혹시나 해서 영어로 'The Dreamer'를 검색해 보았지만 웬 해외 도서들과 노래만 나올 뿐 향수에 관한 어떤 정보도 기록된 것이 없었다.

"아하하하, 새로 생긴 곳인가 보네, 그래서 홍보 포스팅 같은 것도 없는 것 같고. 원래 포털 사이트에 직접 요청 안 하면 정보 업데이트까지 몇 달 걸린대. 있지… 우리 그럼 로드뷰로 찾아보는 건 어때? 아까 정류장 이름 뭐였어?"

"정류장? 어… 노선만 봐서 기억이 잘 안 나는데… 아, 그 버스 노선을 검색해서 보면 되겠다!"

아까 탔던 버스의 노선을 검색해서 근처인 것 같은 버스 정류장들의 로드뷰들을 포털 사이트를 바꿔가며 다 찾아보았지만 그 어디에도 향수 매장의 모습은 보이지 않았다. 다시 시무룩해진 시연을 살펴보던 지호가 요새 어떤 세상인데 이렇게 업데이트가 느린지 모르겠다며 괜히 대신 열을 내며 툴툴거려 주었다.

"언니, 기분도 별로인데 우리 저녁으로 치킨 먹을까? 치킨치킨?"

"…음… 그럴까? 그럼 우리 치맥 어때? 너 내일 일정 있어?"

"에이, 무슨 치맥에 일정이 어딨어. 원래 치킨이랑 맥주는 한 몸이지. 그럼 내가 자주 먹는 곳으로 시킬게. 무슨 맛으로 먹을까?"

마치 꿈을 꾼 것처럼 일어난 조금은 이상한 일들이 꿈이 아니어서 마음에 걸렸던 오늘, 지호와 저녁 메뉴를 고르며 오늘 만나고 온 지호 친구들 이야기를 나누다 보니 조금씩 대수롭지 않은 일처럼 느껴지다 점차 마음에서 씻겨 내려가고 있었다.

시연은 치킨을 주문해 놓고 배달을 기다리는 동안 샤워를 하기로 했다. 아까 비를 피하느라 뛰면서 잠시 비를 맞기도 했었고 왠지 깨끗하게 씻고 나면 기분도, 생각도 함께 말끔해질 것만 같았다. 씻다 보니 시간이 오래 걸렸나 보다. 시연이 화장실을 문을 나서자 방금 현관 앞에서 들고 온 것인지 지호가 손에 치킨과 맥주가 들어있는 봉지를 들고 안의 내용물을 확인하고 있었다. 지호는 시간 맞춰 제시간에 잘 나왔다면서 탁자 위에 있는 노트북을 옆으로 밀어내며 원래 노트북이 앉아있던 자리에 오븐에 갓 구워내 맛있는 냄새가 퍼지고 있는 치킨과 치킨 무를 세팅하더니 그 곁에 나란히 맥주들을 세워두었다. 젖은 머리에서 굴러떨어지는 물방울을 받치려고 새 수건을 어깨에 두른 시연이 얼른 화장품을 얼굴에 바르고 저녁이 세팅되어 기다리고 있는 탁자 곁으로 다가왔다.

"내가 좋아하는 매콤 커리맛으로 시켰는데 괜찮아? 여기에 치밥까지 만들어 먹으면 얼~마나 맛있게요~."

"네가 맛있다고 했던 것들 중에 맛없었던 적 한 번도 없었으니까, 오늘 저녁도 성공적일 것 같은데? 잘 먹겠습니다~."

시연이 젓가락으로 커다란 치킨 한 조각을 입 안 가득 넣더니 눈이 휘둥그레졌다.

"잘 먹겠습니다! 어때어때, 괜찮지? 이게 그냥 치킨만 먹어도 맛있는데 치밥으로 만들어 먹으면 더 맛있거든. 요즘 먹방 시청을 넘어 요리하는 유튜브랑 레시피 알려주는 포스팅들을 엄청 많이 보고 있는데 조금 있다가 피자치즈 올려서 치밥도 만들어 줄게, 기대해."

"오… 커리 치킨은 뭔가 애매해서 처음 먹어보는데 맛있네. 그나저나 새로운 발견인데? 전에는 라면 끓이는 것도 귀찮아하더니 이제는 직접 요리도 해? 제법인데, 그럼 조금 전에도 요리 포스팅 보고 있던 거야? 치밥 해주려고?"

"아니, 조금 전에는 옛날 사진들 보고 있었어. 아까 낮에 친구들이랑 예전 일들 이야기하다가 어릴 적 사진 이야기가 나왔던 게 생각나서 나도 찾아보고 있었거든, 인화된 사진들은 주로 본가에 있어서 혹시 파일로도 저장해 둔 게 있었는지 클라우드랑 외장하드 찾아보고 있었어. 아, 언니랑 찍은 사진들도 찾았다? 우리 완전 꼬맹이였더라."

지호가 치킨을 먹다가 말고 노트북 화면을 열어 시연을 향해 돌려준 후 화면에 사진들을 띄웠다. 놀이공원에 가서 회전목마를 타고 있는 사진부터 솜사탕을 뜯어 먹고 있는 사진, 큰아빠네부터 고모네, 작은아빠네랑 우리 가족까지 온 가족이 다 함께 설악산에 놀러 갔던 사진, 계곡에서 꽃게 모양의 튜브를 타고 앞니가 빠진 채 환하게 웃고 있는 사진…

카테고리 분류 없이 파일로 한꺼번에 저장되어 있어서 그런지 시간과 공간의 순서가 뒤죽박죽이었지만, 사진 한 장만으로도 그 당시의 상황이 떠올라 사진 속의 장면처럼 따라 웃게 되었다. 파일을 조금 더 넘기다 보니 불과 엊그제 찍은 것처럼 기억이 선명한 사진도 있었고, 언제 찍었는지조차 기억이 나지 않아 지호에게 상황을 물어본 사진도 있었다. 수많은 사진들의 장소나 주인공은 조금씩 달랐지만 시연과 지호에게 편안함과 따뜻함을 전해주는 것은 모두 같았다. 사진을 구경하며 맥주와 치킨을 먹던 시연이 갑자기 '어?!' 하고 소리치더니 방금 화면에 띄워진 사진을 가리켰다.

"이 사진, 뭐야? 여기…"

"응? 여기 언니네 집 아니야? 언니 방이라고 들었는데. 엄마, 아빠가 언니 방 참고해서 내 방 꾸며주신다고 찍어오셨을걸? 세상에 언니 완전 쪼꼬매, 이때 몇 살인 거야?"

"아니, 이 사진 말고 내가 잠옷 입고 있는 사진 있지 않아? 그… 무슨… 뭐였지? 하늘과 관련된 디자인의 잠옷이었는데…"

"아니? 내가 가지고 있는 사진이랑 지금까지 봤던 사진은 이게 전부인데… 잠옷 입고 찍은 사진도 있었어?"

다시 화면 속 사진으로 눈을 돌린 시연이 생각했다. 분명, 외출복 입고 찍은 이 사진 말고 다른 사진이 더 있었다. 잠옷을 입고 사진을 찍었던 그때, 누군가 나한테 무슨 말을 했었던 것 같은데 누구였는지, 어떤 상황이었는지 생각이 날 듯 생각나지 않았다. 괜히 답답해진 시연과 달리 나란히 옆에 앉은 지호는 다음 사진을 보면서 추억 여행에 퐁당 빠져있었다.

생각의 늪으로 빠지면서도 지호와 치밥까지 야무지게 챙겨 먹은 시연이 설거지를 마치고 분리수거를 하러 나왔다. 배부른 지호는 노곤노곤 잠에 빠져 허우적거리기에 혼자 분리수거를 마친 시연이 집에 들어가려다 불이 환히 켜진 건너편 편의점을 바라보았다. 왠지 오늘 밤은 생각이 길어질 것만 같은 느낌에 아이스크림이랑 맥주를 사러 편의점에 들렀다.

비행할 때 여행지에서 마셨던 기억을 더듬어 색색의 세계 맥주들을 바구니에 넣고, 지호가 좋아하는 꼬마 곰돌이 모양의 젤리도 골랐다. 마지막으로 오독오독한 초코칩과 쿠키도우의 식감이 마음에 들어 시연이 가장 좋아하는 젖소 그림이 그려진 아이스크림도 마침 딱 하나 남아있기에 얼른 담아 들었다. 분리수거만 하려던 계획이었지만 휴대폰은 챙겨 나온 덕분에 집에 다시 들르지 않고도 무사히 결제를 마치고 돌아갈 수 있었다. 편의점에서 샀던 물건들을 봉지에 담아 달랑달랑 들고 오는데 갑자기 전화벨이 울렸다. 유진이었다.

"응, 유진아~. 어디야?"

비행 다닐 때 항상 오늘, 지금은 어디에 있는지 묻는 버릇이 배어 습관적으로 물었다.

'선배님~ 저는 지금 집이에요, 오늘 오프여서 대청소도 하고 짐 정리했거든요. 아, 근데 놓고 가신 물건이 있어서요! 침대 위치를 좀 바꿔보려고 매트리스랑 분리했는데 침대 헤드랑 매트리스 사이로 떨어

진 물건이 꽉 끼어있었나 보더라고요, 무슨 작은 앨범 같아서 열어봤
더니 선배님 사진 있던데요?'

"작은 앨범? 사진? 아, 그게 거기 있었구나… 분명 챙겨왔다고 생
각했는데 어느 순간부터 안 보이길래 본가에서 안 가져온 줄 알았는
데 집 안에서 잃어버린 거였다니."

'제가 이거 내일 택배로 보내드릴게요, 받으실 주소 좀 알려주세요.
아, 그리고 선배님 새내기 신입이실 때이신 것 같던데 저 살짝 구경해
도 돼요?'

"응, 아마 처음 비행 시작할 때여서 모든 게 다 새롭고 신기하고 설
레서 몇 장은 사진으로 인화해 뒀던 것들일 거야. 주소는 카톡으로 보
내줄게, 고마워~. 진짜 아끼던 건데 역시 유진이밖에 없다."

편의점에서 집으로 돌아가는 길, 유진이와 통화를 하며 걸어가는데
유진이 본사에는 언제 방문할 건지 물었다. 다른 일들에 정신이 팔려
제출해야 하는 서류가 있었다는 걸 깜박 잊었던 시연이 곧 기억해 내
고는 모레 제사 가기 전에 들를 예정이라고 답했다. 캐빈승무원 지원
부서가 코로나로 인해 공항 근처에서 본사로 임시 통합되면서 교육 수
료 이후 오랜만에 본사에 방문한다는 시연의 말을 기억해 두었던 유진
이 디저트 맛집을 추천해 주었다. 인스타그램에서 요새 가장 핫한 다
쿠아즈 매장이 본사 근처에 위치해 있다며 다른 지역에서도 찾아올
정도로 유명하니까 꼭 가보라는 말들을 주고받다 통화를 마쳤다.

집으로 돌아오니 지호는 여전히 소파베드에서 잠들어 있었는데,
잠이 들자 추워진 건지 동글동글 몸을 말아 웅크리고 있었다. 낮 기온
은 많이 올라 따뜻했지만, 밤공기는 아직 제법 쌀쌀했기에 감기에 들

까 걱정이 되어 지호를 살짝 흔들어 깨웠다.

"지호야, 감기 걸리겠다. 얼른 양치하고 들어가서 자자. 응?"

비몽사몽 눈을 뜬 지호가 일어나 비척비척 화장실로 걸어갔다. 시연이 편의점에서 사 온 맥주와 아이스크림을 각각 냉장고에 넣어두고 있는데 휴대폰에서 연신 알림이 울렸다. 확인해 보니 유진이가 보낸 사진들이었다. 궁금한 마음에 사진을 눌러 확인하려는데 화장실에서 우당탕하는 소리와 함께 지호의 비명 소리가 들려왔다. 놀란 마음에 달려가 보니 화장실 선반에 올려져 있던 물건들이 바닥을 나뒹굴며 물놀이를 즐기고 있었다.

"무슨 일이야, 안 다쳤어? 괜찮아?"

"응, 나는 괜찮은데 바디로션이랑 새 칫솔, 디퓨저랑 새 수건까지 몽땅 떨어졌어. 수건 하나만 빼려고 했는데 다 딸려 나오길래 그거 잡으려다 다른 것들까지 다 떨어져 버렸네, 하하."

"휴, 졸다가 들어가서 미끄러진 줄 알았네. 수건은 다시 세탁하면 되니까 괜찮아, 디퓨저 향기가 다 배어서 섬유유연제는 안 넣어도 되겠다. 그래도 유리가 안 깨져서 다행이네."

"아, 이거 유리 아니야. 내가 지난번에도 한 번 깨뜨린 전적이 있어서 유리 아닌 걸로 골랐거든, 이게 이렇게 도움이 될 줄이야. 선견지명 칭찬해."

시연이 고개를 절레절레 흔들며 바닥에서 향긋한 냄새를 흡수 중인 수건들을 모두 모아 세탁 바구니에 넣어두고 오자, 뒷정리를 마친 지호가 화장실에서 나와 먼저 자겠다며 터덜터덜 침실로 들어갔다. 지호마저 들어가고 나자 온기가 하나도 없는 텅 빈 거실이 왠지 더 차갑게 느껴져 방에서 담요를 챙겨 나왔다. 거실의 등을 은은한 조명등으로 바꾸고 아까 사두었던 맥주를 꺼내 와 소파베드에 앉았다. 음악을 들을까, 유튜브를 볼까 고민하다가 미처 확인하지 못했던 사진들이 생각나 얼른 카톡 창을 열어 사진을 눌러보았다. 유진이가 침대 사이에서 발견한 작은 앨범에 들어있던 사진을 다시 휴대폰으로 찍어 보내준 것이었다.

예상했던 대로 윙을 달고 얼마 되지 않은 새내기 승무원 시절 첫 비행을 무사히 마치고 함께한 선배님들과 기념으로 찍은 사진들과 교육 마지막 날 동기들과 찍은 사진이 화면을 채우고 있었다. 거기에 비행을 갔던 곳에서 찍었던 사진, 기내에서 맞이한 아침의 하늘과 저녁 무렵의 하늘 사진까지 알차게 보내온 덕분에 랜선 비행 하나가 뚝딱 완성되었다. 오랜만에 잠시 추억 여행에 잠긴 시연이 고맙다고 답장을 보내려는데 뒤이어 카톡이 연달아 도착했다.

'선배님 어릴 적이에요? 귀여워요!'

앨범 맨 마지막 장에 끼워져 있었던 거라면서 보내준 사진에는 우주선과 우주복을 입은 곰돌이가 그려진 잠옷을 입은 어린 시연이가 비행기 인형을 품 안에 꼭 안은 채 야광별이 가득 붙어있는 벽을 배경에 두고 환하게 웃고 있었다.

'찾았다! 맞아, 이 사진이야. 분명 내가 찾던 게 맞는데 기억이 잘 나지 않네…' 지호와 치킨을 먹으며 대화를 나누던 와중에 생각의 늪으로 빠져들게 했던 바로 그 사진이었다. 기억을 더듬다 목이 탄 시연이 맥주를 한 모금 마시자, 과일맥주의 복숭아향 탄산과 함께 좁은 집

안을 꽉 채우고 있는 머스크 향기가 한꺼번에 입안으로 퍼져왔다. 그 순간 어린 시연의 방 안에 야광별을 붙이고 있는 누군가의 뒷모습이 기억을 스쳐 지나갔다. 그리고 이내 시연이 쪽으로 고개를 돌리는 덕훈의 모습이 떠오르면서 시연의 눈에서 걷잡을 수 없을 만큼 눈물이 떨어졌다.

갑자기 떠오른 기억의 조각이 반가우면서도 너무 애틋한 느낌에 한참을 멍하니 기억을 되짚어 보던 시연이 급하게 휴지를 찾았다. 탁자에 놓여있던 화장지는 어디로 도망가 버린 건지 보이지 않자 아쉬운 대로 키친타올을 쓸까 고민하다가 가방을 열어 화장지를 찾았다. 가방을 뒤적이는데 화장지와 함께 낮에 만들었던 수제향수가 손에 잡혔다. 주저하다 같이 꺼낸 시연이 얼른 화장지를 뽑아 눈물을 닦고 향수를 탁자에 올려둔 채 오후의 기억을 떠올렸다.

'…소중하거나 특별한 기억을 되새기는 것을 도와주는 맞춤형 향수거든요.'

'…떠올리는 기억에 따라 향은 전혀 다르게 발향되기 때문에…'

'…시간 정도면 단잠을 즐기기 딱 좋은 시간일 것 같지 않아요?'

'더 드리머'에서 주인과 나눴던 대화가 모두 정확하게 다 생각나지는 않았지만, 이상하게 느껴지면서도 인상 깊게 들었던 부분들이 조각조각 이어져 기억으로 만들어 주었다.

'되새기는 기억, 향기, 단잠… 이라고 한다면 낮에 만든 향수를 뿌리고 잠들면 기억이 되살아난다는 뭐 그런 건가?' 시연은 주인의 말을 믿어야 할지 그냥 넘겨야 할지 고민됐지만 밑져야 본전이라는 생각이 들어 향수의 뚜껑을 열고 스프레이를 꾹 눌렀다. 처음으로 사용하는 거라 그런지 향수가 관을 타고 노즐에서 분사되기까지 몇 차례 더 눌러줘야만 했다. 노즐을 누르는 손가락에 힘이 조금 더 실리는 순간, 방 안에 퍼지듯 향수가 분사되었다. 사용하는 사람에 따라 각기 다른 향으로 발향이 된다기에 향수를 만들면서도 향을 알 수 없었던 시연이 자신에게서는 어떤 향기로 발현될지 궁금해하며 기대감에 부풀었다. 얼마쯤 기다렸을까, 기억을 되살릴 만큼 강렬하거나 특별한 향기를 기대했던 것과는 달리 별다른 냄새가 나지 않았다. 욕실에서 엎지른 디퓨저향 때문에 다른 냄새가 잘 느껴지지 않는 건가 싶어 몇 번 더 향수를 뿌리고 쿵쿵거리며 냄새를 기다려 보았지만 달라지는 건 없었다.

'속았다!' 특이한 매장에서부터 향수 제조 과정까지 모두 이상했을 때부터 눈치를 챘어야 했는데 하며 순진하게 믿었던 상황에 허탈해졌다. 하지만 딱히 손해 본 것도 없고, 무엇보다도 지호에게 그 바보 같은 상황을 주절주절 설명하지 않아서 다행이라 생각하며 남은 과일맥주를 입안으로 모두 털어 넣었다. 도수가 높지 않아도 과일주여서 그런지 취기가 몰려와서 갑자기 졸음이 쏟아진 시연이 느리게 눈을 깜박이며 멍하게 앉아있다 스르륵 잠이 들었다.

'양치하고 자야 하는데…' 아득해지는 정신이 놓이기 직전 살며시 살구꽃 향기가 시연을 따뜻하게 감싸 안아주었다.

3.
메이비 베이비

어린 시연은 오늘 밤도 엄마, 아빠와 실랑이를 벌이고 있었다. 외동 딸인 시연이 주로 어른들과 지내다 보니 또래 친구들을 만나면 놀이터에서도 쉽게 잘 어울리지 못하는 것 같아 올해 봄부터 유치원에 입학해 다니기 시작하면서 더불어 시작된 저녁 일과였다.

가뜩이나 조용하고 수줍음이 많은 성격의 시연에게 많은 친구들과 선생님, 그리고 유치원이라는 새로운 환경에서 함께 지내는 작은 단체 생활에 적응하기란 아직 버겁고 힘들게 느껴졌다. 매일 아침 엄마와 떨어지기 싫다며 울면서 유치원에 다니기 시작한 지 일주일 정도가 지났을 무렵, 시연의 엄마가 시연의 방을 예쁘게 꾸며주겠다며 시연에게 작은 침대와 옷장, 책상 등을 고르게 하셨다. 정식 어린이가 된 유치원생이 받는 특별한 선물인가보다 하고 즐거워하며 자기가 좋아하는 것들로 열심히 방을 꾸몄던 시연은 방 꾸미기가 완성되던 날 오후, 간식을 먹다 청천벽력 같은 말을 듣게 되었다.

"우리 시연이는 이제 아기 아니고 유치원에 다니는 진짜 어린이니까 엄청 멋진 언니, 누나겠네? 그치?"

"응, 이제 애기 아니고 어린이예요!"

어린 시연이 엄마를 향해 힘껏 고개를 끄덕이며 가장 좋아하는 딸기요거트를 한 입 더 떠먹었다. 엄마는 왠지 의미심장한 웃음을 짓더니 이야기를 이어갔다.

"그럼 의젓한 정식 어린이니까 혼자서 할 수 있는 일들도 많겠다~. 방도 예쁘게 꾸몄는데 우리 시연이도 이제 혼자 방에서 잘까?"

전혀 예상하지 못했던 엄마의 말에 당황한 시연이 허둥지둥 이유를 생각해냈다.

"근데 혼자 자다가 귀신 나오면 어떡해요? 나 잡아가려고 오면 어떡해?"

"시연이가 무섭다고 소리치면 엄마, 아빠가 얼른 가서 구해주면 되지."

"어… 그러면… 아, 자다가 아플 수도 있잖아요!"

"자기 전에 아프면 엄마, 아빠가 곁에서 간호해 줄 거고, 자다가 아파서 끙끙대는 소리가 들리면 얼른 달려가서 보살펴 줄게."

맛있게 먹던 딸기요거트도 잊어버리고 조그만 머릿속을 굴려 이것저것 갖가지 핑계를 대보았지만, 엄마의 말솜씨를 이길 수 없던 시연이 울먹이기 시작할 무렵 엄마가 덧붙인 말 때문에 시연은 더 이상 말을 이을 수 없었다.

"큰아빠네 재영이 오빠는 시연이보다 훨씬 어렸을 때부터 방에서 혼자 잤다는데?”

“재영이 오빠는 오빠잖아요, 그리고 남자니까 더 용감한 거죠!”

“용감한 거에 남자, 여자가 어딨어. 그리고 시연이보다 동생인 재민이도 이제 혼자 잔다는데? 지금 유치원생도 아닌데.”

“…재민이도?”

재영이 오빠까지는 시연이보다 나이가 많으니까 더 의젓하고 씩씩한 거라고 이유를 대려던 시연이 남동생인 재민이까지 혼자서 잘 잔다는 말에 눈이 휘둥그레졌다. 동생은 아직 유치원생도 아닌데 벌써 자기보다도 혼자 할 수 있는 일들이 더 많다는 것에 대단하다고 느끼면서도 묘한 경쟁심이 생긴 시연이 괜히 질투가 났다. 그래서 호기롭게 자기도 혼자서 잘 수 있다고 외쳤지만, 당장 오늘 밤부터가 문제였다. 정식 어린이로 거듭난 유치원생의 무게가 이렇게 무거운 것인지 고민하다 보니 세상에서 제일 맛있었던 딸기요거트도 더 이상 맛있게 느껴지지 않았다.

아직 마땅한 핑곗거리를 찾지 못했는데 벌써 창밖으로 땅거미가 지기 시작한 것을 보면서 작은 머리로 골똘히 생각하던 시연이 결심했다. 자기보다 어린 재민이도 혼자서 잔다는데 누나인 나도 잘할 수 있다며 용기를 낸 시연이 씩씩하게 잠옷으로 갈아입고 혼자 방 안으로 들어섰다. 문을 다 닫을까 하다가 언제든지 뛰어나갈 수 있도록 방문을 닫힌 듯 안 닫힌 듯 살짝 열어두었다. 낮에 엄마, 아빠 없이도 자기 방에서 혼자 책 읽고, 인형 놀이를 할 때와는 다르게 밤에 방 안에 혼자 덩그러니 있으려니 세상의 모든 소리가 사라진 듯 조용하기만 해서 다른 방에 와있는 것처럼 낯설었다.

'아까 엄마가 동화책 읽어주신다고 했을 때 그냥 읽어달라고 할 걸 그랬나? 아니야, 재민이도 한다는데 누나니까 나도 잘할 수 있어. 하나도 안 무서워. 귀신은 없다고 그랬어.'

애써 자신감을 불어넣은 시연이 침대에 누워 천장을 바라보자 환하게 켜져있는 불빛에 다시 고민이 시작되었다. 불을 켜놓은 채로는 쉽게 잠이 올 것 같지 않았고, 끄자니 너무 깜깜한 탓에 무서워서 잠이 안 올 것 같았다. 어떻게 할지 고민하다 불을 켜둔 채로 이불을 뒤집어쓰고 자면 되겠다고 생각한 시연이 머리 위까지 이불을 끌어올려 덮고 이불 밖으로 발이 나오지 않게 몸을 웅크렸다.

얼마쯤 지났을까, 어리광을 부리며 엄마를 찾을 거라고 생각했던 시연이 방에 들어가서 나오지 않자 궁금해진 시연의 엄마가 방문을 살짝 열어보았다. 걱정했던 것과는 달리 스르륵 잠이 들었는지 조용한 것에 답답하게 머리 위까지 덮고 있는 이불을 살짝 내려 정리해 주고는 잠든 시연의 머리를 살며시 쓰다듬었다. 바라보고 있는 것만으로도 행복하고 너무나도 사랑스러운 세상 귀한 딸이었지만, 소중하기 때문에 더 잘 자랄 수 있도록 곁에서 이끌어 주고 싶었다.

투정부리며 안 떨어지려고 하면 어쩌나 고민했던 게 무색할 정도로 의젓한 모습을 보여준 딸이 언제 이렇게 컸을까 대견하면서도 금방 쑥쑥 자라는 것만 같아 벌써부터 아쉬운 마음이 들었다.

"시연아, 너무 일찍 자라지는 말고 엄마 품에서 많이 사랑받으면서 오래 함께하자."

왠지 뭉클해진 마음에 시연의 엄마가 서둘러 방을 나서며 시연이가 깨지 않고 아침까지 푹 잘 수 있도록 불을 꺼주고 문도 꽉 닫아주었다.

작은 침대 위에서 데굴데굴 굴러다니며 자던 시연이 별안간 잠에서 깨어 눈을 번쩍 떴다. 곁에 엄마, 아빠도 없고 잠들기 전과는 달리 아무것도 안 보이는 깜깜한 방 안이 낯설어 여기가 어딘지 생각하던 시연이 이내 새로 꾸민 자기 방 안에 혼자 있다는 사실을 깨달았다.

갑자기 허전한 느낌에 발밑에 있던 이불을 끌어당긴 시연의 눈에 창밖에 비친 커다란 그림자가 들어왔다. 하얀색 얇은 커튼 너머로 나무에 매달린 나뭇가지의 끄트머리가 흔들리는 모습이 꼭 누군가를 붙잡기 위해 다가오는 손의 마디처럼 보였다. 그림자를 보고 놀란 시연이 얼른 이불을 머리 위로 뒤집어쓰고 방 밖으로 나가려고 침대를 벗어났다. 집에서 가장 작은 방이 오늘따라 거실보다 더 넓게 느껴져 거의 반쯤 뛰어가 겨우 방문을 잡았다. 분명 자기 전에 살짝 열어두었던 방문이 굳게 닫혀있는 것에 당황한 시연이 문고리에 손을 올려 돌려보았지만, 손에 땀이 난 탓에 자꾸만 미끄러지기만 하고 문은 열리지 않았다. 텅 빈 방 안에 자기 혼자 갇힌 것 같아 무서워진 시연이 울면서 방문을 두드리기 시작했다. 바로 옆방에서 잠들어 있던 시연의 엄마, 아빠도 갑작스레 들리는 울음소리와 문을 두드리는 소리에 놀라 시연의 방으로 뛰어들어갔다.

"시연아, 왜 그래, 무슨 일이야. 어디 아파?"

시연의 방문을 열자마자 문 앞에서 주저앉아 서럽게 엉엉 울고 있는 시연을 발견하고는 놀란 엄마가 시연의 이마에 손을 가져다 대며 이리저리 살폈다.

"뭐, 뭐가, 뭐가 쫓아와… 엄마."

울면서 이야기하느라 말이 뚝뚝 끊기는 시연이 겨우 힘겹게 한 문장을 완성했다. 뭐가 쫓아온다는 말에 놀란 엄마가 급하게 불을 켜고 방 안 이곳저곳을 살펴보았지만, 아무것도 없는 것에 안도하며 물었다.

　"시연아, 무서운 꿈을 꾼 거야?"

　"아니, 아니요, 저기 창문… 창문에서…"

　시연의 말에 엄마, 아빠가 창문 주변을 살펴보고 열어서도 확인해 보았지만 별다른 이상한 점을 발견하지 못했다. 어린 시연이 혼자서 자는 첫날이기도 했고 자다가 깼는데 아무도 없어서 놀랐다고 생각한 아빠가 울고 있는 시연이를 안아 들고 달래며 재웠다. 엄마, 아빠가 곁에 있다는 사실에 마음이 놓인 건지 품 안에서 곤히 잠들며 해프닝이 일단락되는가 싶었는데 문제는 다음날부터였다. 잠들 시간이면 배가 아프다, 자꾸 누가 쫓아온다고 하면서 혼자 자려고 하지 않는 것은 물론이고 불이 꺼진 상태로는 낮이고 밤이고 방 안으로 한 발짝도 들어가려고도 하지 않는 것에 엄마, 아빠의 걱정이 늘어갔다. 방 안에 작은 스탠드도 놓아주고, 시연이 가장 좋아하는 동요도 틀어주며 이것저것 방법을 찾았지만 아무런 도움이 되지 못해서 고민이 깊어지던 차에 아빠가 또래 아이들을 키우고 있는 시연의 큰아빠 덕훈에게 조언을 구하게 되었다.

　며칠 뒤 주말, 덕훈이 재영과 재민이를 데리고 시연이네 집에 놀러 왔다.

　"시연이가 방 예쁘게 꾸몄다고 해서 큰아빠가 오빠랑 동생이랑 같이 구경하러 왔는데 우리 공주님이 방 좀 소개해 줄래?"

　"네! 침대랑 책상이랑 다 제가 고른 거예요."

씩씩하게 웃으며 방으로 향하던 시연이 방문 앞에서 주저하더니 까치발을 들고 불을 켰다. 아직 환한 대낮이라 방 안으로 햇볕이 길게 쏟아지는데도 불을 켜는 모습을 보고 덕훈이 상냥하게 웃으며 시연에게 물었다.

"불을 켜지 않아도 밝지 않아? 큰아빠 더 밝게 구경하라고 시연이가 챙겨주는 거야?"

"네, 근데… 불 안 켜면 창문에서 공룡 귀신이 손을 크앙 해서 들어오려고 해요."

처음에는 말하기 주저하던 시연이 손가락을 쫙 편 상태에서 살짝 둥글게 말아 귀신이 다가오는 것처럼 두 팔을 흔들며 소곤거렸다. 공룡 귀신? 크앙? 시연이가 무슨 이야기를 하는지 감을 잡을 수 없었던 덕훈이 주어진 단서들에 의지해 상황을 그려보았다. 어두운 방과 관련이 있을 것 같은 생각에 조금 더 늦게까지 시연의 집에 머물며 아이들이 함께 노는 모습을 지켜보았다.

오후가 되자 시연의 방으로 들어오던 햇빛도 방향을 바꾸어 다른 곳을 비추기 시작했다. 간식 먹자는 말로 아이들을 방에서 내보내고 혼자 불 꺼진 시연의 방 안에서 창가를 살펴보기 시작했다. 창문을 열어보기도 하고 커튼을 쳐보기도 하고 불을 켜보기도 하다 문득 무릎을 낮춰 시연이의 눈높이로 창문을 바라보았다. 그 순간 집 바로 옆에 있는 화단에 심어진 커다란 나무에 달린 나뭇가지들이 보였다. 아직 꽃을 피우지 않아 앙상한 나뭇가지에 몽글몽글한 꽃봉오리가 군데군데 달려있는 살구나무였다. 무엇이 문제였는지 알아낸 덕훈이 웃으며 방을 나오더니 아이들을 맡겨두고는 밖으로 나갔다. 조금 뒤 다시 돌아온 덕훈이 아이들과 함께 시연의 방으로 들어가더니 마트 봉지 안의 내용물을 모두 바닥에 쏟아내고는 외쳤다.

"우리는 지금 우주에 와있는 거야, 지금부터 여기는 우주에 있는 우주정거장이야. 그러니까 우리 다 같이 배경으로 우주를 꾸며보자, 어때? 재밌겠지?"

"큰아빠, 우주가 뭐예요?"

시연이가 눈을 동그랗게 뜨고 물어보자 곁에 있던 재민이도 뭔지 모르겠다는 얼굴로 덕훈을 쳐다보았다. 어떻게 설명을 해줘야 할지 주저하고 있을 때, 관심이 없어 보였던 재영이 야광별을 만지작거리며 말했다.

"별이 엄~청 많은 곳이야. 달이랑 다른 행성… 그러니까 온통 반짝 반짝한 별들로 가득한 별천국 같은 곳이야."

"우와, 그런 곳이 있어? 나도 가보고 싶어."

"바보야, 우주는 우주선 타고 가야 해서 못 가."

"우주선이 뭔데? 그거 타면 되잖아."

"우주선은… 우주로 갈 때 타는 우주용 비행기 같은 거야. 그리고 꼬맹이들은 못 타."

"그럼 어른 돼서 타면 되지! 나는 나중에 우주 비행기 타고 우주 가볼래."

시연이와 재민이는 벌써부터 우주에 가서 별구경을 할 생각에만 가득 차서 우주 비행기를 탈 계획을 세우고 있었고, 동생들에게 설명하다 지친 재영이는 야광별들을 종류별로 다 꺼내 하나씩 구경하고 있었다. 덕훈이 각자의 세상에 빠져있는 아이들을 한데 모은 후 방 안을 작은 별 천국으로 만들어 보자며 손에 야광별을 쥐여주었다. 낮은 벽은 아이들이 맡아 붙이고, 덕훈은 의자를 가져다 놓고 천장과 벽의 높은 부분까지 꼼꼼하게 붙여주었다. 그리고 시연을 겁먹게 만들었던 창문에 드문드문 야광별을 걸어주며 커다란 달도 함께 달아주었다. 마지막으로 방바닥에도 시연의 발 보폭에 맞춰 침대에서 방문까지 야광 스티커를 붙여 별빛 징검다리를 만들어 주었다.

"자, 이제 다 됐다. 완-성!"

방 안 가득 별과 달, 갖가지 행성들을 붙여 작은 우주를 완성시킨 네 사람이 박수를 쳤다. 덕훈이 아이들에게 우주에서 먹는 첫 간식이라며 팝콘을 주며 말했다.

"여기 우주에서 왜 창문에만 별이 가장 적은지 아는 사람, 손!"

"저요! 어… 어… 벽에 너무 많이 붙여서 부족했나…?"

"창문으로 밖을 봐야 해서 그런 거 아니에요? 우주여도 창문이 있어야 외계인이든 다른 우주선이든 오는 게 보일 테니까요."

관심 없는 척했지만, 누구보다도 이 놀이에 몰입해 있는 재영이었다.

"음… 재영이가 더 정답에 가까우니까, 재영이 정답!"

"우와, 오빠는 역시 똑똑해!"

"사실 큰아빠가 창문에 별들을 적게 붙인 이유는 밤에 여기서 별나무가 될 거라서야."

"별나무요?"

"응, 나무에서 별이 열릴 거라서. 창문 밖으로 커다란 나무가 보이지?"

덕훈이 아이들을 창가로 데려와서 재민과 시연을 의자 위로 올려

주었다. 창문을 살짝 가리고 있던 얇은 커튼을 귀퉁이로 모두 밀어내고 창문을 열자 창밖으로 커다란 나무의 나뭇가지가 봄바람에 살랑살랑 흔들리고 있었다.

"저기 나뭇가지 끝에 뭐가 있는지 보이니? 저게 뭘까?"

"어… 빨간 콩인가?"

"어? 그런가? 근데 저기에는 약간 핑크색인 것도 있는데?"

덕훈의 질문에 재민과 시연이 머리를 맞대고 나뭇가지 끝에 알알이 매달린 것의 정체에 대해 토론이 한창일 때, 등 뒤에서 불쑥 재영이가 말했다.

"꽃봉오리 아니에요? 시연이 말대로 옅은 분홍색인 걸 보면 벚꽃이나 복숭아꽃?"

"꽃이 나무에서도 펴? 나무는 매일 초록색이던데. 형은 진짜 모르는 게 없다!"

"맞아, 꽃봉오리야. 며칠 더 있으면 저기서 이 팝콘처럼 폭신폭신한 예쁜 꽃이 뿅 하고 필 거야. 그런데 꽃이 피기 전까지 아무것도 안보여도 사실은 나무가 열심히 노력하고 있는 중이거든, 그러니까 꽃을 기다리는 동안 우리가 응원해 주자. 밤에는 우리가 자는 동안 나무혼자 꽃을 준비해도 외롭지 말라고 저 나무 그림자에 별을 달아 별나무를 만들어 주려고 하는데 어때?"

"좋아요!"

아이들이 창가에 매달려 꽃나무에서 어떤 예쁜 꽃이 피어날지 궁금해하며 나무를 응원했다. 방 안을 둘러보던 덕훈이 웃으며 시연의 머리를 쓰다듬고 말했다.

"어때, 이제 괜찮지? 시연아, 여기 작은 우주에서는 낮이든 밤이든 별들이 곁에 있을 거니까 걱정하지 마. 혼자가 아니니까 이제는 괜찮을 거야."

시연이 덕훈을 올려다보며 활짝 웃으며 고개를 끄덕였다. 큰아빠의 따뜻한 위로와 격려에 포근함을 느낀 시연이 용기를 얻었다.

저녁식사까지 함께한 덕훈의 식구들이 돌아간 후, 엄마가 시연이를 살짝 불렀다.

"아까 큰아빠께서 우리 시연이 선물로 잠옷이랑 인형을 주고 가셨어. 나중에 전화해서 감사하다고 인사드리자."

엄마가 건넨 종이 가방 안에는 우주복을 입은 곰돌이와 우주선이 그려진 잠옷, 그리고 비행기 인형이 들어있었다. 잠옷을 본 순간 시연은 알 수 있었다.

'아, 저게 그 우주 비행기인 우주선이고 곰돌이가 입고 있는 게 우주에서 입는 옷인가 보다.'

선물 받은 잠옷으로 갈아입고 품 안에 비행기 인형을 꼭 끌어안은 채 조심스레 시연이 자기 방으로 들어왔다. 뒤이어 엄마, 아빠도 함께 들어오시더니 갑자기 불을 껐다. 깜짝 놀란 시연이 소리치려고 한 순간 방 안을 가득 채운 빛에 시선을 빼앗겼다. 은은한 노란빛과 연둣빛을 내뿜는 각양각색의 별들이 시연의 눈길이 닿는 곳 어디에서든 시연을 향해 빛나고 있었다. 방 안을 한 바퀴 빙 둘러보던 시연의 눈을 창문에 비친 그림자가 사로잡았다. 이전에 시연을 겁먹게 했던 공룡 귀신이 달빛 아래 별들이 걸려있는 별나무로 변해 이리저리 흔들리며 손인사를 하고 있었다. 어둠 속에서도 함박웃음을 되찾은 시연에게 아빠가 말했다.

"시연이 옷도 좀 봐봐, 이 방처럼 빛나고 있어. 이제는 밤에 하나도 안 무섭겠다."

엄마도 반짝반짝 빛나는 바닥을 가리키며 말했다.

"우와, 별들이 다리를 만들었네? 매일 침대까지 은하수를 건너다니면 너무 즐겁겠다."

온통 별천국에 둘러싸인 시연이 입고 있는 잠옷과 방바닥을 번갈아 가며 보다 말했다.

"엄마, 나는 나중에 꼭 우주에 갈 거예요, 아니면 우주랑 가장 가까운 데에서 맨날 별들을 구경하는 사람이 될 거예요!"

어렵고도 특별한 소원을 소박하게 이야기하는 시연이를 보고 웃던 아빠가 기념으로 사진을 찍어두자며 갑자기 사진기를 들고 왔다. 야광별들의 여린 빛까지는 모두 담을 수 없어 다시 불을 켜고, 가장 별이 많이 붙어있는 벽 앞에 시연을 세워두고 사진을 찍었다. 나중에 인화된 사진 뒷면에는 메모가 더해져 있었다.

'시연이가 첫 우주 비행한 날.'

갑자기 어린 시연에서 어른이 된 시연으로 장면이 바뀌었다. 웃고 있는 모습에서도 긴장한 모습이 역력한 시연은 항공사 유니폼을 입고 연신 크게 심호흡을 하고 있었다. 바뀌기 전의 유니폼과 약간은 허술하지만 단정하게 올려 고정한 머리, 엉성하게 묶은 스카프까지 모든 것이 완벽하게 시연이 첫 비행을 하던 바로 그날임을 말해주고 있었다. 혹시라도 지각을 하거나 실수를 할까 걱정이 되어 몇 번이고 자다가 깨기를 반복한 탓에 비행을 시작하기도 전부터 피곤했지만 긴장한 덕분인지 정신은 맑았다.

강렬하고 특별한 기억인 데다가 불과 몇 년 전 일이라서 그런지 앞의 꿈을 꿀 때보다 훨씬 생생하게 느껴져 꼭 지금 다시 첫 비행을 준비하는 것만 같았다.

첫 비행부터 새벽 비행에 당첨된 시연이 공항 근처 사무실에서 브리핑을 마치고 항공사 공항 셔틀을 타려고 기다리고 있었다. 4월 초에 접어들고 있었지만 아직은 아침저녁으로 쌀쌀한 날씨 탓에 자켓 주머니 안에 챙겨온 핫팩을 넣어두고 손을 데우고 있는데 어디선가 봄바람을 타고 꽃향기가 불어왔다. 무슨 꽃인지 궁금해져 주위를 둘러보려는데 때마침 도착한 셔틀버스 때문에 아쉬운 마음을 뒤로하고 얼른 몸을 실었다. 따뜻한 버스 안에서 창문 밖으로 활짝 피기 시작한 꽃나무들을 구경하다 이내 브리핑 자료로 눈길을 돌렸다. 바깥에서는 꽃나무에서 떨어져 나온 핑크색 꽃잎들이 바람을 타고 춤을 추고 있었다.

목요일 새벽 6시 15분, 김포발 제주행 비행 스케줄에 투입된 시연이 마지막으로 최종 탑승자 목록을 살펴보고 있었다. 왠지 낯익은 이름이 눈에 띄어 혹시나 하는 의심이 들었지만, 평일 새벽이라는 시간 때문에 이내 동명이인이겠거니 하고 의문을 지웠다. 손님이 많지 않은 시간대의 국내선이라 첫 비행부터 팀장님과 함께 탑승권 듀티 업무를 담당하게 된 시연이 보안과 안전 업무에서 절대 실수가 일어나서는 안 된다고 다짐하며 스스로를 가다듬었다. 탑승이 시작되고 손님이 한 분씩 들어오기 시작했다.

"안녕하십니까, 어서 오십시오. 티켓 확인 도와드리겠습니다."

"안녕하십니까, 어서 오십시오~."

시연이 떨리는 목소리로 밝게 웃으며 손님께 인사를 건네면서도 눈은 항공권의 편명과 이름, 시간이 맞는지 확인하느라 이리저리 바쁘게 움직였다. 드디어 아까 탑승자 목록에서 눈여겨보았던 이름을 지닌 손님이 탑승하셨다. 반사적으로 인사를 하며 모바일 탑승권을 확인하는 순간, 이름을 확인하고 다시 고개를 들어 손님 얼굴을 본 시연이 당황했다. 큰아빠와 같은 이름이 같다고 생각했던 그 손님이 바로 덕훈, 본인이었기 때문이었다. 얼떨떨한 표정을 짓고 있는 시연에게 뭔가 말을 이어가려던 덕훈이 자신의 뒤로 이어진 손님들의 행렬을 보고 서둘러 기내로 들어갔다. 손님들의 탑승이 거의 마무리되고 이륙 시간이 다가와서 출입문을 정리하려던 순간, 탑승 브릿지 저 멀리서 양손에 짐을 든 채 아기를 안고 뛰어오는 손님이 보였다.

"손님, 이륙까지 아직 시간이 남았으니 뛰지 마시고 천천히 오십시오."

시연이 손님께 외치며 얼른 마중 나가 손님이 들고 있던 짐을 나눠 들었다. 보안 체크하는 것도 잊지 않고 마지막 손님의 티켓까지 확인한 시연이 손님의 좌석을 확인해 보다 팀장님께 가서 비어있는 앞자리로 이동이 가능한지 물어보았다. 새벽 비행이라 앞쪽 자리도 빈자리가 많았고, 다른 손님들도 드문드문 편하게 자리에 앉아계셔서 아기를 데리고 온 손님을 이동이 편한 앞자리로 옮겨드렸다. 기내 정리를 마무리하고 기내 안내방송과 함께 마지막 점검을 위해 시연이 복도를 다니며 손님들께 안전 수칙을 말씀드렸다.

"비행기 곧 이륙하겠습니다. 창문 덮개는 열어주시고, 테이블과 좌석 등받이는 제자리로 원위치시켜 주시기 바랍니다."

"비행기가 곧 이륙하겠습니다~ 전자기기는 비행기 모드로…"

첫 비행에 갑작스레 등장한 덕훈까지 더해져 한층 정신이 없어진 시연이 어찌저찌 무사히 이륙까지 마친 후, 갤리에서 음료 서비스를 준비하며 덕훈과 이야기를 나눌 타이밍만을 노렸다. 같이 비행을 하게 된 선배님들께 큰아버지가 탑승을 하셨다고 이야기를 할까 고민을 하다 혹시나 첫 비행부터 유난스럽게 생각하시지 않을까, 불편하시지 않을까 싶어 주저하는 시연이었다. 손은 바쁘게 움직이면서도 머릿속으로는 다른 생각에 빠져있던 시연의 귓가로 아기 울음소리가 들려왔다.

"으아아아앙-."

"괜찮아 괜찮아, 착하지. 울지마…"

막내인 시연이 서둘러 갤리 밖으로 뛰어나가 상황을 살펴보니 아까 마지막에 탑승하신 손님의 아기가 갑자기 울기 시작한 것이었다. 당황한 시연이 다가가 아기 엄마와 함께 아기를 달래보았지만, 울음소리만 더 커질 뿐이어서 결국 아기를 키우고 있는 팀장님께 도움을 요청하러 갔다.

"이륙하면서 생긴 기압 차 때문에 아기가 불편함을 느낀 것 같습니다, 아기가 특별히 마시는 물이나 분유, 주스를 준비해 오신 게 있으실까요?"

"갑자기 비행기를 타게 되어서 짐을 제대로 못 챙겨서요, 물은 분유 때문에 가져온 보온병에 있는 게 전부예요. 그래서 분유로 먹여야 할 것 같은데 좀 도와주세요."

아기 엄마가 서툴게 아기를 안아 달래며 말했다. 시연이 아기를 안고 있는 엄마를 대신해 가루 분유가 소분되어 담긴 팩과 빈 우유병, 보온병을 건네받았다. 조급해진 시연이 분유가 담긴 팩을 열어 가루를 우유병 안으로 털어 넣으려다 흘리고, 거기다 급하게 보온병을 열어 우유병 안으로 물을 넣으려다 바닥에 다 쏟아버렸다.

"아… 어떡해… 죄송합니다, 정말 죄송합니다."

당황한 시연이 아기 엄마에게 사과하며 연신 고개를 숙였다. 잠시 갤리에 다녀왔던 팀장님이 상황을 보고 사과를 드리며 얼른 여분의 분유와 우유병을 챙겨 시연을 데리고 갤리로 들어왔다. 팀장님이 손으로는 분주하게 생수병 안의 물을 포트에 넣어 데우고, 분유팩을 통째로 우유병 안에 잘 넣어 정리하며 시연에게 말했다.

"시연 씨, 아기가 울고 있어서 당황했겠지만 그래도 침착하게 대처해야지 물을 다 쏟으면 어떡해요. 정말 다급한 응급상황이 생기면 어떻게 대처하려고 그래요? 어떤 돌발상황에서도 항상 침착해야 하는데 이렇게 동요하는 모습을 보이면 손님들은 물론이고 같은 팀이 시연 씨 믿고 함께 비행할 수 있겠어요?"

"…죄송합니다…"

팀장님께 혼난 시연이 무안함과 죄책감에 왠지 눈물이 날 것 같았지만 자기가 잘못한 것에 대한 지적에 눈물을 보이는 건 정말 최악인 것 같아 꾹 참고 반성했다. 빠르게 분유를 완성한 팀장님이 분유를 가지고 갤리를 나가자 시연도 그 뒤를 따라 아기 엄마께 가서 다시 한번 사과드리며 바닥에 쏟은 물을 닦아 마무리했다.

"정말 죄송합니다, 혹시 비행하시다가 불편하시거나 도움이 필요하시면 불러주세요."

"괜찮아요, 저도 오늘 급하게 오느라 챙겨오지 못한 것들도 많았는데 도와주셔서 감사해요. 실은 제가 초보 엄마라 아직은 아기가 울면 당황스럽기만 하고 다 서툴거든요."

아기까지 데리고 이른 시간에 비행기를 타고 가시느라 고생이 많으시다는 말과 함께 잠깐 대화를 이어가던 시연이 뒤늦게 비행기에 탑승한 덕훈을 생각해 내고 큰아빠께 가보려고 할 때, 아기가 다시 울기 시작했다. 아기 엄마가 가방에서 무언가를 찾기 시작하자 시연이 아기를 대신 안아 들고 달래려는데 갑자기 아기를 안고 있는 시연의 어깨 위가 따뜻해졌다.

"어머, 어떡해. 죄송해요! 아까 분명 우유 먹이고 중간에 트림을 시켰는데… 휴지, 휴지."

아기 엄마가 놀라 휴지를 찾는 모습에 자기의 어깨를 바라본 시연이 당황했다. 하지만 언제 어디서든 평정심을 유지해야 한다는 팀장님의 말씀이 귓가에 맴돌아 얼른 웃으며 침착하게 말했다.

"괜찮습니다, 손님. 아기는 저에게 맡기시고 우선 찾으시던 물건부터 먼저 찾으십시오."

"아니, 우리 애는 괜찮은데 승무원님 옷에… 냄새나실 텐데요…"

"아, 그런 거라면 걱정하지 마십시오. 승객분들의 안전과 편의가 가장 최우선입니다. 그리고 옷은 물로 닦으면 금방 없어지니까 괜찮습니다."

시연이 아기의 입 주변을 닦아주고 등을 살살 두드리며 달래자 서서히 울음을 그쳤다. 진정이 된 건지 어느새 잠이 든 아기를 아기 엄마에게 조심스럽게 안겨드리고 서둘러 화장실로 간 시연이 화장지에 물을 적셔 어깨와 등에 묻은 얼룩을 지워냈다. 김포에서 제주까지 가는 1시간 남짓한 짧은 비행에도 멘탈이 탈탈 털릴 지경인데 앞으로 하게 될 장시간의 국제선 비행은 어떻게 해야 할지 걱정이 되어 벌써부터 미래가 암담하게 느껴졌다. 화장실 안에서 모든 한숨을 다 쏟아내고 웃는 얼굴을 다시 장착한 채 밖으로 나오자 문 앞에 팀장님이 서 계셨다. 한껏 주눅이 든 시연이 또 무언가를 잘못한 부분이 있는지 머릿속으로 상황을 역재생시키던 중, 갤리로 부르는 목소리에 얼른 따라나섰다. 먼저 눈치껏 죄송하다는 말을 해야 하나 우물쭈물하고 있는데 차갑게 느껴지던 팀장님의 얼굴에 살짝 미소가 번지며 시연에게 말했다.

"잘했어요, 시연 씨. 아기들이 원래 우유 먹고 잘 토하거든요, 그걸 알고 있는 엄마들도 토하면 허둥대는데 침착하게 잘했어요. 승무원은 안전에 관해서는 작은 것 하나라도 놓치거나 타협해서는 안 되기 때문에 항상 정신을 바짝 차려야 하지만 다른 사람들 눈에는 절대 긴장하고 있다는 모습을 보여서는 안 되거든요. 시연 씨도 아직 어렵겠지만 시연 씨보다 오래 근무한 나도 매번 늘 당황하지 않으려 애쓰고 있어요. 연차가 쌓여도 긴장과 당황을 안 할 수는 없지만, 대신 그 모습을 감추는 데는 더 능숙해지는 것 같아요. 첫 비행에 이렇게 피드백이 빨리 오다니 앞으로의 비행이 더 기대되네요, 우리 오래 잘해봅시다."

팀장님의 뜻밖의 칭찬에 마음이 놓인 시연의 눈이 살짝 글썽거렸다. 앞으로 자신이 이 일을 제대로 잘해낼 수 있을지에 대한 의문과 불안함이 팀장님의 말 한마디에 눈 녹듯 사라져서 뭐든 할 수 있을 것만 같은 근거 없는 자신감이 생겼다.

시연이 아기 손님을 케어하는 동안 마무리되어 버린 음료 서비스 때문에 랜딩을 얼마 남겨두지 않고서야 겨우 덕훈에게 다가가게 되었다. 첫 비행의 첫 서비스를 손수 제공해드리고 싶었던 시연은 아쉬움이 남았지만 팀장님처럼 더 능숙한 모습으로 만나게 될 다음을 마음속으로 기약했다.

"큰아빠, 어떻게 제 첫 비행에 이렇게 딱 탑승을 하게 되셨어요? 저 아까 진짜 놀랐어요, 그런데 오늘 평일인데 새벽부터 제주도에는 무슨 일로 가세요?"

"아, 오늘부터 1박 2일로 제주도에서 세미나가 있어서. 제주도까지 가기 귀찮았는데 덕분에 우리 시연이가 제복 입고 일하는 모습도 보게 되고 오히려 좋다. 그나저나 승무원이라는 직업이 많이 바쁘고 힘들구나, 그냥 비행기 타고 있을 때는 몰랐는데 우리 공주님이 하는 일이라고 관심 갖고 보니까 생각했던 것보다 훨씬 챙겨야 할 것들이 많은 것 같네. 괜찮니?"

"저도 오늘이 처음이라 아직까지도 조금 얼떨떨한데요, 그래도 너무 좋아요. 정식으로 이 윙 달고 싶어서 그동안 그렇게 간절하게 준비했구나 싶어서 그 시간들이 참 값지게 느껴져요. 앞으로도 즐거운 순간과 힘든 일들 모두 많겠지만 오늘 이 마음과 기분을 오래도록 기억하고 싶어요. 근데 큰아빠…"

시연이가 꿈을 이뤄냈다는 감동과 행복함에 벅찬 얼굴로 이야기를 이어가는데 갑자기 안전벨트 사인이 켜졌다. 띵동-.

시연이 반사적으로 고개를 들어 안전벨트 사인을 확인하는 순간 덕훈이 시연의 앞치마 주머니에 얼른 무언가를 넣었다. 그리고 뒤이어 착륙 전 안내방송이 흘러나오자, 시연이 덕훈과의 대화를 급하게 중단하고 손님들이 안전벨트를 매셨는지 한 분 한 분 체크를 완료한 후 승무원이 앉는 점프 시트로 이동했다. 선배님 옆자리에 앉아 벨트를 매자 좀 전의 화기애애한 분위기의 대화가 궁금했던 모양인지 선배님이 물었다.

"시연 씨, 아까 대화 나누던 분은 아시는 분이야? 혹시 아버님이셔? 뭔가 분위기라고 해야 하나 느낌이 좀 비슷하던데."

"아, 보셨어요? 저희 큰아빠세요. 오늘 제주도에서 세미나 있으셔서 가신대요. 저도 티켓 확인하다가 만나서 너무 놀랐어요."

시연이 괜히 쑥스러워져 수줍게 웃으며 대답했다.

"정말? 첫 비행이라 더 특별한 기억으로 남겠다. 일부러 시연 씨 첫 비행이라고 시간 맞춰서 타셨나 보네, 너무 자상하시다~."

"네? 저 오늘 비행인 거 모르실 텐데요… 어, 그러고 보니… 우연이 아닐 수도 있을 것 같아요."

선배님의 말에 놀란 시연이 기억을 되짚어 보았다. 아까는 실수를 수습하느라 정신이 없어서 미처 거기까지는 생각을 못 했었는데 정말 새벽부터 비행기를 타셔야 하는 스케줄이신 걸까 궁금해졌다.

무사히 첫 비행의 랜딩을 마친 시연이 처음 티켓 확인을 했던 것처럼 출입문 근처에 서서 비행기를 떠나는 손님들께 인사를 드렸다. 아기와 함께 탑승하신 아기 엄마도 내리며 함께 비행한 캐빈크루들에게 여러모로 배려해 주셔서 고맙다며 짧게 감사 인사를 전했다. 얼마 후 멀리서 덕훈이 선반에서 짐을 챙겨 천천히 걸어오는 모습이 보였다. 승무원 면접 준비와 합격 후 이어진 교육 때문에 덕훈과 오랜만에 만났는데 대화도 몇 마디 못 나눠보고 헤어지는 게 마냥 아쉽던 시연이 서운한 눈빛으로 덕훈을 바라보고 있었다.

그 순간 갑자기 그래도 건강한 큰아빠의 모습을 다시 뵐 수 있어서 다행이라는 생각과 함께 마음 한편이 아려오면서 눈가가 시큰거렸다.
'어, 이거 뭐지? 갑자기 왜… 이런 생각이 드는 걸까? 설마 이거 꿈이야…?'
혼란스러운 기분에 시연의 표정이 굳어갔다. 그리고 뒤이어 다음 상황도 머릿속에서 자연스럽게 그려지는 것에 뭉클해져 금방이라도 눈물이 흘러내릴 것만 같았다. 큰아빠를 한 번만이라도 다시 만나고 싶은데 꿈에도 나오지 않으신다며 서운해했던 게 마음으로 전해진 것인지 뭔지 잘 모르겠지만 한 가지 확실한 건 지금 이 순간 큰아빠를 놓치면 안 될 것만 같은 느낌이 들었다. 아직 전하고 싶은 말이 많은데 몸이 굳은 것처럼 움직이지 않았다.

"…씨, 시연 씨. 인사 안 드리고 뭐 해요."
일시 정지된 영상처럼 멈춰버린 시연의 팔을 살짝살짝 흔들며 팀장님이 나지막이 주의를 주었다. 겨우 정신을 차린 시연이 느릿느릿 덕훈에게 인사를 전했다. 덕훈이 시연을 향해 흐뭇한 미소를 보이며 서서히 슬로우 모션으로 멀어져 갔다.

'안 되는데, 가시면 안 되는데… 아직 할 말이 남았는데… 큰아빠…'

점점 작아지는 덕훈의 뒷모습을 계속 바라보던 시연이 결심했다는 듯 팀장님을 불렀다.

"팀장님, 저 잠깐만, 잠시만 시간 좀…"

원래 기억대로라면 아쉬운 마음을 숨긴 채 큰아빠를 보냈겠지만, 지금 이 상황이 꿈이라고 생각하니 이대로 그냥 보낼 수는 없었다. 마지막이든 마지막이 아니든 지금이 아니면 다시는 이 마음을 전하지 못할 것만 같은 기분에 시연은 막무가내로 팀장님께 조금만 시간을 달라고 했다. 왠지 모르게 비장하고 결연한 표정을 짓고 있는 시연을 본 팀장님이 잠시 고민하더니 입을 열었다.

"지금 시연 씨 모습이 내 동의와는 상관없이 금방이라도 뛰어나가 버릴 것 같아요. 중요한 이유가 있는 것 같으니까 보내줄게요, 대신 커피 한 잔 정도 마실 시간밖에 줄 수 없으니까 다음 비행 준비에 늦지 않도록 30분 이내로는 꼭 돌아와야 해요. 꼭이요."

"감사합니다, 정말 감사합니다."

팀장님께 허락을 받은 시연이 서둘러 덕훈의 뒤를 쫓아 기내를 벗어났다. 주변의 시선을 다 무시하고 뛰어간 덕분에 그리 멀지 않은 곳에서 덕훈을 붙잡은 시연이 숨을 고르면서도 머릿속으로 하고 싶은 이야기를 모았다. 하고 싶은 말들이 너무 많아 오히려 어떤 말부터 전해야 할지 엉킨 생각들을 풀어내다가 선배님의 말에서 실마리를 얻어 원래 기억 속에서도 답을 알지 못하고 그냥 지나쳤던 것에 대해 물어보았다.

"큰아빠, 오늘 세미나 몇 시에 시작이세요? 아니, 혹시 저 때문에 일부러 이 비행기 타신 거예요?"

"어이구, 그거 물어보려고 이렇게 뛰어왔어? 전화로 물어보지, 힘들게."

덕훈이 시연에게 손으로 부채질을 해주면서 따뜻한 눈빛으로 대답했다.

"지난번에 지호가 작은아빠한테 너 오늘 첫 비행이라고 말하는 걸 들어서 네 아빠한테 전화했더니 별 신경을 안 쓰더구나. 외동딸이라고 엄청 딸바보이면서도 의외인 곳에서 은근히 무신경한 구석이 있는 녀석이라 오히려 내가 더 걱정도 되고 기대가 되어서 어젯밤에 비행기 예약 시간을 바꿨거든. 혹시 내가 갑자기 등장해서 불편했니?"

가족들 모두에게 늘 그래왔던 것처럼 한결같이 섬세하고 따뜻한 덕훈의 마음에 시연의 눈가가 뜨거워졌다. 하지만 꼭 전해야 할 말이 있었기에 애써 울음을 참아 넘겼다.

"아니, 아니에요, 큰아빠. 너무, 너무 오랜만이라 반가워서요…"

시연이 덕훈의 손을 꼭 잡은 채 하고 싶은 말들을 이어갔다.

"큰아빠, 항상 마음으로만 간직하고 한 번도 직접 말로 전한 적이 없었던 것 같은데요. 매번 힘들고 어려운 일들이 있을 때마다 뒤에서 든든히 지켜주시고, 언제 어느 순간에도 편이 되어 응원해 주신 덕분에 지금 제가 이 자리에 있을 수 있었어요. 어떤 말로도 다 하지 못할 만큼 감사하고 존경하고, 또 정말 많이 사랑합니다."

꾹 참고 있던 눈물이 이내 시연의 눈에서 한 방울씩 흘러내리기 시작했다.

"아이고… 오늘 비행이 처음이라 많이 긴장하고 힘들었나 보구나. 이제 처음이라 그런 거니까 앞으로는 더 괜찮아질 거야, 네가 있는 자리에서 할 수 있는 일을 찾아 열심히 하면 돼. 그리고 아까 큰아빠에게 말했던 그 간절함과 초심만 잊지 않으면 힘든 일이 생겨도 잘 이겨낼 수 있을 거라 생각한다. 그리고 우리 공주님, 큰아빠도 우리 시연이 덕분에 경험할 수 있었던 행복한 기억들이 많았어. 늘 고맙고 사랑한다."

덕훈의 말에 울먹임이 더 심해지면서 숨이 벅차오를 때쯤 시연의 손목이 떨리기 시작했다.

'뭐지, 왜… 이제 끝인 거야? 아직 안 돼. 조금만, 조금만 더… 제발.'

왠지 꿈에서 깨어날 것만 같은 불안감에 큰아빠 손을 더 꽉 잡은 시연의 몸이 이내 전체적으로 흔들리기 시작했다.

"언니, 언니! 왜 여기서 이렇게 자고 있어?"

지호가 소파베드에서 끙끙거리며 잠든 채로 울고 있는 시연을 흔들어 깨웠다. 힘겹게 눈을 뜬 시연이 눈에서 쏟아져 내리는 눈물을 닦으며 멍한 눈으로 지호를 바라봤다.

"무슨 꿈을 꿨길래 울었어? 혹시 어디 아픈 건 아니지? 거실에서 휴대폰이고 스마트워치고 알람만 계속 울리길래 나와 봤더니 언니는 끙끙대는데 자고 있어서 엄청 놀랐네. 괜찮아?"

지호가 시연의 얼굴에 가득 그려진 눈물 자국들을 지워주며 자기 이마와 시연의 이마에 한 손씩 가져다 대고 열을 재어보았다. 잠이 덜 깬 눈이 부어있는 지호가 얼떨떨한 시연을 챙기기 위해 허둥지둥 부산스레 작은 집 안을 돌아다니는 동안 시연의 코끝으로 둥실둥실 핑크빛 살구꽃 향기가 은은하게 퍼졌다.

"언니, 진짜 괜찮겠어? 몸이 안 좋은 거면 나 오늘 집에 있을게."

"괜찮다고 몇 번을 얘기해~. 그냥 좀 슬픈 꿈을 꿔서 그랬다니까, 지금은 완전 말짱해."

"아, 그래도… 잠들었는데 그렇게 끙끙 앓으면서 우는 사람 처음 봐서 그래. 그리고 언니 원래는 알람 완전 잘 들으면서…"

"아니, 나도 사람인데 알람 좀 못 들을 수도 있지. 게다가 요새 백수로 살고 있어서 패턴이 벌써 적응하고 늘어졌나 봐. 잠깐만, 너 혹시 학원이랑 스터디 땡땡이치고 싶어서 내 핑계 대는 거 아니야?"

"아, 아니야! 언니는 걱정하는 사람한테 서운하게. 나 진짜 그럼 삐진다."

"그런 거 아니면 얼른 가~. 늦겠다. 아, 내가 혹시라도 컨디션 안 좋아지거나 아프면 바로 연락할게. 됐지? 대신 연락하면 바로 뛰어오기!"

"당연하지! 아프면 진짜 꼭 연락하기다!"

혼자 집에 있을 시연이 걱정된 지호가 몇 번이고 아프면 연락하기로 다짐을 받고 나서야 무거운 발걸음을 떼고 학원으로 향했다. 지호의 언니 사랑이 친자매보다 더 끈끈한 것도 있었지만, 그도 그럴 게 시연이 입사하고 난 후에는 쉬는 날에도 긴장하며 잠드는 탓에 언제 잠들어도 귀신같이 일어나야 하는 시간에 딱 맞춰 일어나는 습관이 생겼는데 오늘은 알람을 못 들을 정도로 헤매는 모습에 많이 놀란 모양이었다.

겨우 지호를 달래서 내보낸 시연이 싱숭생숭한 기분을 씻어내기 위해 세탁기를 돌리기 시작했다. 작은 부엌에 딸린 조그만 세탁기 안으로 어젯밤 디퓨저를 쏟아 향기에 절여진 수건들을 넣어 돌리고는 세탁기 바로 앞에 앉아 고양이처럼 세탁물이 뒹굴뒹굴 돌아가는 모습을 멍하니 바라보았다. 몽글몽글한 거품이 수건들과 더해져 크게 부풀어 올랐다가 물과 함께 점차 사그라드는 모습을 지켜보던 시연이 지난밤의 꿈을 비롯해 이전의 별난 상황들까지 모든 게 다 신기루처럼 느껴졌다.

더운 여름에도 따뜻한 커피를 즐겨 마시는 시연이 나른한 기분을 쫓아내고 맑은 정신으로 간밤의 꿈에 대해 다시 생각해 보기 위해 오랜만에 아이스커피를 내려 마셨다. 차가운 커피가 한 모금씩 입안에서 목을 타고 온몸으로 퍼져가는 동시에 기억도 왠지 점점 더 선명해지는 것만 같은 기분이었다. 어릴 적 꿈에서는 몰랐지만 첫 비행을 하던 날의 꿈에서는 난생처음 자각몽을 꾼 것 같아 신기하면서도 시연이 임의대로 바꾼 결말이 그냥 꿈인지 아니면 소위 말하는 타임워프 같은 걸 겪은 건지 헷갈렸다. 어떻게 확인할 길도 없고 누군가에게 털어놓고 물어볼 수도 없어서 답답해진 시연이 지호를 떠올렸지만, 어제의 그 수상한 수제향수숍 이야기만으로도 충분히 이상해 보였기에 지호의 걱정을 더 늘릴 필요는 없을 것 같아 마음을 접었다.

얼마나 시간이 지났을까 세탁기가 세탁을 완료했다는 노래로 시연을 불렀고 건조대에 수건을 하나씩 널면서 살짝 열어놓은 창밖을 구경했다. 벌써 점심시간인지 집 바로 건너편의 학교에서 학생들이 와글와글 모여있는 소리가 어렴풋이 들려왔다. 입맛은 없었지만 지호가 잔소리를 할 것 같아 제대로 점심까지 챙겨 먹은 시연이 머릿속도 비우고 동네를 구경하기 위해 산책 겸 동네 나들이에 나섰다.

편한 운동화를 챙겨 신고 무선 이어폰을 귀에 꽂은 채 무작정 걷다 보니 집 앞에 있는 학교가 중학교와 여자고등학교로 나란히 함께 위치하고 있다는 것을 알 수 있었다. 학교 주변으로는 31가지 맛을 판매한다는 아이스크림 가게와 파리에도 있다는 빵집, 그리고 드러그 스토어가 줄지어 있다는 것도 발견할 수 있었다.

지도 어플로 미리 집주변에 뭐가 있는지 찾아보는 것보다 직접 발로 탐색하며 알아가는 것도 재미있어 학교 주위를 크게 한 바퀴 빙 돌아 집 근처 이곳저곳을 돌아다니던 중, 조금 한산해진 거리의 모퉁이에 자리한 코인 빨래방과 세탁소가 눈에 띄었다. 시연이 여름이 오기 전에 얇은 극세사 이불과 패드를 가져와 빨아야겠다는 생각을 하며 머릿속으로 동선을 그리다 문득 유니폼이 떠올랐다. 당분간 입을 일이 없어졌지만 언제든 다시 입을 수 있도록 미리미리 드라이클리닝을 맡겨야겠다는 생각이 든 시연이 인도에서 한 발짝 물러서서 세탁소의 위치를 다시금 눈에 담았다. 이리저리 정처 없이 발길 닿는 대로 걸으며 복잡했던 머릿속과 무거웠던 마음을 덜어낸 시연이 이색적인 향수가 불러일으킨 무의식의 반영이라고 꿈에 대해 결론지으며 생각을 접었다.

얼마나 서둘러 끝내고 돌아올 건지 예상했던 시간보다 1시간 반이나 일찍 집에 도착한 지호가 시연을 찾았다.

"언니, 나왔어. 언니! 어딨어?"

"나 여기 있어. 쪼끄만 집에서 뭘 그렇게 찾아~."

산책을 다녀온 후 지호의 침대 위에서 휴대폰을 하며 늘어져 있던 시연이 터벅터벅 걸어 나오며 지호를 맞았다. 언니가 혼자서 밥을 제대로 안 챙겨 먹었을 거라며 오자마자 잔소리를 재잘대던 지호가 손에 들고 온 종이봉투에서 포장된 초밥을 꺼내어 탁자 위에 늘어놓았다. 시연이 지호와 조금 이른 저녁을 먹으며 빨래 이야기, 낮에 산책하면서 발견한 마트와 커피숍 같은 소소한 이야기들을 나누며 시간을 보냈다.

지호가 어젯밤 그토록 슬프게 꾼 꿈이 뭐였는지 물었지만, 깨고 나니 잊어버렸다는 말로 대충 둘러대던 시연이 문득 내일이 덕훈의 1주기라는 사실을 떠올리고는 지호에게도 잊지 않도록 상기시켜 주었다.

휴대폰과 손목에서 울리는 알람들을 차례로 끄고 더 누워있던 시연이 깜박 잠이 들었던 것인지 밖에서 들려온 학생들 등교 지도 호루라기 소리에 다시 잠에서 깼다. 오늘의 일정들을 시간별로 나열해 보며 양치를 하던 시연이 치약이 다 떨어진 것을 보고 외출하기 전 간단히 필요한 물건들을 사야겠다고 생각했다.

학원에 가는 지호와 집 앞에서 헤어진 시연이 마트에 들러 치약과 세탁세제, 생필품들을 사서 돌아오다 드러그 스토어에 들러 디퓨저를 골랐다. 마음에 드는 상품은 재고가 없던 탓에 다음에 와서 사려고 발길을 돌리던 시연의 앞에 기다란 유리병에 든 연핑크색의 향수가 발걸음을 이끌었다. 굳이 시향을 하지 않아도 어떤 향기를 지니고 있는지 왠지 알 것만 같은 느낌에 홀린 듯 충동구매를 한 시연이 양손 가득 무거운 짐을 들고 집으로 향했다.

가는 도중 제사 일정에 대해 물어보려고 전화를 건 지호와 통화를 하면서 공동 계단을 올라가는데 나갈 때는 보지 못했던 상자가 문 앞에 놓여있었다. 지호에게 주문한 물건이 있었는지 물어보며 택배에 붙은 운송장 라벨을 확인했더니 제주도에서 바다를 건너 시연에게로 여행을 떠나온 상자였다. 택배 상자를 들고 집으로 들어와 열어보자, 유진이가 보내준다던 미니 앨범과 더불어 뽁뽁이에 뚱뚱하게 둘러싸인 디퓨저가 들어있었다. 디퓨저 병에 그려진 제주도 돌담 너머로 깊고 진한 오렌지색의 액체가 출렁이며 깊어진 바다의 일몰을 그려내고 있었다. 시연이 앨범과 디퓨저를 꺼내 탁자 위에 예쁘게 배치해 사진을 찍고는 유진이에게 잘 받았다는 인증샷과 함께 고마움을 전했다.

감귤향이 나는 오렌지색 물결을 엊그제 욕실에서 비워진 플라스틱 디퓨저 통으로 일부 옮겨 담고 동봉되어 있던 샛노란 개나리색의 스틱들을 꽂아 다시 선반 위에 올려놓았다. 포장 상자들을 마저 정리하고 자리에 앉은 시연이 오랜만에 다시 자신의 품으로 돌아온 미니 앨범을 조심스레 열었다.

시연이 처음 앨범에 끼워 넣었을 때와 다름없이 다양한 순간들과 추억들이 전시회처럼 한자리에 모여 각자의 기억들을 뽐내고 있었다. 사진첩에는 이전에 유진이 휴대폰으로 찍어서 보내주었던 몇 장의 사진들도 있었고, 어쩐지 새로운 느낌을 주는 사진들도 있어 사진 뒷장의 메모를 살펴보기도 했다. 꽤 길게 이어진 추억 여행이 거의 마무리되어 갈 때쯤 드디어 지난번 그토록 찾았던 어린 시연이의 사진이 나왔다. 꿈에서 보았던 것처럼 그 기억 그대로 활짝 웃고 있는 어린 시연을 바라보며 따라 웃던 시연이 갑자기 앨범의 앞쪽에서 어떤 사진을 찾기 시작했다.

아까 무심코 사진을 넘기면서도 기억과는 사뭇 다른 느낌의 사진이 있었다는 것을 생각해 낸 시연이 문제의 사진을 찾아냈다. 시연이 첫 비행을 마치고 선배님들과 갤리에서 찍었던 사진이 지난번 유진이가 휴대폰으로 찍어서 보내주었던 모습과는 묘하게 달라진 느낌으로 사진첩에 끼워져 있었다. 어쩐지 눈이고 얼굴이고 붉어진 데다 더 부은 것만 같은 느낌이랄까. 휴대폰으로 사진을 다시 찍을 때의 각도 때문일 수도 있고, 기억은 원래 오류가 많기 때문에 이 느낌도 단순히 기분 탓으로 치부해 버린 시연이 이내 앨범 여행을 마치고 외출 준비를 시작했다. 본사에 들렀다 늦지 않게 큰엄마 댁까지 가려면 이제는 정말 준비를 시작해야 했다.

오랜만에 사복으로 본사에 가게 된 시연이 평소보다 더 단정한 느낌으로 준비를 마치고 집을 나서려다 가는 길에 세탁소에 들러 유니폼을 맡기기 위해 옷을 찾았다. 가져왔던 수트케이스 맨 아래쪽에 들어있던 유니폼을 꺼내 들고 혹시나 소지품이 들어있는지 마지막으로 점검하는데 앞치마의 왼쪽 주머니에서 무언가 손에 들어왔다. 시연이 넣은 기억이 없는 반으로 접어진 냅킨 한 장. 기내 음료 서비스를 하다 무심결에 넣어두었던 것인가 싶어서 버리려다 열어본 냅킨 안에는 작은 야광별 하나와 함께 메모가 적혀있었다.

'유시연, 잘하고 있어. 최고야! 우리 공주님, 항상 응원한다.'

4.

남겨진 사람들

'손님 여러분, 우리 비행기는 인천국제공항에 도착했습니다. 지금 이곳은 4월…… 앞으로도 손님 여러분께서 안전하고 편안하게 여행하실 수 있도록 최선을 다하겠습니다. 감사합니다. 안녕히 가십시오.'

10시간이 훌쩍 넘는 비행시간에 피로가 누적된 재민이 짐을 챙기면서도 중간중간 졸고 있었다. 얼른 내려서 수화물을 찾고 차에 타면, 가는 동안 잠을 좀 자야겠다고 생각한 재민이 정신을 차리려 고개를 흔들며 눈을 부릅떴다.

코로나 바이러스의 확산과 백신 접종도 이제 겨우 고령자부터 시작하던 시기에 입국을 하게 되어 절차가 복잡했던 1년 전과 달리, 입국 절차가 많이 간소화되어 점차 예전의 활기를 되찾아 가고 있는 공항에서 능숙하게 입국장을 빠져나온 재민이 어디론가 전화를 걸었다.

'전화기가 꺼져있어, 소리샘으로 연결됩니다. 연결된 후에는…'

"하… 뭐야, 진짜. 휴대폰이 꺼져있으면 나보고 어떡하라고. 그냥 오지 말 걸 그랬나…"

피곤함에 짜증이 더해진 재민이 짐들을 끌고 공항 의자에 앉아 몇 차례 더 전화를 걸었다. 하지만 상대방의 전화기는 여전히 잠들어 있는 것에 머리를 헝클인 재민이 조금 더 기다리며 고민을 하다 마스크를 얼굴에 더 밀착시킨 후 자리에서 일어났다. 결국 택시를 잡아타고 집으로 향한 재민이 가는 도중에도 혹시 길이 엇갈릴까 걱정되어 전화를 계속 걸어보았지만, 원하지 않은 음성만 다시 되돌아올 뿐이었다.

택시의 트렁크와 뒷자리에서 짐들을 빠짐없이 다 꺼내어 든 재민이 등부터 양손까지 그 어디에도 짐을 더할 수 없을 만큼 온몸에 짐을 감고 아파트 단지로 향했다. 짜증 반, 걱정 반으로 뒤섞인 마음을 달래며 집 앞에 선 재민이 초인종을 누를까, 비밀번호를 누를까 고민하다가 벨을 꾹 눌렀다. 노랫소리가 집 안을 가득 메우는 소리가 들렸지만 도무지 인기척이 느껴지지 않은 것에 놀라 서둘러 비밀번호를 누르고 집 안으로 뛰어들어갔다.

"어, 엄마! 엄마, 어디 계세요?"

항상 햇볕이 집 안 가득 들어올 수 있도록 낮에는 얇은 커튼도 치지 않았던 집이 블랙홀에 집어삼켜진 것처럼 숨 막힐 정도로 캄캄했다. 신발장에서 켜졌던 센서등마저 꺼지자 갑작스레 찾아온 대낮의 어둠이 재민의 눈을 가렸다. 불안해진 재민이 피곤함도 잊은 채 서둘러 휴대폰 액정화면의 옅은 불빛에 의지해 집 안에서 엄마를 찾아다녔다. 화장실부터 안방, 안방 화장실, 거실, 세탁실까지 모두 다 찾아보았지만, 그 어디에도 엄마의 흔적이 보이지 않자 불안해진 재민이 형에게 전화를 걸기 위해 떨리는 손을 움직였다. 그때 갑자기 아빠가 쓰시던 서재 쪽에서 작은 인기척이 느껴졌다. 엄마인가 싶어 안도의 한숨을 쉬며 다가가던 재민이 문득 도둑이면 어쩌지 하는 생각이 들어 손에 쥔 휴대폰 액정 위에 112 번호를 띄우고 나머지 한 손에는 무선 청소기를 집어 들었다. 마음속으로 하나, 둘, 셋을 외친 재민이 용기를 내 서재의 방문을 열자 집 안의 다른 곳들과 마찬가지로 컴컴한 방 안에는 예상과 달리 아무도 보이지 않았고, 아빠가 좋아하시던 우디향만이 은은하게 재민을 반겼다. 괜히 허탈해진 재민이 베란다 창가로 다가가 암막 커튼을 활짝 젖히자 방 안 한가득 한꺼번에 햇빛이 쏟아져 들어옴과 동시에 재민의 등 뒤에서도 목소리가 들려왔다.

"아, 뭐야… 눈부시니까 커튼 다시 닫아. 빨리."

…? 삐걱삐걱 고개를 돌려 등 뒤를 쳐다본 재민이 작은 매트리스 위의 이불들에 돌돌 싸여 바디필로우처럼 누워있는 엄마를 발견했다. 한국에 도착한 순간부터 지금까지 오매불망 찾아 헤매던 목소리가 재민의 귓가에 들려오자, 안도감과 함께 차곡차곡 쌓인 화가 치솟아 엄마에게 짜증을 내기 시작했다.

"엄마! 왜 전화기도 꺼놓고 불러도 대답을 안 해요! 진짜 사람 놀라게. 무슨 일 생긴 건가 싶어서 얼마나 놀랐는지 알아요? 공항에서부터 집까지 무슨 정신으로 왔는지 모르겠어. 오랜만에 만났는데 나한테 왜 그래요, 정말?"

별다른 일이 없어 다행이면서도 속상한 마음에 마스크가 펄럭일 정도로 말을 쏟아낸 재민의 눈가가 촉촉해져 있었다.

"왜 오자마자 짜증이니, 지난번에 통화했던 거랑 다르게 일찍 온

네 잘못도 있지."

화를 내고 있는 아들과 다르게 여전히 무기력하게 누워 나른한 목소리로 수진이 말했다.

"제가 뭘 일찍 와요! 오늘이 한국 날짜로 15일 맞는데요! 제가 분명 15일에 도착한다고 말씀드렸잖아요!"

"응? 오늘이 15일이라고? 8일 아니었나… 언제 그렇게 시간이 지났지…"

느릿느릿 아무런 감정도 담지 않은 말투로 대답하던 수진이 멍한 얼굴로 1년 만에 만나는 아들을 바라보았다. 얼마간 아들의 모습을 눈에 담는가 싶더니 이내 다시 매트리스에 몸을 맡기고 눈을 감았다. 지금껏 언제나 바쁘게 이리저리 움직이는 엄마의 모습만 보다가 텅 빈 눈으로 느리게 자신을 바라보는 모습에 재민은 화가 순식간에 차갑게 사그라드는 것을 느끼며 마스크 너머로 조용히 한숨을 내쉬었다.

조심스레 방문을 닫고 나와 손을 씻고 인터넷으로 해외입국자가 해야 하는 일들을 검색한 재민이 집 밖으로 나섰다. 몸이고 정신이고 피곤함에 점령되어 온전하지 못했지만 할 일을 다 마치고 몰아서 쉬는 게 더 좋을 것 같아 억지로 몸을 움직였다. 집 근처 병원에서 PCR 검사를 받고 약국에 들러 자가진단키트와 해열제, 체온계, 소독제까지 꼼꼼하게 챙겨 구매했다. 약국을 나오던 재민이 고민하다 마트에 들러 방 안에서 지내는 동안 먹을 간식과 간편식들을 장바구니에 가득 담았다. 아무래도 제사 전까지 철저하게 자가격리를 하는 게 방문할 다른 가족들에게 더 안전할 것 같다는 생각이 들어 그동안 방에서 졸업작품 준비에 매진할 계획이었다.

집으로 다시 돌아온 재민이 칠흑같이 어두운 방과 거실의 암막 커튼들을 모두 걷어내고 창문을 열어 환기를 시켰다. 얼마나 오래 손길이 닿지 않은 것인지 뽀얀 먼지와 함께 군데군데 거미줄이 쳐져있는 것이 꼭 사람이 살지 않는 빈집에 들어온 것 같은 느낌을 주었다. 아무런 인기척도 들리지 않는 서재의 방문을 바라보자 굳게 닫힌 문이 꼭 세상에 문을 닫아버린 엄마의 마음 같이 느껴져 더 답답해졌다.

재민이 자가격리를 위해 화장실 바로 맞은편에 위치한 자기 방에 틀어박혀 졸업작품 제작에 매진한 지 벌써 며칠이 지났다. 처음에는 꽉 막힌 작은 방 안에서 웬만한 모든 일들을 다 해결해야 한다는 점이 답답하게 느껴졌지만 작품 활동에 집중하다 보니 곧 익숙해져 오히려 평소와 다름없는 일상을 보내게 되었다. 하지만 가끔씩 화장실에 가거나 배달 음식을 가지러 잠깐 방 밖으로 나갈 때면 그게 언제, 어느 시간이든 늘 한결같이 조용하기만 한 집 안 분위기가 낯설게 느껴졌다. 엄마는 격리대상자도 아닌데 도대체 방에서 하루 종일 무엇을 하시는지, 형은 가끔씩이라도 집에 다녀가기는 하는 건지 궁금해졌다. 원래도 엄마와 형에게 관심이 많은 편은 아니었지만, 지난 1년간 더 무심했던 자신을 돌이켜보자 마음이 무거워졌다.
드디어 자가격리를 시작한 지 일주일이 지나고 재민이 괜히 더 가벼워진 마음으로 방 밖으로 나갔다. 혹시나 하는 마음에 방을 나설 때면 꼭 착용했던 마스크와 장갑도 이제는 벗어 던졌다. 한결 편한 차림으로 거실로 나가자 처음 집에 도착했을 때와 마찬가지로 어떤 빛줄기도 집 안에 들이고 싶지 않다는 듯 모든 창과 커튼이 또다시 세상을 향해 꽁꽁 닫혀있었다. 답답한 마음에 커튼과 창을 모두 열고 텔레비전을 켠 재민에게 집안에서 자기가 내는 소리 말고 다른 소음들이 절실히 필요했다. 각종 생활 소음들을 들으며 소파에 앉아 생각을 정리하던 재민의 눈에 멈춰버린 벽시계가 들어오면서 머릿속으로 뒤늦게 무언가 스쳐 지나갔다.

직접 눈으로 확인하려는 건지 거실과 주방, 세탁실을 오가며 냉장고와 세탁기를 하나하나 다 열어보면서 분주하게 무언가를 찾아 헤맸다. 평소에도 워낙 미니멀 라이프를 지향하는 엄마의 성격 탓에 집안에는 꼭 필요한 물건들만 주로 있었지만, 지금은 필요한 물건들조차 없는 것들이 더 많았다. 밥은 어떻게 드시고 계셨던 건지 밥은 물론이고 쌀도 없었고, 냉장고 안의 반찬도 반찬통이 거의 비어있는 채로 들어가 있거나 그나마 들어있던 식재료들도 유통기한이 한참 지난 것들과 이미 상한 것들이 전부였다. 세탁기는 언제 돌리고 지금까지 방치되어 있던 것인지 빨래통에 쌓여있는 세탁물들에서도 이미 눅눅하다 못해 쉰 냄새가 진동하고 있었다.

처음에는 일주일 동안 집안에서 어떤 소리도 듣지 못했던 게 시차적응과 작품 활동으로 인해 서로의 생활 패턴이 달라 그런 줄로만 알았는데 그게 아니었다. 재민은 엄마의 상태가 단순히 피곤하거나 살짝 무기력한 정도가 아니라 그냥 집안일을 비롯해 자신의 삶까지 모든 것을 놓아버리고 있었던 것임을 눈치채고 서둘러 엄마를 찾았다. 안방과 안방 화장실에도 안 계시는 것에 또 서재에 계시나 싶어 서재의 문을 살짝 열어보았더니 집에 첫날 도착했을 때 보았던 그 모습 그대로 누워 계셨다. 깊게 잠이 드신 건지 불러도 대답이 없기에 재민이 엄마 곁으로 가까이 다가갔다. 어둠에 익숙해진 눈과 좁혀진 거리로 엄마의 모습이 선명해질 때쯤, 엄마를 둘러싸고 있는 주변의 모습도 함께 재민의 눈으로 들어왔다.

작은 흰색 약통과 소주병. 지금껏 보았던 엄마와 거리가 멀던 물건들에 너무 놀란 재민이 엄마를 흔들어 깨우며 어디론가 전화를 걸었다. 언제부턴가 멀어지기 시작해 이제는 다른 형제들처럼 사이가 그렇게 좋지는 않았지만 그래도 형은 형이었다. 이 상황에서 그 누구보다도 자신과 같은 마음을 가지고 있을 사람, 어떤 말을 해도 들어줄 사람. 바로 재영이었다.

"받아라… 빨리… 빨리 좀 받아, 형… 제발…"

한 손으로는 계속 수진을 흔들어 깨우며 나머지 한 손으로는 전화를 걸고 있던 재민이 초조한 마음에 자꾸 호흡이 가빠지고 심장이 떨려왔다. 아빠가 세상을 떠나신 지 이제 겨우 1년이 지났는데, 지금도 그 빈자리가 버거워 받아들이지 못하고 애써 모른척해 왔는데 이대로 엄마까지 잃어버릴 수는 없었다. 재민의 눈에 눈물이 가득 차서 시야가 흐려질 때쯤 약속이나 한 듯 두 사람의 목소리가 동시에 들려왔다.

"으응, 겨우 잠든 지 얼마 안 됐는데 왜 깨우고 그래…"

'…여보세요? 재민이니?'

짧은 시간이었지만 극도로 불안했던 재민이 기다리던 목소리들을 한꺼번에 듣게 되면서 안도감에 긴장이 풀려 바닥에 털썩 주저앉았다. 누구와 먼저 이야기를 해야 할지 정리되지 않은 머릿속만큼 전화기 너머의 목소리도 복잡했다.

'여보세요, 여보세요? 야! …잘못 걸었나?'

재영의 목소리가 잦아들면서 전화가 끊길 무렵 재민이 다급하게 형을 불렀다.

"혀, 형! 엄마… 엄마가… 하… 어디서부터 어떻게 이야기해야 해, 진짜."

'응? 뭐? 엄마가 왜? 무슨 일인데? 너 한국 들어왔어?'

"잠깐, 잠깐만. 하나씩 물어봐. 일단 나 일주일 전에 집에 왔고 지금 집안이 난리니까 집으로 좀 들어와."

'무슨 일인 건데, 나 요즘 논문 마무리 때문에 바빠. 꼭 집에 가서 이야기 해야 하는 거야?'

"누구는 안 바빠? 나도 졸업작품 준비 때문에 바쁜데도 잘 시간, 밥 먹는 시간 다 줄여가며 여기 온 거야. 직접 눈으로 봐야 하니까 집으로 와. 그리고 엄마 일이라고, 엄마가 형을 어떻게 챙겼는데 그렇게 우선순위를 정해가며 말해?"

'야, 누가 엄마가 안 중요하대? 지금 정말 바쁘니까 왔다 갔다 하기 힘들어서 그런 거지. 너야말로 오랜만에 전화해서 왜 그러냐? 네가 언제부터 엄마 챙겼다고… 관심 있는 척은.'

"아! 됐고, 그냥 일단 와. 기다린다."

머리끝까지 분노가 치밀어 오른 재민이 전화를 일방적으로 뚝 끊어버리고는 아까 전과는 다른 의미로 몸이 떨리는 것에 눈을 꼭 감은 채로 머리카락을 헝클어뜨렸다. 이 소란 속에서도 몽롱한 상태로 잠에 취해있는 엄마를 내려다보다 곁에 있는 빈 초록색 병과 작은 약병을 가지고 방을 나왔다. 위험한 약까지는 아닌 것 같지만 정확히 무슨 용도의 약인지 알아보기 위해 간단히 옷을 챙겨 입은 재민이 약병을 들고 집 앞 약국으로 향했다.

"수면제인 것 같네요. 혹시 이 약을 복용하신 지 얼마나 되셨는지 물어봐도 될까요?"

아무런 대답도 하지 못하고 멍한 얼굴로 약국을 나와 집으로 걸어가던 재민의 발걸음이 점차 더뎌졌다. 아빠처럼 건강에 큰 문제가 있으신 게 아니어서 다행이면서도 다른 한편으로는 그동안 얼마나 마음이 힘드셨으면 약에 의존해야만 잠이 드실 수 있었던 걸까 생각하니 지난 1년간의 시간들이 후회스러운 일들 투성이었다. 더 이상 같은 실수를 반복하지 않도록 지금부터라도 바로 잡아야겠다고 결심한 재민이 애써 기운을 내 힘차게 걸었다.

집에 도착한 재민이 형을 기다리는 동안 간단하게나마 정리를 하려고 집안을 이리저리 살폈다. 곳곳에 널브러져 있는 병들과 빈 캔들을 한곳으로 모으고 거실부터 방마다 청소기를 돌리는데, 거실 베란다 창문 앞에 가득했던 화분들이 다 어디로 간 것인지 보이지 않았다. 궁금함도 잠시, 안방 베란다 쪽 화단에 아빠가 기르던 화분들이 모두 모여있는 것을 발견했다.

항상 초록초록 생기 있는 잎사귀와 각종 예쁜 꽃들이 각자의 시기에 맞춰 피어나 매년 작은 정원을 만들어 주던 화분들이 지푸라기처럼 메말라 모두 시들어 죽어가고 있었다. 말라 죽어가던 어떤 꽃도 소생시키는 덕분에 한때 식물병원이라고 불리던 곳에도 병원장의 부재는 영향이 컸다. 아빠가 유난히 애지중지 아끼시던 꽃들이었기에 이걸 어떻게 해야 하나 고민하던 재민이 결국 화분을 하나씩 거실로 옮겼다. 크기가 큰 것부터 작은 것들까지 은근히 많은 수의 화분을 옮기고 나니 지쳐버린 재민이 소파에 누워서 쉬다 스르륵 잠이 들었다.

띠, 띠, 띠, 띠⋯ 띠⋯ 띠, 띠⋯ 띠리리링-.

어렴풋이 누군가 도어락을 열고 들어오는 소리에 깬 재민이 주변이 다시 어두워진 것에 황급히 휴대폰으로 시간을 확인했다. 벌써 자정, 12시. 새로운 날의 시작이었다.

현관에서부터 들린 발소리가 어둠 속에서 길을 잃은 듯싶더니 이내 복도를 따라 거실로 다가왔다.

"아, 왜 이제 와."

"야, 지금이라도 온 게 어딘데. 보니까 너도 계속 나 기다린 거 아니고 자고 있었으면서."

"정리하면서 기다리다가 잠깐 잠든 거였거든? 아, 저녁도 못 먹었는데."

"정리한 게 이렇게 너저분하다고? 장난하냐?"

툴툴거리며 이야기하는 재민에게 재영이 지지 않고 응수했다. 재민이 잠든 사이에도 와글와글 혼자 재밌는 시간을 보내던 텔레비전의 화면을 끄고 불을 켠 재영이 주방으로 다가가더니 오븐을 열며 말했다.

"야, 배고프면 라면이라도 먹을래?"

"라면 없거든? 아까 내가 다 찾아봤어. 집에 먹을 게 진짜 하나도 없더라. 엄마가 예전에는 안 드시던 것도 요즘에 드시는 것 같길래 혹시 이제는 라면도 드시나 하고 찾아봤는데 그건 아직도 안 드시나 보더라."

"다 찾아본 거 맞음? 라면 여기 있는데? 엄마가 못 먹게 해서 아빠랑 나랑 항상 오븐 속에 숨겨두고 몰래 먹었거든. 근데 엄마가 이제는 뭘 드시길래?"

재영이 냄비에 물을 받아 올리면서 묻자, 재민이 대답 대신 턱 끝으로 한데 모아둔 각종 병들을 가리켰다. 와인부터 맥주, 소주까지 다양한 주류들이 모여 키재기를 하고 있었다.

"저 안쪽에 분리수거 하려고 모아둔 곳에는 캔으로도 많이 있어."

"아니, 이걸 다 엄마가 드신 거라고? 설마."

라면 스프를 손에 쥔 재영이 놀란 눈으로 재민을 쳐다보다 믿을 수 없다는 듯 고개를 저으며 말했다.

"야, 엄마 알코올 냄새만 맡으셔도 취하시는 거 몰라? 그래서 예전에 일하실 때도 병원 끝나고 집에 오시면 맨날 머리 아프다고 하셨잖아. 아, 너는 어려서 기억 안 나려나?"

"나도 기억나, 그러니까 이상하다는 거지. 그리고…"

재민이 라면 끓이는 데 열중한 재영의 곁으로 가까이 다가와 한껏 목소리를 낮춰 속삭였다.

"그리고… 엄마 수면제도 드시는 것 같던데, 그것도 술이랑 같이… 하… 아까 전화한 것도 그거 때문이었어. 엄마는 불러도 미동도 없지, 주변에는 약병이 술병이랑 같이 널려있는 거 보고 얼마나 놀랐는데. 아빠도 이제 안 계시고… 생각나는 사람이 형밖에 없더라."

늦은 시간대에 찾아오는 감성 때문인 걸까, 아니면 오랜만에 형과 같은 고민을 공유하고 있다는 안정감 때문인 걸까 항상 형을 쫓아다니던 그 언젠가의 어린 시절처럼 꾸밈없이 진솔해지는 재민이었다.

갑자기 진지해진 분위기에 찾아온 어색한 침묵을 깨려고 재영이 괜히 대수롭지 않은 척하며 완성된 라면을 식탁 위에 올려두었다.

"야, 원래 내가 너보다 뭘 해도 낫잖아. 어릴 때는 형아 형아 하면서 말도 잘 듣더니 어느 순간부터 삐뚤어져서는 무슨 말만 해도 맨날 화부터 먼저 내고 나랑 무조건 반대로 했었잖아. 이제라도 이 형님의 진가를 알았으면 알아서 잘 모셔라."

"하여튼 조금도 빈틈을 안 주네. 항상 이런 식이라 형이랑 무슨 대화를 못 해, 진짜."

재민이 코웃음 치며 퉁명스럽게 말하면서도 재영이 온 이후로 한결 편안해진 표정을 지었다. 앞접시와 젓가락을 세팅한 재민이 라면을 먹으려다 말고 불쑥 냄비를 뒤적이며 말했다.

"뭐야, 김치 안 넣었어? 아, 치즈는 또 왜 넣었어!"

"뭐래, 나는 치즈라면 좋아해. 내가 끓였으니까 내 맘대로지, 싫으면 네가 끓여 먹든가."

"아 진짜, 라면 더 없잖아. 아! 형이랑은 진짜 하나도 안 맞아."

1년 만에 만난 형제가 살짝 훈훈한 분위기를 이어가려던 게 무색할 정도로 라면 하나에 또 의견이 맞지 않아 티격태격하는 재민과 재영이었다. 짜증을 내면서도 꾸준하게 젓가락질을 이어가던 재민의 얼굴이 갑자기 쓸쓸해졌다.

"예전에, 아빠가 엄마 몰래 라면 끓여주실 때 항상 김치 넣어주셨는데. 내가 좋아한다고."

앞접시에 얼굴이 빨려 들어갈 것처럼 라면을 먹던 재영이 물기 어린 목소리가 들려온 것에 고개를 들고 재민의 얼굴을 살폈다. 그리고 애써 담담하게 아무렇지 않은 척 말을 이었다.

"맞아, 내가 좋아하는 치즈라면 1번 끓여주실 때 김치라면은 5번 정도 끓여주셨으니까. 별거 아니었는데 그때는 왜 그렇게 너만 챙긴다고 서운했었는지. 근데, 너 그거 모르지? 아빠가 너 유학 가고 나서도 가끔씩 라면 드실 때면 꼭 김치 넣어 드셨다?"

처음 듣는 말에 눈이 휘둥그레진 재민의 코끝이 이내 빨갛게 물들었다. 목이 메인 탓에 입술을 말아 물고 말을 고르던 재민이 괜히 장난스럽게 말하며 애써 미소를 지었다.

"아, 뭐야. 그럼 그냥 아빠 취향이셨나 보네, 나는 또 엄마가 매번 형만 챙겼던 것처럼 아빠는 나 편애하신 줄 알았네. 캐나다에 있을 때 늦게까지 과제 하는 날이면 꼭 그렇게 김치라면이 먹고 싶어서 과제를 다 끝내고도 잠이 안 오는 날도 있었거든. 한국 오면 제일 먼저 김치라면부터 먹으려고 했더니 집에는 라면도 없고, 김치도 거의 없고… 아, 말 나온 김에 내일 장 보러 가자. 정리 정돈만 엉망인 게 아니라 먹을 것부터 생필품까지 없는 거 엄청 많아."

"…인터넷으로 사면 안 되냐? 요새는 인터넷 마트 장 보기 뭐 이런 것도 많던데."

"직접 눈으로 보고 사고 싶은 것도 있거든? 그리고 나가면서 쓰레기도 버릴 겸 그냥 같이 가자고."

"아, 알았어! 대신 라면도 내가 끓였고, 내일 내가 같이 가주는 거니까 설거지는 네가 해."

언제 다 먹은 건지 비어버린 냄비와 앞접시만 남겨둔 채 재영이가 재빠르게 자리를 떠났다.

툴툴거리면서도 늦게까지 뒷정리를 깔끔하게 하고 잠든 재민이 라면 국물에 퉁퉁 부은 얼굴로 일어나서 느릿느릿 거실로 나갔다. 재민보다 조금 더 먼저 일어난 재영이 역시 부어서 잘 떠지지 않는 눈으로 베란다의 바깥 경치를 구경하고 있었다.

"야… 냉장고에 진짜 먹을 거 하나도 없더라. 여기부터라도 빨리 정리하고 마트 가야 할 듯. 사야 할 것들 좀 적어봐."

재영이 잠에서 깨어난 지 얼마 되지 않아 한껏 잠긴 목소리로 재민에게 말하며 하품을 늘어지게 했다. 멍한 정신에도 휴대폰 메모장을 켜서 필요했던 물건들의 기억을 더듬어 써 내려가던 재민이 고개를 들어 형에게 물었다.

"형, 근데… 이 화분들 어떻게 하지? 아빠가 아끼시던 것들이긴 한데… 그래도 상태가 이 정도면 정리… 해야겠지…?"

"…엄마는 뭐라고 하셨는데?"

"사실 이거… 안방 베란다 화단에 다 모여있던 거 그냥 내가 무작정 가지고 나왔거든… 내가 보기에는 소생불가… 인 것 같아서. 형이 보기엔 어때?"

가만히 앉아 화분들을 하나하나 살피던 재영이 뭔가 결심한 듯 결연한 표정으로 말했다.

"엄마 손으로 정리하시기는 힘드셨을 거야, 우리가 그냥 정리하자. 이렇게 다 시들어 버린 식물들 가까이해 봤자 마음만 더 괴로우실 것 같아."

재영과 재민이 모종삽과 쓰레기봉투를 가져와 함께 화분과 꽃들을 분리하고 있는데 서재의 문이 열리는가 싶더니 모습을 드러낸 수진이 화분들을 발견하고 소리치며 달려왔다.

"너희 지금 뭐 하는 거야! 아빠가 얘네들을 얼마나 아끼셨는데 마음대로! 빨리 다시 원상복구 시켜놔, 빨리!"

"엄마, 이거 이제 죽었어요. 우리 힘으로는 다시 살려내기 힘들어요, 엄마가 정리하기 힘드실 테니까 그냥 우리가 할게요. 네?"

"아니야, 아직 안 죽었어! 다시 꽃 필 수 있다고! 이제 봄이니까, 다시 한번 더… 한 번 더… 꽃 피울 거야. 그리고… 만에 하나 언젠가 정리한다고 해도 그건 내가 해. 아빠 화분들 더 이상 손대지 마."

울분에 가득 찬 수진이 어느새 빨개진 눈과 부들부들 떨리는 매서운 목소리로 아들들에게 경고하며 화분들을 끌어안았다. 지금껏 한 번도 본 적 없었던 격앙된 엄마의 모습에 당황한 재영이 재민의 팔을 끌어당기며 방으로 피했다.

"야, 엄마 화나신 것 같으니까 대충 씻고 일단 나가자. 너 정리하다가 아빠 차 키 봤어?"

"아빠 차 키? 아니? 아, 근데 형 너는 집에 잘 안 오냐? 왜 1년 만에 온 나한테 그걸 물어."

"나도 오랜만에 왔거든? 하… 진짜… 예전에는 엄마 화장대 서랍에 있었는데…"

소란스러웠던 밖이 다시 조용해질 때쯤 재영과 재민이 살금살금 방에서 나와 안방 화장대에 있는 열쇠들을 모두 챙겼다. 엄마가 다시 화분들을 옮겨놓으신 건지 안방 베란다 화단에는 다시 화분들이 줄지어 바깥 구경을 하고 있었다. 얼른 고양이 세수만 마치고 간편한 차림으로 지하 주차장에 내려온 형제가 또 다른 난관에 봉착했다.

"…야, 너 아빠 차 어디에 주차됐는지 모르지?"

"아 진짜, 한국에 살고 있는 사람은 내가 아니라 형이라고. 형 너도 모르는 거 나한테 자꾸 물어볼래? 그럼 엄마 차로 가든지."

"…그럼 엄마 차는 어디에 있는데? 아, 그리고 엄마 차는… 좀 그래…"

재민이 어리둥절한 표정으로 말없이 재영을 향해 물었다.

"아, 그런 게 있어. 일단, 그 머리에다가 리모컨 키를 좀 대고 눌러 봐. 영화에서 보면 그렇게 하면 몸이 안테나인가? 역할을 해서 더 멀리에서도 인식한다더라."

그렇게 잘 알면 형이 하지 왜 굳이 자기를 시키냐며 신경질을 내면서도 형의 말대로 따라 하던 재민이 지하 1층을 한 바퀴를 다 돌아도 차를 찾지 못해 지하 2층으로 내려갔다. 내려간 지하 2층에서도 발견하지 못해 포기할 무렵 주차장 끄트머리 귀퉁이에서 어렴풋이 작은 소리가 들려왔다.

삐빅-.

며칠을 굶다 사냥감을 발견한 맹수들처럼 맹렬하게 달려간 형제들이 먼지가 가득 묻어 원래 색을 알아보기 힘든 아빠 차를 드디어 발견하고는 서로 마주 보며 씩 웃었다. 다시 한번 리모컨 키로 문을 열어 보며 확인하던 재민과 재영이 동시에 조수석으로 향했다.

"…? 뭐야, 형이 운전 안 해? 나보다 여기 길을 더 잘 알 거 아니야. 그리고 나 보험 없어."

"야, 나도 여기 길 잘 몰라. 너랑 똑같아. 그리고 아빠 차, 아빠 병원

다니실 때 긴급 상황을 대비해서 누구든 운전할 수 있게 보험 바꿔놓은 걸로 계속 그대로 갱신 중이어서 너 운전해도 돼. 너 어차피 국제면허증 있잖아, 네가 해."

아침에 눈을 뜬 순간부터 지금까지 무슨 일이든 '나는 시킬 테니 네가 해'라는 태도를 시전하는 형을 보며 속이 부글부글 끓어오르던 재민이 한숨을 깊게 내쉬며 한 번 더 꾹 참고는 운전석에 올라탔다. 재민이 운전석을 몸에 맞추고 시동 버튼을 누르는데, 윙- 하는 소리만 나고 시동은 걸리지 않는 것이 뭔가 이상했다.

"…? 어, 어? 차 이거 왜 이래?"

당황한 재민이 진정하고 다시 한번 시동을 걸어보지만 시동은 걸리지 않았다. 조수석에 앉은 재영이 다급하게 인터넷으로 검색하더니 한숨을 내쉬며 말했다.

"하… 아무래도 차가 방전된 것 같아. 보험 출동 서비스를 불러야 할 것 같은데…"

"아, 어쩔 수 없지. 얼마나 걸리려나… 얼른 불러."

"아니, 그게… 엄마 옆에 있을 때 전화 온 걸 대신 받았던 거여서 보험회사 어디인지 몰라."

"진짜, 뭐야! 대체 아는 게 뭐냐? 하… 그럼 엄마한테 물어보면 되겠네. 아, 지금은 좀 그렇겠구나. 그럼 그냥 엄마 차로 가자, 아까 차키 있었지?"

한심하다는 듯 잔뜩 얼굴을 찡그리며 짜증을 내던 재민이 재영에게 확인차 물으며 차에서 내렸다. 또다시 지하 주차장 숨바꼭질을 하게 되었지만, 아까 한번 했던 게 도움이 되었는지 생각보다 금방 차를 찾아내고는 문을 열었다. 왠지 긴장한 듯 쭈뼛거리던 재영이 깊은숨을 내몰아 쉬더니 운전석으로 가서 앉았다. 이번에도 자기가 운전하는 줄 알았다가 조수석에 탑승하게 된 재민이 다가올 일을 예견하지 못한 채 편하게 늘어졌다.

"추, 출발한다. 안전벨트 맸지?"

"어, 근데 마트는… 어디인지 알지? 모르겠으면 네비 먼저 켜고."

"네비? 아… 그럼 내 거로 켤 테니까 네가 좀 봐줘."

"네비를 내가 왜 봐, 운전하는 사람이 봐야 더 편하지. 이것까지 꼭 사람을 부려먹으려고."

"아, 일단 그냥 네가 보고 나한테 이번이다, 다음에 뭐다, 이렇게 알려줘. 어?"

검색을 하느라 잔뜩 긴장한 재영을 미처 보지 못한 재민이 여전히 눈은 휴대폰에 둔 채 고개를 절레절레 흔들며 작게 중얼거리며 불평을 늘어놓았다. 우여곡절 끝에 차를 지하 주차장에서 지상으로 꺼내 오랜만에 햇빛을 맞는 것도 잠시, 자꾸만 브레이크를 꾹 밟는 재영 때문에 재민의 머리가 강제 헤드뱅잉 중이었다. 편하게 가기 위해 약간의 불편함을 감수하려던 재민의 인내심이 울렁거리기 시작하는 속과 함께 끊어졌다.

"아! 형 일부러 그러는 거지? 그냥 운전자 바꿔!"

"아, 또 뭘 내가 일부러 그래. 오랜만에 운전하니까 그렇지, 그리고 이 차는 엄마랑 나만 등록했단 말이야. 너도 되면 내가 운전하겠냐?"

답답함에 가슴을 내리치던 재민이 결국 입을 다물고 조수석 머리 위에 달린 손잡이를 꽉 붙잡았다. 이대로 무사히 마트에 들렀다 집에 갈 수 있을까 하는 생각이 머릿속을 스쳐 지나갈 때쯤 갑자기 계기판의 노란 불빛이 재민의 눈에 들어왔다.

"어? 형, 저 주유 경고등 불빛 언제부터 들어와 있었어?"

"어어, 어? 뭐? 무슨 불빛?"

핸들을 꼭 잡은 채 곧은 자세로 정면만 줄곧 응시하던 재영이 재민의 말에 눈동자만 슬쩍 내려 계기판을 확인했다. 그리고 모르겠다는 듯 고개를 갸우뚱거리며 말했다.

"몰라, 아까도 있었나? 근데 이거 들어와도 얼마 동안 주행 가능하잖아."

"그러니까, 언제부터 들어왔는지가 중요하잖아. 아까 출발하기 전에 확인 안 했어? 아, 정말 뭐 하나 제대로 하는 게 없는데 한국대는 어떻게 들어갔는지 몰라. 형 진짜 한국대 다닌 거는 맞지? 빨리 주유소부터 가! 엄마는 왜 미리미리 주유를 안 해두셔서는."

이를 꽉 깨물며 말하던 재민이 더 이상의 돌발상황을 겪고 싶지 않아 차를 근처 주유소로 이끌었다. 어릴 적부터 영특하던 재영과 달리 평범했던 재민이었지만, 뛰어난 형 때문에 부족한 동생으로 취급되면서 수없이 많은 비교를 당해왔던 순간들이 황당하고 억울해지는 순간이었다.

주유까지 마치고 겨우 도착한 마트에서 세탁세제부터 건전지, 칫솔 같은 자잘한 생필품들을 비롯해 쌀과 간단한 식재료, 밀키트 같은 먹거리들을 계산하고 트렁크에 가득 실었다. 곧 있을 제사를 위해 제사 음식 재료도 함께 살까 하다가 어디서부터 어떻게 준비해야 하는

지 검색을 하면 할수록 점점 더 알 수 없는 것에 일단 다음으로 미루었다. 집으로 돌아가는 차 안, 오전부터 다사다난했던 두 사람이 지친 탓에 아무 말도 없이 네비와 길 안내를 위한 목소리만을 나누고 있었다. 그러다 문득 무언가 궁금해진 재민이 적막했던 분위기를 깨고 입을 열었다.

"형, 이 차 보험을 엄마랑 형으로 해두었던 걸 보면 전에는 형도 운전 자주 했었던 거 아니야? 근데 왜 운전 실력이… 이 모양이지?"

"뭐? 야, 그래도 아까 올 때보다는 훨씬 나아졌잖아! 운전은 감인데 오랜만에 해서 그렇거든? …근데 그걸 떠나서 전에 초보일 때 저녁에 엄마랑 한적한 곳 가다가 고라니랑 부딪친 적이 있었거든. 내가 사람을 친 건가 싶어서 진짜 순간적으로 패닉이 오는데.… 어휴, 다시 생각하기도 싫다."

머릿속에 다시금 떠오른 그날의 그 순간을 떨치려 재영이 머리를 흔드는 모습을 지켜보던 재민이 나지막이 말을 이어갔다.

"그래서 그때 이후로 지금까지 운전을 아예 안 한 거야?"

"아니, 그 이후로도 가끔씩 했는데 무의식적으로 '브레이크를 더 꽉 밟았으면 피했을 수도 있었을 텐데' 하는 생각이 드는지 자꾸 브레이크를 세게 밟아서 엄마가 당분간 운전하지 말라고 하시더라고. 그리고 엄마가 웬만한 곳들은 대신 운전해서 데려다주시니까 자연스럽게 안 하게 되더라."

"원래 엄마가 어렸을 때부터 형이라고 하면 끔찍하셨잖아. 아마 그때 운전한 사람이 나였으면 상황이 완전 달랐을걸?"

"또 왜 얘기가 그렇게 되냐? 너 어제부터 자꾸 엄마가 나만 편애한다는 듯이 말하는데 그런 식으로 따지면 아빠는 널 더 챙기셨는데 그럼 그것도 편애냐? 나는 누가 누구를 더 챙기는 거에 대해서 한 번도 불평한 적이 없었는데 넌 대체 왜 그러는데?"

재민이 어릴 적부터 줄곧 엄마가 형만 챙기고 자기는 뒷전이라며 늘 불평불만을 해왔던 걸 알면서도 왠지 비아냥거리는 듯한 말투에 운전으로 신경이 곤두선 재영이 불쑥 화를 냈다. 항상 재민의 서운함을 못 들은척하며 넘기던 형이 민감하게 대응하자 재민도 지지 않고 큰소리로 맞섰다.

"맞잖아! 항상 그랬어. 그러니까 아빠가… 아빠가 투병하고 계신다는 사실도 나한테 안 알려주고, 마지막이 되어서야 뒤늦게 알려준 덕분에 나는… 나는 아빠 임종도 못 지켰어! 하다못해 조금이라도 일찍 알려줬더라면, 적어도 그랬다면 내가 같은 한국 땅에 있으면서도 아빠 장례식조차 못 가는 일은 없었을 거라고! 아마 형이 나랑 같은 상황이었다면 엄마는 미리 얘기했을 거라고, 내 말이 틀려? 나한테 아빠가 어떤 존재였는지 다 알면서, 마지막까지!"

1년 전의 상황이 다시 오버랩되는 것을 느낀 재민이 악에 받쳐 응어리진 마음을 한 곳에 다 쏟아내듯 울분을 터뜨렸다.

1년 전, 지금보다 훨씬 까다로웠던 입국 절차에 격리시설에서의 긴 자가격리 기간까지 더해져 서둘러 한국으로 돌아온 재민이 자유의 몸이 되었을 때는 이미 많은 시간이 흐른 뒤였다. 그 누구도 어느 것 하나조차 예견할 수 없었던 상황이었기에 갑작스러운 충격과 상실감에도 재민이 어쩔 수 없는 상황을 이해해 줄 거라고 생각했던 재영이었다. 그도 그럴 게 장례식이 모두 끝나고 나서야 만나게 된 동생이 크게 화를 내며 엄마와 자신을 몰아세울 거라는 예상과 달리, 공허한 눈빛으로도 의외로 담담하게 이야기를 하는 것에 마음을 놓았기 때문이었다. 게다가 1년여 만에 다시 만난 어제도 엄마를 챙기는 모습에 떨어져 있는 시간 동안 생각과 마음이 어느 정도 정리가 된 줄로만 알았는데, 언제나 존재했던 작은 틈에도 모든 걸 무너뜨리고 울부짖는 동생의 모습을 보고 재영이 크게 당황했다.

어떤 말로 동생을 달래줘야 할지, 긴 시간 동안 꾸준히 계속 엉키고 있었던 이 오해와 불신을 어떻게 풀어야 할지 혼자서는 도저히 가늠할 수 없는 크기와 깊이에 막막해진 재영이 조용히 한숨을 내쉬었다. 재민은 재민대로 겨우 터트린 자신의 솔직한 마음을 보고도 어떠한 대꾸조차 하지 않고 한숨만 쉬는 형의 모습에 또 한 겹의 오해와 실망이 쌓여 마음의 문에 자물쇠를 하나 더 걸어 잠갔다. 주말의 꽉 막힌 도로만큼이나 숨 막히는 정적만 맴도는 차 안에서 두 형제의 마음도 함께 밀폐되어 갔다.

어떤 정신으로 어떻게 운전해서 왔는지조차 기억나지 않았지만, 별다른 사고 없이 무사히 아파트 주차장으로 돌아온 재민과 재영이 서로 한마디도 나누지 않은 채 각자 묵묵히 트렁크에서 짐을 빼 들고 집으로 향했다. 모르는 사람이 보면 가족도, 일행도 아닌 처음 만난 사람들인 것처럼 몇 시간 만에 남보다 못한 사이가 되어 돌아왔다. 마트에 다녀와서 엄마랑 다 같이 늦은 점심도 챙겨 먹고, 정리도 함께하려던 계획들이 닫혀버린 재민의 마음만큼이나 엉망이 되었다.

각자의 방에 들어가 자기 할 일을 하던 재영과 재민이 서로 먼저 말을 걸까 고민하다가도 이따금씩 방 밖에서 소리가 들릴 때면 얼른 숨을 죽였다. 덕훈의 첫 제사 때문이기도 했지만, 서로의 오해와 감정의 골이 더 깊어지기 전에 속마음을 털어놓고 진솔하게 이야기를 나눌 마음으로 집에 돌아온 재민이었다. 머릿속에서 몇 번이고 상상하며 연습했던 순간이었지만, 막상 얼굴을 보고 말하려니 대화하면서 자연스레 마주하게 될 덕훈에 대한 기억들을 덤덤하게 대할 자신이 없었다. 재민이 책상 한가득 졸업작품 관련 자료들과 옷감들을 잔뜩 펼쳐놓고 괜히 방 안을 빙글빙글 돌아다니고 있을 때 방문 앞에서 인기척이 들리더니 노크 소리가 들려왔다. 똑똑-.

뜻밖의 노크 소리에 화들짝 놀란 재민이었지만 애써 태연한 척하며 목소리를 가다듬고는 대답했다.

"재민아, 형이랑 나와서 밥 먹어."

형이라고 생각했던 것과 달리 엄마가 재민을 불렀다. 엄마의 부름에 이끌려 쭈뼛쭈뼛 식탁에 가서 앉은 재민이 오랜만에 부엌에서 이리저리 움직이고 있는 엄마의 등을 가만히 바라보았다. 뒤이어 나온 재영도 재민을 보더니 말없이 조심스레 맞은편 자리에 앉았다. 찌개를 들고 온 엄마까지 모두 의자에 앉고 나서야 편안하면서도 어색한 식사가 시작되었다. 오전에 있었던 화분 소동 때문에 어떤 말부터 꺼내야 할지 조심스러워 눈치를 보며 밥만 열심히 먹는 재민을 대신해 재영이 지극히 평범하고 일상적인 말들을 늘어놓기 시작했다.

"찌개 정말 맛있어요, 엄마. 밥도 딱 내가 좋아하는 찰기고… 언제 이렇게 다 준비하셨어요?"

"우리 아들들이 다 모였는데 다 같이 밥 먹어야지. 오랜만에 하는 거라 맛없으면 어쩌나 걱정이었는데 입맛에 맞다니 다행이네. 재민이도 많이 먹어."

지친 얼굴로 애써 싱긋 미소 지은 엄마가 재민의 어깨를 두드리며 말했다. 침묵을 피하려고 의미 없는 대화들을 계속 이어가면서도 하고 싶은 말, 해야 하는 말들을 지뢰 피하듯 이리저리 피해가며 주변만 뱅뱅 맴돌던 대화가 한순간에 꽂힌 건 바로 그때였다.

"재영이는 논문 마무리 때문에 아무래도 내일 다시 갈 것 같고, 재민이는 언제까지 다시 캐나다 들어가 봐야 하니?"

"어… 제사 끝나고 한 열흘 정도 있다 갈 것 같아요. 캐나다 입국이나 학교에 제출할 서류들 준비하고, 온 김에 필요했던 것들도 마련하다 보면 그 정도 될 것 같은데요?"

재민의 말을 듣고 밥을 먹던 엄마가 문득 재민이 한국에 들어온 이유에 대해 깨닫고는 들고 있던 숟가락을 슬며시 내려놓았다. 재영이도 식사를 멈추고 엄마의 어두워진 표정을 살폈다. 이내 할 말이 있는 듯 엄마가 몇 번이고 입을 떼었지만, 결국 아직 마음을 정하지 못한 것인지 갑자기 머리가 아프다는 핑계로 자리를 피했다. 또다시 둘만 덩그러니 남겨진 식탁에서 할 말을 고르던 재민의 머리 위로 재영의 목소리가 퍼졌다.

"야, 너 밥 더 먹을 거야? 아니면 나랑 좀 나가자."

재영이 이미 손으로는 식탁을 정리하기 위해 반찬을 들고 있으면서 재민과 눈이 마주치자 고갯짓으로 현관 쪽을 가리켰다. 오늘 처음 먹는 제대로 된 끼니였음에도 입맛이 모두 달아나 버린 재민이 아무 말 없이 고개를 끄덕였다.

간단하게 식탁을 정리하고 밖으로 나온 형제가 편의점으로 향했다. 어디서 뭘 할지 재영의 계획을 알 수 없었던 재민은 그저 형이 이끄는 대로 형의 뒤를 따를 뿐이었다. 편의점에서 이것저것을 산 재영이 봉투를 재민과 나눠 들고 법원 근처의 건물 안으로 들어갔다. 능숙하게 도어락을 해제하고 들어간 곳은 텅 빈 변호사 사무실이었다. 몇 달 전까지만 해도 아직 정리하지 못한 다량의 서류들과 사무실의 집기류들로 가득 차있던 공간이었는데 덕훈의 부재로 모두 정리하고 남은 건 주방에 빌트인 된 냉장고와 정수기, 전자레인지가 전부였다.

재영이 굴러다니던 신문지와 달력을 바닥에 깔고 빈 A4용지 박스들을 연결하더니 거꾸로 뒤집어 간이 탁자를 완성시켰다. 가져온 비닐봉지에서 각종 과자와 술을 꺼내고, 곧이어 바쁘게 정수기와 전자레인지 사이를 오가더니 매운 떡볶이를 뚝딱 만들어 냈다. 원래 항상 느긋한 성격 때문에 뭘 해도 느릿느릿 여유를 부리던 형이 빨리 움직이는 모습을 보고 재민이 의아한 표정을 지어보았다. 재민의 눈빛을 읽은 재영이 멋쩍은 듯 웃으며 말했다.

"대학원생의 삶이 이래, 눈치껏 빠릿빠릿해야 하거든."

재영이 분주히 움직인 덕분에 금세 소박한 박스 탁자 위가 충만해졌다. 재민에게 기다란 캔맥주를 따서 건넨 재영이 깊게 숨을 내쉬더니 입술을 말아 물고 어떤 말부터 시작해야 할지 고민했다. 아까 차 안에서 다퉜던 일 때문에 한껏 조심스럽게 행동하는 형의 모습을 바라보던 재민이 일부러 태연하게 말을 던졌다.

"형이랑 이렇게 단둘이서 술 마시는 건 처음이네. 게다가 이런 장소에서 이렇게?"

괜히 장난스럽게 말하며 웃은 재민이 형을 향해 캔맥주를 들어 보였다. 재민이 먼저 분위기를 풀어준 덕분에 재영이 한결 편안해진 마음으로 애써 웃으며 답했다.

"다음엔 좀 더 제대로 된 곳에서 정식으로 한번 마시자. 그리고… 조금은 불편한 이야기가 될 수 있겠지만 그래도 더 이상 피하는 건 안될 것 같아서 나오자고 했는데, 다른 사람 신경 쓰지 않고 우리끼리 편하게 이야기할 곳이 여기 밖에 생각이 안 나더라.

하, 이제 아빠가 안 계시니까 엄마는 우리가 지켜드려야 해. 여태껏 나도 내 생활 핑계 대며 집에 거의 안 와서 엄마가 저 정도로 힘들어하시는 줄은 몰랐거든, 전화로는 항상 밝게 괜찮다고만 하셔서. 어쩌면 나도 엄마가 안 괜찮다는 거, 우리 가족들 중 그 누구보다도 아빠를 쉽게 놓을 수 없다는 걸 알면서도 만나면 날 붙잡고 우시는 모습이 매번 마음에 남아서 더 바쁜 척하고 집에 오지 않은 걸지도 몰라. 내 슬픔과 죄책감을 감당하기에도 너무 벅차고 힘들었거든."

재민이 이따금 말라가는 입안을 채우며 묵묵히 재영의 말을 들었다. 쉽게 화내기도 하고 짜증도 잘 내는 자신과 다르게 무던한 성격 때문에 늘 감정과 속내를 잘 내비치지 않던 형이 실은 자기와 같은 사람이었음을 느끼며 이어지는 목소리에 귀를 기울였다.

"그리고 이건 엄마랑 네가 이야기하면서 풀어야 할 문제지만 내가 조금 관여하자면, 너는 어떻게 받아들였을지 모르겠지만… 엄마도 아빠만큼이나 널 많이 아끼고 사랑해서. 다만, 아빠랑 엄마의 방식이 다르듯 나와 너를 대하는 엄마의 표현 방식도 달랐을 뿐이야. 그건 내가 진짜 보장해.

네가 갑자기 미디어 커뮤니케이션에서 패션디자인으로 말도 없이 전공을 바꿨을 때도, 부모님으로서는 이해하기 힘든 옷차림과 화려한 머리색으로 귀에 각종 피어싱을 뚫고 나타났을 때도 엄마는 처음에만 뒷목 잡고 쓰러지는 척하셨지 나중에는 네가 하는 일들을 조금이라도 이해하고 싶으시다고 디자인 책에다가 심지어 패션잡지까지 정기 구독하셨었어. 게다가 어느 날은 또 그러시는 거야, 가족이랑도 소통이 안 되는 애가 커뮤니케이션으로 애초에 과를 잘못 정한 것 같다고 이제라도 제대로 길을 찾아가는 것 같아서 오히려 안심이라고 하시더라."

재영이 어려운 숙제를 다 마쳐 후련해진 듯한 기분으로 가볍게 맥주를 입안으로 털어 넣고는 재민을 향해 씩 웃었다. 고민했던 말을 다 한 건지 시원한 표정을 짓고 있는 재영을 보던 재민이 형이 했던 말들을 되새기며 생각에 잠겼다.

엄마가 자기를 미워한다고는 생각하지 않았지만, 늘 형보다 못한 동생으로 매번 엄마의 기대에 못 미치는 아들이기에 관심조차 없을 거라고 생각했었다. 재민의 기억 속에 엄마의 모습은 언제나 자기에게 등을 보이고 형을 먼저 챙기던 뒷모습뿐이었기 때문에. 그래서 일부러 더 눈에 띄는 행동을 하고, 형과는 다르다며 무조건 매사 형과 반대로 했던 재민이었다. 형 말고 나도 좀 봐달라고, 엄마 등 뒤에 나도 있다고.

"뒤에서만 몰래 챙겨주지 말고 앞에서도 얘기해 줬더라면 더 좋았을 텐데. 하긴, 엄마가 앞에서 이야기하셨어도 그때는 괜한 간섭이라고 생각했을 수도 있었겠다. 왜 그렇게 모든 게 비뚤게만 생각됐었는지… 아마 누구의 동생이나 형과 정반대인 동생이 아닌, 그냥 유재민으로 봐주길 원했던 것 같아. 초등학생 때도, 중학생 때도 난 늘 형의 동생으로 먼저 주목과 기대를 받았었으니까.

그래서 아무도 나를 재영이 동생으로 알지 못하는 곳에서 생활하니까 너무 좋더라, 뭘 하든 온전한 나로 자유로웠거든. 근데 예전 일들이 어찌 되었든 아빠 아프신 거 엄마랑 형만 내내 알다가 마지막에서야 나한테 알려준 거, 그거는 나 진짜… 마음을 못 풀겠어. 나한테 아빠가 어떤 존재였는지 다 알면서…"

재민이 다시 서운함과 원망이 뒤섞인 감정에 북받쳐 눈가가 빨개져 갔다. 형이 어렵게 용기 내 만든 자리를 낮에 차 안에서처럼 엉망으로 만들어 버릴까 덜컥 겁이 난 재민이 얼른 입안 가득 맥주를 들이켰다. 그동안 재민의 서운했던 마음을 묵묵히 전해 듣던 재영이 조용히 말했다.

"그렇게 갑작스럽게 헤어지게 될 줄 몰랐어… 조금은… 조금은 더 시간이 있을 줄 알았거든. 실은 나도 너보다 한 달 먼저 알았어. 시간을 차치하더라도 너를 위한다는 건 우리의 생각이었고 네 생각은 달랐을 수 있는데 마음대로 결정하고 그런… 결과를 멋대로 감내하게 해서 정말 미안해… 진짜 시간을 되돌릴 수 있다면 타임머신이든 타임슬립이든 뭐라도 해서 바로 잡고 싶었던 순간이 얼마나 많았는지 몰라. 네게서 아빠의 마지막 순간을 빼앗아서 미안했고, 엄마와 내 진심을 몰라준다며 제멋대로 이기적이라 치부했던 것도 사과할게. 동의할 수 없는 마음을 널 위한 진심이라며 강요하는 것도 하나의 폭력이 될 수 있다는 걸 이제야 알았어."

미안한 마음에 차마 재민의 눈을 바로 볼 수 없었던 재영이 캔뚜껑만 만지작거리며 담아두었던 속마음을 전했다. 두 눈 가득 눈물이 고인 채, 힘겹게 말을 이어가는 재영을 보던 재민이 숨을 크게 들이쉬고는 다른 말 없이 쥐고 있던 맥주캔을 형의 맥주캔에 가져다 부딪쳤다. 지금 당장 괜찮다고 말해줄 수는 없지만, 앞으로 괜찮아지려고 노력할 거고 결국엔 천천히 괜찮아질 테니 괜한 죄책감으로 이제는 힘들어하지 말라는 마음을 대신 전했다. 두 사람의 훌쩍이는 소리만 텅 빈 사무실 주방에서 조용히 메아리쳤다.

　먼저 화해의 손을 내밀어 준 형에 대한 고마움과 미안함으로 마음이 풀린 재민이 이번에는 자신이 그 손을 마주 잡고 따뜻한 온기를 나눠줄 차례였다. 괜히 목소리를 가다듬은 재민이 아무 일도 없었던 듯 물었다.

　"그나저나 우리가 완전 달라도 형제이긴 한가 봐. 어떻게 형까지 몰래 전과할 생각을 했어? 부모님 몰래 뭐 하는 거 형은 해당 사항이 없는 사람인 줄만 알았는데."

　"야, 나도 은근히 몰래 한 거 많아 물론 너만큼은 아니겠지만. 늘 일방적인 통보여서 문제였지만 그래도 너는 바로 말씀드렸잖아. 나는 졸업식에 오셨다가 알게 되셔서 얼마나 놀라셨겠냐. 근데 법과대랑 사회과학대랑 졸업식 날짜가 달랐는데 어떻게 알고 오셨는지가 지금까지도 미궁이야, 나는 졸업식 안 가려고 했거든."

　"형이 뭘 해봤자 기껏 한약 먹을 때 몰래 아이스크림 먹는 정도 아니야? 근데 졸업식을 사전에 연락 없이 그냥 오셨다고? 날짜를 잘못 아셨는데 우연히 맞았던 건가. 그건 그렇고 형 이제 논문 다 쓰고 석

사과정 끝나면 뭐 할 거야? 아, 박사과정 이어서 밟으려나? 혹시 캐나다 쪽으로도 생각 중이면 나도 같이 알아봐 줄게.”

재민의 평범한 질문에 갑자기 망설이며 눈만 데굴데굴 굴리던 재영이 고민하다 목소리를 내었다.

“사실은… 졸업 논문이랑 같이 LEET 시험을 준비하고 있거든. 지금이라도 예전 아빠 뜻에 따라 로스쿨에 가야 하는 게 아닐까 싶어서… 그리고 집 근처 로스쿨에 비전공자 전형으로 노리면 학교 다니면서 엄마도 같이 챙길 수 있을 것 같아서 일단 준비 중이야, 합격을 할 수 있을지는 아직 미지수지만. 박사과정에 대한 미련이 하나도 남지 않았다면 거짓말이겠지만, 이번에 엄마 모습을 보고 조금 더 확신이 섰다고나 할까?”

그동안 혼자서 이런저런 많은 생각들을 정리했었는지 담담하게 자신의 계획을 말하는 재영이었다. 형의 계획을 듣던 재민이 머리를 세게 한 대 맞은 것 같은 충격에 휩싸였다. 늘 형의 그림자에 갇혀 제대로 된 빛을 보지 못했다고만 생각했는데, 오히려 형이 그늘을 만들어 준 덕분에 재민이 더 편하게 지낼 수 있었다는 것을 깨달은 순간이었다. 나 자신을 있는 그대로 봐주지 않는다며 누군가를 탓하는 데 급급해 미움과 원망으로 보냈던 지난날 중에 나는 얼마나 형을 제대로 보고 있었나, 노력이라도 했던 적이 있었는지 돌이켜보며 후회했다.

급격히 말이 없어진 재민에게 재영이 괜찮다는 듯 덧붙이며 어깨를 두드렸다.

“재민아, 괜찮아. 엄마는 내가 곁에서 챙길 테니까 너는 우리 걱정하지 말고 너 하고 싶은 거, 하려 했던 거 하면 돼. 그럼 된 거야.”

형의 목소리에 눈을 맞추던 재민이 중학교 졸업 후 떠나던 유학길의 공항에서 아빠가 말해주시던 순간과 형의 얼굴이 겹쳐 보였다.

'이대로 정말 괜찮은 걸까?'

끝내 마음속 말을 꺼내지 못한 재민이 고개만 끄덕이며 찜찜한 느낌을 지나쳐 보냈다. 작은 간이 테이블 위에 놓인 매운 떡볶이처럼 빨갛고 통통 부은 얼굴을 한 형제의 밤이 제법 가깝게 깊어져 갔다.

5.
1주기

어딘가 멍한 얼굴을 한 시연이 쥐고 있던 휴대폰의 떨림에 정신을 차리고 전화를 받았다.

'여보세요? 시연아, 오늘 큰아빠 첫 제사인 거 알고 있지? 너 조금 일찍 올 수 있니? 아무래도 큰엄마 혼자서 준비하시기 힘드실 것 같아서 엄마랑 작은엄마가 큰엄마 댁으로 지금 출발하려고 하는데.'

"아, 네. 그렇지 않아도 방금 본사 들러서 필요한 절차 끝내고 막 나오는 길이에요. 저도 큰엄마 댁으로 바로 가려고 하는데, 일하면서 먹을 간단한 간식거리라도 좀 사 갈까요?"

'간식? 어… 음식 만들면서 간 맞는지 확인하다 보면 배고프지는 않을 것 같은데, 큰엄마 기분 전환도 하실 겸 요새 뭐 맛있는 거 있으면 조금 사 와봐.'

엄마와 통화를 마친 시연이 유진이가 말해주었던 디저트 가게로 걸음을 옮겼다. 가는 도중 인스타그램으로 오늘의 메뉴를 확인하던 시연이 큰엄마께서 어떤 맛을 좋아하실지 고민하느라 아침부터 지금까지 내내 시연의 머릿속을 점령하고 있던 생각들에서 잠시 벗어났다. 길 찾기 어플을 따라 도착한 매장에는 생각보다 길게 늘어선 줄이 디저트의 인기를 대신 말해주고 있었다. 마지막 사람 뒤에 얼른 줄을 선 시연이 시계를 확인하더니 큰엄마 댁까지의 시간을 가늠해 보았다.

마음속으로 발을 동동 구르며 사람들이 줄어들기를 기다리던 시연의 차례가 오자, 쇼케이스 창 너머로 다양한 디저트들을 살펴보던 시연이 초코와 치즈, 딸기맛 다쿠아즈를 골랐다. 살짝 옆으로 눈을 돌리자 미니언즈 캐릭터부터 복숭아, 수박 같은 과일 모양까지 다양한 모양을 한 색색의 마카롱들이 차례로 매력을 뽐내고 있었다. 그중에서도 핑크색 꽃잎 모양 마카롱이 단숨에 시연의 마음을 사로잡았다. 꽃잎 마카롱 아래 살구맛이라는 이름표가 붙어있는 것을 확인하던 시연이 살구맛과 더불어 여러 맛의 마카롱도 추가로 담았다. 계획했던 것보다 더 많은 디저트를 산 시연이 제사에 올 다른 가족들과 함께 나눠 먹을 생각을 하며 서둘러 광역버스 정류장으로 발걸음을 재촉했다.

늦지 않게 버스에 올라탄 덕분에 긴장이 풀린 시연이 무선 이어폰을 귀에 꽂고 눈을 감았다. 도착하기 전까지 머릿속을 비우고 싶어 눈을 감았지만, 비우려 하면 할수록 더 많은 생각들이 늘어나 자리를 꽉 채웠다. 결국 눈을 뜨고 휴대폰 메모장을 꺼내든 시연이 드문드문 생각나는 것과 느꼈던 감정들을 써 내려갔다. 단어와 단어로 연결된 구절부터 문맥이 전혀 맞지 않은 문장, 횡설수설 두서없는 글들이 낙서로 모여 제멋대로 와글와글거렸다. 어지럽게 재잘대는 메모장을 읽어

보며 생각에 잠겼던 시연이 이내 황급히 하차 벨을 누르고 버스에서 내렸다.

횡단보도를 건너 아파트 단지로 들어선 시연이 동을 찾지 못해 길을 잃고 헤매던 중 놀이터에서 뛰어나오는 꼬마 아이들을 피하려다 가방을 떨어뜨렸다. 가방 안에서 쏟아진 물건들을 주워 담으며 디저트도 무사한지 종이상자를 열어 확인하는데 희미한 꽃향기가 시연의 코끝을 맴돌았다. 어딘가 익숙한 향기에 홀린 듯 주위를 둘러보며 향기의 시작점을 찾던 시연의 눈으로 아파트에서 공원으로 연결된 산책로 입구 주변에 흐드러지게 핀 살구꽃 나무가 들어왔다. 그 순간 지난번 잠들기 전 뿌렸던 향수가 떠오르면서 앞치마 주머니 속 야광별, 사진첩에 달라진 사진까지 조각조각 퍼즐이 맞춰지는 듯한 기분이 들었다. 꿈꾸는 중간중간 알 수 없는 기시감에 사로잡혔던 이유도 단순히 자신이 지닌 기억 때문만이 아니었음을 감지한 시연이 긴 생각에 대한 매듭을 지었다.

'꿈인데 꿈이 아니었어.'

큰엄마 댁 현관 앞에 서서 초인종을 누른 시연이 화면에 얼굴을 비추며 문이 열리기를 기다렸다. 곧이어 현관문이 열리고 재민의 모습이 나타났다.

"안녕하세, 어? 재민이? 한국 들어왔었어? 이게 얼마 만이야, 잘 지냈어?"

"누나 왔어? 나는 뭐 그냥 잘 지냈어, 오느라 고생 많았지? 바쁠 텐데 이렇게 와줘서 고마워. 얼른 들어와, 막내 작은엄마도 방금 오셨어."

재민과 시연이 현관에서 복도를 따라 거실로 들어서자 지호의 어머니인 작은엄마와 큰엄마가 식탁에 앉아 이야기를 나누고 계셨다.

"안녕하세요~. 큰엄마, 작은엄마 잘 계셨어요?"

"어머, 시연이 왔구나. 일 때문에 바쁜데 어떻게 시간을 내서 왔어, 너도 얼른 손 씻고 이리 와서 앉아. 마실 것 좀 줄까?"

"아, 네네. 저 이번에 서울베이스로 발령 나고 장기 휴가도 함께 받게 되어서 이제 시간 많아요, 오랜만에 가족들 얼굴 편하게 자주 볼 수 있어서 너무 좋아요."

큰엄마 댁이랑 가까운 작은엄마가 대신 장을 봐 오신 건지 커다란 상자와 비닐봉지 안에 과일과 갖가지 식재료들이 뒤엉켜 서로 먼저 꺼내달라고 아우성을 치고 있었다. 시연이 엄마를 찾으며 두리번거렸다.

"아, 엄마는 아까 출발하셨다고 연락 오셨어. 도착하실 때 되셨으니까 곧 오실 거야."

"그럼 오늘 누구누구 오실 수 있으세요?"

"음… 일단 작은아빠는 일 마무리하시는 대로 오시기로 하셨고, 고모는… 오늘 시간이 되실지 모르겠네. 아, 민석이는 못 온다고 하다가 재영이 형이랑 재민이 형까지 다 있을 거라고 했더니 늦게라도 학원 끝나는 대로 꼭 오겠다고 형들 붙잡아 두라고 하던데? 지호 스케줄이야 나보다는 시연이 네가 더 잘 알 것 같고."

"네, 지호도 학원 끝나고 바로 여기로 오기로 했어요. 참, 이거 요즘 유명한 디저트라고 해서 몇 개 좀 사 왔어요."

"기억하고 와준 것만으로 어딘데 빈손으로 오지 뭘 또 이렇게 사왔어… 이렇게 아기자기한데 이게 먹는 거라고? 아까워서 못 먹겠다,

두었다가 우리 점심 먹고 엄마까지 다 오시면 같이 먹자."

전과 달리 어딘가 나른해 보이는 큰엄마가 시연이 가져온 디저트 상자를 냉장고에 넣어두고는 작은엄마와 점심식사를 준비하기 시작했다. 쭈뼛쭈뼛 일손을 도울 타이밍을 보고 있던 시연을 눈치챈 큰엄마가 애써 미소를 지어 보이며 상에 올릴 과일 세척과 작은방에서 상차림에 쓸 상을 가져다 달라고 부탁했다. 큰엄마의 주문에 응한 시연이 바구니에 과일들을 담아 다용도실에서 하나씩 씻기 시작했다. 다 씻은 과일들의 물기를 빼기 위해 바구니 채 다용도실에 남겨두고 교자상을 찾아 나섰다. 큰엄마는 식사 준비로 바쁘신 것 같고, 재민이는 그새 어딜 간 건지 보이지 않는 것에 혼자 작은방들을 하나하나 다니며 상을 찾던 시연의 눈에 유일하게 굳게 닫힌 방문이 띄었다.

조심스레 문을 열고 들어가자 암막 커튼에 뒤덮여 컴컴한 방에서 옅은 숲속의 향기가 느껴졌다. 불을 켤까 고민하던 시연이 베란다로 다가가 커튼을 걷어내고 창문을 활짝 열었다. 호수공원의 물결에 반사되어 더 강렬해진 햇빛과 물방울을 머금은 바람이 한꺼번에 창문으로 쏟아져 들어오면서 방 안 곳곳을 어루만졌다. 얼마간 눈부신 햇살과 포근히 불어오는 호수의 봄바람을 느끼던 시연의 등 뒤로 큰 소리가 들렸다. 깜짝 놀라 뒤를 돌아본 시연을 향해 격양된 모습으로 큰엄마가 소리쳤다.

"얼른 창문 닫아! 빨리!"

당황한 시연이 서둘러 창문을 닫고 처음 방에 들어섰을 때처럼 커튼도 당겨 닫았다. 죄송하다는 말을 꺼내려는 시연을 쫓아내듯 방 밖으로 내보낸 수진이 서재 안으로 들어와 문을 닫았다. 무안해진 시연이 서재 문 앞에서 머뭇거리고 있자, 옆방 베란다 붙박이장에서 상을 찾고 있던 재민이 나와 시연을 다른 방으로 데려갔다.

"누나, 미안해. 요새 우리 엄마가 좀 예전 같지 않으셔. 아마 아빠와 관련된 공간이나 물건에 집착하셔서 과하게 행동하신 것 같은데 내가 대신 사과할게. 누나가 밉거나 잘못해서 그런 건 절대 아니니까 마음에 담아두지 않으면 좋겠어. 진짜 미안해."

"아니야, 네가 왜 미안해… 먼저 여쭤봤어야 했는데 허락도 없이 내 마음대로 이 방 저 방 돌아다닌 내 잘못이야. 큰엄마께 죄송해서 어쩌지… 가뜩이나 오늘 마음이 편치 않으실 텐데 나까지 괜히 설치다가 오히려 보태는 바람에 마음이 더 심란하실 것 같은데… 아, 혹시 또 건드리거나 하면 안 되는 금기사항 더 있어?"

"엄마는 괜찮으실 거야, 걱정하지 마. 건드리면 안 되는 물건? 음… 아, 일단은 화분! 며칠 전에 형이랑 나도 엄마 몰래 다 시들어 버린 아빠 화분 치우려다가 된통 혼났어. 그리고… 는 아직 잘 모르겠네, 더 생각나는 거 있으면 알려줄게."

"고마워, 그럼 네가 나 대신 상 좀 찾아줄 수 있어? 나는 아무래도 가서 작은엄마 일손을 돕는 편이 더 좋을 것 같은데."

"일단은 나도 더 찾아봐야 할 것 같기는 하지만, 맡겨두시죠."

시연의 기분을 풀어주려고 일부러 더 장난스럽게 말한 재민이 다시 베란다 붙박이장으로 들어갔다. 주눅 들었던 기분을 조금이나마 떨쳐낸 시연도 주방으로 가서 작은엄마를 도와 점심 준비를 했다. 작은엄마께서 만들어 오신 몇 가지 밑반찬들을 접시에 담고 냉장고 문을 여는데 냉장고 안이 온통 인스턴트 음식이나 간편식으로만 가득

찬 것에 또 한 번 놀란 시연이었다. 뒤이어 등 뒤에서 작은엄마가 시연에게 작은 목소리로 귓가에 속삭였다.

"혼자 계시면서 식사를 제대로 안 하셨나 보더라, 이마저도 재영 오빠랑 재민이가 사다 둔 거라던데. 그래도 재민이가 집에 있는 요 며칠 동안에는 억지로라도 끼니마다 같이 식사는 드신 모양이야, 재민이 다시 캐나다 들어가고 나면 어떻게 하실지 걱정이네."

큰아빠께서 계셨을 때 큰엄마는 큰아빠께서 갓 지은 솥밥을 좋아하신다며 집에서 식사하시는 끼니는 미니 솥에 큰아빠 밥만 늘 새로이 지으시던 분이셨다. 물론 아프시고 난 후에는 더 살뜰히 이것저것 챙기셨다고 하니 직접 보지는 못했어도 그 정성이 얼마나 절절했을지 감히 마음의 크기조차 가늠할 수 없었다. 큰엄마께서 느끼는 슬픔과 공허함의 무게를 간접적으로나마 느낀 시연의 마음이 함께 무거워졌다.

점심식사 준비가 거의 끝나갈 때쯤, 시연의 엄마가 도착했다. 현관 벨소리에도 서재에서 나오지 않는 수진을 기다리다 시연이 조심스레 문 앞으로 다가갔다.

똑똑-.

"큰엄마, 저 시연인데 잠깐 들어가도 괜찮을까요?"

아무런 말 없이 슬며시 열리는 문틈으로 시연이 살며시 발을 디뎠다. 짙은 녹색의 암막 커튼이 만들어 낸 어둠을 뚫고 커튼의 작은 틈 사이로 퍼져 들어오는 따사로운 햇빛이 마치 개기일식의 한 장면을 보는 것 같았다. 희미한 우디향 때문에 어두운 깊은 숲속에 들어와 있는 기분이 들 때쯤 훌쩍임과 함께 큰엄마의 목소리가 들려왔다.

"시연아, 좀 전에는 미안했어. 많이 놀랐지… 큰엄마가 요즘 감정 조절이 힘들어서 그런데 이해해 줄래?"

"아니에요, 제가 실수했어요. 먼저 여쭤봤으면 됐을 텐데 괜히 제 마음대로 휘젓고 다녀서… 죄송해요. …근데요…"

"응? 무슨 할 말 있니?"

어둠에 익숙해진 눈으로 큰엄마를 찾아낸 시연이 작은 매트리스에 앉아있는 수진의 옆자리를 차지하더니 주저하며 조심스럽게 수진에게 물었다.

"그… 이 방은 왜 창문이며 커튼이며 다 꽁꽁 닫아놓으신 건지 여쭤봐도 돼요? 예전에 큰아빠 서재로 쓰셨던 것 같은데…"

"아… 아무래도 이상해 보이지. 음… 큰아빠께서 꽃 좋아하시는 건 알고 있지? 근데 꽃만큼 숲도 많이 좋아하셨거든, 녹음이 주는 편안함과 고요함이 좋다고. 하지만 현실은 숲이 아니라 고층 건물에 둘러싸인 빌딩숲에서 갇혀 지내는 생활이잖아, 그래서 여기 처음 이사 올 때 이 집에서 가장 호수가 잘 보이는 방을 큰아빠 서재로 정한 거였어. 매일 공부하고 일하시는 공간만큼은 좀 더 자유롭고 탁 트인 느낌을 드리고 싶어서. 어느 날은 큰아빠가 그러시는 거야, 어디서 가져오셨는지 캠핑의자를 열린 창문 앞에 놓고 앉으셔서는 호수를 보면서 수분 섞인 촉촉한 바람이 부는 걸 느낄 수 있어서 너무 좋은데 푸른 숲도 같이 느끼고 싶다고. 그때는 앉으니까 눕고 싶어진 거냐고 타박했는데 자꾸 그 말이 마음에 남아서 내 나름대로 고민을 했거든?"

"아, 혹시… 그래서 방 안이…"

시연이 단조로운 다른 방들과 다르게 비교적 초록의 생동감이 가

122

득했던 예전의 방의 모습을 떠올리며 말했다. 시연의 말을 듣던 수진이 조용히 고개를 끄덕이며 말을 이어갔다.

"방 안에 공기 정화되는 식물도 가져다 놓고, 숲속 분위기를 내보겠다고 커튼도 어두운 녹색으로 새로 맞추고… 숲속 향기가 난다는 방향제란 방향제는 직접 가서 다 맡아보고 큰아빠가 좋아하실 만한 것으로 고르고 골라서 놓아둔 거였거든. 내 창의력의 한계가 거기까지여서 되게 별거 아니었는데, 그래도 큰아빠는 해수욕장에 딸린 숲그늘에 앉아있는 것 같다며 엄청 좋아해 주셨어. 이렇게 허술한 해수욕장이 어디에 있다고…"

떠오르는 덕훈의 생각에 또다시 목이 멘 수진의 목소리가 떨리자 곁에 앉은 시연이 수진의 어깨를 감싸고 다른 한 손으로는 수진의 손을 잡아주었다. 맞잡은 손에 감정을 추스른 수진이 숨을 깊게 내쉬고는 이야기를 더했다.

"근데 그렇게 어렵게 고른 방향제가 문제였나, 우리 둘에게는 참 특별한 향이었는데 단종이 됐더라고. 사 두었던 리필도 이제 이게 마지막이라 큰아빠를 기억하는 향이 사라질까 봐 창문을 열 수 없었어. 게다가 짙어진 숲속에서 작은 바다를 보는 것 같은 이 풍경을 나 혼자 보고 있다는 게 큰아빠한테 너무 미안해서, 도저히 한결같이 빛나는 바깥을 볼 수가 없어서… 그래서 커튼도 닫은 거야. 아직도 덩그러니 나만 남겨졌다는 게 실감 나지 않아서, 벌써 1년이나 흘러버렸는데…"

그동안 꾹 참아왔던 감정들이 한순간에 모두 무너져 내릴까 봐 그 누구에게도 하기 힘든 말이었지만, 어두운 방 안에서 잔잔하게 흘러나온 향기와 시연의 따뜻한 목소리에 의지해 망설이던 마음을 힘껏 쏟아낸 수진이었다. 힘든 이야기를 기꺼이 들려준 수진을 꼭 껴안은 시연이 맞닿은 서로의 어깨에 작은 호수를 만들어 갔다.

눈과 코를 빨갛게 물들인 모습으로 시연과 수진이 함께 주방으로 돌아왔다. 물만두처럼 부은 두 사람을 보던 시연의 엄마와 작은엄마가 아무 일도 없었던 듯 밥그릇을 각자의 자리에 놓아주었다. 재민까지 모두 불러 조금 늦어진 점심을 먹고 설거지가 끝나갈 무렵 재영이와 지호가 도착했다. 현관에서부터 옥신각신하며 같이 들어오는 두 사람을 본 시연이 물었다.

"어? 어떻게 같이 들어오네? 오다가 만났어?"

"어? 시연이도 왔구나, 바쁠 텐데 와줘서 고마워."

"아니, 언니. 내가 먼저 아파트 단지로 걸어오고 있는데 뒤에서 누가 자꾸 따라오는 거야."

"야, 누가 따라갔다고 그래. 같은 방향이니까 그랬지. 너 자의식 과잉 아니야?"

"그럼 왜 슬쩍 비켜줄 때 먼저 안 갔는데? 아, 내 얘기부터 들어봐. 그 사람이 아파트 동 입구까지 계속 오니까 좀 신경이 쓰이더라고? 엘리베이터를 기다릴 때도 막 나를 자꾸 쳐다보는 것 같아서 좀 그랬거든. 근데 엘리베이터를 탔는데 버튼을 안 누르는 거야. 거기서부터 완전 무서워져서 슬쩍 얼굴을 봤는데 모자에 안경, 마스크까지 써서 누가 누구인지 알아볼 수가 없더라고. 옆집 사람일 수도 있으니까 괜히 오버하지 말자 하면서 내리자마자 엄청 뛰어서 문 앞에서 초인종 누르려는데 발자국 소리가 들려서 돌아보니까 그 사람이 바로 내 뒤에 있잖아."

"뭐야, 왜 모르는 사람을 막 따라다녀. 좀 미친 사람 아니야? 지호 너 괜찮아? 재영이 오빠 보고 도망간 건가? 오빠는 그 사람 얼굴 봤어?"

지호의 말을 몰입해서 듣던 시연이 별안간 한숨을 깊게 내쉬는 재영에게 눈길을 돌리고는 천천히 재영의 차림새를 눈에 담았다. 모자에 안경… 그리고 마스크? 커지는 시연의 눈을 보던 재영이 귀에서 무선 이어폰을 빼며 말했다.

"그래, 그 미친 사람이 나야. 아니, 나도 말 좀 하자. 아파트 단지 내에서는 교수님 전화 받고 있어서 나는 지호 네가, 아니 앞에 사람이 걸어가는 줄도 몰랐거든? 그리고 엘리베이터 앞에서 만났을 때도 왠지 너인가 싶어서 자꾸 본 거였는데 네가 모른척하면서 경계하길래 나도 다른 사람인 줄 알았지."

"아, 그럼 말을 먼저 걸지 그랬대. 그리고 모자는 왜 또 그렇게 푹 눌러 쓴 건데?"

"그 상황에서 말을 걸었으면 네가 날 가만뒀을까? 그리고 모자는… 머리를 못 감아서 냄새날까 봐 그랬다, 네가 대학원생의 고충을 알아?"

지호에게 괜한 오해를 받아 억울해진 재영이 열변을 토했다. 두 사람의 이야기를 듣던 나머지 사람들에게서 일제히 웃음이 터져 나왔다. 뜻밖에 웃음을 한 아름 안겨준 지호와 재영 덕분에 제법 밝은 분위기에서 제사 음식을 장만하게 되었다. 어머니들이 각종 나물과 국, 생선들을 준비하는 동안 시연을 비롯한 나머지 3명이 전기프라이팬 주변에 옹기종기 모여 전을 부치느라 야단이었다.

"아, 여기 타잖아. 빨리빨리 뒤집고 꺼냅니다, 실시."

"뭔 말투야, 진짜. 아저씨 같아. 그리고 여기 살짝 덜 익었거든? 기름이나 좀 더 부어줘."

"부침가루를 더 추가해야 할 것 같은데? 아직 부쳐야 할 재료들이 많이 남아서."

"아, 나 허리 아파. 새우 될 것 같아⋯ 원래 이거 이렇게 손이 많이 가? 먹을 때는 한입이어서 몰랐는데 이럴 줄 알았으면 나 다른 거 시켜달라고 할 걸."

"허, 오빠가 제일 쉬운 거 하고 있어. 가장 못 미더워서 일부러 간단한 임무로 배정해 줬더니, 불평을 하네? 그럼 나랑 바꿀래?"

오랜만에 전 부치는 데 끼어서 손을 돕고 있던 재민이 툴툴거리자 단칼에 처단하는 지호였다. 다소 조용하고 우울하게 지나갈 것 같던 오늘이 가족들 여러 사람이 모여 각자의 소리를 내준 덕분에 생동감 있는 하루로 변해가고 있었다. 전 부치기를 담당했던 4인방 모두가 프라이팬의 열기로 잘 익은 새우가 되어갈 때쯤 또 한 번 현관 벨소리가 들려왔다. 곧이어 지호의 아버지인 진영이 큰 키만큼 긴 팔과 다리로 휘적휘적 집 안으로 들어섰다.

"어? 생각보다 일찍 왔네요? 손에 든 검은 비닐봉지는 뭐예요?"

"일손 부족할까 봐 얼른 마무리하고 왔는데 집 요정 도비들이 많이 와있었네? 아, 그냥 오기 왠지 서운해서 참외 좀 사 왔어요."

"마침 잘 됐다, 내가 아까 장 보면서 사 왔던 과일 중에 참외는 없었거든요."

작은아빠가 작은엄마에게 참외가 든 비닐봉지를 건네고 손을 씻으러 화장실로 향했다. 뒤이어 다시 한번 초인종 소리가 들려오고 고모가 오랜만에 얼굴을 보였다.

"바빠서 누나는 못 오는 줄 알았는데, 오늘 수술 스케줄 없었어?"

"너도 벌써 와있었네, 서두른다고 했는데 내가 제일 꼴찌인 거야? 오늘 오후 스케줄 비우려고 오전으로 다 당겼어. 지난달부터 미리 얘기한 보람이 있더라고, 대신 내일 출근해야 해."

"아, 아직 형이랑 애들도 안 와서 누나가 마지막은 아니야. 누나는 혼자 왔어?"

"매형은 오늘 야간 진료가 잡혀서 못 올 것 같고, 시아는… 뭐 걔는 요새 얼굴 보기가 너무 힘들어서 말도 못 했어. 우주는 학원 끝나고 여기까지 오는 건 힘들 것 같고. 결국… 나만 또 혼자네."

피곤한 얼굴로 말을 마친 연주의 표정이 어딘가 쓸쓸해 보였다. 주방으로 가서 엄마들에게도 인사를 하던 연주가 잊고 있었던 비닐봉지를 건네며 말했다.

"별건 아니고 오다가 덕훈이가 좋아하던 과일이라 좀 사 왔어, 운전해서 오느라 너무 피곤해서 그런데 나 잠깐만 어디서 눈 좀 붙이면 안 될까?"

자신의 방으로 연주를 안내한 재민이 건네받았던 비닐봉지를 열어보자, 봉지 한가득 달콤한 향을 내는 참외가 노란빛을 띠며 반질반질 빛나고 있었다.

재민의 방에서 잠깐 잠들었던 연주가 연달아 들린 벨소리에 잠이 깨서 밖으로 나왔다. 시연의 아버지인 정진이 도착하고, 뒤이어 정환이 잇따라 집 안으로 들어섰다. 따로 약속이나 한 듯 두 사람 손에는 각각 다른 색의 비닐봉지가 들려있었지만, 그 안에는 같은 맛과 향을 내는 과일이 본연의 색만큼 따뜻한 마음을 퍼트리며 뒤엉켜 있었다. 제사에 모여 예정에 없던 참외파티를 함께하게 된 가족들이 생각하는 것만 똑같고 텔레파시는 전혀 통하지 않는다며 웃었다.

제사에 참석할 예정이던 인원이 다 모인 것에 저녁을 먹기 시작했다. 다 모이지는 못했지만 그래도 오랜만에 보는 얼굴들에 각자의 소식들을 전해 듣기를 반복하다 고모의 이야기에 이목이 집중됐다.

"지난번에 시아가 무슨 일로 내 거 초본을 떼어봤는지 엄마 개명했냐고 묻더라고, 이름 바꾼 지 너무 오래되어서 무슨 말인가 싶었는데 나중에 생각나서 맞다고 했더니 그 뒤로 우주가 자꾸 유덕희 씨 하면서 놀리더라고. 정말 그 이름으로 살면서 너무 스트레스가 많았는데 요새 다시 악몽에 시달리고 있는 중이야."

"왜, 덕을 베풀고 살라고 일부러 아버지가 그렇게 지어주셨잖아. 실제로도 덕 자 돌림 쓴 사람들이 형제들이랑 다른 사람들한테 덕을 많이 베풀기도 했고, 좋게 생각해."

"넌 아니었으니까 쉽게 말하지, 그리고 돌림자 쓴 사람 중에 안 그런 사람도 있었거든?"

별생각 없이 툭 던진 한마디에 순간적으로 정적이 흘렀다. 갑자기 어색해진 분위기에 진영이 서둘러 다른 이야기로 화제를 돌렸다.

"아, 아까 시아 자주 못 본다고 하던데. 요즘 시아 많이 바빠? 간호학과라고 그랬었지?"

"어휴, 학교생활로 바쁜 게 아니라 이리저리 내 카드 긁고 다니느라 아주 바빠서. 얘한테 굳이 연락하지 않아도 때 되면 그렇게 카드 결제 문자가 와서 위치 추적 어플이 있는 것도 아닌데 이동 동선을 다 파악할 수 있다니까? 봐, 지금도 왔네."

"공부하느라 힘들어서 기분 전환하나 보네, 어릴 때부터 시아가 공부는 진짜 열심히 하고 또 잘했잖아. 뭐, 누나가 열심히 뭔가를 많이 시킨 것도 있었지만."

"공부? 공부를 하면 내가 정말 말을 안 해. 대학교 그렇게 들어가면서부터는 나 진짜 터치 안 했거든? 어차피 줄곧 의대만 생각하면서 달려왔던 레이스에서도 이탈하다 못해 낙오된 마당에 재수도 안 하겠다, 반수도 안 하겠다 하니까 그럼 그냥 학과 공부나 충실히 하면서 다음을 준비했으면 좋겠는데, 자꾸 수업도 빠지는 것 같은 데다가 얘가 일부러 그러는 건지 뭔지 이제는 나랑 대화도 안 해. 해달라는 거, 필요하다는 거 아깝다는 생각 안 하고 다 밀어주고 지원해 줬더니 이제 와서는 나 때문에 자기가 이렇게 됐다는 둥, 말을 해도 서로 대화가 안 통하니까 말을 안 해. 그래서 요즘엔 필요한 게 있으면 문자로 주더라. 하, 진짜 기가 막혀서. 아니, 챙겨줘야 하는 가족이 있는 것도 아닌 데다가, 등록금을 걱정해야 하는 것도 아니니까 그냥 공부만 열심히 하면 되는데 어떻게 그거 하나를 못하냐고."

식사도 중단한 채 연주가 오랜만에 다른 사람들의 생각이나 시선을 생각하지 않고 편하게 답답했던 자신의 속마음과 울분을 한데 모아 쏟아냈다. 주체할 수 없을 만큼 넘쳐버린 연주의 감정에 한순간에 식사 자리가 숙연해져 갔다. 어디로 어떻게 저녁을 먹었는지 기억하는 사람이 없는 식사가 끝나고 다들 뭔가 할 일을 찾아 바쁘게 몸을 움직였다. 그렇지 않고서는 어쩐지 이 어색하고 불편한 분위기를 벗어날 수 없다는 느낌이 모두를 움직이게 했다. 없던 일도 만들어서 하고 있을 무렵 갑자기 또 초인종 소리가 들려왔다.

"아, 미현이인가 봐요."

상을 닦던 정환이 서둘러 비디오폰을 확인해 보더니 예상했던 사람이 아닌 것에 통화 버튼을 눌러 공동현관에서 아웅다웅하고 있는 두 사람의 목소리를 들어보았다.

'아, 내가 먼저 왔어. 비켜.'

'내가 먼저 왔거든? 그리고 넌 공부나 할 것이지 여기까지 왜 왔어.'

'너도 똑같이 고3이면서 무슨 소리야, 그리고 난 엄마한테 형들 보러 온다고 이미 말해뒀거든? 난 오늘 여기서 자고 갈 거란 말이야.'

'뭐? 그럼 나도 오늘 여기서 자고 갈 거야. 그리고 나도 너보다 몇 달은 형이거든?'

화면 너머로 서로 몸을 밀치며 초등학생처럼 싸우고 있는 민석과 우주를 조용히 지켜보던 정환이 고개를 절레절레 저으며 문열림 버튼을 눌러주었다. 얼마 지나지 않아 밖에서 우당탕탕 소리가 나더니 현관 벨소리와 함께 재영이를 찾는 외침이 들려왔다.

'형, 재영이 형! 나 왔어! 아, 쥬쥬 넌 좀 비켜.'

'내가 먼저 올라왔거든? 재영이 형, 문 좀 열어줘!'

문밖이 시끌시끌한 것에 정환이 서둘러 나가 문을 열어주었다. 재영을 기대했던 모양인지 민석과 우주의 밝았던 표정이 묘하게 급속도로 차분해졌다.

"너희들 뭐야, 재영이가 아니라서 실망했다는 그 숨김없이 솔직한 표정들은? 문 다시 닫아?"

"아, 형 왜 그래~. 우리 정환이 형도 너무 보고 싶었지. 근데… 혹시 재영이 형은?"

"문 다시 닫아달라고? 알겠어, 조심히 가."

정환이 문을 닫는 척하자 민석과 우주가 필사적으로 문에 매달려 현관 안으로 몸을 밀어 넣었다. 동생들이 귀여워 놀리던 정환이 살짝 비켜서서 민석과 우주를 집 안으로 들여보내 주며 머리를 헝클어트렸다. 팔랑팔랑 들어가던 민석과 우주가 누가 먼저라고 할 것 없이 재영을 부르며 찾아다녔다. 주방에서 상차림을 준비하던 연주가 우주의 목소리를 듣고 놀라 뛰어나왔다.

"방금 우주 목소… 어? 진짜 주우주 맞네, 네가 지금 여기 왜 있어? 어떻게 온 거야?"

"아, 엄마는 왜 나한테 말 안 해줬어요. 유민석이 자랑 안 했으면 나만 오늘 재영이 형 못 볼뻔했잖아요. 미리 알려주셨으면 먼저 오는 건데."

"아니, 지금 학원에… 아, 이제 끝날 시간인데 순간이동을 한 거 아니면 어떻게 이 시간에 여기 있냐고. 너 이제 고3인데 제정신이야?"

"아, 오늘 마지막 시간 휴강이어서 온 거예요."

"휴강? 학원 선생님한테 공지 받은 거 없었는데, 그럼 보강은 언제인데?"

"어… 그게… 휴강인데, 자체 휴강이라서 보강은 없을 것 같은데요."

천연덕스럽게 말하는 우주의 태도에 황당해진 연주가 우주를 향해 등짝 스매싱을 선물했다. 작은 강아지 같은 두 사람이 등장해 온 집

안을 정신없이 돌아다닌 덕분에 가라앉았던 분위기가 다시 활기를 되찾았다. 커다란 고등학생 2명이 재영의 뒤를 졸졸 쫓아다니며 상차림의 심부름을 도왔다. 자잘한 일부터 중요한 일까지 돕는 일손이 많아서 일사천리로 제사 준비가 마무리되어 갔다.

퇴주잔까지 모두 가져다 두고 마지막으로 수진이 안방 깊숙한 곳에 넣어두었던 덕훈의 사진을 조심스럽게 들고 상 위에 내려놓았다. 덕훈의 가족부터 차례로 절을 올리던 도중 수진이 갑자기 흐느끼기 시작했다. 다른 가족들이 모두 모여 밝은 분위기 속에 함께 있다 보니 잠시나마 덕훈의 부재에 대해 실감하지 못했던 수진이 밝게 웃는 사진 속 덕훈의 모습과 그 앞에 차려진 음식들을 번갈아 보며 점차 차가운 현실로 돌아오고 있었다. 상실감으로부터 피해서 도망가고, 힘겹게 모른 척을 해도 결코 바뀌지 않는 현실 앞에서 철저하고도 완벽히 무너져 내렸다. 혹시 가족들의 마음이 불편할까 싶어 얼른 방으로 자리를 옮긴 수진이 안방 화장실에 자신을 가둔 채 세면대 가득 물을 받으며 마음 놓고 눈물을 흘렸다.

고요한 거실로 벽을 타고 아주 희미하게 들려오는 소리를 남은 가족들 모두가 애써 외면하며 덕훈과의 인사를 마치고 거실의 불을 모두 껐다. 재민과 재영의 방에 각각 나누어 자리한 가족들이 각자의 기억에 새긴 덕훈과의 추억들을 하나씩 꺼내어 공유하기 시작했다. 주로 어른들이 위주로 모인 재민의 방에서 연주가 먼저 이야기를 늘어놓았다.

"덕훈이는 어릴 적부터 내 얘기를 많이 들어주고 공감도 참 잘해줬었는데⋯ 동생이지만 힘들거나 어려운 일, 고민이 생기면 가장 먼저 마음을 열고 이야기할 수 있는… 항상 의지가 되는 그런 사람이었어. 뭐, 요새 유행이라는 MBTI? 그거로 한다면 덕훈이는 F였을 거야, 너희 둘은 완전 T였을 거고."

연주가 가만히 듣고 있던 정진과 진영을 가리키며 말했다. 이에 발끈한 진영이 맞받아쳤다.

"나도 지호 때문에 그거 검사해 봐서 아는데, 아마 누나도 T일 거면서 우리한테만 그래."

"맞아, 나도 병원 직원들이 하도 물어보길래 검사해봤더니 T로 나오더라. 나도 T인 입장에서 그냥 개인의 성향일 뿐이니까 그게 좋다 나쁘다는 건 아닌데 그냥 가끔은 나보다 내 마음을 먼저 알아주고 위해주던 사람들이 떠올라서… 요새 시아랑 소통이 전혀 안 되어서 그런가, 부쩍 내가 덕훈이나 덕수 오빠 같은 그런 성향이었다면 좀 달랐을까 하는 생각이 자꾸만 드네. 같은 성향이어도 특별한 묘안을 가진 사람 있으면 조언을 구해볼까 했지."

쓸쓸하게 이야기하는 연주를 바라보던 정진이 차분하게 입을 열었다.

"나랑 시연이는 그 정도의 갈등을 겪어본 적이 딱히 없어서 섣불리 어떤 말을 못 하겠지만, 만약 덕훈이 형이 누나 말을 들었다면 시아의 이야기를 한 번쯤은 무조건 들어보라고 했을 것 같아."

"내 생각도 같아. 형이라면 대화를 빙자한 가르침이 아닌, 시아 혼자만의 일방적인 소통이라고 해도 그냥 무작정 시아가 자기의 생각과 진짜 마음을 이야기하는 걸 가로막지 않고 들어주라고 그렇게 얘기해 줬을 것 같아. 형이 아마 재영이랑 재민이한테도 그랬겠지만, 사무실에 찾아오는 손님들에게도 많이 그랬었거든. 그냥 묵묵히 듣고만 있는 게 별 소득이 없을 것 같지만 의외로 들으면서 단서를 얻는 경우가 생각보다 많아."

진영이 말을 마치고 시계를 보더니 간단하게 음복하고 상을 정리하자며 거실로 나가 불을 켰다. 마지막까지 방에 덩그러니 남아있던 연주가 정진과 진영의 조언에 대해 곰곰이 생각했다. 어딘가 뻔한 특별하지 않은 해결책을 전해 받은 것 같았지만, 덕훈이었다 해도 그렇게 이야기를 해줬을 거라고 생각하니 누나의 고민을 한낱 푸념으로 가벼이 넘기지 않고 진심으로 함께 고민해 준 동생들이 새삼 고마운 연주였다.

거실로 나가니 언제 모인 건지 아이들을 비롯해 수진이 상에 둘러앉아 연주를 기다리고 있었다. 퇴주잔에 담긴 술을 한 잔씩 나눠마시던 정진과 진영이 정환과 연주에게도 권했다. 정환에 이어 연주가 잔을 받아들다 말했다.

"아, 나는 내일 출근해야 해서 늦게라도 집에 가야 해. 운전해야 해서 못 마셔, 여기 남는 사람들은 내일 다 같이 산소에 간다고?"

"맞다, 아까 내일 출근이라고 했었지. 그럼 얼른 가봐, 지금 출발해도 서울 도착하면 너무 늦겠다. 우리는 아마 산소 들러서 인사하고 거기서 헤어질 것 같아."

정진이 시계를 확인하며 말했다. 함께 시간을 체크하던 연주가 짐을 챙기기 시작하자, 수진이 주방으로 가서 제사 음식을 소분하여 포장했다. 자기도 재영이 형 옆에서 자고 갈 거라고 자꾸 고집을 부리는 우주의 뒷덜미를 잡은 연주가 가족들에게 먼저 인사하며 자리에서 일어섰다.

"바쁘실 텐데 스케줄까지 바꿔가며 와주셔서 정말 감사해요, 형님. 함께해 주신 덕분에 많은 힘과 위로가 됐어요. 운전 조심해서 들어가세요."

"고맙긴, 당연히 와야지. 도착하면 문자 남길 테니까 걱정하지 말고 오늘은 푹 자."

수진을 꼭 안아준 연주가 우주와 함께 현관을 나섰다. 텅 빈 도로 위 가로등 불빛만이 규칙적으로 연주와 우주를 반겨주며 빛나고 있었다. 금요일 밤의 끝자락이 시간과 함께 달려 더 깊어졌는지 어느새 토요일이 되어있었다. 삐죽 나온 입술로 조수석에 앉은 우주를 슬쩍 쳐다본 연주가 넌지시 시아에 대해서 물었다.

"오늘 누나랑 연락해 봤어? 혹시 요즘 누나가 관심 있어 하는 거 뭔지 알아?"

"아니요, 제가 주시아랑 따로 연락을 왜 해요. 누나도 필요한 거 있을 때 빼고 연락 안 하는데. 그리고 누나 관심사는 아예 모르죠, 저도 누나랑 말 거의 안 하는데… 아, 누나 SNS 들어가 보면 알 수 있을걸요? 뭘 잔뜩 찍어서 맨날 올리는 것 같던데… 팔로우는 안 해서 잘은 모르겠지만요."

심통이 나서 불퉁하게 대답을 시작하던 우주가 이내 연주와 시아의 상황을 떠올리더니 좀 더 호의적으로 알려주었다. 연주가 동생들이 알려준 '무작정 들어주기'를 시작하기 전에 사전에 시아에 대해 알아두는 것이 좋을 것 같다는 생각이 들자 머릿속이 점점 복잡해져 갔다. 내일 병원에 출근하면 직원들에게 물어봐서 SNS 계정부터 당장 만들어야겠다고 결심하면서 괜히 마음이 조급해진 연주가 한층 짙어진 어둠을 뚫고 질주했다.

정진과 정환이 대각선으로 마주 앉아 조금 더 술잔을 기울였다. 정진이 정환에게 뭔가 할 이야기가 있는 듯 여러 번 주저하더니 결국 입을 열었다.

"요즘 혹시 힘들거나, 신경 쓰이는 일 있니? 뭐, 사무실 일이든 개인적인 일이든."

"네? 아니요, 딱히 요즘 들어 더 신경 쓰인다거나 힘든 일은 특별히 없는데요."

"그럼… 사무실에 새로운 직원이 들어왔다거나, 기존 직원이 근래에 유난히 실수가 잦다거나 그런 것도 없고?"

"음… 어떤 부분을 말씀하시는 건지 모르겠지만 제출하는 서류들은 웬만하면 제가 다 검토하는 중이고, 제가 써서 제출한 것들이 많아서요. 혹시 무슨 일 있나요?"

"지난번에 등기소 근무하는 직원들이랑 오랜만에 차 한잔 마시는데 요즘 조카 사무실에서 실수가 잦은 것 같다고 무슨 일 있냐고 물어보더라고, 개업 초기에도 안 하던 사소한 실수 때문에 보정이 꽤 많이 나온 적도 있다고… 법원 직원들 사이에서도 국장님 조카 이야기가 나오던데 왜 그러는 거니? 혹시 몸이 어디가 안 좋은 거야?"

개업 초부터 작은아버지들의 이름에 혹시라도 누가 될까 사소한 것 하나도 그냥 넘기는 일 없이 꼼꼼히 다시 확인하던 정환의 성격을 아는 정진이 걱정 어린 눈빛으로 정환을 바라보았다. 조카들 모두를 다 예뻐하고 사랑하지만 그중에서도 정환은 조금 더 특별한, 정진과 덕훈의 아픈 손가락이었다. 숨기고 싶었던 일을 결국 들켜버린 정환이 멋쩍은 듯 웃으며 가볍게 말했다.

"아니요, 몸은 건강한데 요즘 살짝 슬럼프가 온 것 같아요. 초반에 열정을 너무 과하게 당겨서 써서 그런 건지, 아니면 이제 연차가 좀 쌓였다고 벌써 초심을 잃은 건지 생각만큼 쉽게 마음을 못 잡겠어요. 얼른 다시 정신 차리고 열심히 해봐야죠. 그나저나 작은아빠 얼굴에 괜히 먹칠을 한 건 아닌지 모르겠네요, 죄송해요…"

"아니, 그런 뜻으로 한 얘기는 아니고. 너는 작은아빠들에게 언제나 항상 대견하고 자랑스러운 조카야. 사람인데 당연히 실수할 수 있는 거지, 오히려 실수를 통해 배운 게 더 오래 기억에 남기도 하는 거니까 치명적인 실수 아니면 마음에 담아두지 말고 편하게 일해. 혹시나 무슨 일이 있거나 아픈 줄 알고 걱정했는데 아니라니까 오히려 안심이다. 우리 집안이 이제 건강에 민감해졌잖니? 일보다 건강이니까 건강 잃어가면서까지 몰두하지는 말고."

정진이 정환의 어깨를 두드리며 한가득 쌓여있는 참외 중 한 조각을 입으로 넣었다. 참외 속에서 퍼져 나온 단맛에 달큰한 향기가 더해져 아삭아삭한 식감이 배가 되었다. 덕훈은 매년 여름이 돌아와 참외를 먹을 때면 참외 특유의 시원하고 달콤한 향기가 너무 좋다고 했다. 이 향을 맡고 있으면 어릴 적 시골집 참외밭 한가운데 지어진 원두막에서 모기를 쫓으며 참외를 먹던 그때로 돌아가는 것만 같아서 더 기분이 좋아진다고 늘 얘기했었다. 덕훈의 첫 기일이라 그런지 형의 빈자리를 느끼며 먹는 참외가 달달하다 못해 너무 달아 오히려 씁쓸하게 느껴지는 정진이었다.

정환도 정진을 따라서 참외 한 조각을 먹으려는데 휴대폰이 울리기 시작했다. 미현이었다.

"응, 미현아. 제사는 아까 끝났지, 고모도 오셨는데 내일 출근이시라고 조금 전에 가셨어. 지금 어디쯤인데? 응, 알겠어. 금방 갈게."

미현과 통화한 정환이 자리에서 일어나 재킷을 입으며 나갈 준비를 했다. 곁에서 유과를 집어 먹던 시연이 정환을 올려다보며 물었다.

"미현 언니야? 어디쯤이래?"

"20분쯤 뒤에 지하철역에 도착할 것 같은데 버스나 택시 타기도 그렇고 늦은 시간이라 걷기도 거리가 애매하다고 역까지 마중 나올 수 있냐고 하는데?"

"아… 어? 근데 오빠 아까 조금이지만 술 마셨잖아."

시연의 말에 어리둥절한 표정을 짓던 정환이 곧 기억해 내고는 아차 싶었는지 곤란한 표정을 지었다. 정환의 난처함을 눈치챈 시연이 말했다.

"애들은 지금 오랜만에 만나서 정신없는 것 같으니까, 중고 초보여도 괜찮으면 내가 운전할게. 어차피 밤이라 차도 많이 없을 것 같지만 혼자면 왠지 불안하니까 오빠가 좀 같이 가줘. 참, 오빠한테 줄 서류도 챙겨야겠다. 어때?"

"네가 운전해 준다면 너무 고맙지, 내가 옆에서 네비 같이 봐줄게."

정환과 함께 지하 주차장으로 내려가는 엘리베이터 안에서 시연이 머뭇거리다 먼저 이야기를 꺼냈다.

"저기… 오빠, 진짜 괜찮은 거 맞아? 건강이든 마음이든?"

"왜, 너도 나 아파 보여? 요새 살이 좀 빠졌나, 왜 그러지?"

"아니, 외적인 거 말고. 아까 오빠가 아빠한테 이야기하는데 순간 굉장히 지친 표정이 스쳐 지나간 것 같아서, 그 얼굴이 마음에 좀 걸려서 물어본 거야. 진짜로 괜찮은 거지?"

"응, 근데 물어보니까 좀 더 이야기하자면… 그냥 좀 지쳤다고 해야 하나, 방향을 잃어버렸다고 해야 하나? 이전까지는 어쨌든 목표가 있었고, 그걸 빠른 시간 내에 이뤄내는 게 중요해서 다른 걸 다 미뤄버리고 목표 달성에만 매달렸거든. 합격하고 난 후에는 작은아빠에 대한 죄송스럽고도 감사한 마음 때문에 열심히 해서 작은아빠가 나한테 해주신 것만큼은 아니어도 재영이 로스쿨 학비 정도는 내가 책임지려고 했던 게 새로운 목표였는데, 재영이도 진로를 달리하고 이제는 작은아빠마저도 안 계시니까… 그냥 뭘 위해 열심히 달려야 할지 잘 모르겠어.

일은 점점 하기가 싫어지는데 억지로 하다 보니 또 실수하고, 실수하니까 더 의욕이 사라지고. 이 사이클이 무한 반복되고 있다고나 할까? 실은 너한테 받아달라고 했던 그 서류도 인감도장이 인감증명서랑 미묘하게 다른 걸 못 잡아내서 그대로 제출했다가 보정 나왔던 거였거든… 그래서 작은아빠 따라서 시작했던 구청 법률상담 봉사활동도 이번에 그만둘까 해, 그 공간에서까지 실수하고 싶지는 않아서. 법원이랑 등기소까지 소문이 다 나버린 모양인데 이제는 정말 정신 차려야지.

아, 오늘 작은아빠 기일이어서 그런지 늘 나한테 힘든 일이 생기면 함께 걸어주시던 그 언젠가가 오늘따라 더 그립네. 한 번만이라도 좋으니까 다시 작은아빠랑 같이 걸어보고 싶다."

말을 마치고 긴 한숨을 내뱉은 정환이 아까 전보다 훨씬 후련해진 얼굴로 시연을 향해 밝게 웃어 보였다. 정환의 차에 도착한 시연이 뒷좌석에 놓여있던 정환의 가방에 서류와 도장을 넣고는 운전석에 올랐다. 정환도 조수석에 앉아 근처 지하철역을 휴대폰 네비에 입력하는데, 시연이 망설이며 어렵게 입을 떼었다.

"일단 출발하기 전에 간단하게 이야기할게. 실은 오빠랑 단둘이서 의논하고 싶은 말이 있어서 내가 운전하겠다고 한 거야. 이상하게 들릴지 모르지만, 아니 내가 생각해도 이상하지만 오빠니까 그냥 편하게 말할게. 며칠 전에 오빠한테 서류 부탁받던 날, 지호네 집으로 돌아가는 길에 버스를 잘못 타서 엉뚱한 곳에 내렸었거든? 근데 그날따라 해가 쨍쨍한데 갑자기 비도 내리고, 아무튼 이상하게 일이 계속 꼬여서 어쩌다 보니 향수 가게에 들어가게 됐어. 거기서 약간 특이한 향수를 만들게 되었고, 조향사 말에 따라 만들었던 향수를 뿌리고 잠이 들었는데… 진짜인지 꿈인지 모르겠지만 나 잠깐 동안 과거에 다녀온 것 같아."

시연의 말을 듣고 놀란 정환이 한참 동안 아무 말 없이 결연한 표정을 한 시연의 얼굴을 계속 쳐다보았다. 그리고 이내 손뼉까지 치고 크게 웃으며 정환이 말했다.

"아! 깜박 속을 뻔했네. 유시연 연기 많이 늘었네. 실은 너도 아까 몰래 술 마신 거 아니야? 아, 덕분에 오랜만에 크게 웃었다. 시연아, 오빠 괜찮다니까 걱정하지 마."

정환의 기분을 풀어주기 위한 시연의 농담인 줄 알았는지 정환이 대수롭지 않게 여기며 웃어넘겼다. 하지만 웃음기 하나 없는 진지한 표정으로 정환을 계속 바라보는 시연의 얼굴에 정환도 웃음을 멈추고 다시 심각하게 상황을 정리해 보았다. 정환이 믿기 어려워하는 눈치에 시연이 고민하다 오늘 오전 유니폼 앞치마 주머니에서 발견한 냅킨과 그 속에 들어있던 작은 야광별을 꺼내 보여주었다.

"이 글씨, 큰아빠 글씨 맞지? 오빠는 큰아빠 책도 여러 번 봐서 필체 알아볼 거 아니야."

냅킨에 쓰여진 글씨를 손으로 어루만지던 정환이 놀란 눈으로 시연과 눈을 맞췄다.

"이게 왜? 전에 가지고 있었던 거 아니야?"

이해할 수 없는 일에 괜히 확인차 침착하게 물어본 정환의 눈동자가 이리저리 흔들렸다.

"아무래도 내가 아주 어렸을 때랑 신입으로 첫 비행 하던 때, 이렇게 2번 정도 과거에 다녀온 것 같아. 처음에는 그냥 꿈인 줄 알았어, 첫 비행 하던 순간에도 그저 꿈인 줄 알았다가 마지막에 갑자기 이상한 느낌이 들더니 현실의 기억이 반영되는 바람에 원래 기억과 다른 행동을 하긴 했지만… 아무튼 이 냅킨이랑 야광별은 원래 나한테 없었던 거야. 그건 내가 확신해. 내가 지금 이 이야기를 오빠한테 하는 건 믿기 힘든 이상한 상황을 신뢰할 수 있는 사람에게 털어놓고 싶어서이기도 하지만, 오빠 때문이기도 해. 정말 내가 잠시 과거에 다녀온 건지 꿈인지 솔직히 나도 정확하게 말할 수 없지만, 오빠에게 지금 위로가 필요한 시점이라면… 그게 꿈이든 잠시 동안 과거로의 여행이든 상관없다면, 기억을 되새겨 준다는 그 향수의 힘을 빌리는 것도 괜찮을 거라고 생각해."

시연의 말을 끝으로 차 안에 다시 찾아온 적막이 곧 도착할 것 같다는 미현의 메시지로 깨질 수 있었다. 정신을 차린 시연이 곧 차를 움직였고, 정환도 네비를 보며 길 안내를 시작했지만 머릿속은 온통 시연이 이야기했던 그 향수로 가득 찼다.

뻥 뚫린 밤거리를 달려 지하철역에 도착한 시연과 정환이 미현을 맞이했다. 미현까지 태우고 큰엄마 댁으로 돌아가는 길, 살짝 열린 창문으로 차가운 밤공기와 함께 어디선가 불어온 향기가 차 안을 가득 메우고 넘실댔다. 깊어지는 밤과 다르게 서늘한 바람 때문인지 정환의 정신은 점점 더 선명해져 갔다.

큰엄마 댁에 도착한 세 사람이 방 밖으로 즐거운 웃음소리가 새어나오고 있는 재영의 방으로 들어갔다. 비록 시아와 우주가 빠졌지만 오랜만에 모인 사촌들끼리 밀린 이야기를 나누느라 새벽을 향해 달려가는 시간과 내일의 일정은 더 이상 중요하지 않았다. 꼬리에 꼬리를 문 이야기가 동이 터올 무렵 사그라든 덕분에 늦은 아침에 시작된 아침 식사에도 다들 눈에 초점이 흐렸다. 무거운 눈꺼풀을 힘겹게 들어 올리며 밥알을 세던 7명이 느릿느릿 움직이면서도 늦지 않게 산소에 갈 준비를 했다.

일행을 짝지어 각 차량에 탑승을 하고 1시간 남짓 걸리는 덕훈의 산소가 있는 공원묘지로 향했다. 미리 보험을 불러 배터리를 충전해 둔 재민이 덕훈의 차를 운전하며 행렬의 선두에 섰다. 그 뒤를 따라 정진, 진영, 그리고 정환이 운전하는 차가 이어졌다. 같은 방향으로 가다 서기를 반복하며 흘러가던 차들이 목적지에 다다랐다.

숲을 좋아하던 덕훈이기에, 나무들이 가까이에 있는 가장 위쪽에 자리를 잡은 덕훈의 산소까지 가파른 경사가 이어졌다. 차로 들어갈 수 있는 곳의 마지막 주차장에 주차한 가족들이 하나둘씩 내려 돗자리와 간단한 먹거리를 챙겨 들고 산소로 향했다. 조촐하게 차려진 상 위에는 덕훈이 좋아하던 커피와 빵, 그리고 시연이 어제 사 왔던 디저트가 자리했다. 차례대로 절을 마치고 작은 돗자리에 엉덩이만 걸친 채 옹기종기 앉은 가족들이 빵과 다쿠아즈, 커피를 나눠 먹으며 1주기를 마무리했다.

다시 주차장으로 향한 가족들이 집으로 가기 위해 인사를 나누고 각자의 차에 올라탔다. 정환이 미현을 데려다주는 길에 시연과 지호를 가까운 지하철역에 내려주기로 하고 함께 차로 향했다. 앞서 걸어가던 정환이 갑자기 걸음을 슬그머니 늦추더니 맨 마지막에 걸어오던 시연과 보폭을 맞추었다. 그리고 시연에게 이야기를 들었던 어젯밤 이후로 내내 마음에 담아두었던 말을 슬며시 꺼냈다.

"저기, 시연아. 어젯밤 차에서 했던 이야기 말이야… 그거 아직도 유효하다면, 나도 해보고 싶어. 그 꿈인지, 과거 여행인지 작은아빠만 다시 만날 수 있다면 그게 뭐든 아무래도 상관없을 것 같아."

이야기를 처음 듣던 어젯밤과 다르게 확고해진 정환의 목소리를 듣던 시연이 머뭇거리며 가방 깊숙한 곳에 넣어두었던 작은 병을 꺼내 정환의 손에 몰래 쥐여주었다. 일반적으로 시중에서 판매되는 크기를 생각했던 것인지 갑자기 립스틱만 한 크기의 조그만 병이 손바닥 안으로 쏙 들어오자 정환이 당황했지만, 정신을 차리고 이어지는 시연이의 나지막한 목소리에 집중했다.

"지속 시간은 5시간에서 8시간 정도라고 했던 것 같아. 상황이나 환경에 따라 차이가 있기는 하지만 기억을 되새기는 데 도움이 될 거야."

"직접 향수를 만들었다고 했었는데, 무슨 향이야?"

"모르겠어, 사용하는 사람과 떠올리는 기억에 따라 바뀐다고 해서. 완전 랜덤이야."

"엥? 그런 게 어딨어. 뭔가 처음부터 이상했지만 가면 갈수록 더 이상한 점들 투성이네, 그럼 넌 무슨 향이 나왔는데?"

"나? 음… 나는… 살구꽃 향기 나왔어. 이렇게 말하니까 진짜 무슨 뽑기 같네."

마지막으로 도착한 시연과 정환도 짐을 싣고 차에 몸을 맡겼다. 어제 늦게 자서 가는 동안 지루하면 잠들 것 같다며 차 오디오에 블루투스를 연결한 미현이 노래를 선곡해 틀었다.

'지금부터 내가 하는 말을 전부 믿기는 힘들…'

왠지 모르게 의미심장한 노래 가사가 차 안을 흘러 다니기 시작하면서 괜히 흠칫한 정환과 시연이 룸미러를 통해 서로 눈을 마주쳤다. 오랜만에 맞은 화창한 날씨의 주말, 꽃구경을 나온 차량들로 인해 정체된 도로만큼 정환의 마음도 복잡하기만 한 기분이었다.

미현까지 모두 내려주고 나서야 집에 들어온 정환이 소파에 벌러덩 누웠다. 어젯밤 잠을 제대로 못 잔데다 장시간 운전을 한 탓에 온몸이 나른하고 졸음이 쏟아져 금방이라도 잠에 빠져들 것만 같았다. 이대로 누워서 한숨 잘까 고민하던 정환이 곧 생각을 바꾸고 힘겹게 몸을 일으켜 앉아 잠을 쫓기 위해 집 앞 빵집에서 사 온 샌드위치를 먹기 시작했다. 샌드위치를 한 입 베어 물자 달콤한 옥수수와 부드러운 달걀에 고소한 마요네즈까지 더해진 속이 촉촉한 식빵에 감싸져 입안에 퍼지며 식욕을 돋우었다. 앉은자리에서 샌드위치 하나를 뚝딱 해치운 정환이 기분 좋게 적당히 배부른 느낌을 즐기다 편안한 옷으로 갈아입기 위해 일어섰다. 휴대폰과 차 키, 지갑을 재킷과 바지 주머니에서 차례로 빼내던 정환의 손에 마지막으로 향수가 잡혔다. 마지막으로 들었던 시연의 말을 다시 떠올려 보던 정환이 별안간 향수 뚜껑을 열고 자신을 향해 향수를 분사하기 시작했다.

노즐을 꾹 한 번 누르자 관을 타고 향수가 공기 중으로 퍼졌다. 정환이 분명 방향을 확인하고 분사했지만, 안개비의 물방울 같은 액체만 팔에 내려앉을 뿐 어떤 향기도 느껴지지 않았다. 오 드 코오롱처럼 굉장히 은은하고도 연한 향인가 싶어 다시 여러 번 눌러 뿌려보지만, 여전히 아무런 향도 나지 않은 것에 잔뜩 기대감에 부풀었던 정환의 실망이 커져갔다.

'시연이 말에 속았나, 이게 진지하게 오빠를 놀려? 아니야, 작은아빠까지 언급하면서 심하게 장난을 치는 애는 아닌데… 잠들기 전에 뿌렸어야 했나? 아… 뭐가 문제였지?'

향수를 손에 들고 터덜터덜 거실로 나와 다시 소파에 앉은 정환이 향수에 대해 잠깐 고민하다 습관적으로 텔레비전을 켰다. 이제 막 음악방송이 시작된 건지 MC들이 다음 무대를 소개하고 사라졌다. 온통 낯선 그룹들과 처음 듣는 노래들만 가득한 음악방송에 지루해진 정환의 눈이 슬슬 감겼다. 꾸벅꾸벅 졸던 정환의 고개가 소파에 놓인 쿠션에 안착할 때쯤 정환의 코끝으로 화이트 머스크향이 감돌기 시작했다.

6.

화이트 머스크

　미현의 연락을 받고 급하게 들어온 정환은 혼란스러웠다. 정환의 눈길이 닿는 곳에 놓여있는 물건마다 빨간 딱지가 이름표처럼 붙어있었다. 울고 있는 엄마와 미현을 뒤로하고 아빠에게 전화를 걸어보지만 연결이 되지 않는 것에 당황스러움이 배가 된 정환이 애써 마음을 다잡으며 덕훈에게 전화를 걸었다. 사정을 이야기하자 바로 달려온 덕훈이 엄마로부터 법원에서 날아온 각종 서류들을 받아 빠짐없이 다 읽어보았다. 낯빛이 급격히 어두워진 덕훈이 힘겹게 입을 열었다.

　"아무래도 형이 가족들 몰래 보증을 서주신 것 같아요. 그분이 갚을 여력도 안 되고 연락도 두절된 채 잠적한 모양인데, 그 때문에 빚이 다 형 앞으로 돌려졌어요."

　덕훈의 말을 듣고 망연자실한 엄마가 힘없이 주저앉았다. 그 뒤로 채권자들이 집으로 계속 찾아오고 밤낮으로 연락이 끊이지 않았다.

이따금씩 법원에서도 서류들이 날아오면서 충격과 스트레스에 시달리던 엄마가 결국 버티지 못하고 쓰러지셨다. 이제 고등학교 졸업을 앞두고 있던 정환과 아직 고등학교를 졸업하려면 한참 남은 미현이가 이 상황에서 집안을 위해 할 수 있는 일은 거의 존재하지 않았다. 대학교 합격자 발표를 불과 며칠 앞두고 쑥대밭이 되어버린 집에서 정환의 합격 여부는 이제 더 이상 중요한 문제가 아니었다. 오히려 원하는 대학에 합격한다고 해도 포기하고 생계를 위해 하루빨리 취직해서 돈을 벌어야 할 지경이었다.

하루하루 정신없이 보낸 시간들이 쌓여 어느새 대학교 합격자 발표날이 되었다. 정환은 급하게 겨우 잡은 아르바이트 스케줄을 소화하느라 결과를 미처 확인하지 못했고, 이내 점차 기억 속에서 잊혀져 갔다. 보충 수업을 마치고 온 건지 교복을 입은 미현이 아르바이트가 끝나가던 정환을 찾아왔다. 집으로 함께 돌아가는 길, 집안 식구들 중 유일하게 합격자 발표일을 기억하고 있던 미현이 PC방으로 정환을 잡아끌었다.

"만에 하나 합격했다고 해도 나는 이제 대학교 입학 못 해. 지금 백 원짜리 하나도 아쉬운데 꼭 돈을 들여 PC방까지 가서 확인해야겠어? 혹시라도 붙었는데 못 가게 되면 그게 더 속상하고 아쉬울 것 같은데…"

"그렇다고 확인 안 하면 덜 아쉽고? 이래도 아쉽고, 저래도 아쉬울 바엔 오빠가 초등학생 때부터 지금까지 내내 열심히 공부했던 결과만이라도 알고 아쉬운 게 낫잖아. 응? 오빠 제발… 그럼 오빠를 위해서 말고 나를 위해서 확인해 보자, 내가 너무 궁금해서 잠이 안 올 것 같아서 그래."

미현의 성화에 마음이 흔들린 정환이 PC방으로 들어가 함께 합격자 발표를 확인했다. 결과가 어떻든 간에 정환의 현실은 바뀌지 않기에 기대하지 말자고 수없이 생각하고 다짐했지만, 자꾸만 자기도 모르게 기대가 되는 건지 수험 번호를 입력하고 비밀번호를 누르는 그 짧은 시간이 끝나지 않을 것만 같이 더디게 느껴졌다.

원서를 넣었던 곳들 중 보험이라 생각하며 하향 지원을 했던 학교부터 확인하러 들어간 홈페이지의 화면이 느리게 바뀌며 '합격을 축하합니다!'라는 문구가 떴다. 뒤이어 다른 학교에서도 연달아 합격을 통보받고 흥분한 정환과 미현이 침을 꿀꺽 삼키며 마지막으로 정환이 조금은 무리하게 상향 지원으로 넣었던 학교의 홈페이지에 접속했다. 이전과 다르게 확연히 긴장한 정환이 손을 덜덜 떨며 오타라도 날까 싶어 키보드를 하나씩 정성스럽게 눌렀다. 접속자가 많지 않아 빠르게 바뀐 화면 위에는 정환의 힘들었던 수험 생활들이 오버랩되어 글자와 함께 떠올랐다. 사실 결과가 너무나도 궁금했지만 혼자서 확인하기에는 겁이 났던 정환이 눈을 꼭 감고 떨리는 마음을 진정시킨 다음 천천히 눈을 뜨고 화면을 바라봤다. 그곳에는 정환이 고3 내내 간절히 소원했던 그 한 문장이 정환을 반겨주었다. '신입생이 되신 걸 축하합니다!'

기뻐서 소리치는 미현의 옆에서 반대로 너무 놀라고 기뻐 어떤 말도 하지 못하고 얼어버린 정환의 눈에서 눈물이 뚝뚝 흘러내렸다. 하지만 벅찬 감동의 눈물은 얼마 지나지 않아, 주어진 냉혹한 현실로 다시 내팽개쳐진 정환에게 아쉬움과 원망의 눈물이 되어 펑펑 쏟아졌다. 기쁨에서 슬픔으로 바뀐 눈물의 의미를 알아챈 미현이 갑자기 정환에게 너무 미안해졌다. 본의 아니게 희망 고문을 하게 된 건 아닌지 눈치를 보던 미현을 의식한 정환이 애써 아무렇지 않은 척 마음을 숨긴 채 씩씩하게 일어나 미현과 PC방을 나섰다.

"저기… 오빠, 미안해. 내가 괜히 합격 결과 확인해 보자고 해서, 오빠 마음만 불편하게 만든 것 같아…"

"뭐가 미안해~. 이럴 때는 축하한다는 말이 먼저 아니야? 어쨌든 지금까지 했던 내 노력의 결과가 이렇게 멋진 결실을 맺었는데. 내가 미리 겁먹고 나 자신에게 한계를 두지 않으면, 훨씬 더 많은 일들을 해낼 수 있는 가능성을 지닌 사람이라는 걸 이번 기회를 통해서 알게 됐잖아. 그럼 됐어, 그걸로… 된 거야. 내가 보낸 시간들의 가치를 알게 해줘서 고마워."

PC방 계단을 내려오며 쭈뼛쭈뼛 말을 건 미현에게 정환이 웃으며 답했다. 정환의 표정을 보고 안심이 된 미현이 말했다.

"축하해, 오빠. 아주 많이. 오늘 축하할 일도 있겠다, 내가 치킨 쏠게!"

"고마워, 근데 무슨 치킨이야. 우리 형편에… 그냥 마음만 받을게."

"에이, 괜찮아. 나만 따라와, 얼른."

또다시 정환을 어디론가 잡아끈 미현이 분식집으로 향했다. 몰래 주머니를 확인하던 정환을 뒤로한 채 미현이 얼른 주문했다.

"이모, 저희 닭꼬치 4개 주세요. 맛있는 걸로 주세용~."

미현의 곁에 다가선 정환이 놀란 눈으로 미현을 쳐다보다 눈이 마주친 두 사람이 웃음을 터뜨렸다.

"왜, 이것도 치킨은 치킨 맞잖아. 닭이 들어갔으니까, 틀려?"

"아니, 내가 생각했던 비주얼과는 조금 다르지만… 엄밀히 말해서 틀린 건 아니지? 동생 덕분에 맛있는 것도 먹고 오늘 기분 진짜 좋다, 고마워."

각자의 양손에 양념을 맛있게 발라 김이 모락모락 나고 있는 닭꼬치를 받아 든 두 사람이 건배하듯 닭꼬치를 부딪치고 한 입 베어 물었다. 누군가 보면 소박하다 못해 오히려 초라한 저녁이었지만, 두 사람에게는 지금까지 먹어보았던 그 어떤 고급 닭요리보다 맛있었던 한 끼였다.

다음 날 저녁, 정환이 아르바이트하는 가게로 정장 차림의 덕훈이 들어왔다. 퇴근을 하고 바로 온 건지 함께 저녁 먹으려고 일부러 정환이 끝나는 시간에 맞춰왔다는 덕훈에게 이끌려 식당으로 들어갔다. 미리 예약을 해둔 건지 조용한 방으로 안내를 받아 들어간 덕훈과 정환이 마주 보고 앉아 메뉴판을 보았다. 비싼 가격에 선뜻 고르지 못하는 정환을 대신해 오늘의 추천 메뉴를 주문한 덕훈이 일상적인 것들을 물으며 대화를 시작했다. 밑반찬들과 함께 고기가 나오자, 덕훈이 손수 화로에 구워주며 정환을 살뜰히 챙겼다. 불판 위에서 고기가 노릇노릇 구워지기가 무섭게 정환에게 놓아주는 덕훈 덕분에 정환의 앞접시에 맛있는 고기가 줄어들지 않고 계속 쌓여갔다. 오랜만에 먹는 소고기에 정신없이 흡입하던 정환이 정신을 차리고 말했다.

"작은아빠도 드세요, 고기가 너무 맛있어서 제가 제 입만 생각했네요."

잘 구워진 고기를 얼른 집어 상추에 올리고 고추와 구운 마늘에 쌈장까지 넣어 맛있는 한 쌈을 만든 정환이 덕훈을 향해 건넸다.

"작은아빠는 점심을 늦게 먹었더니 배가 별로 안 고프네? 게다가 우리 정환이 잘 먹는 모습을 봐서 그런지 이미 배부른 느낌이야. 다음에는 미현이랑 다 같이 오자. 그리고 이제 대학생 되어서 할 일이 많을 텐데 미리미리 체력을 만들어야 돼야 하는 네가 많이 먹어야지, 어서 더 먹어."

덕훈이 정환에게 말하면서도 불판 위에서 집게를 쉬지 않고 움직였다. 대학생이라는 말에 멈칫한 정환이 주저하다 어렵게 입을 뗐다.

"저… 작은아빠, 저는 대학 안 가려고요. 아니, 그냥 못 가게 됐어요. 결과가 좀 부진해서…"

혹시라도 덕훈에게 부담이 될까 싶은 정환이 집안의 문제 때문이 아닌 자신의 탓인 것처럼 이야기를 꺼냈다. 하지만 모든 걸 이미 다 알고 있다는 듯한 덕훈의 눈빛이 안쓰럽게 정환을 바라보며 말했다.

"이미 너한테 오기 전에 미현이랑 통화했어. 원서 냈던 곳들 모두 다 붙었다며, 4년 전액 장학금 대상이 되는 학교도 있는 데다가 법대로 제일 유명한 사립대까지 붙었다면서 왜 말하지 않았어? 언제까지 숨기려고, 작은아빠 조금 서운해지려고 그런다. 그래도 일단은 우리 정환이 수험 생활 내내 고생 많았어, 진심으로 합격 축하한다."

정환이 짊어지고 있는 상황에 대한 부담감을 알기에 일부러 더 가벼운 목소리로 말을 건넨 덕훈이 계속 말을 이었다.

"그리고 너나 미현이나 많이 자랐다고는 하지만 아직은 도움이 필요한 나이야, 혼자서 많은 짐들과 상황을 모두 짊어지려고 하지 마. 너한테는 고모도 있고, 작은아빠들도 있고 가족이 있잖아. 혼자가 아니니까 전부 감내하려 하지 않아도 돼. 그 어떤 것도 나누면 훨씬 가벼워지는 법이니까, 함께하면 괜찮아. 그러니까 지금은 직면한 상황이니, 환경이니 하는 것들 말고 너 자신, 네가 앞으로 걸어나가야 할 인생에 대해서만 생각하고 결정해. 네가 그렇게 결정한다고 해서 널 탓하거나 이기적으로 생각할 사람들은 없으니까, 대학은 꼭 가는 걸로 결정하자. 응?"

말을 마친 덕훈이 콜라가 든 잔을 들며 정환에게 건배를 제안했다. 조심스레 허공에서 맞부딪힌 두 잔이 제법 경쾌한 소리를 내며 정환을 위로하고 또 응원했다. 그날 저녁, 집으로 돌아온 정환이 오랜 고민 끝에 어렵게 마음을 정했다. 꿈속에서도 소망했던 꿈과 주어진 현실 사이에서 그 어떤 것도 놓기 어려웠던 정환은 결국 두 가지를 묶어 잇는 방법을 선택했다.

덕훈과 저녁식사를 하고 헤어진 뒤 며칠 후, 아르바이트를 하면서도 무슨 이유 때문인지 오늘따라 유난히 집중하기가 어려워 사소한 실수를 반복하던 정환에게 엄마가 입원해 계신 병원으로부터 다급한 전화가 왔다. 평소 지병이 있던 엄마의 병세가 극심한 스트레스로 인한 쇼크 때문에 급속도로 악화되어 위험하다는 소식이었다. 모든 일을 제쳐 두고 한달음에 달려간 병원에는 근무 중에 뛰어온 고모와 미현이 와있었다. 의식이 없는 엄마의 호흡이 점점 더 불안해져 가면서 결국 마음의 준비를 하라는 통보까지 받은 정환의 정신이 아득해져 차가운 바닥에 주저앉았다. 또다시 정환이 아무것도 할 수 없는 무력감에 휩싸인 채 가라앉고 있을 때 아빠와 함께 덕훈이 병실로 뛰어 들어왔다. 얼마 지나지 않아 겨우 힘겹게 눈을 뜬 엄마가 미현과 정환을 찾더니 가까이 불렀다.

"힘들어도… 포기하지 말고… 꼭 꿈을 이뤄야 해…"

힘겹게 마지막 말을 남매에게 남기고 일찍 혼자서 먼 여행을 떠나 버린 엄마로 인해 겨우 힘겹게 붙들고 있던 정환의 세상이 무너져 내렸다.

엄마를 보내드리고 난 후, 정환은 잃어버린 세상 대신해 어두운 방 안을 동굴 삼아 더 깊게 파고들었다. 아르바이트도 모두 그만두고 하루 종일 방에 틀어박혀 제대로 먹지도, 움직이지도 않은 채 그저 누워서 더 깊은 잠에 빠져 모든 현실로부터 끊임없이 도망쳤다. 어쩌다 잠에서 깨더라도 망가져 버린 정환의 세상뿐만 아니라 현실의 세계도 이대로 끝나버리면 좋겠다고 생각하며 또다시 눈을 감고 정신을 내맡기기를 반복할 뿐이었다. 처음 며칠 동안은 모든 걸 놓아버린 정환을 보고 울며 달래기도 하고, 화도 냈던 미현과 덕수도 이제는 지쳐가는 중인지 그대로 내버려 두는 시간이 더 많았다. 의미 없이 흘러간 시간이 열흘쯤 됐을 무렵, 덕훈에게서 전화가 왔다.

"정환아, 얼른 옷 따뜻하게 입고 지금 당장 집 근처 지하철역으로 좀 나와라. 너 올 때까지 기다릴 거니까 다른 생각하지 말고 빨리 나와, 끊는다."

일방적인 통보만 남긴 통화가 끝나고 휴대폰 화면에 떠있는 시간을 확인해 보던 정환이 당황했다. 지금은 해도 잠들어 있는 캄캄한 새벽인 데다 3월이 가까워져 오고 있지만 아직은 제법 추운 겨울이었다. 쌀쌀한 날씨에 이른 시간까지 겹쳐 체감기온이 더 차가울 바깥 공기에, 지금껏 단 한 번도 막무가내로 본인의 할 말만 하고 통화를 끝내는 법이 없던 작은아빠가 마음에 걸린 정환이 더 고민하지 않고 후드집업에 외투만 걸치고 서둘러 밖으로 뛰어나갔다. 먼저 지하철역 입구에 도착해있던 덕훈이 저 멀리서부터 빠른 걸음을 걷는 듯 달려오는 정환을 향해 소리쳤다.

"잠은 지금껏 충분히 자둔 것 같으니, 지금 이 시간에 조금 깨어있어도 괜찮지?"

며칠 동안 충분히 먹지도 움직이지도 않았던 탓에 금세 체력이 바닥난 정환이 헉헉대며 숨을 몰아쉬고는 겨우 대답했다.

"…네, …괜찮아요. 그런데… 이 새벽부터 어디 가요?"

"가보면 알아, 일단 작은아빠만 따라와. 가자."

잠에서 깨어난 지 얼마 되지 않아 퉁퉁 부은 눈을 한 정환이 작은아빠의 뒤를 따라 지하철역 안으로 들어가 지하철에 올라탔다. 짧은 시간이었지만 차가운 바람 속을 가르고 달려와서인지 따뜻한 바람으로 미리 데워진 지하철 안으로 들어서자 순식간에 노곤해지는 정환이었다. 덕훈과 나란히 앉은 정환이 반쯤 정신을 놓은 채로 졸고 있을 때쯤 지하철 안으로 많은 사람들이 우르르 밀려 들어왔다. 얼마 지나지 않아 정차하게 된 다른 역에서도 수많은 인파가 물밀 듯이 쏟아져 들어왔다. 생각보다 많은 사람들이 이른 새벽부터 바쁘게 하루를 열고 있었다는 사실에 놀란 정환의 눈이 휘둥그레졌다. 중간에 내려 지하철을 갈아탄 덕훈과 정환이 시루에 갇힌 콩나물처럼 사람들 사이에 끼어 이리저리 흔들리며 목적지에 도착했다. 지하철역을 나와 걸어간 곳에는 새벽시장이 한창이었다.

바쁘게 움직이는 상인들과 그 틈을 오가는 사람들 사이사이를 덕훈이 능숙하게 피해가며 앞서 걸었다. 정환이 덕훈의 꽁무니를 열심히 쫓아가며 추운 날씨에도 열기로 가득한 시장의 온도를 함께 높였다. 어느새 시장을 크게 한 바퀴 돈 두 사람이 아침을 먹으러 시장 한편에 있는 국밥집으로 들어갔다.

자주 와봤던 것인지 자연스럽게 콩나물국밥 두 그릇을 주문한 덕훈이 바쁘게 손을 움직여 정환의 앞에 수저, 젓가락을 놓아주었다. 정환도 얼른 물병에서 물을 따라 덕훈에게 건네고는 꿀꺽꿀꺽 물을 들이켜기 시작했다. 갑작스럽게 동참하게 된 새벽 강행군에 얼떨떨했던 정신이 시원한 물 한 잔에 또렷해지기 시작했다. 물을 마시고 얼마 되지 않아 두 사람 앞으로 김이 모락모락 나는 콩나물국밥이 놓였다. 맑은 국물에 투명해진 콩나물이 잔뜩 들어가 엉켜있는 까만 뚝배기 안으로 함께 나온 잘게 다져진 청양고추와 공깃밥 하나를 넣어 말은 덕훈이 한 숟가락을 크게 떠서 입안으로 넣었다. 시장 한 바퀴를 다 돌 때까지 덕훈의 뒤만 쫓았던 것처럼 이번에도 덕훈을 따라 정환도 국밥의 국물에 밥을 말아 한 큰술을 입으로 가져갔다. 입안에서 뜨거움을 식혀가며 따끈하게 배를 채운 두 사람이 밖으로 나와 또다시 길을 걸었다.

처음 시장에 도착했을 때와 달리 벌써 아침이 되어 날이 많이 밝아 있었고, 국밥으로 든든하게 기력을 충전시킨 덕분에 더 이상 이전처럼 춥게 느껴지지 않았다. 시장을 나와 정처 없이 거리를 걷던 덕훈과 정환이 좀 더 한산한 공원길로 접어들자 나란히 걸으며 차분히 이야기를 나누기 시작했다.

"새벽시장은 처음 와보지? 작은아빠는 시장이라는 공간이 참 좋더라, 어릴 적 향수를 느낄 수 있는 친근한 장소이기 때문도 있지만 시장에 가면 왠지 힘이 나. 사람들이 북적거리고 다양한 소음들이 모여 뒤섞이며 만들어 낸 에너지가 따뜻하게 느껴져서, 가끔 무기력해지고 삶의 방향을 잃어버린 것 같아 마음을 정리하고 싶을 때 일부러 사람들 틈에 섞여 거닐다 가고는 해. 서로 아무런 대화를 나누지 않아도 사람이 사람에게 전해주는 기운만으로도 힘이 될 때가 있어서."

"네… 새벽시장은 오늘 처음 와봤어요, 예전에 가족끼리 야시장은 몇 번 가본 적 있었지만요. 그래서인지 이른 새벽부터 이렇게 많은 사람들이 시장을 오고 가는 줄은 몰랐어요, 지하철도요. 생각했던 것보다 훨씬 더 일찍 하루를 시작하는 사람들이 많았네요…"

"그렇지? 그래서인지 가끔은 위로가 되더구나. 나만 쫓기듯 바쁘게 움직이는 게 아니었구나, 나만 아등바등 치열하게 살아가는 건 아니었구나 싶어서. 그리고 나 혼자가 아니구나…"

곁에서 걸어가던 덕훈이 고개를 살짝 돌려 정환과 눈을 마주하더니 웃으며 말을 이어갔다.

"사람들 틈바구니에 끼어있다 보면 마음에 담아두었던 일들도 평범한 일들이 되고, 힘들었던 일도 이겨낼 수 있는 용기를 얻어서 어느새 한 발짝 더 내디딜 수 있는 힘이 생기기도 해. 그러니까 아직 사람들 틈이 힘들다면 가족들 사이에서부터 시작해 보는 건 어떠니? 때로는 슬픔에 잠겨있을 시간이 필요한 순간도 있고, 치열하지 않아도 괜찮지만 그 순간들에 너무 많은 시간을 집중해서 그다음을 준비해야 할 때 네가 또다시 힘들어지는 일이 없었으면 좋겠어. 엄마께서도 마지막까지 말씀하셨듯이 네 꿈을 포기하지 않았으면 한다."

입술을 말아 물고 묵묵히 덕훈의 말을 듣던 정환의 눈가가 촉촉해질 무렵 귓가에 덕훈의 목소리가 이어졌다.

"그리고 집이랑 나머지 빚은 걱정하지 마, 고모랑 작은아빠들이 경매에 나온 거랑 채권자들 통해서 다 정리했으니까. 그래도 서로가 필요한 순간, 내가 가지고 있는 것으로 조금이나마 도움이 되어줄 수 있어서 너무 다행이고 기쁘다."

"네? 그걸 다요? 그 큰돈을 어떻게… 안 돼요, 일은 저희 아빠가 저지르셨는데 왜… 왜, 다른 가족들이 모두 피해를 봐요. 아무리 가족이어도 그건… 안 될 일이잖아요, 그런 부담을 지우는 건 너무 이기적인 거잖아요."

걸음을 멈추고 울먹이며 이야기를 시작하던 정환의 눈에서 기어코 눈물이 떨어지자, 정환의 머리를 쓰다듬으며 덕훈이 따뜻하게 말했다.

"만약 우리의 상황이 바뀌었다면, 아빠께서도 고모나 작은아빠들처럼 똑같은 선택을 하셨을 거야. 왜냐면 우리 형제들 모두가 아빠의 뒷모습을 따라 배우고 자라온 사람들이니까. 삶을 살아가다 보면 돈으로는 못 하는 게 없다고 여겨지는 경우가 많은데, 나중에 알게 되겠지만 너희 아버지는 돈으로도 움직일 수 없는 그 무언가가 있다는 걸 가르쳐 준 분이셔. 그래서 우리 형제들은 돈만으로 해결할 수 있다는 게 오히려 다행이라고 생각하고 있어. 그러니까 다른 생각으로 걱정하지 말고 정환이 너는 앞으로 네가 할 일을, 미현이는 미현이가 할 일을 열심히 하면 돼. 나머지는 어른들이 할 테니까."

펑펑 쏟아져 내리기 시작한 눈물을 감추려 고개를 푹 숙인 정환의 머리 위로 하얀 눈꽃이 내려앉기 시작했다. 하늘을 올려다본 덕훈의 입에서 새어 나온 입김이 하얗게 물들어 가고 있는 세상에 함께 하얀색을 덧칠했다. 천천히 내리기 시작한 눈을 바라보던 덕훈이 자기 목에 두르고 있던 목도리를 풀어 울고 있는 정환의 목에 둘러주었다. 허전했던 목 위로 덕훈의 온기와 은은한 향기가 묻어난 따뜻한 목도리가 감기는 느낌에 고개를 든 정환이 목도리를 매주던 덕훈과 눈이 마주쳤다.

"따뜻하게 입고 나오라니까, 작은아빠 기다릴까 봐 부리나케 달려 나왔나 보네. 작은아빠 조금 감동인데? 참, 미현이한테 이야기 들었어. 장학금 받고 다니기로 했다면서, 너의 지난 시간들을 생각해서 조금 더 욕심을 냈어도 괜찮았을 텐데… 그래도 입학하겠다고 결정해 줘서 고맙다. 어, 그러고 보니 이제 작은아빠 후배님이시네? 그런 의미에서 나온 김에 법률 서적이나 몇 권 사러 가자."

어느새 새하얀 눈으로 뒤덮여 발자국 하나 없는 공원의 길 중앙에서 정해진 방향이 없이 돌아가던 나침반의 바늘이 한 곳을 가리키며 멈춰 섰다. 나침반이 이끄는 방향으로 걸어나가는 두 사람에게서 편안하고 포근한 향이 퍼졌다.

정환은 나중에 알게 된 사실이었지만 덕수가 덜컥 떠안게 된 빛을 갚기 위해 덕훈은 본인의 꿈이자 자부심이었던 판사를 그만두고 로펌에 들어가게 되었고, 연주는 개인병원 개원을 위해 모으던 적금을 모두 깨서 정환의 집을 지켜주었다.

덕훈과 눈길을 걷던 정환이 갑자기 장면이 바뀌어 또 다른 겨울을 보내고 있었다. 몇 년 전 혹독하게 보냈던 겨울의 상처가 겨우 다 아물고 새살이 돋으며 흉터가 사라지고 있을 무렵, 또다시 모습을 드러낸 냉혹한 겨울이 정환을 뒤흔들기 위해 다가오고 있었다.

군대를 다녀와서 복학한 후 법대를 졸업한 정환이 아르바이트를 하며 사법고시를 준비했다. 밤낮으로 공부에만 집중하고 매달려도 붙기 힘든 시험에서 아르바이트까지 병행하려니 좀처럼 격차가 좁혀지지 않았다. 사법고시 폐지까지 몇 년 남지 않은 상황에서 남은 기회로 2차까지 모두 합격해 낼 자신이 없어진 정환이 몇 번의 불합격 이후 방향을 바꿔 로스쿨을 준비하기로 했다. 학비가 부담스럽기는 했지만, 얼마 되지 않은 군대 월급과 그동안 모아둔 알바비를 모두 합치면 한두 학기 정도는 힘들지만 어떻게든 버틸 수 있을 것 같았다. 아침부터 오후까지 내내 학교 도서관에서 공부를 하고 늦은 오후부터 시작한 아르바이트를 어두운 밤이 되어서야 끝낸 정환이 무거워진 몸을 이끌고 집으로 향하고 있었다. 운동을 핑계 삼아 교통비라도 줄여보려고 밤길을 걷던 정환에게 전화가 왔다. 미현이었다.

"오빠… 어, 어디야? 지금 집에 오고 있어?"

"응, 집에 가고 있어. 출발한 지 이제 얼마 안 돼서 시간이 좀 걸릴 것 같은데, 왜? 뭐 필요한 거 있어? 가는 길에 사 갈까?"

"아니… 나도 알바 끝나고 지금 막 집에 왔는데… 집이, 아니야. 오면 말할게, 조심히 와."

아침에 집을 나설 때와 달리 어딘가 어두운 미현의 목소리와 서둘러 전화를 끊으며 들렸던 떨리는 음성이 마음에 걸린 정환이 피곤함도 잊은 채 발걸음을 재촉해 집으로 향했다. 경보를 하는 것처럼 빠른 걸음으로 내딛기를 반복하던 순간, 갑자기 왠지 전에도 있었던 상황인 것 같은 데자뷔를 느낀 정환이 불안해져 내달리기 시작했다. 자신의 괜한 기우였기를 바라며 달려 도착한 집에는 정환이 대학에 입학하기 전 맞닥뜨렸던 그 악몽보다 끔찍한 상황이 또다시 재현되어 있었다. 집에 사람이 없을 때 강제로 문을 열고 들어와 붙이고 간 것인지 몇 년 전과 다름없이 빨간 종이가 집안 곳곳에 붙어있었다. 미현도 이 상황을 도저히 받아들이기 힘들어 구석진 곳에 몸을 웅크리고 앉아 무릎에 얼굴을 묻고 있었다.

"미현아… 이게, 이게 무슨 일이야? 이게 왜, 또… 아빠는? 아빠한테 연락해 봤어?"

"오빠… 나도 집에 오자마자 아빠한테 계속 전화해봤는데 안 받아. 아빠도 누구한테 전화하는 건지 줄곧 통화 중이야, 이거 지난번처럼 그런 거지? 우리 집 또 넘어가는 거지?"

눈물이 가득한 얼굴로 고개를 든 미현이 정환의 눈을 바라보며 물었다. 목이 메인 정환이 목소리를 대신해서 힘겹게 고개를 끄덕이자 미현의 눈에서 참아왔던 눈물이 펑펑 쏟아져 내렸다. 보이지 않은 누군가 미현을 잡고 흔드는 것처럼 온몸이 떨리고 있는 미현을 진정시키기 위해 붙잡은 정환의 손도 한없이 덜덜 떨리고 있었다. 따뜻한 물을 한 잔씩 나눠 마신 정환과 미현이 식탁에 앉아 생각에 잠긴 듯싶더니 이내 미현이 조심스럽게 입을 열었다.

"오빠, 작은아빠한테… 연락해 볼까?"

미현의 말을 들은 정환이 벽시계를 쳐다보고 대답했다.

"시간이 너무 늦어서… 전화 드리면 시간에 상관없이 바로 달려오시려고 할 거야. 그러니까… 연락하더라도 내일 하자, 날이 좀 밝으면. 그 사이에 우리도 어떻게 된 일인지 대책을 좀 세워보고, 그러고 나서 연락드리자."

얼마 없는 선택지로 대책을 강구해 내느라 거의 뜬눈으로 밤을 새우며 정환과 미현이 이야기를 나누던 중 현관에서 문소리가 들렸다. 반쯤 넋이 나가버린 듯 초점 없는 눈으로 터덜터덜 들어오는 덕수를 보고 놀란 정환과 미현이 다가갔다.

"아빠, 왜 연락을 안 받아요. 지금까지 어디 계셨던 거예요, 집은 또 왜 이렇게 된 거예요?"

"잠깐 미현아, 우리 일단 하나씩 물어보자. 아빠, 또 무슨 일인 거예요. 뭐가 잘못된 거죠? 작은아빠한테 뭐가 어떻게 된 건지 물어보면 지금이라도 빨리 수습할 수 있을 거예요."

미현과 정환의 질문을 듣고만 있던 덕수가 힘겹게 입을 떼었다.

"아무래도 아빠가 사기를 당한 것 같아… 20년 지기 친구라 철석같이 믿었는데, 어떻게… 어떻게 다른 사람도 아닌 나한테… 미안하다."

아빠의 말을 끝으로 마지막까지 붙들고 있었던 일말의 희망이 모두 사라져버린 정환과 미현이 망연자실해져 바닥에 주저앉았다. 정환은 열심히 발버둥 치면 칠수록, 힘든 일을 버티면 버텨낼수록 더 어려운 상황이 비웃으며 정환의 발목을 잡는 것에 세상의 모든 게 싫어졌다.

다음 날 점심 무렵 덕훈이 소식을 들었는지 정환의 집에 찾아왔다. 새벽이 되어서야 들어왔던 아빠는 아침 일찍부터 또 어디를 갔는지 말도 없이 사라진 상태였다. 착잡한 표정으로 덕훈을 맞이한 정환이 미현과 함께 덕수와 나누었던 이야기를 전했다. 법률적으로 구제를 받거나 가해자에게 금액을 변제받을 수 있는 가능성에 대해 한참 고민을 하는 도중 정환의 휴대폰이 울렸다. 발신자를 확인해 보니 아빠인 것에 마음을 놓고 전화를 받던 정환의 표정이 점차 굳어갔다.

급하게 병원으로 달려간 세 사람이 병원에서 연주를 만났다. 불행인지 다행인지 길에서 갑자기 쓰러진 덕수가 구급차로 이송된 병원이 연주가 근무하는 대학병원인 것에 병원으로 출발하면서 덕훈이 연주에게 연락을 해두었다. 세 사람의 심상치 않은 분위기를 감지한 연주가 단도직입적으로 물었다.

"오빠한테 무슨 일 생긴 거지? 이번엔 또 무슨 일이길래 갑자기 길 한복판에서 쓰러져서 실려 와. 응? 설마… 또 돈 문제는 아니지?"

눈치 빠르게 상황을 파악한 연주에게 덕훈이 결국 자초지종을 털어놓자 연주가 열을 내며 말했다.

"아니, 오빠는 어쩌자고 일을… 오빠가 사람이 너무 좋은 게 문제야, 모두가 다 자기 같은 줄만 알고 쉽게 사람들 말 덥석덥석 믿고 도와주는 거. 다른 사람들한테 좋은 사람이면 뭐해, 가족들한테 먼저 좋은 사람이어야지… 정말 미치겠다, 이제 어떡하면 좋아."

흥분한 연주를 덕훈이 데리고 나간 지 얼마 지나지 않아 덕수와 연결된 기계에서 갑자기 요란한 경고음이 나기 시작했다. 놀란 정환이 뛰어나가 간호사를 불러왔다. 간호사와 함께 급히 달려온 의료진들이 덕수의 이곳저곳을 살펴보기 시작하더니 이내 긴급수술에 들어갔지만, 운명의 신의 결정은 너무나도 차가웠다.

정환은 다시 한번 되풀이된 예기치 못한 이별에 마음껏 슬퍼할 겨를도 없이 남겨진 일들을 수습하느라 정신이 없었다. 집뿐만 아니라 주변 사람들에게 돈까지 빌려 자금을 마련해 준 탓에 정환의 로스쿨 학비와 미현이 어학연수를 가기 위해 휴학까지 하며 모아두었던 알바비까지 모두 털어 넣어도 턱없이 부족했다. 게다가 로스쿨 진학을 접는 건 문제가 아니었지만 당장의 생활과 살 집까지 없어진 탓에 거리에 나앉게 된 정환과 미현은 당장 하루하루가 벼랑 끝에 서있는 것과 같았다.

미현은 아르바이트에 가고 정환은 학교 도서관에 있던 주말이었다. 아르바이트만으로는 도저히 답이 안 보이는 것에 법률 관련된 사무직으로 취업을 알아보던 정환을 만나러 덕훈이 찾아왔다. 눈까지 내려 더 고요해진 주말 오전의 모교 캠퍼스를 함께 걷던 덕훈이 먼저 이야기를 꺼냈다.

"…괜찮니? 미현이도, 너도 상심이 클 텐데… 앞으로의 방향은 정했고?"

"저는 일단 어디든 취업부터 먼저 해야 할 것 같아요, 전공을 살려서 법률 관련된 곳이면 좋겠지만 뭘 가릴 상황이 아니어서… 그리고 당장 다음 주에 집을 비워줘야 해서요, 짐도 거의 없어서 고시원을 좀 알아보려고요."

"갚아야 하는 돈 남은 건 작은아빠들 선에서 잘 정리했어, 아무래도 아빠 지인들 돈이니까 빨리 정리해 드리는 게 맞는 것 같아서. 그리고 집은… 이번에는 되찾기 힘들 것 같구나. 대신 고모가 작은 빌라를 마련해 두셨나 봐, 비록 전셋집이지만… 그러니까 서둘러서 진로를 정하지 않았으면 좋겠구나, 네가 하고 싶은 일을 해서 꿈에 가까워져야 하지 않겠니?"

"꿈이요? 작은아빠… 제 꿈은요, 그냥 가족들이랑 같이 행복하게 지내는 거… 늘 그거 하나뿐이었어요. 근데 제가 꾸는 그 꿈이 너무 컸나 봐요, 꿈에 조금이라도 가까워졌다 싶으면 항상 더 멀리 저한테서 도망가요. 도저히 쫓아가지도 못하게… 그리고 제가 어떻게 감히 이제 꿈을 꿔요, 고모랑 작은아빠들께 너무 죄송하고 면목이 없어서 더 이상은 그런 사치스러운 생각 안 하고 싶어요."

"너도 너지만 미현이도 생각해야지. 당장 급하다고 아무 결정이나 내리고 나면 되돌아오기는 더 힘들어져. 그러니까 고시든 로스쿨이든 작은아빠가 지원해 줄 테니까 서로 조금만 더 견뎌보자, 응? 가족들이 있는데 왜 자꾸 너 혼자 모든 짐을 떠안으려고 하는 건데."

"…계속 의지하고 기대고 싶을까 봐요, 힘들고 어려운 일이 생기면 그때마다 혼자서 해결할 생각은 안 하고 우선 그냥 다 맡기고 도망가고 싶어질까 봐요. 정말… 정말로 그런 사람이 되고 싶지 않아요, 다른 가족들한테 매번 폐를 끼치고 싶지 않아요. 이미 헤아릴 수 없을 만큼 많은 도움을 주셨는데… 더 이상은, 더 이상은 정말 안 돼요."

그 어느 때보다 확고한 정환의 결심을 돌릴 수 없었던 덕훈이 결국 이번에는 한발 물러날 수밖에 없었다. 꾸준히 머리 위로 내려앉은 새하얀 눈이 켜켜이 쌓여 두 사람의 머리와 학교 캠퍼스를 온통 새하얗게 뒤덮을 때까지 덕훈과 정환은 계속해서 뱅글뱅글 운동장을 맴돌았다. 말없이 나란히 걷기만 하는 두 사람 사이로 은은하면서도 부드러운 바닐라 향기가 겨울의 차가운 공기와 만나 서늘하게 스쳐 지나갔다.

얼마 뒤 로펌에서 나와 개인 사무소를 연 덕훈이 정환에게 함께 일하며 공부할 것을 권유했지만, 정환의 마음은 여전히 단호했다. 결국 정환의 마음을 바꾸는 걸 포기한 덕훈이 미현의 등록금을 지원해 주거나 미현을 통해 가끔씩 몰래 생활비와 용돈을 보태주는 것으로 전략을 변경하면서 각자의 합의점을 찾아갔다.

그사이 작은 기업의 법무팀이라고 부르기도 소박한 법률사무팀에 입사한 정환이 일을 하며 틈틈이 공부를 이어갔다. 이론과 실무의 차이 때문에 처음에는 알고 있었던 것보다 배워야 할 것들이 더 많아서 머리를 쥐어짜기도 했지만, 법률이 실제로 적용되는 것을 보면서 느끼는 성취감 덕분에 즐겁게 일을 배워나갔다. 관련 분야에서 일을 하며 공부를 병행하기 때문인지 일에 대한 능률이 오를수록 정환의 못다 이룬 꿈에 대한 열망도 나날이 함께 커지고 있었다. 미현이 대학교 졸업을 하고 영어학원에서 근무를 시작할 무렵, 돈도 조금 모으고 직장에서 자리도 잡아가던 정환이 진로에 대해 마지막 결정을 내렸다. 마음먹기까지가 오래 걸렸을 뿐, 마음을 정하고 나니 그다음 일들은 일사천리로 진행되었다. 일하면서 소송보다는 집행 분야에 더 흥미를 느끼던 정환이 고민 끝에 법무사 시험으로 눈을 돌렸다. 혹시라도 준비하는 걸 덕훈이 알게 될까 미현에게도 비밀로 하던 어느 날 오랜만에 덕훈에게 전화가 걸려왔다.

"잘 지내고 있니? 미현이는 영어학원에 취직했다고 하던데, 그럼 임용고시는 아예 마음을 접은 거야?"

"아니요, 지금은 초등부를 맡아서 애들이 끝나는 오후에 몇 시간만 몰아서 수업하고 늦은 오후부터 오전까지는 시간이 좀 있나 봐요. 그

때 틈틈이 공부한다고 하더라고요."

"아… 그래도 공부에만 전념해서 준비하는 게 좋을 텐데. 너도 마찬가지고 말이야."

자연스럽게 대화의 주제를 정환으로 넘긴 덕훈이 은근슬쩍 정환을 떠보았다. 뭔가를 알고 있는 듯한 덕훈의 물음에 당황한 정환이 사실대로 이야기하려다 이내 정신을 차리고 시치미를 떼며 다른 말을 늘어놓았다.

"임용고시 수업 실연 연습도 할 겸 무리하지 않은 선에서 할 거라고 하더라고요, 그나저나 작은아빠는 건강하시죠? 작은엄마랑 재영이, 재민이도 잘 지내고요?"

일부러 모르는 척 말을 돌리는 정환을 눈치챈 덕훈이 단도직입적으로 직진하며 물었다.

"응, 나도 그렇고 다들 잘 지내고 있어. 요즘 너도 다시 공부에 뜻이 있는 것 같다던데, 학원이랑은 알아봤니? 작은아빠가 옛날 사람이라 그런지 모르겠지만, 조금 번거롭더라도 법률 서적은 서점에 직접 가서 보고 사는 게 좋던데… 괜히 인터넷으로만 몇 번 클릭해서 보지 말고 시간 여유 있으면 한번 살펴보고 사도록 하렴. 아, 말 나온 김에 혹시 오늘 시간 괜찮으면 같이 오랜만에 서점 나들이나 가자. 작은아빠도 마침 직접 보고 싶은 책이 있어서 서점 가려고 했던 참이었거든."

갑작스레 잡힌 작은아빠와의 서점 약속으로 외출 준비를 시작한 정환이 가벼운 외투 하나만 걸치고 밖을 나섰다. 겨울이 가까워져 오고 있지만 햇빛 아래에서는 아직 포근함이 더한 날씨라 가볍게 길을 거닐기에 딱 좋은 날이었다. 덕훈과 정환이 자주 가던 서점 앞에 도착한 지 얼마 지나지 않아 저 멀리서 덕훈이 걸어오는 모습이 보였다.

"먼저 들어가서 구경하지, 작은아빠 기다리고 있었어? 낮에는 따뜻해도 바람 불면 은근히 쌀쌀하던데…"

"바람도 딱 적당하고 오늘따라 날씨가 너무 좋아서요, 오랜만에 새파란 늦가을 하늘도 마음껏 구경하니까 좋은데요? 그리고 저도 도착한 지 얼마 안 됐어요."

함께 서점 안으로 들어간 두 사람이 각자 수많은 책들 사이를 돌아다니며 지식의 미로를 헤매었다. 새로운 도전을 위해 책을 고르다 보니 꿈 많던 대학생 시절로 되돌아온 것 같은 느낌에 정환이 설렘 가득한 표정으로 책장 구석구석을 살폈다. 덕훈도 오랜만에 서점을 가득 메운 종이책 냄새에 이끌려 다양한 분야의 책장 사이사이를 흘러 다녔다.

잠시 따로 흩어져 시간을 보내던 정환과 덕훈이 법학책들이 집중된 구역으로 모여 과목과 저자에 대해 이것저것 이야기를 나누며 책을 골랐다. 재고가 없는 책은 연계된 인터넷 서점에서 구매하기로 했음에도 불구하고 길었던 기다림의 시간에 보상이라도 받듯 양손 가득 책을 한 아름 안고 나가는 두 사람이었다. 덕훈의 차에 책 꾸러미와 함께 몸을 실은 두 사람이 또다시 어디론가 향했다. 목적지가 궁금해진 정환이 어디로 가는 건지 덕훈에게 물었지만, 말없이 싱긋 웃어 보일 뿐 대답을 들을 수는 없었다.

얼마 지나지 않아 공영 주차장에 주차를 마친 덕훈이 내리자는 눈짓을 보냈다. 궁금함을 가득 안은 정환이 덕훈의 뒤를 따라 커다란 건물로 들어갔다. 엘리베이터 안에서 덕훈이 누르는 버튼을 보고 나서야 행선지를 짐작하게 된 정환이 고개를 돌려 덕훈을 바라보았다. 정환의 시선을 느낀 덕훈이 정환과 눈을 맞추며 질문에 대한 답을 해주었다.

"작은아빠가 제자들이랑 후배들한테 물어보니까 이 학원을 추천해 주더라고, 혹시 너도 마음에 생각해 둔 계획이 있었는데 마음대로 끌고 온 건 아닌지 모르겠다. 오랜만에 같이 나온 김에 학원까지 모두 등록해 주고 싶은 마음이 앞서 무작정 데리고 왔는데… 작은아빠가 불편하게 한 거라면 미안하구나."

"아, 아니에요. 저도 시험을 위한 공부는 오랜만이라 혼자서 시작하기가 조금은 막막하던 참이었어요, 그리고 이 학원 인터넷에서 찾아봤던 곳이기도 하고요. 다만, 작은아빠께서 이렇게까지 많이 챙겨주시고 마음 써주시는 게 감사하면서도 또 너무 죄송해서요… 저랑 미현이는 늘 받기만 해서, 이 빚을 언제 다 갚을 수 있을지 모르겠어요."

뭐 하나라도 더 챙겨주고 싶은 마음이 커서 오히려 정환에게 알게 모르게 부담을 준 건 아닌지 걱정하던 덕훈이 정환의 말을 듣고 마음을 놓으려다 이내 자못 서운한 표정을 지으며 말을 건넸다.

"빚이라니? 너랑 미현이가 작은아빠한테 짐이라고 생각했던 적 단한 번도 없어. 오히려 다른 동생들은 겪지 않은 세상의 여러 풍파를 다 막아주지 못하고 맞게 한 것에 대해 얼마나 미안한 줄 아니. 그런 상황 속에서도 이렇게 끝까지 잘 견뎌준 것만으로도 말로 다할 수 없을 만큼 고맙고 대견하단다. 그러니까 우리 서로에게 빚이니, 부담이니 이런 생각은 하지 말자. 자꾸 그러면 작은아빠 서운해… 우리는 가족이잖아, 응?"

어느 순간부터 정환을 향해 끊임없이 내리쬐는 뜨거운 태양 빛에 지칠 때마다 덕훈은 기꺼이 그늘이 되어 정환을 쉴 수 있게 해주는 커다란 아름드리나무였고, 숨을 돌릴 수 있게 해주는 부드러운 산들바람이었다. 아낌없이 주는 나무처럼 한없이 베풀어 주기만 하면서도 오히려 도움이 필요한 순간 함께 나눌 수 있는 것을 고마워하는 덕훈을 보며 정환도 꼭 그렇게 닮아가고 싶었다.

학원 등록을 마친 두 사람이 건물 밖으로 나와 저녁을 먹으러 가기 전에 잠시 근처 공원을 걸었다. 서로의 목소리에 집중하며 걷느라 몇 발자국 떼지 않은 것 같았는데 어느새 해가 뉘엿뉘엿 넘어가고 있었다. 겨울이 한층 가까워졌는지 금세 땅거미가 진 공원 산책로에 길을 비추는 유도등이 켜지기 시작하면서 서늘하다 못해 차가워진 바람마저 불어왔다. 갑자기 뚝 떨어진 기온에 자기도 모르게 몸을 움츠리고 있던 정환의 목에 한순간 따뜻한 온기가 느껴졌다. 덕훈이 일부러 온도를 맞춰 데워놓은 것처럼 은은하고 따스한 기운이 배어있는 머플러를 자신의 목에서 풀어 정환의 목을 감싸주었다. 정환의 목에 꼼꼼히 감긴 머플러에서 천에 머물러있는 따스함과 그에 어울리는 포근하고 부드러운 바닐라향이 퍼지며 정환의 코끝을 간질였다.

시간이 얼마나 흘렀는지 정환은 또다시 새로운 겨울을 맞이하고 있었다. 다행히도 이번에는 앞서 보냈던 강추위가 몰아치는 혹독한 혹한기 속의 겨울이 아닌 새로움이 솟아나는 봄을 기다리는, 겨울의 마지막 끝자락이었다.

인터넷 입력창에 글자를 입력하는 정환의 표정이 어딘가 비장했다. 긴장한 건지 입술을 꾹 깨물고 모니터를 한참 노려보던 정환의 입에서 이내 탄성이 터져 나왔다. 내내 주저하던 입꼬리를 한껏 들어 올린 정환이 어디론가 바쁘게 전화를 걸었다. 곧이어 전화가 연결되자마자 상대방이 먼저 선수를 치고 정환이 할 말을 빼앗았다.

"축하한다, 그동안 고생 많았어. 이제 정말로 최종 합격 발표를 들었으니까 마음껏 즐거워해도 되는 거지? 정환아, 정말 축하한다."

덕훈도 정환처럼 모니터 앞에서 홈페이지 게시판에 공지될 최종 합격자 발표를 오매불망 기다리고 있었는지, 정환이 합격자를 확인하자마자 바로 전화를 걸었는데도 이미 결과를 알고 있는 모양이었다. 하려던 말이 입안에서 흩어진 정환이 잠시 뜸을 들이고 말을 이어갔다.

"감사합니다, 이게 다 작은아빠 덕분이에요. 작은아빠 아니었으면… 저는 진짜 너무 막막했을 거예요. 기쁜 소식 전할 수 있게 해주셔서 정말 감사합니다…"

"아이고… 네가 최선을 다해 열심히 이뤄낸 걸 작은아빠가 공치사를 받으니 오히려 민망하다. 이제 발 뻗고 걱정 없이 푹 잘 수 있겠지? 근데 2차까지 합격하면 큰 이변이 없는 한 면접에서는 당락이 좌우되지 않는데 왜 그렇게 긴장하고 걱정했던 거니?"

"만에 하나라는 게 있잖아요, 혹시 모르는 거니까 샴페인을 일찍 터뜨리고 싶지 않았어요. 실은… 이제 와서 솔직히 말씀드리자면 이 기쁨, 행복이 정말 제 것이 맞는 걸까 싶어서 조심스러웠거든요. 제 것인 줄 알고 덥석 받아들고 마음껏 기뻐했는데 어느 날 불현듯 나타나서 아니었다고 할 것만 같아서요… 원래 내 것이 아니었던 것보다 내 것인 줄 알았던 걸 빼앗기듯 돌려주는 게 더 슬프니까요."

말을 하면서 코끝이 점점 찡해져 오는 것을 느끼던 정환이 메이는 목을 중간중간 가다듬으며 겨우 말을 마쳤다. 수화기 너머로도 전해지는 그 떨림을 묵묵히 듣고 있던 덕훈이 모르는 척 밝은 목소리로 정환을 밖으로 불러냈다.

점심시간에 맞춰 덕훈의 사무실로 찾아간 정환이 덕훈과 함께 점심을 먹고 법원 주변을 거닐었다. 앞으로 자신도 이 사람들과 같은 공간 속에 섞여 새로운 생활을 이어갈 거라고 생각하니 벌써부터 가슴이 설레는 정환이었다. 얼마나 걸었을까, 건물 뒤편의 응달진 곳으로 접어들자 건물 귀퉁이 곳곳에 아직 녹지 못한 눈이 크리스마스가 지나고 남겨진 트리 위의 장식처럼 듬성듬성 자리하고 있었다. 그늘진 곳이라 서늘한 바람이 들이닥쳐 찬 기운만이 감도는 구간을 나란히 지나던 정환이 문득 고개를 돌려 덕훈을 바라보았다.

앞에서 몰아치는 차가운 바람 때문인지, 별안간 하나씩 떨어지기 시작한 눈송이가 눈에 들어가서인지 자꾸만 눈가에 눈물이 고이는 것에 잠시 걸음을 멈춰선 채로 급하게 눈물을 닦아내던 정환이 알 수 없는 느낌에 사로잡혔다. 왠지 모를 기시감에 작은아빠와 함께 걷는 순간이 이게 마지막일 것만 같은 생각이 들어 불안해진 정환이 점점 멀어져 가는 덕훈의 뒷모습을 쫓아 서둘러 뛰어갔다. 단숨에 거리를 좁혀 덕훈의 곁에 선 정환에게 바람에 섞인 파우더리한 코튼 향기가 느껴졌다.

'시연이가 말했던 이상한 느낌이라는 게 혹시… 아직은 안 되는데, 하고 싶은 말이 너무 많은데… 이대로 헤어질 수 없어.'

갑자기 떠오른 생각에 마음이 다급해진 정환이 덕훈의 코트 소매 끝자락을 붙잡았다. 붙잡힌 소매 끝과 정환의 얼굴을 번갈아 보던 덕훈이 걸음을 멈추고 물었다.

"왜, 무슨 하고 싶은 말 있니?"

"아… 아, 아니요. 그냥 왠지 좀 불안한 기분이 들어서요."

본인이 말해놓고도 이상했는지 멋쩍은 웃음을 지으며 생각을 정리하는 듯한 정환을 보고 덕훈도 웃으며 말했다.

"기쁘고 설레면서도 괜히 시작도 하기 전부터 불안하고 그렇지? 전에 작은아빠도 그랬었던 것 같거든. 그러고 보면 참… 사람의 감정이란 게 엄청 복잡 미묘한 것 같아, 조금만 더 단순하면 좋을 것 같은 순간들도 때로는 있는데 말이야."

정환이 말없이 웃으며 고개를 끄덕이자 덕훈이 말을 이었다.

"너는 작은아빠보다 훨씬 잘해낼 거라고 믿지만, 지난 내 경험들을 이야기해 주자면… 설렘은 짧고 열정은 생각보다 금방 식으며, 꿈의 무게가 오히려 버거운 순간들이 있어. 그럴 때면 내가 정해놓고 걸어온 방향이든 초심이든 그 어떤 것도 보이고 들리지 않아서, 마음이 상황에 휘둘리다 보면 대책 없이 도망가 버리고 싶어지기도 하거든. 근데 항상심을 마음에 새기고 생활하다 보면 흔들리더라도 금방 다시 중심을 잡을 수 있어서 더 오래 갈 수 있더라. 그러니까 정환이 너도 매사 열심히 성실하게 임하는 건 좋지만, 열의에 차서 처음부터 모든 에너지를 쏟아붓기보다는 꾸준히 오래오래 한다는 가벼운 마음가짐으로 부담 갖지 않고 시작했으면 좋겠다. 잘할 수 있지?"

덕훈의 진심 어린 말을 듣던 정환이 목이 메어 눈물을 글썽인 채 또다시 고개를 끄덕일 수밖에 없었다. 덕훈이 정환을 보며 흐뭇하게 웃으며 어느새 정환의 머리 위에 쌓여가기 시작한 눈을 손으로 조심스레 털어주었다. 정환이 눈물을 참아내고 크게 숨을 내쉬면서 마음을 진정시키더니 이번에는 자기가 두르고 있던 목도리를 덕훈의 목에 감아드리며 못다 했던 말을 쏟아냈다.

"전에… 오래전에 작은아빠랑 새벽시장 갔던 날이요, 그날 저한테 저희 아빠 뒷모습을 따라 배우고 자라셨다고 말씀해 주셨거든요… 그때부터 힘들고 어려운 일이 생길 때마다 줄곧 그 말씀이 떠오르면서 위안이 됐어요. 뒷모습을 따라 걷다 보면 그 사람을 닮을 수 있다고 말해주시는 것만 같아서… 그래서 앞으로 저는 작은아빠 등을 보며 걸으려고요, 가시는 길을 따라 걷다 보면 저도 작은아빠만큼은 아니어도 조금이라도 닮을 수 있지 않을까 싶어서요."

"우리 정환이는 이미 작은아빠보다 더 대단한 사람이야, 그래도 작은아빠 뒤를 따라 함께 걸어준다고 해주니 고마운데? 제대로 가는지 네가 뒤에서 잘 지켜봐 주고 나중에는 작은아빠보다 앞서 걸으면서 이끌어 주기도 하렴. 추운 겨울마다 너에게 너무 혹독하고 힘겨운 시간들이 계속되어서 겨울만 돌아오면 작은아빠는 괜히 걱정부터 앞섰는데, 오늘처럼 이렇게 기쁜 소식들로 좋은 기억들이 더 많아져서 차가웠던 기억들을 모두 녹이는 날이 왔으면 좋겠다."

결국 정환의 눈에서 참아왔던 눈물이 방울방울 떨어지기 시작할 무렵 귓가에 노랫소리가 들려왔다. 당황스러움에 주위를 둘러보는 정환을 개의치 않은 듯 노랫소리는 점점 더 커져갔다. 마지막 순간임을 직감한 정환이 잠긴 목으로 온 힘을 다해 덕훈에게 소리쳤다.

"괜찮아요, 작은아빠 덕분에 이미 겨울에 대한 좋은 기억들이 훨씬 더 많은걸요… 오늘 지금 이 순간도 영원히 잊지 않을 거예요. 그리고 재영이랑 재민이, 작은엄마는 걱정하지 마세요. 작은아빠께서 제게 늘 그래 주셨듯이 저도 가족들 손을 놓지 않을게요. 작은… 작은아빠처럼 처음 마음 잊지 않는 그런 한결같은 사람 될게요. 작은아빠, 항상 존경하고 사랑합니다."

요란하게 울리는 벨소리에 잠에서 깬 정환이 힘겹게 눈을 떴다. 꿈속에서처럼 자면서도 울고 있었는지 눈을 뜨자 눈꺼풀에 가로막혀 차올라 있던 눈물이 한꺼번에 쏟아져 내렸다. 정환이 자신의 주변을 맴돌고 있는 화이트 머스크향을 맡을 새도 없이 힘차게 노래를 부르고 있는 휴대폰부터 진정시켰다.

"네, 여보세요…"

'어머, 정환이 자고 있었니? 피곤해서 잠든 걸 고모가 깨웠나 보네, 미안해서 어쩌지? 전화 받기 힘들면 다음에 다시 걸까?'

"아, 아니에요. 이제 일어났어요, 편하게 말씀하세요."

'아니, 어제 물어보고 싶은 게 있었는데 깜박 잊고 얘기를 못 한 게 있어서… 병원 비품 미지급 관련해서 상담을 좀 받았으면 하는데 혹시 다음 주 언제 시간 있니?'

"아, 네네. 다음 주에 출장 건이 있어서 그것만 확인하고 다시 연락 드릴게요. 제가 고모 병원으로 가면 될까요?"

'그렇게 해주면 나는 너무 고맙지. 아, 그럼 점심시간 무렵 와서 같이 밥 먹자.'

"네, 그럼 제가 월요일에 정확하게 확인하고 다시 연락드릴게요."

연주와 통화를 마친 정환이 드라마가 한창 방영 중인 텔레비전을 끄고 생각에 잠겼다. 어느새 어스름해진 창밖으로 가로등 불빛이 하나둘 늘어가며 불을 밝히고 있었다. 시연에게 들었던 것처럼 단순히 꿈이었는지 정말로 과거로 잠깐 돌아갔다 온 건지 그 어느 쪽도 확신할 수 없어 얼떨떨하던 정환이 뒤늦게 느껴지는 한기에 팔을 쓸어내렸다.

날씨가 따뜻해졌다고는 하지만 소파에서 오래 잠든 탓인지 온몸이 서늘한 것에 주변에 있던 담요를 끌어당겨 몸을 데우며 소파에 다리를 올리고 웅크리자 거의 사라져 가는 옅은 화이트 머스크향이 정환의 코끝을 스쳐 지나갔다. 복잡한 머릿속을 정리하려 습관적으로 머리를 쓸어 넘기던 정환의 손끝에 물기 어린 젖은 머리카락이 걸렸다. 담요도 덮지 않고 그냥 쓰러지듯 잠들었기에 땀을 많이 흘린 것도 아닌데 밖에서 비나 눈이라도 맞고 온 듯 축축하게 젖어있는 머리카락에 정환의 머릿속이 또 한 번 혼란스러워졌다.

7.

복숭아

낮에 병원 직원들의 도움을 받아 SNS 계정을 만든 연주가 인터넷 검색을 오가며 인스타그램 사용법 익히기에 한창이었다. 가뜩이나 용어도 생소한데 줄임말로 설명이 되어있는 것은 줄임말까지 추가로 찾아봐야 하는 탓에 하나를 배우는 데도 시간이 오래 걸렸다. 직원들이나 우주한테 물어볼까 싶다가도 딸을 몰래 감시하려고 SNS까지 시작하는 듯한 인상을 심어줄 것만 같은 느낌에 마음을 접고 다시 검색에 열을 올렸다.

지난번 우주한테 듣고 메모해 두었던 시아의 SNS 계정에 겨우 들어온 연주가 조심스레 올라온 사진들을 하나하나 눌러보았다. 늘 집에서 짓고 있는 짜증 섞인 표정과 무표정이 아닌 오랜만에 환하게 웃는 시아의 얼굴을 보니 반가우면서도 어딘가 씁쓸해졌다. 예전에는 연주에게도 이렇게 밝게 웃는 모습을 자주 보여주던 아이가 지금은 말조차 섞으려고 하지 않는 것에 어디서부터 관계가 뒤엉키기 시작한 건지 생각할수록 한숨만 나왔다.

"어릴 때는 그렇게 엄마 꽁무니만 쫓아다니면서 하루 종일 재잘대더니 이제는 좀 컸다고 엄마가 하는 말은 다 잔소리에 간섭일 뿐이지… 에휴."

허전한 마음에 휴대폰 속 사진을 쓰다듬으며 혼잣말을 하던 연주의 표정이 어느 순간 급속도로 차갑게 굳어졌다. 온몸을 부들부들 떨며 숨소리까지 흐느끼는 듯 간헐적으로 내뱉던 연주가 눈을 꼭 감고 마음을 진정시켰다.

'아직, 아직 확실한 건 모르는 거니까 시아 오면 물어보고 판단해야지. 가뜩이나 나랑 말도 안 하는데 먼저 화부터 내면 상황만 나빠지니까… 집에 올 때까지 기다려야지. 설마, 아닐 거야. 아니어야만 해… 혹시 진짜면 어쩌지, 어쩌자고 상의도 없이 자기 마음대로…'

시간이 지날수록 진정이 되기는커녕 머릿속은 온갖 추측들로 가득차 점점 걷잡을 수 없이 난장판이 되어갈 때쯤 현관에서 도어락을 누르는 소리가 들려왔다.

띠, 띠, 띠, 띠, 띠… 띠, 띠… 띠리리링-.

현관문을 여닫는 소리가 들리고 이어 현관 중문을 열고 들어오는 소리에 귀를 기울인 채 온 신경과 시선을 복도에 둔 연주를 향해 시아가 모습을 드러냈다. 집에 들어오자마자 자신을 기다린 듯한 연주와 눈이 마주친 것에 흠칫한 시아가 서둘러 자기 방으로 향했다.

"다녀왔습니다-."

"시아야, 잠깐만. 아주 잠깐이면 되니까 엄마랑 이야기 좀 하자, 너한테 꼭 물어봐야 할 게 있어서 그래."

대화를 회피하려는 시아를 다급하게 붙잡은 연주가 마음속으로 정해둔 대답을 시아 입으로 직접 듣고 싶어 질문을 얼른 쏟아냈다.

"너, …너 지금 학교 다니고 있는 거지? 아니아니, 이게 아니라… 어… 요즘 학교 다니면서 공부는 어때? 수업은 어렵지 않아?"

궁금한 점을 돌직구로 물어보려다 황급히 질문을 선회한 연주가 떨리는 눈으로 시아를 바라보며 대답을 기다렸다. 연주에게서 평소와 다른 느낌을 느낀 시아가 자포자기한 표정을 짓더니 고민 끝에 입을 열었다.

"엄마, 나… 사실 휴학했어요. 근데 갑자기 왜요? 어디서 무슨 말 들었어요?"

"너, 너, 너… 너 정말로 휴학한 거야? 엄마, 아빠랑 상의도 없이 네마음대로? 설마설마했는데… 네가 어떻게 우리를 감쪽같이 속이고 이럴 수 있어? 그럼 학교 간다고, 실습 간다고 하면서 지금까지 밖으로 나돌았던 건 대체 어딜 다녔던 건데. 네가 지금 제정신이야!"

뭔가 오해가 있는 거라며 마음을 달래던 연주의 실낱같은 마지막 기대가 시아의 말 한마디로 모두 끊어져 버렸다. 화가 나서 쏘아붙이는 연주를 보고 주눅 들 줄 알았던 시아가 도리어 당당하게 소리치며 맞섰다.

"왜요, 나도 이제 성인인데 내 인생, 내 마음대로 결정 좀 하면 안 돼요? 그것보다 엄마는 나 휴학한 거 어떻게 알았는데요? 설마… 엄마 또 학교에 전화했어요? 아니죠…?"

오히려 뻔뻔하게 되받아치며 연주에게 따지듯 묻는 시아의 모습에 기가 막힌 연주가 할 말을 잃고 우두커니 서있었다. 말이 없는 연주에 답답해진 시아가 격하게 발을 구르고 몸을 흔들며 더 크게 대들었다.

"엄마, 학과 사무실에 또 전화했냐고요! 혹시… 이번엔 교수님한테까지 연락했어요? 아니죠? 아닌 거죠? 그쵸? 그건 진짜, 정말 아닌 거잖아요… 엄마 정말 거기까지 간 거면, 그런 거라면… 나 이번에는 진짜 자퇴할 거예요. 학교 절대 못 다녀요."

울분에 가득 차 눈물까지 글썽인 채로 연주를 노려보며 시아가 대답을 기다렸다. 적반하장인 시아의 태도에 어이가 없어 말문이 막혀버린 연주가 눈을 감은 채 손으로 관자놀이를 부여잡았다. 연주의 무대응에도 기어코 대답을 듣고 갈 작정인지 화를 못 이긴 시아가 씩씩거리면서도 다른 날과 달리 자리를 떠나지 않았다. 결국 한숨을 깊게 내쉰 연주가 눈을 뜨며 말했다.

"학과 사무실이든 교수님이든 학교랑 관련된 그 어디에도 전화한 거 아니니까 그만 진정해. 지금 화나고 당황스러운 사람이 누구인데 오히려 화를 내니?"

"그럼 어떻게 아셨는데요, 주우주가 말했어요?"

"우주 아니야, 걔는 너한테 관심도 없더라. 너희 남매는 왜 그러니? 요새 애들이 원래 그런 건가… 아휴, 생각할수록 머릿속만 복잡하다. 그래서 너는 뭐, 얼마나 대단한 걸 하려고 휴학씩이나 한 건데? 일단 그거부터 들어나 보자."

"아니요, 전 그거 말고 엄마가 정보를 어떻게 얻었는지부터 먼저 알아야겠어요. 이번엔 또 뭐예요? 선생님, 친구, 학교 이제 뭐가 남았는데요?"

시아가 오늘이 가기 전에 꼭 알아내기로 결심한 건지 연주가 은근슬쩍 다른 화제로 돌려도 주제를 다시 제자리로 돌려놓는 바람에 결국 질문에 원하는 답을 해주었다.

"네 SNS 계정에 들어가 보고 알았어. 하루가 멀다 하고 올려놓은 여행, 호캉스, 명품 언박싱들 보다가 알았다고. 공부하느라 바빴을 텐데 어떻게 이렇게 부지런히 다녔을까 싶어서 건너 건너 들어가다 보니 간호학과 휴학 브이로그가 나오더라. 그래서 그거 보고 알았어, 이제 대답이 좀 됐니? 그럼 엄마도 이제 하고 싶은 말, 묻고 싶은 말 좀 물어봐도 되는 거지? 너 도대체 어…"

"…엄마, 이제 하다 하다 SNS까지 염탐해요? 진짜 싫다, 숨 막혀… 왜 엄마는 내 모든 걸 다 알고 싶어 해요? 정작 내가 알아줬으면 하는 건 하나도 모르면서… 관심조차 가져주지 않으면서… 왜, 왜 몰랐으면 하는 것들만 다 알려고 해요?"

"뭐, 뭐라고? 엄마가 딸 계정 좀 볼 수 있는 거 아니야? 가족이잖아, 엄마잖아. 어차피 생판 모르는 남들한테 보여주려고, 자랑하려고 올려놓은 거잖아. 그런데 그것 좀 봤다고 엄마한테 큰소리 내면서 이러는 거야?"

"그건 소통이 잘되는 관계일 때 해당하는 거죠. 엄마처럼 상대가 원하지 않은 일방적인 대화는 소통이 아니라 강요와 감시일 뿐이에요. 역으로 할머니나 고모가 엄마 카카오톡이나 SNS 계정 본다고 생각해 보세요, 기분이 어떨지."

허를 찌르는 시아의 역습에 당황한 연주가 더 복잡해지고 있는 상황에 맞대응하지 못하고 결국 한발 물러서서 시아를 회유하는 것으로 대화의 방향을 바꿨다.

"그래. 의도한 건 아니었지만 그 정도로 기분이 나빴다면, 일단 엄마가 접근을 잘못한 것 같아. 그런데 너도 엄마가 너랑 대화할 틈조차 주지 않았잖아. 엄마로서 네가 요즘 뭐가 관심 있는지, 뭘 좋아하는지, 어떤 게 싫은지 정도는 알아두고 너랑 이야기를 나누고 싶어서 들어가 봤을 뿐이야."

차분하게 자신의 의도를 전하는 연주를 보며 시아도 화를 누그러뜨리고 천천히 마음을 진정시켜 가며 연주의 이어지는 말을 들었다.

"일단 휴학을 한 건 맞다고 하니, 네 계획 좀 들어보자. 부모님 몰래 휴학까지 감행했을 때는 뭔가 새로운 목표가 생겨서 그랬을 거 아니야. 엄마도 네가 무작정 섣불리 그런 결정을 쉽게 내렸다고 생각하지 않아. 말해봐, 엄마가 지원해 줄 수 있는 거라면 다 해줄게."

"…없어요. 계획이나 목표, 그런 거 없어요. 엄마… 나 그냥 쉽게, 무작정, 아무 대책 없이 단지 학교가 다니기 싫어서, 과에 도저히 적응할 수가 없어서… 자신이 없어서, 그래서 휴학한 거예요. 차마 자퇴까지 내 멋대로 결정할 수는 없어서요…"

시아가 거침없이 쏟아내는 폭탄 발언에 겨우 진정시켰던 연주의 인내심이 또다시 끊어지기 일보 직전이었다. 떨리는 손으로 머리를 감싸며 연주가 힘겹게 흔들리는 목소리를 내었다.

"도, 도대체… 왜? 그냥, 그냥 너는 공부만 열심히 하면 되는 건데 그게 그렇게 어렵고 힘들어? 아니, 네가 돈을 벌어서 공부해야 하는 것도 아니고, 부양해야 할 가족이 있는 것도 아니고, 하다못해 동생 때문에 뭘 양보하고 포기해야 하는 그런 것도 아닌데… 넌 그냥 공부만 열심히 하면 네가 원하는 목표를 최단 거리로 갈 수 있도록 지원해 주는 엄마까지 곁에 있는데, 정말로 왜? 왜! 의대 떨어진 것만으로는 성에 안 차? 같이 준비했던 친구들 다 합격할 때 너만 낙오된 것만으로는 아직 상황 파악이 안 되는 거니? 어디까지, 어디까지 뒤처져야 제대로 정신 차릴 건데. 응? 지금 쓸데없이 SNS에 뭐 올리면서 의미 없이 놀고 쇼핑이나 하고 다니며 카드나 긁고 다니는 데 시간을 보낼 게 아니라 어떻게 하면 다시 앞서나갈 수 있는지를 고민하고 준비해야 하는 시기야. 그런데 목표 없는 휴학? 대체 엄마가 언제, 어디까지 참고 기다리면서 널 위해 모든 걸 쏟아부어야 하는 건데!"

가냘픈 목소리로 납득을 구하며 시작했던 말은 바닥나버린 인내심과 함께 어느새 절규가 되어 시아를 잔뜩 몰아세우고 흩어졌다. 연주의 감정을 오롯이 받아낸 시아의 눈에서 눈물이 하나둘씩 방울방울 굴러떨어졌지만, 곧이어 기대도 하지 않았다는 듯 허무하게 쓴웃음을 지으며 말했다.

"엄마한테 나는, 자식이 아니라 그냥 소유물이었어요. 그러니까 엄마가 하라는 대로만 해야 하고 엄마한테 그 어떤 말들을 들어도 미안하다는 말만큼은 결코 들을 수 없는 그런 존재인 거예요. 그런데 어쩌죠, 나도… 내 생각을 가지고 행동할 수 있는 독립적인 인격체인데… 엄마가 날 낳았다는 이유 하나만으로 모든 걸 엄마 뜻대로, 마음대로 하려고 하지 마세요. 저, 더 이상 엄마 인형 안 해요.

지난 시간 동안 비록 엄마는 성에 안 찼겠지만, 저는 제 나름대로 엄마 마음에 들려고 정말 최선을 다해 노력했어요. 결과적으로 엄마가 설정해준 목표에서 낙오됐지만, 그래도… 저 정말 열심히 했어요. 엄마 기대에 부응하고 싶어서, 인정받고 싶어서! 근데 엄마는… 항상 내 부족한 면만 봤잖아요, 성장하고 더 나아지는 모습은 안 보고 늘 모자란 부분만 보면서 몰아세웠잖아요! 엄마, 단 한 번이라도 정말로 내가 뭐가 되고 싶은지, 뭘 할 때 즐거운지 물어본 적 있어요? 공부 말고, 성적, 진로 그런 거 말고 그냥 엄마 딸 주시아에 대해 생각해 본 적 있냐고요!"

악에 받친 듯 소리치며 되묻는 시아의 모습에 얼어버린 연주가 아무런 말도 하지 못하고 황당하다는 표정만 지으며 시아를 쳐다보았다. 이내 시아가 숨을 크게 내쉬며 눈물을 닦고 공허한 눈빛으로 연주를 바라보며 마음에 남겨진 말들을 마저 꺼내어 놓았다.

"오늘 엄마가 나한테 먼저 휴학 이야기 꺼내놓은 것부터가 내가 엄마 인형에 불과했다는 명백한 증거예요. 제가 엄마 카드 긁으면서 돌아다닐 때, 결제 문자 바로바로 가니까 몰랐었던 거 아니었잖아요. 그동안 계속 어디를 가든 뭘 하든 대학생이 말도 안 되는 큰 금액을 겁도 없이 내 마음대로 쓰고 다닌 거에 대해서는 아무런 말도 없고, 관심도 없다가 갑자기 오늘 이러시는 거, 엄마 계획을 내 마음대로 망가뜨리고 벗어났기 때문에 말하는 거잖아요."

"나는 너를 믿었으니까, 공부하는 게 힘드니까 그런 걸로 스트레스를 푸나보다 생각한…"

"아니요, 다른 엄마들이었으면 먼저 물어보든 혼을 내든 했을 거예요. 아니, 그 전에 제가 학교생활이 힘들다고, 공부도 못 따라가겠고 제 적성과도 맞지 않은 것 같다고 참다 참다 엄마한테 울면서 털어놨을 때, 보통이면 그때 한 번만큼은 귀 기울여 들어줬겠죠. 근데 엄마는 어땠는데요, 제가 참고 견디다 못해 이야기했을 때 나약한 부적응자 취급하면서 가볍게 여기고 무시했잖아요.

저는요, 엄마가 내 손 잡아주지 않았던 그날부터 내 마음속에서 엄마에 대한 모든 희망과 기대를 다 지웠어요. 공부를 시작하던 나이부터 매 순간 엄마는 나를 몰아세웠지만, 그래도 나를 위해서 그런 거라고 생각하면서 내 편이라고 여겼는데 그게 아니었다는 걸 알았으니까요. 엄마는 늘 나를 위한다고 했지만 틀렸어요, 나는 주시아지 엄마가 아니에요. 그러니까 나한테 과거 엄마 모습을 투영시키면서 집착하고 매달리지 마세요."

시아가 작정하고 연주에게 차갑고 모진 말들을 내던진 지 얼마 지나지 않아 현관문이 열리더니 우주가 들어왔다. 거실을 가득 메운 심상치 않은 무거운 공기에 얼굴에 웃음기를 지우고 눈치를 보며 어색하게 우주가 말을 건네자마자, 시아가 냉랭한 표정으로 얼음장 같은 바람을 일으키며 우주 옆을 지나 자기 방으로 들어갔다.

"다녀왔- 습… 니다…"

우주의 말에 대답만 겨우 건넨 연주도 서둘러 거실을 떠났고, 홀로 덩그러니 남겨진 우주만 평소보다 더 싸늘해진 집안 분위기의 원인을 파악하려 눈을 데굴데굴 굴렸다.

작은아빠 꿈을 꾸고 며칠 뒤, 정환이 운전을 하며 블루투스로 어디론가 전화를 걸었다.

"시연아, 지금 통화 가능해? 나… 네가 말했던 거 해봤어."

수화기 너머로 우당탕거리는 소리가 나더니 장소를 옮긴 건지 이내 주변이 조용해지더니 나지막하게 시연의 차분한 목소리가 들려왔다.

'…어땠어? 오빠가 생각하기에는 꿈… 인 것 같아? 아니면…'

"그날 고모 전화 받고 갑자기 깬 거라 아직은 뭐가 뭔지 잘 모르겠어… 하지만 한 가지 확실한 건 네 덕분에 오랜만에 작은아빠 뵐 수 있어서 너무 좋았어, 고맙다. 네가 나 믿고 말해주지 않았더라면 계속 마음에 남았을 거야."

'고맙긴, 이상한 말이어도 오빠가 웃어넘기지 않고 진지하게 들어줘서 그렇지 뭐. 아, 오빠는 무슨 향기 났어?'

"참, 향수였었지… 글쎄… 무슨 바닐라 냄새 같기도 하고 햇볕에 잘 말린 세탁물 냄새 같은 게 섞인 것 같기도 하고… 아무튼 굉장히 편안하고 포근한 향이 느껴졌던 것 같아."

'음… 그럼 클린 코튼이나 화이트 머스크 같은 그런 향이었나? 어쨌든 오빠한테 조금이나마 도움이 된 것 같아서 다행이야. 괜히 마음만 싱숭생숭하게 만든 건 아닌지 걱정했었거든.'

"아니야, 진짜 엄청 많이 도움이 됐어. 고마워… 아, 그럼 이 향수는 어떻게… 다음에 만날 때 돌려줘도 돼?"

'음… 다음에 만날 때 돌려줘도 되고, 아니면… 오빠가 몇 번 더 쓰거나 가족들 중에 또 누구 필요한 사람 있으면 전해줘도 괜찮을 것 같아. 꿈인지 과거인지 아직은 불분명하지만 기억을 통해 위안을 받은 건 사실이니까.'

시연과 통화를 마친 정환이 목적지에 도착한 건지 주차를 하고 건

물을 향해 걸어갔다. 벌써 봄도 절정에 이른 건지 서늘한 기운이 있던 바람도 어느새 따뜻하고 포근한 바람이 되어 기분 좋게 살랑였다. 진료실 앞에 선 정환이 노크를 하자, 문 너머에서 기다렸다는 듯 들어오라는 허락이 들려왔다.

"고모, 저 왔어요. 그동안 별일 없으셨죠?"

"응, 바쁠 텐데 여기까지 와줘서 고마워. 일단 서류 먼저 보고 밥 먹을까, 아니면 밥 먹으면서 이야기할까? 혹시 너 지금 배고프니?"

"아니요, 먼저 서류들 다 확인하고 차분히 점심 드시러 가시는 게 어떠세요?"

병원 물품 대금을 입금했는데도 차일피일 미루며 물품을 지급하지 않은 것에 대해 연주가 정환에게 자문을 구했다. 돈이 오고 간 내역들과 통화와 문자 내용, 내용증명을 보낸 기록들까지 빠짐없이 검토하고 고민 끝에 법적인 절차에 대해 결론을 내린 두 사람이 한결 가벼운 마음으로 점심을 먹기 위해 밖으로 나왔다. 연주가 미리 예약해 둔 덕분에 조용한 방으로 안내받은 두 사람이 테이블을 가운데 두고 마주 보고 앉아 이야기를 이어갔다.

"지난번 제사 때 시아랑 요새 좀 트러블이 있으신 것 같던데… 지금은 괜찮으세요?"

시아 이야기가 나오자 급격히 얼굴이 어두워진 연주가 고민하다 힘겹게 입을 열었다.

"아니… 사실 그때 작은아빠들 조언 듣고 시아에 대해 좀 더 알아가고 싶어서 기껏 SNS 계정까지 손수 만들어 가며 시아 계정에 들어가 봤더니 글쎄 말이 아닌 거야. 온갖 자랑으로 도배된 건 물론이고 가족들을 모두 속이고 몰래 휴학까지 했다는 사실을 알게 되어서 그날 좀 다퉜거든… 그 뒤로는 전보다 더 심해져서 같이 밥도 안 먹고, 대화는 고사하고 대답도 안 하는 데다 눈도 안 마주쳐. 하루하루가 아주 시한폭탄이야, 나도 욱하는 성질이 있어서 지금까지는 겨우 참고 있는데 이러다가 또 언제 갑자기 터질지 모르겠고… 시아 걔는 누굴 닮아서 그렇게 고집이 센지 모르겠어, 정말. 작은아빠들 방법은 이미 틀린 것 같은데… 이럴 때 덕훈이라도 있었으면 좀 다른 해결책을 줬으려나, 아니면 그냥 토닥이며 열심히 들어줬으려나. 곁에 있으면 물어보고 싶은데 전화도, 문자도 안 되는 곳이니 답답하기만 하네."

수저, 젓가락과 함께 놓여있던 물티슈로 손을 닦으며 말을 이어가던 연주의 목소리가 점점 기운이 없어지더니 쓸쓸한 눈빛으로 괜히 물티슈 귀퉁이를 잡아당기며 애써 아무렇지 않은 척 외로움을 감추었다. 눈가가 촉촉해진 연주를 물끄러미 바라보던 정환이 남몰래 재킷 주머니 안으로 손을 넣어 가장 안쪽에 조그맣게 자리한 향수병을 손바닥 안에 넣고 굴려보았다.

정환이 말을 할까, 말까 망설이며 주저하던 사이 문이 열리고 먹음직스러운 음식들이 차례로 줄지어 테이블 위에 자리했다. 이야기를 꺼낼 타이밍을 놓친 정환이 마음을 다른 곳에 빼앗긴 탓에 점심식사도, 연주와의 대화에도 온전히 집중하지 못하고 내내 겉돌았다. 결국 후식까지 모두 나오고 연주의 점심시간도 얼마 남지 않아 자리에서 일어나려고 할 때가 되어서야 급하게 정환이 연주를 불러세웠다.

"저… 저기, 고모. 잠깐만, 조금만 시간 더 있으세요?"

정환의 말에 시계를 확인하며 휴대폰으로 스케줄을 확인한 연주가 대답했다.

"시간? 다음 예약이 오전 중에 갑자기 취소되어서 얼마쯤은 괜찮을 것 같아. 근데 너 아까부터 표정이 별로 안 좋은데, 어디 아프니? 밥도 도통 잘 못 먹고, 대화하는데도 딴 데 정신이 팔려있고. 아, 혹시 음식이 입에 별로 안 맞았니?"

"아, 아니요. 음식은 정말 맛있었어요. 다만… 아까 고모께서 하셨던 말씀이 자꾸 마음에 남아서 저도 모르게 신경이 쓰였나 봐요. 그래서 말인데요… 혹시 예전으로 다시 돌아가 보고 싶은 기억 있으세요?"

정환이 한 손바닥 안에 향수를 꼭 쥔 채, 머뭇거리다 조심스레 연주에게 물었다. 정환의 의중을 알 수 없는 연주가 대수롭지 않게 여기며 가볍게 대답했다.

"예전이면, 과거? 과거로 가보고 싶은 순간이야 엄청 많지. 만약 과거로 돌아간다면 나는 결혼은 절대 안 할 거야. 과거의 나를 때려서라도 말려야지."

뜻밖에 연주의 격한 반응에 당황한 정환의 눈동자가 이리저리 흔들리자, 연주가 살포시 웃으며 이야기를 정정했다.

"농담이야. 결혼이란 게 힘든 순간들도 많지만 어려움을 함께 헤쳐나가면서 얻어지는 기쁨이나 행복들도 많아. 그냥, 요즘 시아 때문에 고민이 많아서 말이 뾰족하게 나가버렸네."

빙그레 미소 지으며 정환의 얼굴을 살피던 연주가 다시 말을 이어갔다.

"음… 과거로 돌아간다면, 지금 심정으로는 꼭 우리 시아 나이 때쯤으로 돌아가 보고 싶어. 그래서 그때의 나도 지금 시아가 겪는 것처럼 그렇게 방황하고 힘들어했는지 기억을 되짚어 보고 싶기도 하고. 솔직히 젊은 애들 마음이 어떤지, 무슨 생각을 하는지 궁금해서. 그렇다고 시아 머릿속으로 들어갈 수는 없으니까, 대신 내 과거라도 엿보고 싶은 기분이랄까? 근데 그건 갑자기 왜?"

연주의 말을 듣던 정환이 질문에 대답은 하지 않고 크게 한 번 숨을 몰아쉬더니 눈을 꼭 감은 채 연주를 향해 주먹 쥔 손을 뻗었다. 자신을 향해 불쑥 다가온 정환의 주먹을 바라보던 연주가 눈치를 살피다 자기 주먹을 맞부딪치며 힙합식 인사를 완성했다. 맞닿은 주먹에 놀라 눈을 뜬 정환이 서로 어리둥절한 표정을 지으며 연주와 얼굴을 마주 보았다. 먼저 웃음이 터진 정환이 연주의 주먹을 펴고 그 위에 자기가 쥐고 있던 향수를 놓아두었다.

"이게… 뭐야? 립스틱… 이 아니라 향수? 샘플 써보라고?"

궁금증이 가득한 눈빛으로 정환을 바라보는 연주를 향해 정환이 시연에게 들었던 것처럼 향수에 대해 간략하게 설명했다. 정환의 말을 듣고 있던 연주가 장난인 듯 웃어넘기려 했지만, 어느 때보다 진지한 표정으로 말을 이어가는 정환의 모습에 혼란스러웠다.

"제 말을 믿기 힘드시다는 거 알아요, 저도 시연이한테 들었을 때 그랬고… 사실은 지금도 그냥 단순히 꿈이었는지 아니면 정말로 잠깐 과거에 다녀온 건지 저조차도 확신이 서지 않거든요. 하지만 꿈이든 과거든 이전의 제 모습과 마주하면서 새삼 잊고 지냈던 소중한 무언가를 되찾은 듯한 느낌이 들어서요. 만약 고모께서도 어떤 계기가 필요한 시점이신 거라면, 바로 지금이 아닐까 하는 생각이 들었어요. 고모는 어떻게 생각하세요?"

전혀 예상하지 못했던 정환의 말에 연주의 생각들이 이리저리 뒤엉켜 어디서부터 실마리를 찾아야 할지 도무지 감이 잡히지 않았다.

얼떨결에 특별한 향수를 받아오게 된 연주가 진료실 책상 앞에 앉아 손가락으로 작은 향수병을 들어 올리며 병의 이곳저곳을 살폈다. 향수를 받아들 때만 해도 정환이 무슨 이야기를 하는지 도저히 이해가 가지 않아서 들은 말들을 나름대로 정리하느라 아무런 대꾸도 할 수 없었는데, 점차 진정이 되어가고 있는 건지 하나씩 궁금한 점들이 생겨났다. 정환에게 들었던 이야기들을 되짚어 보던 연주가 향수의 향에 대해 들은 기억이 없는 것에 살며시 향수병의 뚜껑을 열고 향기를 맡아보지만 아무런 향도, 어떤 냄새도 느껴지지 않는 것에 의아함만 더해져 갔다. 갑자기 얼마나 특별한 향일지 밀려드는 궁금증에 연주가 무의식적으로 향수의 노즐로 검지를 가져다 댄 순간, 문밖에서 소리가 들려왔다.

똑똑-.

진료실 문을 두드리는 소리에 화들짝 놀란 연주가 괜히 손에 들고 있던 향수병을 급하게 재킷 주머니에 넣으며 대답했다.

"선생님, 예약 환자분 차트 좀 확인 부탁드릴게요. 어, 아직 옷 안 갈아입으셨네요?"

"네? 아, 잠시 체크 해야 할 게 있어서… 차트는 여기에 두고 가주세요."

서둘러 가운으로 갈아입은 연주가 차트를 살펴보며 다음 예약 환자에 대한 기억을 상기시키느라 향수에 대한 생각에서 빠져나왔다.

어쩐 일인지 취소된 예약 하나를 제외하고는 오후 내내 빈틈없이 빽빽한 스케줄을 소화해 내느라 모든 진료를 다 마칠 때까지 화장실조차 마음대로 가지 못했던 연주가 지친 몸을 이끌고 터덜터덜 집으로 돌아왔다. 애들 아빠는 저녁 약속이 있었고, 우주는 학원에 다녀오면 늦은 시간일 터라 혼자서 저녁을 먹게 된 연주가 배고픔보다 피곤함에 굴복해 소파에 쓰러지듯 앉았다. 머리를 소파에 기댄 채, 눈동자만 굴려 고요한 집안을 살피다 이내 손을 뻗어 소파 옆에 자리한 플로어 스탠드를 켰다. 그 덕분에 조금씩 암흑 속으로 빨려 들어가던 거실이 밝은 빛의 온기로 채워지며 거침없이 어둠을 몰아냈다.

자기 입 하나만을 위해서 요리하기는 귀찮았던 연주가 이대로 들어가 일찍 잠을 청할지, 간단하게라도 배고픔을 달랠지 선택의 기로에 서서 고민하다 배에서 요동치는 꼬르륵 소리에 마음을 정했다. 배달 어플로 오랜만에 햄버거를 주문하고, 기다리는 동안 편한 옷으로 갈아입던 연주가 묵직한 재킷 주머니를 뒤적이며 내용물들을 비워냈다. 주머니 안에서 차 키, 머리끈, 명함 등이 차례로 손가락에 걸리며 뽑기 인형처럼 하나씩 밖으로 빠져나왔다. 마지막으로 주머니 가장 안쪽 귀퉁이에 자리한 물건을 뽑아 들고 확인하던 연주의 눈에 정환에게 받았던 향수가 들어왔다. 낮에 정환에게 전해 들은 말 때문인지 평범하기 그지없는 모양의 휴대용 향수가 어딘가 특별하게 느껴져 무심결에 손에 쥔 채 함께 거실로 나왔다.

"뭐야, 패스트푸드인데 배달이 90분이나 걸려? 다른 지역에서 오는 것도 아닌데 너무하네."

퇴근길과 저녁 시간까지 겹쳐 배달이 늦어지는 것에 지친 연주가 휴대폰을 들어 예상 도착 시간을 가늠해 보다 빠르게 마음을 비우고 텔레비전을 켰다. 저녁식사가 한창일 시간이어서 그런지 드라마부터 교양, 홈쇼핑 채널까지 온갖 먹음직스러운 먹거리들로 가득한 것에 허기만 더해져 채널을 계속 돌리던 연주가 겨우 음식과 관계없는 채널에 정착했다. 굶주림과 피로감 때문에 집중하지 못하고 의미 없이 화면만 응시하던 연주의 시선을 쿠션 파우더가 사로잡았다.

쇼호스트가 파우더의 지속력을 설명하기 위해 직접 얼굴에 사용해 보며 전후 모습을 비교하더니 쿠션 향기를 맡으며 향에 대해 설명하기 시작했다. 싱그러운 복숭아 수를 담아 속은 더 촉촉하고 겉은 보송보송하게 마무리가 되는 데다 달콤한 복숭아 향기와 빛깔까지 담아낸 복숭아 파우더라고 소개하며 복숭아를 꼭 닮은 본체를 소개했다.

"아… 묘사를 왜 이렇게 사실적으로 잘하는 거야. 역시 간판 쇼호스트는 다르네, 화장품인 걸 알고 보는데도 군침이 도는 건 또 무슨 일이야."

음식 방송을 피해 화장품 홈쇼핑을 보게 되었는데도 또다시 입안에 침이 고이는 것에 정신을 분산시키기 위해 주위를 살폈다. 휴대폰 옆에 세워둔 향수가 눈에 띄어 향을 맡아보려 얼굴 가까이에 가져간 순간, 얼떨결에 노즐이 눌려 연주의 눈으로 향수가 분사되었다. 갑작스레 양쪽 눈으로 왈칵 쏟아져 들어온 향수 때문에 눈을 뜰 수 없어 손으로 더듬더듬 탁자 한편에 놓인 티슈를 찾았다. 간신히 화장지 한 장을 뽑아 들고 눈가를 닦아내던 연주가 하품을 하며 나온 눈물을 빌려 대강 눈을 씻어냈다.

하품 때문인지 피곤함 때문인지 눈을 닦아내던 연주의 움직임이 점점 느려지더니 이내 소파에 몸을 뉘고 눈물과 향수로 물들어 가는 휴지를 눈에 올려둔 채 스르륵 잠에 빠져들어 갔다. 귓가에 들리는 쇼호스트의 목소리가 웅얼거리며 아득해질 무렵, 왠지 모르게 소리로만 전해 듣던 복숭아향이 더 선명해지는 것만 같은 느낌이 들었다.

　고3 수험생인 덕희가 대학교 원서 접수로 고민을 하며 한숨을 연달아 내리 쉬고 있었다. 공부만 열심히 하면 문제가 없을 줄 알고 정말 공부만 열심히 하며 지내왔는데 막상 결정해야 하는 중요한 순간이 되자 자기가 뭘 좋아하는지, 어떤 꿈을 꾸고 있는지 자기 자신에 대해 알고 있는 것이 하나도 없다는 걸 깨닫는 중이었다. 뭐든 다 할 수 있다고 생각했던 덕희가 어떤 것도 확신이 서지 않는 순간을 마주하게 되면서 고민 끝에 아버지와 진로 이야기를 나누게 되었다.

　"아버지, 이제 곧 원서 접수해야 하는 데 어디로 써야 할지 모르겠어요. 선생님께서는 의대도 붙을 수 있을 것 같다고 써보라고 하시는데…"

　"의대? 의대는 무슨, 의대는 6년 아니야? 너 밑으로 동생들이 몇 명인데 6년씩이나 학교를 더 다니려고 그래. 4년제도 지금 다닐까 말까인데, 얼른 졸업하고 안정적인 직장 잡아서 돈 벌어서 시집가야지. 오빠는 너희들 때문에 꿈도 포기했는데… 그냥 너는 안정적인 공무원이나 하면서 착실하게 월급 받고, 때 되면 방학도 있는 선생님 되는 게 최고야. 담임선생님은 갑자기 애한테 무슨 헛바람을 들여서 의대 같은 배부른 소리를 하게 하시나 몰라."

여유롭지 못한 집안 형편 때문에 그 어떤 지원도 받지 못하면서도 아무 말 없이 학창 시절 내내 열심히 공부만 해오다 처음으로 진지하게 자신의 미래에 대해 고민하며 이야기를 털어놓은 덕희였다. 하지만 그 목소리를 너무나 쉽게 묵살해 버리는 아버지의 모습에 덕희는 큰 실망과 배신감에 휩싸였다. 딸이라는 이유로 자신의 진로를 더 가볍게 여기는 아버지를 향한 반항심과 오기는 뒤늦게 찾아온 만큼 더 거세게 덕희의 마음을 뒤흔들었고, 지난 시간들의 덕희라면 결코 하지 못했을 대담한 결정을 충동적으로 선택하게 했다. 합격자 발표가 나오는 날, 지금껏 모두를 감쪽같이 속인 덕희가 유명 사립대 의대 합격 소식을 전하면서 집안이 발칵 뒤집어졌다.

"아니, 장학금 받으면서 교대 다니라니까 가족들 몰래 의대를 써? 그것도 등록금이 제일 비싼 사립대 의대만 써서 붙으면 어쩌라는 거야, 우리 집 형편에 6년 동안이나 네 등록금을 어떻게 감당하라고. 게다가 너 혼자면 말을 안 해, 밑으로 남동생이 줄줄이 3명이나 딸렸는데 너 혼자만 생각하고 그렇게 이기적인 결정을 내리면 어떡해! 포기하고 재수를 하든지, 아니면 그냥 이참에 대학을 가지 말든지 둘 중에 하나 해. 대안도, 상의도 없이 네 마음대로 내린 결정이니까 이 정도는 예상했지? 의대 등록금으로는 한 푼도 줄 수 없으니까 그렇게 알아."

"왜, 왜 제가 의대 가는 게 이기적인 건데요? 밤낮으로 잠 줄여가며 먹는 시간까지 아껴가면서 저 혼자 공부했어요. 누구의 도움도 없이 오롯이 제힘으로 제가 만들어 낸 결과인데… 어떻게 이러세요? 덕훈이나 다른 동생들이 간다고 했으면 빚을 져서라도 보내실 거잖아요, 집이든 뭐든 가지고 있는 수저, 젓가락까지 돈이 된다면 다 팔아서라도 보내실 거잖아요! 근데 저는 왜 포기해야 해요? 제가 누나라서, 여자라는 이유만으로 매번 동생들한테 양보하고 포기해야 하는 거 싫어요. 이제 안 해요!"

첫 시작은 아버지에 대한 반항과 고집에서 비롯되었지만, 난생처음으로 자신의 생각과 의지로 선택한 진로를 이뤄낸 순간이 집안 환경이라는 아버지의 핑계로 얼룩지며 폄하되는 것에 덕희는 분하고 속상해 견딜 수 없었다. 아버지의 목소리를 듣던 덕희가 자리를 박차고 나와 집 밖을 나서면서야 겨우 마음 놓고 소리 내며 눈물을 흘렸다. 동생들이었다면 기뻐하시며 집을 팔아서라도 원하는 대학에 보내주시겠다고 하셨을 아버지가 오늘따라 더 원망스러워 오늘만큼은 아버지와 동생들이 있는 집으로 돌아가고 싶지 않았다. 하지만 돈도 없고 막상 집을 나오니 갈 곳도 없는 것에 동네만 뱅글뱅글 돌다 지친 덕희가 슈퍼 앞에 놓인 간이 의자에 앉았다.

눈칫밥만 배부르게 먹은 데다 계획도 없이 집 주변을 몇 바퀴나 도느라 얼마 먹지 못했던 저녁밥마저 모두 소화가 되어 배가 고파진 덕희가 슈퍼 밖에 놓인 찐빵 기계를 물끄러미 쳐다보았다. 모락모락 나는 따뜻한 김이 바람을 타고 날아와 덕희를 감싸며 위로를 건네는 것만 같아 괜히 또다시 눈물이 나올 것만 같던 순간, 누군가 등 뒤에서 두 손으로 덕희의 어깨를 감싸는 따뜻한 손이 느껴졌다. 화들짝 놀라 고개를 돌려 뒤를 바라보자 교복을 입고 있는 덕훈이 덕희를 향해 씩 웃고 있었다.

"드디어 찾았다, 이렇게 좋은 날 혼자 뭐 하고 있어. 누나한테 맛있는 것 좀 얻어먹으려나 내내 기대하면서 왔더니."

일부러 더 밝게 이야기하는 덕훈을 눈치챈 덕희가 애써 아무렇지 않은 척 대답했다.

"너희들이 좀 많이 먹어? 일부러 피해서 숨은 건데 나 여기 있는 건 또 어떻게 알았대."

"정진이랑 진영이는 몰라도 나는 다 아는 방법이 있지. 누나 배고프지 않아? 우리끼리 애들 몰래 찐빵 좀 먹고 가자. 오늘따라 배가 너무 고파서 그래, 응?"

덕훈의 성화에 못 이기는 척 슈퍼 앞에 나란히 앉은 덕희와 덕훈이 따끈따끈한 찐빵과 함께 목욕탕에서 즐겨 마시던 종이팩에 담긴 복숭아 음료를 마시며 배를 채웠다. 달달하고 따뜻한 온기가 뱃속에 퍼지며 몸을 데우자 억울하고 속상했던 마음도 조금씩 서서히 녹아갔다. 빵과 음료수를 다 먹고도 나란히 앉아 아무 말 없이 까만 밤하늘의 별을 올려다보던 덕희를 향해 덕훈이 말했다.

"누나는 대학 가면 가장 먼저 뭐부터 할 거야? 아, 어차피 의대생이라 지금까지 그랬던 것처럼 계속 공부만 해야 하려나…"

갑작스러운 학교 이야기에 다시 마음이 무거워진 덕희가 입술을 말아 물며 할 말을 고르다 깊은숨을 내쉬자 덕훈이 아무 일도 없었던 듯 태연하게 말을 이어갔다.

"걱정하지 마, 누나. 다 잘될 거니까, 결국 아버지도 누나 응원해 주실 거야. 분명히."

"아, 아니… 나는…"

답답함에 떨리는 목소리로 겨우 입을 연 덕희의 말을 가로챈 덕훈이 여전히 눈은 텅 빈 하늘을 올려다보며 목소리를 내었다.

"내가, 내가 누나 대신 아버지랑 담판 지었어. 누나는 항상 차가운 듯, 다른 사람들한테 관심 없는 듯 말하면서도 꼭 마지막 결정적인 순간에는 가족들을 위하는 선택을 해버리는 사람이니까. 이번에는, 이번만큼은 누나가 타협하지 않았으면 좋겠어. 누나를 위해서도, 다른 가족들을 위해서도. 그리고 누나가 누구보다도 열심히 공부한 거 곁에서 같이 공부하면서 내가 다 봤는데… 겨우 찾은 꿈, 우리들 때문에 포기하지 마. 만약 혹시라도 놓게 되는 순간이 온다면 그건 누나, 자신을 위해서였으면 좋겠어."

덤덤한 목소리로 말을 마친 덕훈이 덕희를 쳐다보며 미소를 지어 보였다. 덕훈의 진심 어린 위로와 응원을 받아 코가 시큰해진 덕희가 눈물을 참아내느라 빨개진 눈으로 덕훈과 눈을 맞추며 말없이 고개를 끄덕였다. 나중에 진영을 통해 알게 된 사실이었지만, 그날 학교에서 돌아온 덕훈이 처음으로 아버지께 큰 목소리를 내며 다투었다고 했다.

혼자 힘으로 열심히 공부해서 목표를 이뤄내도 마지막에는 결국 정해진 결과를 따라야 하는 거라면 헛된 희망 고문에 목매고 싶지 않으니 지금부터라도 공부하지 않겠다고 선언한 덕훈이 서늘한 표정으로 목소리를 내었다. 누나가 처음으로 가진 꿈에 동생들이 걸림돌이 되는 거라면 자기가 지금이라도 학교를 그만두고 돈을 벌겠다고, 그게 싫으시다면 자기가 더 열심히 공부해서 나중에 장학금을 받고 학교에 다닐 테니 제발 누나의 미래는 누나가 결정할 수 있도록 해달라며 아버지께 애원했다고 진영이 말해주었다.

시간이 얼마나 흘렀는지 무거웠던 옷차림은 가벼워지고 따뜻한 온기 대신 뜨거운 열기를 내뿜는 계절이 되었다. 무슨 고민이라도 생긴 건지 한숨을 푹 내쉬는 연주의 더운 입김이 주위로 불어온 미지근한 바람과 함께 흩어지며 사라졌다. 집으로 가는 길 어귀에 있는 계단에 홀로 앉은 연주가 오렌지빛 하늘에 옅은 보랏빛 구름이 퍼지며 하늘에 물감을 풀어놓은 것처럼 색이 변해가는 모습을 멍하니 바라보다 누군가의 등장에 정신을 차렸다.

"누나, 혼자 여기 앉아서 뭐 해?"

덕훈이 한 손에 검은색 비닐봉지를 들고 계단을 올라오다 연주를 발견하고 말을 걸었다. 나쁜 일을 하다 들킨 것처럼 깜짝 놀란 연주가 왠지 모를 미안함에 슬쩍 덕훈의 눈을 피하며 말을 얼버무렸다. 가만히 연주의 행동을 지켜보던 덕훈이 모든 걸 꿰뚫어 본 듯이 의미심장하게 웃으며 연주의 곁에 앉았다. 나란히 앉아 시시각각 달라지는 하늘의 모습과 그 아래로 더 짙어진 그림자를 쳐다보던 두 사람 곁으로 조금은 선선해진 여름 바람이 스쳐 지나갔다.

"다 괜찮을 거야, 걱정하지 마. 잘될 거니까."

갑자기 귓가로 불쑥 들려온 덕훈의 목소리에 놀라 옆을 쳐다본 연주가 물었다.

"응? 뭐가? 너 무슨 말 들었어?"

"아니, 그냥… 누나 고민 있어 보이길래. 누나라면 지금 고민하는 게 뭐든 잘 이겨낼 수 있으니까 힘내라고. 근데 진짜 무슨 일 있어? 표정이… 꼭 금방이라도 울 것만 같아."

감정을 드러내지 않는 표정 때문에 항상 사람들에게 속내를 알 수 없다는 이야기를 들어오던 연주였지만, 이상하게 덕훈이 앞에서는 투명해져 매번 모든 걸 보여주게 되었다. 그게 표정이든 감정이든, 생각이든 덕훈은 상대방이 애써 꽁꽁 감춰두었던 마음을 무장해제 시켜 어느새 전부 털어놓게 만드는 편안한 힘을 지니고 있었다. 성적과 등록금, 적성과 실망감들이 점철되어 뒤섞인 머릿속이 무거웠던 연주가 조심스레 덕훈에게 하나씩 이야기를 늘어놓으며 내려놓기 시작했다.

"실은 원래 내 꿈은 의사가 아니었어, 흘러가다 보니 여기까지 오게 된 거지. 복잡한 내 상황과 다르게 깔끔하게 딱 떨어지는 수학이 좋아서 이과를 갔고, 이과에서 성적이 나쁘지 않다 보니 의대에 지원하게 된 거야. 생명에 대한 존귀함, 의사로서의 사명감 같은 거창하고 원대한 뜻을 품었다기보다는 그냥 의대 졸업해서 의사가 되면 우리 가족들이 경제적으로 조금 더 자유로워질 수 있지 않을까 싶어서 시작한 거였거든…"

왠지 모르게 마음을 덮쳐오는 죄책감에 고개를 숙인 연주에게 덕훈이 비닐봉지에서 꺼낸 복숭아 하나를 손에 꼭 쥐여주며 계속 이야기하라는 듯 머리를 끄덕였다.

"1등으로 들어간 건 아니었지만 그래도 고등학교 때까지는 나만 열심히 공부하면 수업도 곧잘 따라가고 성적도 노력했던 만큼은 주어졌던 것 같은데… 여기는 정말 다들 천재랑 수재들만 모인 건지 아무리 열심히 해도 내가 원하는 만큼 안돼. 뒤처지지 않으려고 온 힘을 다해 발버둥을 치다가 조금은 앞으로 나아갔나 싶어 뒤돌아보면 나만 겨우 제자리인 느낌이야. 그나마도 가라앉지 않은 걸 감사해야 하는 건지… 내가, 내가 정말 어떻게… 네 꿈과 목표까지 꺾으면서 들어온 곳인데, 내가 이래도 괜찮은 건지 모르겠어.

아버지께 큰소리까지 쳤던 주제에 대학교 입학하고 지금까지 단한 번도 기대에 부응해 드린 적도 없는 데다 간신히 끌려가듯 따라가는 지금이 과연 맞는 걸까. 보탬은 아니더라도 부담이라도 덜어주고 싶어서 이번 학기에는 학기 중에 과외 하던 것도 다 그만두고 장학금에만 매달렸는데… 애초에 진지하지 못한 마음이 손쉽게 꿈을 가진 대가로 내 것이 아닌 걸 나 혼자 열심히 붙들고 있는 기분이야."

연주가 떨리는 목소리로 흐느끼듯 말하며 떨림을 진정시키고자 손에 들고 있던 복숭아를 힘껏 움켜쥐었다. 손아귀에서 금방이라도 부서질 것만 같은 복숭아가 꼭 연주의 모습같이 위태롭게 느껴진 덕훈이 연주의 손을 잡아주며 연주의 요동치는 마음을 가라앉혔다. 그동안 연주가 혼자서 얼마나 많은 부담감과 책임감에 맞서 싸워왔을지 생각하니 가슴이 먹먹해진 덕훈이 생각을 고르다 입을 열었다.

"누나는 앞서나가지 못한다고 자책하지만, 내 생각은 조금 달라. 6년 이상 지속될 장기 레이스에서 미처 절반도 오지 않은 지금, 누가 선두에 있는 게 뭐가 중요해. 레이스에서 낙오되지 않고 끝까지 최선을 다해 완주하는 것, 그리고 달리는 동안 그 속에서 참된 의미를 찾아가는 게 더 중요하지 않을까? 누나는 적성에 맞지 않는 게 아닐까 걱정하지만, 나처럼 정말로 정반대의 사람은 이미 나가떨어졌을 거야. 지금 누나가 그 자리를 지키고 있는 것만으로도 충분히 걸맞은 사람이라는 걸 증명했다고 생각해."

고개를 돌려 연주의 표정을 살피던 덕훈이 계단 아래로 펼쳐져 있는 작은 불빛들의 향연을 감상하듯 바라보며 말을 이어갔다.

"그나저나 우리 누나 현실적인 타입인 건 알고 있었지만 뭔가 새삼 당황스러운데? 꿈이라는 게 꾸는 사람 마음대로 아니겠어? 돈을 내거나 허락이 필요한 것도 아닌 개인이 지닌 무한한 자유인데 그 시작에 대해 왜 그렇게 심각하게 고민해. 물론 처음부터 어떤 깊은 깨달음이나 멋진 사명감을 가지고 시작하는 사람들도 있겠지만, 보통은 굉장히 작은 것에서부터 출발하는 경우가 많지 않아? 예를 들어 제복이 멋져서 시작하는 사람도 있고, 즐거워서 혹은 나도 하면 잘할 수 있을 것 같아서 첫발을 들이기도 하잖아. 그리고 대개는 그게 뭐든지 받아든 성적표로 앞으로의 계획이 강제로 결정되어 버리는 경우가 많은데, 누나는 정당하게 노력해서 스스로 쟁취한 꿈이야. 그러니까 마음을 먹게 된 계기가 무엇이든 너무 심오하게 파고들지 않았으면 좋겠어.

처음부터 인류애로 시작하는 슈바이처는 없다고 봐, 시간이 지나면서 그렇게 만들어지는 거지. 내 생각에 누나는 정말 따뜻하고 훌륭한 의사가 될 거야. 그런 고민들로 흔들리며 성장한 의사라면 환자의 몸뿐만이 아닌 마음도 헤아릴 줄 아는 진정한 의사선생님일 테니까."

덕훈의 진심이 듬뿍 담긴 위로와 격려에 눈 앞에 펼쳐진 작은 불빛들이 연주의 마음속 저 깊은 곳까지 번져가기 시작한 건지 곧 심장이 따끈따끈해져 왔다. 몽글몽글 훈훈해진 분위기에 괜히 겸연쩍어진 연주가 복숭아를 쥐고 있는 엄지손가락을 매만지며 화제를 돌렸다.

"고마워, 덕분에 한 번 더 부딪쳐 볼 용기가 좀 생긴 것 같아. 근데 이건 웬 복숭아야?"

"요즘 누나 계속 시무룩하길래 걱정됐었는데, 지하철역 근처 과일 트럭에서 팔고 있는 걸 보니 누나 생각이 나서 사 왔지. 누나 복숭아 좋아하잖아, 복숭아 먹으면 기분 전환이 좀 될까 싶어서. 맛있게 먹고 힘내!"

덕훈이 검은 봉지 안에서 복숭아 하나를 더 꺼내더니 티셔츠로 가볍게 닦아내고는 껍질을 벗겨 한 입 베어 물었다. 알맞게 익어 적당히 말랑딱딱한 복숭아가 덕훈의 입안에서 달콤한 과즙을 터뜨리며 사라져 갔다. 덕훈의 복숭아가 점점 줄어드는 모습을 지켜보던 연주도 복숭아에 코를 대고 향기를 한번 들이마신 후, 크게 한 입 베어 물었다. 입가와 손가락을 타고 줄줄 흘러내리는 과즙에 손이 온통 끈적끈적해지는 것도 잊은 채, 이제는 어둠이 내려 하나둘씩 켜지며 빛을 내는 가로등 불빛 아래에서 한참 동안 서로 말없이 복숭아를 먹었다.

덕훈이 복숭아 하나를 다 먹어갈 때쯤, 갑자기 연주의 귓가에 어렴풋이 시아의 목소리가 스쳐 지나갔다. 순간 놀라 복숭아 먹는 것도 멈추고 주위를 둘러보던 연주가 당황스러운 눈빛으로 덕훈을 바라보았지만, 덕훈은 아무런 소리도 듣지 못한 것인지 오히려 어리둥절한 표정을 지어 보였다.

'나는 지금 대학생인데… 그래도 분명 시아 목소리였어. 그럼 이거 꿈인가? 그게 아니라면… 잠깐만, 이게 뭐든 덕훈이가 곁에 있으니까 물어봐야겠어. 내가 뭘 어떻게 하는 게 좋을지.'

웅얼거리듯 작게 들리던 시아의 목소리가 점점 또렷해지며 시야가 중간중간 흐릿해지는 것에 연주가 다급하게 덕훈을 불렀다.

"저기, 덕훈아. 만약에, 아니 나중에 언젠가 네 자식이 조금 컸다고 네 말도 안 듣고 자기 마음대로 하려고 하면 어떻게 할 거야?"

"엥? 복숭아 먹다가 갑자기? 어…"

뜬금없는 질문에 황당한 표정을 지으면서도 곧바로 진지하게 고민하던 덕훈이 대답했다.

"음… 일단은 어떤 이유 때문에 그러는 건지 아이의 말을 들어볼 것 같은데? 겉보기에 터무니없고 때로는 말도 안 되는 것처럼 보이는 것도 조금 더 들여다보면 그 속에 다 나름대로의 이유가 존재하더라고. 그래서 충분히 이야기를 들어보고 이유와 생각이 명확하다면 지금으로써는 최대한 존중하고 지지해 주고 싶어. 다른 사람에게 해를 가하는 나쁜 짓이나 그걸 넘어선 범죄만 아니라면 괜찮을 것 같아서. 결국에는 자기 자신이 선택한 결과들로 만들어 가는 본인 인생인 거니까. 근데 그건 갑자기 왜 물어?"

"어? 아니, 그냥… 전, 전에 과외 하던 학생 부모님이 나한테 상담하셨던 게 떠올라서. 너라면 어떤 말씀을 드렸을까 궁금하더라고. 그럼 너는 나중에 아이의 선택을 다 받아들이기만 할 거야? 네 기준에서 봤을 때 편한 길을 놔두고 힘든 길로 멀리 돌아가는 것 같아 보여도?"

"솔직히 지금 심정이야 이렇지만 막상 또 내 이야기가 된다면 내 생각이 흔들릴 수도 있을 것 같긴 한데, 그래도 최대한 존중해 주고 싶어. 나도 오래 살지는 않았지만 그때 이거 말고 다른 선택을 했다면 어땠을까 싶었던 순간들이 많았거든. 근데 또 시간이 더 지나고 보면 그때의 후회나 실수를 통해서 배운 것들도 많고, 그 순간들을 수습하고 반성하면서 만들어진 게 지금의 나라고 생각하면 그렇게 흘려보낸 시간들이 나름 위안이 되더라고, 가끔은 오히려 용기도 되고. 누나는 그랬던 적 없었어?"

덕훈의 말을 듣고 잠시 생각에 잠긴 연주가 자신의 지난날들을 돌이켜보았다. 지금까지 시간에 쫓겨 바쁘게 순간순간 현재만을 살아내느라 좀처럼 예전에 자신의 모습과 시간들을 되돌아볼 여유가 없었다는 것을 깨달은 연주가 그때의 생각과 고민들을 다시금 떠올려 보았다. 과거 자신의 모습을 그려낼수록 미래의 시아의 모습이 함께 오버랩되는 것을 느낀 연주가 이제야 비로소 머리가 아닌 마음으로 진지하게 시아의 이야기를 들어줄 준비가 되었음을 느꼈다.

잠깐 생각에 빠진 연주의 귓가에 조금 전보다 더 뚜렷해진 시아의 목소리가 또다시 들려왔고, 이와 반대로 덕훈의 목소리는 점점 흐려지기 시작했다. 이 순간에서 멀어지기 전까지 덕훈이가 하는 이야기를 하나라도 더 듣고 싶어 연주가 먹먹해지는 듯한 신경을 한데 모아 온통 덕훈의 목소리에 집중했다.

"내 생각에 아이 곁에서 밑그림만 함께 그려주는 것만으로도 부모의 역할은 충분하다고 생각해. 그림 위에 선을 긋고 색을 칠하는 일은 아이가 직접 할 수 있도록 믿고 맡겨둔 채 가끔씩 제안만 해주는 거지. 앞으로는 더 상상조차 하지 못했던 세상이 올 텐데 내가 만든 정해진 틀에 가두고 일정하게 모양을 찍어내는 건 맞지 않은 것 같아서. 나도… 나… 중에 꼭…"

덕훈의 말이 아직 끝나지 않았는데도 목소리가 끊기며 입 모양만 보이더니 몸도 살짝살짝 흔들리기 시작하는 것에 마음이 다급해진 연주가 마지막인 듯 덕훈을 향해 힘주어 소리쳤다.

"고마워! 덕분에 조금은 알 것 같아, 뭐가 문제였는지… 고마워, 덕훈아!"

"…마! …엄마! 어디 아프세요?"

힘겹게 눈을 뜬 연주가 촉촉해진 눈동자를 굴려 목소리가 나는 곳으로 초점을 맞췄다. 걱정스러운 얼굴로 소파에 누워있는 연주를 바라보는 시아와 눈이 마주치자 연주가 목이 잠겨 잘 나오지 않는 목소리를 애써 쥐어짜며 말했다.

"…미안, …엄 …마가 미안해."

자신과 다르게 항상 누구보다 당당하고 냉철한 연주의 모습만을 봐왔던 시아가 처음 보는 연주의 여린 모습에 당황해하더니 미처 대답하지 못하고 누워있는 연주의 이마와 자신의 이마에 번갈아 손을 짚어보며 체온을 쟀다.

"어… 열, 열은 없는 것 같은데… 엄마 혹시 목도 아파요? 설마 코로나인가?"

싸웠던 그날 이후 며칠 동안 눈도 마주치지 않고 한 공간에 있으면서도 없는 사람인 듯 싸늘하게 지냈으면서도 가족은 가족인지 진심으로 연주를 걱정하는 시아의 모습에 연주가 살짝 웃어 보였다. 연주의 웃는 얼굴에 조금은 마음이 놓인 시아가 어색하게 연주에게서 떨어지더니 연주에게 종이봉투를 보이며 말했다.

"햄버거 배달시키셨어요? 문 앞에 놓여있길래… 배달 요청사항에 문 앞에 그냥 두고 가라고 쓰여있어서 벨을 안 누르셨나 봐요. 배달된 지 좀 된 것 같던데, 다 식었겠어요."

시아의 말에 고개를 돌려 벽시계의 시간을 확인한 연주가 일어나 앉아 시아로부터 햄버거가 들어있는 봉투를 건네받았다. 식은 것 같다던 시아의 말처럼 살짝 열어본 봉투 안은 맛있는 냄새도, 따뜻한 온기도 거의 느껴지지 않았다. 연주가 식어버린 햄버거를 보자 불과 몇 년 전까지만 해도 늦은 밤 햄버거를 먹으며 시아와 함께 새벽까지 공부하던 순간이 떠올랐다. 불확실한 미래를 위해 걸어가는 여정이 힘들었지만, 정해진 게 없어서 도리어 마음껏 꿈꾸며 더 빛날 수 있었던 그 평범한 시간들이 사무치게 그리워졌다.

"너는 저녁 먹었어? 혹시 아직 안 먹었으면⋯ 식었어도 괜찮으면 같이 먹을래?"

지나가 버린 시간의 추억에 기대어 용기를 낸 연주가 조심스레 말을 꺼냈다. 연주의 말에 조금 망설이던 시아가 다시 종이봉투를 받아들고 식탁으로 향하며 말했다.

"우리가 식은 햄버거 먹은 게 하루 이틀이었나요, 매번 배달시켜 놓고 한 문제만 더 하다가 계속 늦어졌었잖아요. 근데 다 식어버린 걸 먹었어도 그때 먹었던 햄버거는 늘 맛있었어요, 목표를 향해 함께 달려주는 사람이 있어서 그랬는지 모르겠지만요."

한 걸음 다가선 연주를 향해 반걸음 더 내디며 온 시아가 조금씩 좁혀지는 마음의 거리에 어색해져 햄버거에만 시선을 둔 채 식탁 위에 늦은 저녁을 나열했다. 연주도 소파에서 일어나 식탁으로 향하는데 잠들었던 동안 땀을 흘렸던 건지 손바닥이 온통 끈적였다. 꿈에서 나오지 않는 목소리로 말을 이어가려 애를 쓴 탓에 목은 바싹바싹 메말라 있었지만, 이상하게 입술만은 촉촉하다 못해 끈끈했다. 어딘가 개운치 못한 끈적거리는 느낌에 개수대에서 가볍게 손과 입을 씻어 낸 연주가 햄버거와 갖가지 사이드 메뉴들을 사이에 두고 시아와 마주 보며 앉았다.

얼마 만에 공유하는 식사인지 떠올려 보던 연주가 금세 생각을 지우고 지금 이 순간에만 집중하기로 마음을 다잡았다. 어디서부터 어떻게 이야기를 시작해야 시아에게 부담을 주지 않고 엉킬 대로 엉켜버린 마음을 풀어갈 수 있을지 고민하던 연주의 앞으로 치킨버거와 함께 복숭아 에이드 한 잔이 놓였다.

"엄마는 혼자 어떻게 다 드시려고 이렇게나 많이 주문하신 거예요? 보니까 아빠랑 쥬쥬는 오늘 늦는 것 같던데…"

"응? 아… 습관적으로 예전에 너랑 먹던 대로 장바구니에 담아서 그런가 봐. 네 아빠랑 우주는 피자만 좋아하지, 햄버거는 별로 안 좋아해서 맨날 우리 둘만 배달시켜 먹었잖아. 무의식이 무섭네… 그래도 그 덕분에 오랜만에 너랑 같이 저녁 먹으니까 좋은데?"

차가운 눈빛으로 서로를 겨냥하고 날 선 말들로 상처를 주었던 지난 시간이 좋았던 기억들로 조금씩 녹아내려 무뎌져 가고 있었다. 자기 몫의 새우버거와 레모네이드를 챙겨 앞에 놓은 시아가 여전히 자신의 취향을 기억하고 있는 연주로 인해 마음이 따끈해졌다. 식탁 한가득 패스트푸드로 푸짐한 한 상이 차려진 채로 두 사람이 함께 배를 채우면서도 각기 다른 생각에 빠져있던 순간, 연주가 먼저 고요한 적막을 깼다.

"저기… 지난번에는… 아니, 엄마가 미안했어. 내 딴에는 엄마로서 최선을 다해 부족함 없이 해주고 싶어서 그런 거였는데… 네 의사와 상관없이 생각하고 결정하는 건 정말로 너를 위하는 게 아니었는데 지금까지 내내 실수했어. 미안해."

누구보다도 가깝고, 어떤 희생도 기꺼이 감내할 수 있게 만드는 유일한 존재인 자식이지만 부모로서 자식에게 자신의 과오를 인정하며 사과를 건네기란 생각보다 쉽지 않았다. 게다가 강압적인 아버지 그늘에서 자라온 연주는 이런 면에서 더없이 서툴렀지만, 무슨 일이든 처음이 어려울 뿐 시작을 끊기가 무섭게 담아두었던 자신의 속마음을 봇물 터지듯 진솔하게 털어놓기 시작했다.

"네가 유치원생 때 유치원에서 직업 체험하러 엄마 병원에 왔다가 진료하는 내 모습을 보고 엄마처럼 의사가 되겠다고 네 첫 꿈을 이야기했던 그 순간부터 엄마의 꿈은 네 꿈을 이뤄주는 것, 그거 하나였어. 내 딸만큼은 딸이어서, 누나여서 포기하고 양보해야만 하는 그런 불합리한 상황에 내몰리지 않고, 어떻게 해서든 꼭 꿈을 이룰 수 있게 지원해 주겠다고 결심했었거든. 그런데 네가 원하는 목표에서 멀어지게 되면서, 내가 워킹맘이라서 다른 엄마들에 비해 신경을 덜 써줬기 때문에 그런 결과를 마주하게 된 것만 같은 괜한 자책감에 시달렸던 것 같아. 그래서 너의 다음 목표만큼은 무슨 일이 있어도 이뤄주겠다고 혼자 집착하고 매달리다 보니까 자꾸만 너를 몰아세웠던 거였고.

첫 출발은 꿈을 이뤄내서 네가 조금 더 행복한 삶을 살도록 만들어주고 싶었던 건데, 어느새 정신을 차려보니 목표를 이뤄낸 너를 만드는 데 급급한 내 모습만 남아있더라. 경주마처럼 주변은 살피지 않고 앞만 보고 달려나가려고 애쓰던 건 정작 나였으면서 너한테 왜 귀를 닫고, 입을 막은 채로 대화하려 하지 않는 거냐며 무작정 화만 내었던 순간들이 너무 후회돼."

며칠 사이에 전혀 다른 사람이 된 것처럼 정반대로 바뀐 연주의 태도에 당황한 시아의 눈동자가 갈 곳을 잃고 이리저리 흔들렸지만, 이

내 안정을 찾고 연주의 눈을 바라보며 차분히 자신의 마음을 들려주었다.

"어릴 때부터 엄마가 우주보다 저를 더 많이 아끼고 챙겨주신 거 알고 있어요. 우주 시험 기간은 몰라도 제가 공부할 게 있으면, 늦은 밤까지 혼자 공부하면 왠지 외롭고 졸린다며 일부러 함께 밤새워가며 곁에서 공부해 주신 것도 알고요… 햄버거도 엄마가 의대생 때 너무 자주 드셔서 원래는 잘 안 드셨는데 제가 좋아하니까 같이 먹어주기 시작한 거였잖아요. 그러고 보면 엄마랑 나도 참 소소하게 좋았던 일들이 많았었는데, 그동안 까맣게 다 잊고 지냈었네요."

쓸쓸한 표정을 지으며 숨을 크게 한 번 내쉰 시아가 계속해서 숨겨둔 마음을 꺼내어 줄줄이 덧붙여 갔다.

"나도 엄마처럼 의사가 되고 싶다고 했던 날, 엄마는 의사라는 단어를 집중해서 들으셨겠지만 사실 내 진짜 뜻은 엄마처럼, 엄마를 닮고 싶다는 의미였어요. 그때 저한테 엄마는 제가 만난 내 세상의 전부여서 나중에 어른이 된다면 엄마같이 멋지고 당찬 사람이 되고 싶은 게 제 꿈이었거든요. 그래서인지 공부란 걸 처음 시작했을 때부터 줄곧 목표로 세웠던 의대에 들어가지 못했을 때, 세상이 무너질 것 같은 느낌을 예상했던 것과 달리 오히려 나는 엄마랑 다른 사람이라는 걸 새삼 깨닫게 되면서 평정심을 유지할 수 있었던 것 같아요.

지금에 와서야 하는 이야기지만 내가 의대에 합격하지 못한 건 엄마가 워킹맘이라서, 다른 엄마들보다 신경을 덜 써줘서가 아니라 전적으로 제 문제예요. 그러니까 이제는 그런 자책으로 힘들어하지 않으셨으면 좋겠어요. 도리어 엄마니까 저를 그 목표의 언저리까지나마 이끌어 주실 수 있었던 거예요. 그리고 만약에 어찌저찌 턱걸이로 어렵게 의대에 들어갔어도 지금처럼 적응하지 못하고 방황하고 있을 것 같아요. 간호학과 공부도 버거워하는데 의대였으면 아마 진작에 나가떨어졌을걸요.

게다가 실은… 지금껏 직접적으로 한 사람의 생명을 다루는 것에 있어서 부담감이 컸거든요, 내 생활을 포기하면서 생명의 고귀함을 지키기 위해 끊임없이 노력할 수 있을지조차 자신이 없어서 진로에 대한 확신이 없었어요. 나의 작은 부주의로 한 사람의 목숨이 위태로 워지면 어떡하나, 내 아둔함으로 인해 누군가의 다가올 수많은 내일 들을 망치면 어떻게 하나…

처음에는 그저 학과 공부가 힘들어서, 원하는 바를 못 이뤄내서 정 착을 못 하는 줄만 알았는데, 해를 거듭할수록 학년이 올라갈수록 책 임에 대한 부담감과 압박감 때문에 너무 힘들어서 어디로든 도망가 고 싶었어요. 그래서 학교 가는 것도, 실습 나가는 것도 싫고 무엇보 다 간호사가 될 자신은 더더욱 없어서 매일이 힘들었지만, 그중에서 도 가장 싫은 건 엄마를 또다시 실망시키는 거였어요."

어느 순간부터 물기 어린 목소리를 내던 시아가 잠시 이야기를 멈 추고 자신의 휴대폰에서 어플을 열어 창이 띄워진 휴대폰을 연주에 게 건네고는 다시 이어나갔다.

"처음에는 초라하게 느껴지는 본래 내 모습을 감추고 그럴듯한 겉 모습으로 포장한 채, 모르는 사람들에게 꾸며낸 내 모습을 자랑하고 뽐내면서 받은 관심으로 내 부족함과 공허함을 채우고 싶어서 SNS 를 시작했어요. 그런데 인스타에 올릴 사진 한 컷을 위해 매번 새로운 것, 특별한 일들을 찾아서 하다 보니 지금까지 억지로 끼워 맞춰왔던 의료인의 길 말고 다른 길들 중에 나와 잘 맞는 적성이 있지 않을까 하는 생각이 들었어요.

먼저 엄마한테 다 털어놓고 허락을 구하고 싶었는데, 핑계인지 몰라도 막상 엄마 얼굴을 보면 어찌 되었든 적성 탐험이라는 명목하에 도망가는 제 모습을 보고 또 한 번 실망하실 것 같아서… 실망하는 엄마 얼굴을 볼 자신이 없어서 제 마음대로 몰래 일을 저질렀어요. 죄송해요, 잘못했어요."

면목이 없는 시아가 연주와 눈도 마주치지 못한 채 손톱만 부딪치며 한껏 나지막한 목소리로 이야기를 마무리했다. 시아가 건네준 인스타 속 사진들을 하나씩 열어보며 시아의 이야기를 듣던 연주가 휴대폰을 식탁에 조용히 내려두었다. 그리고 맞은편에 앉아 연주의 처분만을 기다리던 시아의 곁으로 연주가 다가가 나란히 앉으며 말 대신 시아를 꼭 껴안아 주었다. 연주가 시아를 안은 채로 시아의 등을 토닥토닥 두드려 주며 용기 내어 보여준 마음속에 대한 대답을 해주었다.

"진짜 네 마음을 엄마한테 보여줘서 고마워. 너도 지금껏 한 길만을 걸어오느라 거기서 벗어나는 결정을 내려야 할 때 많은 용기가 필요했을 텐데 엄마가 아무런 도움이 되어주지 못해서 미안해. 더 늦기 전에 지금이라도 새로운 시도를 결정한 만큼 최대한 즐겁고 열심히 찾아보도록 해. 엄마도 시아 곁에서 응원하고 있을게, 도움이 필요하면 언제든지 말하고. 엄마는 언제나 우리 시아 편인 거 알지? 힘내, 우리 딸."

연주의 진심 어린 응원에 꾹꾹 참고 있던 눈물이 터진 시아가 오랜만에 엄마 품에서 마음 놓고 펑펑 눈물을 흘렸고, 마주 안고 있는 연주의 눈에서도 눈물이 하염없이 흘러내렸다.

다음 날 아침, 지난밤 햄버거에 사이드 메뉴까지 야무지게 먹은 데다 모녀가 부둥켜안고 엉엉 눈물을 쏟았던 덕분에 연주와 시아의 눈이 퉁퉁 부어 평소보다 한껏 좁아진 시야에 의지해 더듬더듬 거실로 나왔다. 아침부터 뭘 그렇게 찾는지 냉장고 냉장실 칸을 열심히 뒤지고 있는 시아에게 다가간 연주가 물었다.

"아침부터 뭘 그렇게 찾아, 뭐가 없어졌어?"

"아니요, 아침에 눈 뜨자마자 어제 엄마가 드신 복숭아가 먹고 싶어서 계속 찾고 있는데 안 보여서요. 복숭아 어디 있어요? 아직 더 남았죠?"

시아가 무슨 이야기를 하는지 도무지 감을 잡을 수 없어 연주가 휘둥그레진 눈으로 시아를 멀뚱멀뚱 쳐다보기만 하자, 답답해진 시아가 더 자세하게 설명을 덧붙였다.

"어제 엄마 소파에서 잠드시기 전에 복숭아 드셨던 거 아니었어요? 거실에서 끙끙거리는 소리가 들려서 따라가 보니까, 엄마가 누워 계셔서 깨우려는데 엄마 입가랑 손도 끈끈하고 주변에서 복숭아 향기가 엄청나서 드시다 잠드신 줄 알았는데요."

시아의 말에 연주가 황급히 어제 소파에서 꾸었던 꿈과 일어났을 때의 상황을 되짚어 보았다. 갑자기 일어난 데다 뜻밖에 시아를 마주하게 되어 정신없이 입과 손을 주방 개수대에서 씻어내면서도 어디선가 달콤한 복숭아향이 느껴졌던 것을 기억해 냈다. 연주가 혼란스러운 기분에 시아를 뒤로한 채 거실로 나가 정환에게 건네받았던 향수를 찾기 시작했다. 다행히 소파 틈 사이에 끼어있는 향수를 발견하고는 얼른 손에 쥐고 다시 방으로 들어간 연주가 천천히 심호흡하며 손바닥을 열어 향수를 확인했다. 평범하다 못해 흔하디흔한 디자인의 향수병 위로 조금 특별해 보이는 노즐만이 햇볕에 반사되어 무지갯빛을 내며 반짝였다.

8

국화꽃 향기

 덕훈을 보내고 처음으로 다시 만난 순간이 꿈인 건지, 아니면 정말로 잠깐 기억 속 그때로 돌아갔던 것인지 알 수 없는 것에 며칠 동안 내내 마음이 복잡하던 연주가 머릿속이라도 비우기 위해 부지런히 몸을 움직이며 요리를 시작했다. 멸치볶음부터 장조림, 연근조림과 버섯볶음 같은 갖가지 밑반찬부터 김장하고 소분해서 얼려두었던 양념으로 김치까지 담갔다. 조리를 마친 연주가 냉장고에 완성된 반찬을 정리해 두고 다른 반찬통에도 반찬을 나누어 담아 아이스박스에 챙겨 들고 어디론가 향했다.

 오랜만에 만난 덕훈 때문인지 요 며칠 새 하염없이 덕훈을 생각하고 있을 그 사람이 더 생각났다. 미리 전화를 할까 잠시 고민하던 연주가 생각을 접고 일단 차에 올라탔다. 주말이라 꽉 막힌 도로에 갇혀 도착 시간은 점점 더 늘어났지만, 오랫동안 마음속을 짓누르고 있던 커다란 돌덩이를 치운 데다 만나러 가는 사람과 나눌 대화를 생각하니 들뜬 마음이 벌써부터 가볍게 날아가고 있는 기분이었다.

아파트에 도착한 연주가 지하 주차장과 단지로 연결된 입구에서 인터폰으로 호출을 눌렀다. 몇 번이고 반복해서 신호가 갔지만 상대방이 계속 응답하지 않는 것에 당황하며 급하게 전화를 걸었다.

"뭐야, 주말이라 간만에 어디 외출했나? 서프라이즈 말고 그냥 전화하고 올걸."

연주가 후회하며 발길을 돌려야 하나 고민할 때쯤 전화기 너머로 기다리던 목소리가 들려왔다. 반가움에 다급하게 용건을 이야기한 연주가 다시 인터폰을 눌러 겨우 아파트 안으로 들어섰다. 익숙한 문 앞에서 초인종을 누르고 안에서 사람이 나올 때까지 한동안 기다려야 했다. 얼마 후 연주를 향해 천천히 현관문이 열리고 기다리던 사람이 모습을 드러냈다. 며칠 사이에 더 생기가 없어진 얼굴의 가녀린 목소리가 연주에게 말했다.

"미리 연락도 없이 어쩐 일이세요? 혹시… 무슨 일 있으세요?"

신발장을 지나 현관의 센서등 불빛에 의존해 어두운 복도로 들어선 연주가 들고 온 아이스박스를 흔들어 보이며 애써 밝게 말했다.

"지난번에 잠깐 냉장고 보니까 텅텅 비어있길래. 우리 집 반찬 하면서 조금 더 넉넉하게 한 거 나눠온 거니까 부담스럽게 생각하지는 말고. 이거 꺼내서 그냥 냉장고에 바로 넣어둬도 되지?"

"아, 감사해요… 가뜩이나 바쁘신데 어떻게 저까지 챙겨주실 생각을 다 하셨어요. 감사히 잘 먹을게요. 가져오신 통은 바로 가져가실 수 있게 제가 얼른 덜어놓을게요."

"아니. 통 가지러 온다는 핑계로 얼굴 한 번 더 보고 싶으니까 그건 그냥 넣어두고, 반찬통 정리할 시간에 이야기나 하나 더 하자."

연주가 아이스박스를 건네고 화장실로 향하며 거실을 컴컴한 동굴 속으로 만들어 놓은 암막 커튼을 활짝 젖혔다. 호수의 물에 반사된 햇살이 통유리 안으로 가득 쏟아져 들어오며 집안 곳곳을 환하게 밝혔다.

연주가 화장실에서 손을 씻는 동안 만든 것인지 식탁 의자에 앉는 연주 앞으로 시원한 복숭아 아이스티가 놓였다. 컵 안에 꽂혀있는 스테인리스 빨대를 휘젓자 동동 띄워진 얼음이 빨대와 부딪히며 한층 더 시원한 기운을 내뿜었다. 연주가 빨대로 아이스티 한 모금을 빨아들이자, 스테인리스를 타고 더 차가워진 캐러멜 빛 액체가 입안에 달달함을 퍼트리며 목구멍으로 개운하게 사라졌다. 만족스러운 표정으로 웃어 보이는 연주를 보고 맞은편에서도 무표정했던 얼굴을 지우고 덩달아 함께 살짝 미소 지었다. 생기 없는 얼굴 위에 억지로 끌어올린 입꼬리가 시들어가는 모습을 보던 연주가 머뭇거리며 물었다.

"요즘도 주로 집에만 있는 거야? 가끔 바깥 외출도 하고, 사람들도 만나는 게 어때?"

"밖에 나가는 것도 귀찮고, 그냥 집에서 누워있는 게 편해요. 사람들 만나봤자 결국에는 다 그 사람 이야기로 연결되어서… 밖에서 남들한테 불편한 모습 보이는 것도 싫고요."

자꾸만 집 안으로, 집에서 방 안으로, 그리고 짙은 어둠 속으로 점점 더 숨어들기만 하는 모습에 연주의 마음이 안타까우면서도 답답해졌다.

"아니, 그럼 언제까지 이렇게 갇혀 지내기만 할 건데. 계속 숨고, 회

피하면서 그냥 살아만 있는 게 삶의 전부가 아니잖아. 느리게 죽어가는 거랑 뭐가 달라."

속상한 마음에 본의 아니게 직설적으로 말을 내뱉고는 뒤늦게 당황한 연주와 달리 이미 여러 번 겪었던 상황인 듯 상대방은 일말의 동요조차 하지 않고 체념한 표정으로 대답했다.

"저한테는 이제 삶의 이유도, 낙도 없어요. 예전에는 죽는 게 두렵고 무서웠었는데… 이제는 제가 가면 반겨줄 사람이 기다리고 있다고 생각하니까, 죽음에 대해 생각해도 더 이상 무섭지도 않고 걱정도 없어요. 오히려 마음이 더 편안해요…"

아무런 희망도, 감정도 싣지 않은 표정과 말투에 연주가 할 말을 잃고 대꾸하지 못하자, 집안이 고요한 적막에 둘러싸였다. 오랜만에 연주와 단둘이 이야기하며 자신의 속마음을 편하게 털어놓았을 뿐이었는데, 예상외로 급속히 얼어붙어 버린 분위기에 괜히 민망해져 얼른 화제를 돌렸다.

"그나저나 시아랑 이야기가 잘되셨나 봐요, 전에 뵀을 때보다 표정이 훨씬 더 밝아지신 것 같아요."

"응, 사실… 다 덕훈이 덕분이지 뭐. 덕훈이랑 꿈에서 이야기 나눈 덕분에 나 자신도 돌아보고, 그로 인해 시아를 진정한 마음으로 이해할 수 있었거든. 덕훈이 아니었으면 난 여전히 내 기준에서 모든 걸 판단하고 쉽게 단정 지어서 시아랑 제대로 된 대화는 시작도 못 해보고 지금까지 냉전 중일 거야. 그 꿈 때문에 요즘 들어 덕훈이 생각이 많이 났는데, 그러다 보니 매일같이 같은 상대 생각에 빠져있을 또 다른 한 사람까지 함께 떠올라서 견딜 수 있어야 말이지. 전화해서 간다고 하면 왠지 못 오게 할 것 같아서 반찬이랑 서프라이즈를 빙자해서 무작정 찾아온 거야."

애써 돌린 이야깃거리가 무색하게 처음부터 하나로 이어진 듯 제자리로 돌아온 이야기가 다시 계속되었다.

"역시 형님은 저를 너무 잘 아세요. 가끔은 저보다도 저에 대해 더 많이 아시는 것 같다니까요? 저도 형님 못지않게 매일 하루 종일 재영이 아빠 생각뿐인데… 왜 저한테는 지금까지 단 한 번을 만나러 오지 않는 걸까요. 꿈이든 뭐든 다 좋으니까 얼굴 한번 보고 싶어요, 목소리도 너무 듣고 싶어요… 제가 모진 말 했던 거 미처 사과도 하지 못했는데, 그 선한 사람 마음 아프게 하고 비수 꽂았다고 벌 받나 봐요."

멍하니 무기력하게 앉아있으면서도 힘껏 밝게 이야기하던 수진의 목소리가 연주가 꺼낸 덕훈의 이야기에 점차 흐려지기 시작하더니 결국 기어이 수진의 눈에서 눈물이 터져 나왔다. 식탁 위로 연주가 손을 뻗어 수진의 손을 잡고 손등을 따뜻하게 쓸어내리며 말했다.

"올케가 잘못한 거 하나도 없어, 우리 덕훈이한테 한결같이 얼마나 잘해줬는데. 올케 이상으로 우리 덕훈이 사랑해 주고 대해줄 사람이 세상에 둘은 없어. 그건 덕훈이뿐만 아니라 우리 가족들 아니, 하늘이 알고 땅이 다 아는데 왜 그런 생각을 해."

"아니, 아니에요… 제가 나빠서, 마음을 나쁘게 써서 그래요. 재영이 아빠 건강검진에서 더 큰 병원으로 가보라는 말 듣고, 대학병원 가서 정밀검사 결과 들었을 때 제가 어떻게 한 줄 아세요? 그거 들으시면 형님도 저한테 정떨어지실 거예요. 세상에 아픈 당사자를 앞에다 두고 내가 아무리 속상하고 화가 난다고 해도 그러면 안 되는 거였는데… 얼마나 마음이 아팠을까요, 그 사람…"

수진이 감정에 북받쳐 눈물을 펑펑 쏟아내면서도 손으로 눈물을 닦아내며 꿋꿋하게 이야기를 이어나갔다. 연주도 식탁 위로 티슈와 물을 가져다주며 수진의 목소리에 귀를 기울였다. 연주가 가져다준 물을 마시고 조금 진정이 된 수진이 그동안 아무에게도 털어놓지 못하고 감춰두었던 이야기를 꺼내기 시작했다.

"재영이 아빠가 언젠가부터 밥도 못 먹고, 잠도 잘 못 자고, 전보다 쉽게 지치고 피곤해하길래 요즘 일이 많아서 그런가보다 단순하게만 생각하고 생활 패턴에만 신경을 썼었는데… 감기도 걸리면 잘 낫지 않고 몇 날 며칠을 앓는 통에 이상한 느낌이 들어서 건강검진을 예약했거든요. 근데 큰 병원에서 정밀검사를 받아보라는 얘기를 들어서… 검사를 받고 온 날부터 저는 그동안 보였던 증상들이 자꾸만 마음에 걸려서 안 좋은 쪽으로만 생각이 들었는데, 결국 우려가 현실이 되었더라고요. 검사 결과를 듣고 나오는데 세상이 뱅글뱅글 도는 기분이었어요. 너무 어지러워서 머리는 지금 이 상황이 인지가 안 되는데도 마음은 화가 나고, 너무 억울하고 분해서 미치겠는 거예요."

떨리는 숨을 크게 한번 가다듬은 수진이 물을 한 모금 더 마시고 말을 이어갔다.

"그래서 괜히 모든 게 다 싫고 미웠어요. 자꾸 빚만 만들고 가버리신 아주버님도 밉고, 저희보다는 여유가 더 있으실 텐데 함께 도와주지 않는 형님도 밉고, 판사부터 로펌까지 몇 번을 덕훈 씨 꿈을 버리게 한 정환이도 싫고… 늦은 나이에 다시 꿈을 찾겠다고 직장까지 그만두고 나온 서방님, 일만 터지면 재영이 아빠만 바라보고 방관하는 다른 가족들 때문인 것만 같아서 아픈 그 사람한테 퍼부었어요.

　제가 다시는 안 만날 사람한테도 하기 힘든 송곳 같은 말들로 그 착한 사람 마음을 갈기갈기 찢어놨어요… 다 당신 가족들 때문이라고, 몸 바쳐 마음 바쳐 밤낮 할 것 없이 쫓아다니며 챙기더니 정작 본인은 이 꼴이 뭐냐고… 만에 하나 당신 잘못되면 다 책임지라고 할 거라고, 악에 받쳐서 울분을 그 사람한테 다 쏟아냈어요. 병원 복도에서부터 주차장까지 누가 보든 말든 아무 상관 안 하고 꼭 미쳐버린 사람처럼… 근데 그 사람 싫은 내색, 화난 기색 하나 없이 다가와서 열을 내는 저를 꼭 안아줬어요. 저였으면 같이 화내면서 싸워도 이상하지 않았을 상황이었는데…"

　흐느끼는 듯한 목소리로 이야기를 전하던 수진이 잠시 주저하며 숨을 고르고는 조금 더 숨겨두었던 마음을 꺼내 보였다.

　"지금 와서 생각해 보니 도박에 빠져 몇 년을 저도 모자라 재영이 아빠까지 힘들게 했던 저희 친정 오빠 얘기는 그 와중에도 쏙 빼먹었더라고요. 그렇게 미워했으면서도 친정이라고… 저도 정떨어지는데 재영이 아빠는 어땠을까요, 그 순간까지도 이기적으로 선택해서 가족을 탓하고 미워하는 제 추한 밑바닥을 보고 그 사람 얼마나 몸서리를 쳤을까요. 그래서 그때 기억 때문에 저는 늘 죄인이에요, 재영이 아빠는 없었던 일처럼 그 뒤로 단 한 번도 그 이야기를 꺼낸 적 없었지만… 시간을 되돌릴 수 있다면, 아니 잠깐이라도 다시 만날 수만 있다면 마지막까지 염치없다는 핑계로 하지 못했던 사과를 꼭 전하고 싶어요."

　지금껏 비밀로 묻어두었던 이야기를 연주에게 모두 들려준 수진이 이제야 마음 놓고 참았던 눈물을 흘렸다. 맞은편에 앉아있던 연주가 수진의 곁으로 자리를 옮겨 수진을 따뜻하게 힘껏 감싸 안아주며 말했다.

"수진아, 미안해… 힘든 상황에서 나라도 함께 덜어줬어야 했는데 많이 힘들었지? 공부가 길어지다 보니 남들보다 늦게 한 결혼이라 그런지 나도 시어머니 눈치에서 자유로울 수가 없었어… 같은 의사여도 많이 차이 나는 집안에, 적지 않은 나이까지. 가뜩이나 같은 조건의 시어머니 친구분들 며느리에 비해 넉넉하게 해오지 못했다고 못마땅해하셨는데 결혼해서까지 모아둔 돈이 계속 줄줄 새는 바람에 시댁 어른들의 압박으로 좀 힘들었거든.

그래도 나 먼저 살자고 모른척하면 안 되는 거였는데… 정말 미안해. 처음부터 내가 덕훈이를 너한테 소개해 주지 않았더라면, 그랬다면 수진이 너는 더 마음 편하게 살 수 있었을 텐데… 너처럼 좋은 사람이 우리 가족이 되어서 오래도록 함께 행복하고 싶었던 욕심이 너무 컸나 봐, 다 내 잘못이야."

오래전 연주가 이제 겨우 학생티를 벗고 인턴을 시작했을 무렵, 같은 대학병원 새내기 간호사로 수진이 들어오게 되면서 시작된 인연은 병원 안의 햇병아리라는 공통점으로 두 사람을 급속도로 가까워지게 했고, 가족의 연으로까지 이어지게 만들었다. 오랜만에 서로가 서로에게 자매가 되어주며 살뜰히 챙기던 그 어느 날로 돌아간 연주가 진심으로 수진에게 미안한 마음을 전했다.

"아니야, 언니. 언니 덕분에 덕훈 씨 만나서 그동안 정말 너무 행복했어, 다른 어떤 누군가를 만났어도 이보다 더 좋을 수는 없었을 거야. 그때 그렇게 말했던 건… 그냥, 좁은 내 마음이 누군가를 원망하고 미워하면서 탓하지 않으면 도저히 견딜 수 없어서 그랬어. 그릇이 너무 작은 사람이라 바보같이 화풀이할 상대가 필요해서…

덕훈 씨 투병하는 동안 가족들이 한마음으로 선뜻 내어준 사랑을 보면서 깨달았어. 잠시나마 이런 사람들을 원망하고 미워하는 마음을 가졌던 내가 얼마나 어리석고 아둔한 사람이었는지. 그 힘든 시간 동안 가족들이 얼마나 많은 힘이 되어주었는지 생각하면 지금도 마음이 따뜻해져… 나 혼자였다면 결코 그 시간들을 온전히 버텨내지 못했을 거야. 이 집안의 가족이 될 수 있어서 너무 다행이고 감사해. 다 언니 덕분이야, 고마워."

서로 손을 맞잡고 눈을 마주한 연주와 수진이 울면서 웃었다. 연주와 먼저 시작했지만, 덕훈으로 완성된 가족이라는 울타리가 연결고리였던 덕훈의 부재로 인해 관계도 점차 소원해질 거라 예상했던 수진의 생각이 무색할 정도로 변함이 없었다. 중간에 가족으로 합류된 사람이 아닌, 처음부터 피보다 더 진한 정을 나눈 가족의 일원으로 언제나 함께해 왔음을 다시금 느낀 수진이 덕훈을 떠올리며 쓸쓸하지만 은은하게 미소 지었다.

어느 정도 감정이 진정되자, 수진과 연주의 대화가 시아와의 관계에 실마리를 제공해 주었던 문제의 그 꿈 이야기로 되돌아갔다. 연주가 진로에 대해 고민하며 선택의 기로에 섰을 때마다 덕훈이 자신보다 더 자신의 결정을 믿어주고 힘을 실어주었던 순간들을 꿈으로 다시 마주한 소감을 수진에게 쉴 새 없이 늘어놓았다. 과거 자신의 모습을 통해 지금의 시아의 마음을 조금이나마 더 이해할 수 있었다는 말을 전하던 연주가 갑자기 문득 떠오른 생각에 말끝을 흐렸다. 조금 전까지와는 미묘하게 달라진 연주의 표정을 눈치챈 수진이 물었다.

"왜 그러세요? 그 뒤로 무슨 일이라도 있으셨어요?"

한껏 궁금함을 담은 얼굴을 하고 묻는 수진의 눈을 슬쩍 피한 연주가 입술을 붙였다, 떼기를 반복하며 한동안 주저하더니 곧이어 뭔가 결심한 듯 결연한 표정으로 수진과 눈을 맞춰왔다. 무슨 말부터 꺼내야 할지 고민하던 연주가 그 어떤 말로도 제대로 설명할 수 없다는 걸 깨닫고, 큰 숨을 내쉰 후 머릿속에서 나열한 단어들을 차근차근 하나씩 꺼내어 보았다.

"꿈이라고 내내 표현하기는 했는데… 사실 이게 꿈인지, 아니면 잠시 과거 그때 그 순간에 다녀온 건지 잘 모르겠어. 나는 당연히 꿈일거라고만 생각했었거든… 그게 아니라면 도저히 설명이 안 되니까. 근데 꿈의 마지막 순간쯤 덕훈이랑 같이 복숭아를 먹었는데, 깨어나고 보니 손과 입이 온통 끈적끈적하더라고. 꼭 정말로 복숭아라도 먹은 것처럼 말이야. 그치만 우리 집에는 복숭아가 없었고, 나도 실제로 먹다가 잠든 게 아니어서 그냥 대수롭지 않게 땀인가 하고 넘어갔거든. 근데 나만 느낀 게 아니었는지 시아도 다음 날 아침에 복숭아를 찾더라고, 그 전날 나한테서 나는 복숭아향이 너무 달콤하고 향긋했다면서… 아무래도 정말 정환이가 준 그 향수 때문인 것 같아."

"향수요? 향수가 왜요?"

정환이 연주에게 전해주었듯이 연주가 수진에게 시연이 만들었다던 묘한 느낌의 수제향수 이야기를 들려주었다. 조용히 연주의 목소리에 집중하던 수진의 얼굴이 어느새 호기심으로 물들기 시작하더니 처음 만났을 때의 무기력했던 모습은 온데간데없고 눈빛이 생기 있게 반짝이고 있었다. 연주의 말을 하나라도 놓칠세라 집중해서 듣던 수진이 난데없이 물었다.

"잠, 잠깐만요. 그럼 지금까지 모두 다 재영이 아빠랑 관련된 꿈들을 꾼 거예요?"

예상치 못한 질문에 곰곰이 생각하던 연주의 표정이 당황함에 물들어 갔다.

"어… 시연이 꿈은 모르겠지만, 일단 정환이랑 나는 확실히 덕훈이가 나왔어. 그리고 그 향수라고 하는 게 좀 이상해. 분명 향수는 향수인데 뿌렸을 때는 향이 안 나. 아니, 어떤 냄새도 나지 않아서 그냥 공병에 담긴 투명한 액체를 공중에 뿌린 것 같다고 해야 하나? 근데 꿈을 꾸고 나면 뒤늦게 향기가 났던 것 같아. 왠지 각자의 기억 속에 있던 향이 발현되는 것 같은 기분이랄까, 말도 안 되는 이야기지만."

향수를 통해 덕훈이 나오는 꿈을 꾸었다는 것에 초점이 맞춰진 수진이 연주가 하는 다른 말들은 귀에 전혀 들어오지 않는지 무의식적으로 흘려보냈다. 그게 꿈이든, 과거로의 타임워프든 수진에게는 더 이상 그 어떤 것도 중요하지 않았다. 어떤 방식으로든 덕훈을 다시 한번 만나게 해줄 일말의 희망을 지닌 그 향수가 수진에게 지금 간절히 필요했다. 정신을 온통 특별한 향수에 쏟은 수진이 설렘 가득한 목소리로 물었다.

"저기… 혹시 저도 그 향수 한번 볼 수 있을까요?"

들뜬 마음을 누르며 조심스럽게 물어오는 수진의 얼굴을 마주한 연주의 표정이 밝아지더니 고개를 끄덕이며 이내 가지고 온 핸드백 안에서 조그마한 립스틱 크기의 무언가를 꺼내어 식탁 위에 놓았다.

떨리는 손으로 작은 병을 쥔 수진이 향수를 살짝 흔들며 남은 양을 가늠해 보았다. 커다란 대용량의 향수를 구매하면 따라오는 작은 휴대용 향수 크기의 용기 안에서 겨우 절반 남짓 남은 무색무취의 액체가 찰랑거리며 춤을 추었다. 벌써 기대감에 부푼 수진이 초롱초롱한 눈빛으로 연주에게 물었다.

"형님, 괜찮으시면… 저도 이 향수의 힘을 좀 빌려도 될까요? 딱 한 번이어도 좋으니까, 마지막으로 덕훈 씨 얼굴 다시 보고 싶어요."

간절함이 묻어나는 수진의 목소리에 연주가 향수를 들고 있는 수진의 손을 감싸듯 따뜻하게 잡아주며 대답했다.

"물론이지, 아직은 덕훈이를 만날 수 있다는 명확한 확신은 없지만… 그래도 이 향수를 사용했던 우리들 모두에게 그랬듯 올케한테도 꼭 도움이 되었으면 좋겠어."

한동안 계속 말없이 손을 맞잡은 채 서로를 바라보던 수진과 연주가 외출했던 재민이 들어오며 만들어 낸 소음을 타고 자연스레 다른 이야기로 넘어갔다.

늦은 오후가 되어서야 집으로 돌아가기 위해 나선 연주를 배웅하고 들어온 수진의 마음이 요동치기 시작했다. 정신을 다잡으며 진정시켜도 덕훈을 볼 수 있다는 생각에 어느새 또 기대하고 들뜨는 마음을 대변하듯 수진의 입꼬리가 오랜만에 마음껏 환한 곡선을 그렸다. 연주가 한가득 채워주고 간 냉장고에서 밑반찬을 덜어 저녁식사를 준비한 수진이 졸업작품 준비에 빠져 정신이 없는 재민을 불러 함께 식탁에 앉았다. 오전에 집을 나설 때와 다르게 밝아 보이는 수진의 얼굴에 조금은 마음이 놓인 재민이 물었다.

"고모랑 무슨 재밌는 이야기 하셨어요? 고모 다녀가신 뒤로 표정이 한결 편안해 보이세요."

재민의 말에 놀란 수진이 반사적으로 자기 볼에 손을 가져다 대며 할 말을 골랐다. 걷잡을 수 없을 만큼 설레는 마음에 금방이라도 재민에게 향수에 대한 이야기를 몽땅 털어놓고 싶었지만, 아직은 어떤 것도 확실하지 않은 것에 애써 다른 이야기로 주의를 돌렸다.

"재밌는 이야기는 아니고, 그냥… 고모가 시아랑 잘 푸셨다나 봐. 그래서 시아가 좋아하는 반찬들 많이 만드시다가 겸사겸사 우리까지 챙겨주신다고 하시더라. 괜히 우리 부담될까 봐 말씀만 그렇게 하시지, 우리 생각나서 일부러 많이 하신 것 같아. 전에 제사 때 본 텅 빈 냉장고가 두고두고 계속 마음에 걸리셨나 봐. 고모가 넉넉하게 가져다주신 덕분에 너 출국하기 전까지는 반찬 걱정 없을 것 같네."

잠시 잊고 지냈던 재민의 출국 일을 기억해 낸 수진의 얼굴이 잠시 순간적으로 흐려졌다 되돌아왔다. 어두운 집안에서 무기력하게 누워 지내는 생활이 일상의 대부분이었지만, 별다른 대화 없이 하루에 두세 번씩 함께 식사를 챙겨 먹고 방 밖으로 이따금씩 들리는 재민의 생활 소음만으로도 수진에게는 큰 위안과 안정감이 들었다. 기간이 정해진 만남이었지만 어느새 익숙해져 버린 온기가 새삼 더 큰 공허함과 외로움을 몰고 올 준비를 하고 있었다. 티를 내지는 않았지만, 재민도 또다시 혼자 남겨질 수진이 내심 걱정되어 출국 날짜가 가까워질수록 마음도 같이 무거워졌다. 재민의 젓가락이 더뎌지는 모습을 본 수진이 일부러 밝은 표정을 지으며 재민의 밥 위로 장조림 속 메추

리알을 올려주며 말했다.

"한국 온 김에 맛있는 집밥 많이 먹고 가야 하는데… 미안해. 그래도 고모가 이렇게 챙겨주셔서 그나마 다행이네, 많이 먹어."

괜히 목이 메인 재민이 고개를 끄덕이며 수진의 밥 위에도 버섯볶음을 올려주더니 숟가락으로 크게 밥을 떠먹었다. 시아와 연주만큼이나 상대에게 못다 한 말들이 가득한 모자 사이가 밥과 함께 하고 싶은 말들을 모른 척 삼켜내며, 서로에게 가까워질 듯 다가서지 못하고 제자리걸음만 반복하는 밤이 깊어가고 있었다.

재민과 같이 저녁상을 빠르게 정리한 수진이 평소보다 일찍 잠자리에 들기 위해 방으로 들어왔다. 오랜만에 덕훈과 같이 생활하던 안방에서 잠을 잘까 고민했지만, 한동안 사용하지 않은 것에 오히려 어색한 느낌마저 들어 미미하지만 아직까지 덕훈을 떠올릴 수 있는 향이 배어있는 서재로 향했다.

지금까지 줄곧 사용했던 공간인 데다 불과 오늘 오전 연주의 깜짝 방문이 있기 전까지도 잠을 청했던 곳인데, 연주가 전해주고 간 향수에 대한 생각으로 가득 차서인지 자꾸만 익숙한 방이 새롭다 못해 낯설게까지 느껴졌다. 평소보다 이른 시간과 두근거리는 마음 때문에 오늘 밤은 쉽사리 잠에 빠져들기는 어려울 것 같았지만, 덕훈을 만나고 싶다는 굳은 결심이 수진을 잠자리에 들도록 이끌었다.

이야기를 전해 듣던 순간부터 내내 기다렸던 시간이 되자, 정작 잔뜩 긴장해 버린 수진이 떨리는 손으로 작은 향수병을 꼭 쥐고 조심스럽게 노즐을 꾹 눌렀다. 한 번만 눌렀음에도 힘주어 누른 덕분에 꽤 넉넉한 양이 수진을 향해 분사되어 퍼졌다. 연주의 말대로 아직은 아무런 향기도, 어떠한 냄새도 느껴지지 않는 것에 수진의 궁금증이 더해갔지만, 다른 사람들과 달리 당황스러움은 덜했다.

향수를 뿌리느라 켜두었던 취침등을 끄고 자리에 누운 수진이 어떤 모습의 덕훈을 만나게 될지 설렘과 기대감에 이리저리 뒤척였다. 세상의 모든 빛과 소리를 빼앗긴 듯 컴컴하고 고요한 방 안에서 수진이 홀로 어둠과 적막에 익숙해질 무렵, 꼬리에 꼬리를 물고 늘어난 생각들이 수진의 머릿속을 가득 채우며 점령해 나갔다. 현실의 모든 것들에서 달아나려고 잠을 청했을 때와 달리 눈을 감고 있어도 뜨고 있는 것처럼 지난 순간들이 생생하게 수진의 뇌리를 스쳐 지나갔다.

덕훈과 조금이라도 비슷한 케이스들의 논문과 자료들을 모두 분석한다며 통화를 할 때마다 평일, 휴일 할 것 없이 의학도서관과 자료실에 틀어박혀 살다시피 하던 연주. 병원의 권유로 힘겹게 혈연 이식에 대해 이야기를 꺼냈을 때, 앞뒤 재지 않고 일단 검사부터 몰래 받고 돌아간 모든 가족들. 이식에 적합하다는 결과를 받고 수진보다도 더 감사해 하며 일말의 고민도 없이 선뜻 간이식 공여자로 나서준 정진과 진영. 제주에서 외국으로 바쁘게 비행하느라 늘 정신이 없으면서도 덕훈이 좋아하는 레드향이 나오는 계절이면 매번 떨어지지 않게 냉장고를 가득 채워주던 시연. 덕훈이 병원에 입원해 있을 때면 발이 묶인 수진을 대신해 집 청소와 화분들을 도맡아 정성스레 돌봐주던 미현. 병원에서 나오는 보호자식은 왠지 부실한 느낌이 든다는 핑계로 매주 번갈아 가며 밑반찬을 가져다주던 동서들. 그리고 철저하게 식단관리까지 하면서 매주마다 서로 바꿔가며 지정헌혈을 해주었던 정환과 우주, 지호와 민석이까지…

수진의 세상 그 자체였던 덕훈이 무너져 내린 순간, 수진이 함께 떨어지지 않도록 붙잡고 버텨낼 힘을 기꺼이 나눠주었던 가족들의 얼굴이 가슴속에서 하나하나 반짝이며 온기를 전해주었다. 벅찬 감정에 차오른 눈물이 감고 있는 수진의 눈꺼풀 사이를 헤치고 나와 한 방울씩 굴러떨어지며 베개 위에 물방울무늬를 수놓았다. 말로 다 할 수 없을 만큼 고맙고, 또 미안한 이 마음을 늦었지만 덕훈에게도 전할 수 있다면… 지난날의 오해와 괜한 갈등으로 사랑하는 가족들을 미워하고 탓하기에 급급했던 어리석은 실수를 되돌릴 수만 있다면…

수진이 떠올린 순간들은 간절한 바람이 되어 곧 기도로 이어졌다. 평생 믿는 신은 자신밖에 없을 정도로 신앙심과는 거리가 멀던 수진이었지만, 덕훈이 투병을 시작한 순간부터 마음이 흔들릴 때마다 굳건해지기 위해 자신만의 약속으로 매일 기도를 했었다. 숱한 기도에도 결국 덕훈을 잃어버린 수진은 함께 사라진 희망과 의지를 찾지 않은 채 도리어 모든 상황을 외면하고 돌아섰다.

어떤 기대나 작은 소망도 없이 지내온 시간만큼 어색해져 버린 기도였지만, 덕훈을 만나려는 일념 하나로 진심을 빌었다. 한참 기도에 열중하던 수진이 갑자기 문득 어느 순간 속의 덕훈을 만나게 될지 궁금해져 생각에 빠졌다. 만약 바라고 원하는 대로 만날 수 있는 것이라면 언제를 떠올려야 하는 건지 고민하느라 쉽게 잠이 들지 못하던 수진이 어떤 순간에 꽂혀 정신이 점차 희미해져 갔다. 수진이 무의식의 세계로 점점 더 깊이 빠져들어 갈 때쯤, 어쩐지 익숙하면서도 어딘가 불편한 향기가 수진을 에워쌌다.

바닥을 딛고 서있는 발끝이 빙글빙글 돌며 어디론가 빨려 들어갈 것 같은 기분을 느끼던 수진이 문득 여기가 어디인지 확인하려 주위를 둘러보았다. 누군가를 호명하는 목소리, 이리저리 분주하게 움직이는 많은 사람들, 복잡한 소음들이 한데 섞여 정신없이 분주한 병원 진료실 앞 복도에서 수진이 넋이 나간 사람처럼 우두커니 서있었다. 그러다 누군가를 찾는 듯 고개를 돌리며 연신 눈으로 어떤 한 사람을 쫓던 수진이 저 멀리서 모습을 드러낸 기다리던 얼굴을 발견하고, 반가움과 그리움으로 한껏 커진 눈에서 눈물이 방울방울 맺히기 시작했다.

한 걸음, 한 걸음이 슬로우 모션처럼 느리게 가까워지는 동안 수진의 눈동자에 걸려있던 눈물이 빠르게 굴러 볼 위로 떨어졌다. 견디지 못할 만큼 두방망이질 치는 심장과 다르게 더디게 다가오는 발걸음을 차마 기다리지 못한 수진이 상대방에게 달려갔다. 벅찬 마음 때문인지, 흘리던 눈물 때문인지 수진이 목이 막혀 막상 하고픈 말을 전하지 못하고 그저 울고만 있자 이를 지켜보던 덕훈이 감싸 안고 달래주었다. 다독이는 덕훈의 손길에 조금씩 진정이 된 수진이 겨우 목소리를 내며 말했다.

"내가, 내가 다 미안해요… 내가 나빠서 그래, 마음을 더 착하게… 당신처럼 선하게 썼더라면, 주변의 진심을 좀 더 일찍 알아차렸다면 좋았을 텐데. 다 나 때문이야, 이기적인 내 잘못이에요. 미안해, 정말 미안해요."

"아니야, 그런 말이 어디 있어. 당신처럼 좋은 사람이 또 어디에 있다고… 괜찮아요. 괜찮을 거야, 다 잘될 거니까 걱정하지 말아요."

놀란 덕훈이 수진을 안심시키며 서둘러 병원 밖으로 이끌었다. 주차장을 향해 나란히 걸으며 마음을 다잡던 수진의 머리 위로 덕훈의 목소리가 흩어졌다.

"우리 오랜만에 나온 김에 국화꽃 축제나 다녀올까요? 아까 병원 오는 길에 포스터랑 현수막 걸려있던데."

덕훈의 말에 당황한 수진이 고개를 돌려 덕훈의 얼굴을 쳐다보았다. 과거에 보냈던 시간과 달리 생각이 변한 수진이 바꾼 태도로 인해 분위기가 전과는 미묘하게 차이가 있었지만, 자신의 기분을 달래주려 배려하는 덕훈의 행동, 말투, 표정, 그 모든 것들은 한순간에 병원에서 미래를 몽땅 저당 잡히던 그 어느 날과 같았다.

지나 보냈던 그 시간에서 수진은 자신보다 더 괴로웠을 덕훈에게 다른 꽃도 아니고 무슨 국화꽃 축제에 가느냐며, 지금 꽃구경을 다닐 정신이 어디 있느냐며 무턱대고 짜증을 내며 쏘아붙였었다. 자신의 기분과 감정에만 앞서 누구보다도 더 힘들었을 당사자의 마음을 미처 헤아리지 못하고 막무가내로 행동했던 그날을 수진은 늘 두고두고 후회했었다. 또다시 같은 실수를 반복하며 지금 이 순간을 떠올릴 때마다 마음속의 가시밭길을 맨발로 밤새 걷는 기분을 느끼고 싶지 않은 수진이 또 한 번 용기 내어 이전과 다른 결정을 내렸다.

"그럼, 그럴까요? 당신이랑 꽃구경 다닌 지도 한참 됐고… 워낙 바쁘게 지낸 탓에 기껏 다녀도 집 근처 공원 산책으로 꽃을 보는 게 전부였으니까. 오늘은, 오늘만큼은 좀… 특별해지는 것도 좋을 것 같아요."

한바탕 눈물을 쏟아내고 난 후, 가라앉은 기분 때문에 여러 번 설득할 준비를 하고 있던 덕훈이 단번에 나온 수진의 긍정적인 대답에 놀라면서도 그 기색을 얼른 감추며 태연하게 차에 올라탔다. 휴대폰으로 축제를 검색하고, 자동차 네비에 주소를 입력하자 망설임 없이 두 사람이 나아갈 길 안내가 시작되었다.

수진이 두 사람을 기다리고 있는 앞으로의 험난한 여정을 생각하자, 다시 그 시간들을 견뎌내야 할 것만 같은 답답한 기분에 괜히 머리가 지끈거리는 듯했다. 하지만 지금 이 순간만큼은 힘들었던 기억들을 모두 다 잊고 세상 그 누구보다도 가장 즐거운 하루를 보내리라 마음먹었다.

생각했던 것보다 꽤 오랜 시간을 달려 도착한 꽃 축제장에는 평일임에도 불구하고 사람들로 북적거렸다. 많은 인파 속에서 행여 서로를 놓칠세라 두 손을 꼭 마주 잡은 수진과 덕훈이 사람들 행렬에 자연스럽게 섞이면서 색색의 국화꽃들을 구경했다. 국화라고 하면 노란색과 흰색밖에 몰랐던 수진이 빨간색부터 보라색, 주황색까지 다양한 색들의 국화꽃들로 층층이 장식해 둔 국화꽃 탑 아래에 서서 멍하니 커다란 탑을 올려다보았다. 곁에 서있던 덕훈이 빙그레 웃으며 수진을 탑 앞에 세워두고 사진을 찍어주었다. 화려한 꽃탑을 배경으로 함께 여러 장의 사진을 찍은 두 사람이 만족스러운 듯 다른 장소로 이동했다.

축제여서인지 솜사탕이나 핫도그 같은 간식거리를 파는 곳부터 국화꽃 모양을 담은 액자나 향초 같은 아기자기한 소품들을 파는 간이 매대가 줄지어 늘어서서 손님들을 맞았다. 사람들 사이를 함께 흘러다니던 덕훈의 눈길이 무언가에 사로잡혀 앙증맞은 액세서리들이 진열되어 있는 부스로 홀린 듯 발걸음을 옮겼다. 국화 모양의 브로치부터 반지와 귀걸이, 목걸이 등의 패션 주얼리가 다채로운 색을 뽐내며 진열대 위에서 손님들을 모으고 있었다. 눈으로 이것저것 살피던 덕훈이 멀찌감치 떨어져 있는 수진의 손을 잡아 가판대 앞으로 끌어당기며 말했다.

"여기 예쁜 것들 많은데 하나 골라봐요, 오랜만에 꽃축제 온 기념으로 하나 사줄게요."

"애들도 아니고 됐어요, 그리고 나 원래 반지나 귀걸이 같은 거 귀찮다고 잘 안 하잖아요. 돈 아까우니까 그냥 마음만 받을게요."

목소리를 낮춰 속삭이며 거절하고 돌아서려는 수진을 덕훈이 다시 붙잡고 설득했다.

"애들만 하라는 법 있나요, 그리고 반지나 귀걸이 같은 게 싫으면 팔찌로 해요. 시계 자주 차는 걸 보면 손목에 감기는 건 괜찮은 것 같던데… 이런 것도 기분이고, 기념이니까 부담 없이 둘러봐요. 내가 뭐라도 하나 사주고 싶어서 그래, 응?"

계속되는 덕훈의 성화에 진열대를 유심히 살펴보던 수진이 말했다.

"그럼, 당신이 예쁜 걸로 하나 골라줘요. 나랑 잘 어울릴 것 같은 걸로."

수진의 말에 싱긋 웃은 덕훈이 진지하게 고민하며 매대 위에 놓인 팔찌들을 하나하나 살펴보았다. 디자인이 마음에 들면 왠지 색이 아쉽고, 색이 마음에 들면 어딘가 모양이 서운해서 고심하던 덕훈의 눈에 진열대 가장자리에 놓여있던 팔찌가 들어왔다. 누가 먼저 고를 새라 얼른 팔찌를 집어 든 덕훈이 수진의 손목에 이리저리 대어보고는 마지막으로 하나 남아있던 디자인의 팔찌를 서둘러 계산하고 진열대를 벗어났다. 조금 더 축제장을 돌며 꽃들을 구경하던 수진과 덕훈이

233

작은 보라색 국화꽃 화분과 국화차를 사 들고 벤치에 앉았다.

축제장에 도착했을 때와 달리 어느새 시간이 지났는지 짧아진 해가 뉘엿뉘엿 모습을 감추고 있었다. 구름 한 점 없이 새파랗기만 한 가을 하늘에 핑크빛 레모네이드를 흩뿌려 놓은 듯 옅은 분홍빛이 파란 하늘 위로 번져가는 동시에 제법 쌀랑한 바람도 함께 불어오며 축제장의 열기를 진정시켰다. 이리저리 사람들을 피해가며 꽃을 구경하느라 얼마나 걸었는지 미처 인지하지 못했던 덕훈이 휴대폰 어플에 자동으로 기록된 걸음 수를 확인하고는 당황했다. 덕훈이 벤치 아래에 조심스럽게 화분을 놓아두고 온몸을 내맡기듯 늘어지게 앉으면서도 잊지 않고 수진에게 따뜻한 국화차를 건네주었다. 선선하게 불어오는 바람 덕분에 마시기 딱 알맞은 온도가 된 따끈한 차를 마시며 조금씩 식어가던 몸을 데웠다. 나란히 자리에 앉아 한동안 변해가는 하늘의 색과 살랑거리는 바람을 각자의 방식으로 감상하느라 갖게 된 두 사람의 침묵이 휴대폰으로 사진을 찍으며 무심한 듯 꺼내놓은 덕훈의 말로 사그라졌다.

"하필 왜 오늘 국화꽃 보러 가자고 했는지 알아요?"

하늘을 눈에 담고 있던 수진이 뜬금없이 들려온 질문에 어리둥절해져 덕훈에게로 시선을 돌리며 대답했다.

"음… 오늘이 우리 둘에게는 감당하기 버거운 날이기도 하고, 나 속상할까 봐 기분 풀어주려고 그런 거 아니에요? 그리고 국화꽃은… 아까 병원 가는 길에 국화 축제 포스터 봐서 오자고 한 것 같은데. 맞죠?"

"반은 맞고, 반은 아닌 것 같은데요. 일단은 우리 두 사람에게 오늘이 참… 여러모로 잊지 못할 그런 특별한 날이 되어버려서, 언젠가 이 날을 떠올리면 힘든 기억만 있다는 게 싫더라고. 그래서 좋은 순간들을 넣어서 언제 생각해도 편안할 수 있는 기억으로 만들어 주고 싶었어요. 왜, 사람의 감정들이 캐릭터로 나오는 그 유명한 애니메이션 보면 슬픔이랑 기쁨이랑 정반대여서 함께 할 수 없을 것 같지만 의외로 같이 있었던 기억들이 많았잖아요. 그런 것처럼 어디에 초점을 두느냐에 따라 기억의 이미지나 느낌도 달라질 수 있을 것 같아서."

어떤 순간에도 자신보다 수진을 먼저 생각하는 덕훈의 따뜻한 마음이 바라보는 눈빛과 슬며시 잡아주는 손을 통해 수진에게로 흘러들어 왔다. 언제나 수진의 예상을 뛰어넘는 덕훈의 섬세함이 이제는 새삼스럽지도 않았지만, 오늘 이 순간만큼은 경이로울 정도로 새롭게 다가와 또다시 수진의 눈물샘을 자극했다. 울컥한 수진이 금방이라도 눈물이 터져 나올 것만 같은 감정을 다스리며 대수롭지 않은 척 물었다.

"그럼, 왜 하고많은 꽃들 중에서 국화였는데요?"

"음… 가을은 피할 수 없이 매년 돌아오잖아요, 계절이니까. 근데 가을꽃 하면 국화인데… 앞으로 어떤 형태의 국화꽃을 봐도 기쁘게 떠올릴 수 있는 즐겁고 행복한 기억이 하나쯤은 있었으면 좋을 것 같아서 그 추억을 함께 만들고 싶었어요."

덕훈에게 이유를 들은 수진의 표정이 급격히 서글퍼지자, 덕훈이 서둘러 장난스레 덧붙였다.

"에이, 사실은 그냥 다 그럴듯한 핑계고 모처럼 시간 났을 때 데이트하려고 그런 거예요. 우울한 기분으로 집에 돌아가 봤자 우리 둘 다 계속 심각하게 우중충해 있을 것 같고, 또 조그만 보라색 국화를 한

번쯤 키워보고 싶었는데 이게 의외로 주변에서 구하기가 힘들더라고요. 그래서 겸사겸사 여기로 오자고 한 거예요. 솔직하게 말하고 나니까 왠지 되게 없어 보이는데, 김샜죠?"

수진이 심각해질까 봐 일부러 다른 이유를 대며 멋쩍은 듯 웃는 덕훈을 보고 마음이 한결 가벼워진 수진이 따라 웃었다. 투명하게 진실이 빤히 보이는 서툰 거짓말에 속아주는 듯 넘어가던 수진이 이내 조심스럽게 지금껏 말하지 못했던 속마음을 하나씩 꺼내 보였다.

"있죠, 나 고백하고 사과할 거 있어요…"

수진이 진지하게 운을 떼자, 덕훈도 웃음기를 거두고 수진을 바라보며 목소리에 집중했다. 덕훈의 관심에 괜히 긴장한 수진이 아직 온기가 남아있는 국화차를 한 모금 더 마시며 목을 축이고는 이야기를 이어갔다.

"실은 그동안 형님이나 아주버님네 식구들, 서방님들 미워하고 원망했던 적 많았어요… 조금 살만할 것 같을 때, 이제 겨우 여유가 생겼을 때, 그리고 당신이 그리던 새로운 목표가 눈앞에 보일 때마다 기다렸다는 듯 찾아오는 절망적인 소식들이 너무 싫고 화가 났던 것 같아요. 지금 와서 찬찬히 생각해 보면 상황이 나쁜 거였지 결코 사람이 나빴던 게 아니었는데, 나는 왜 진실과 진심은 보려고도 하지 않고 그렇게 무작정 누군가를 탓하고 미워하기에 급급했는지 모르겠어요. 어떻게 매번 실망스러울 정도로 어리석고 바보 같은지… 이렇게 부족하기만 한 나여서 정말 미안해요. 다른 가족들한테도 너무 미안하고…"

덕훈에게만큼은 숨기고 싶었던 미안하고 부끄러운 자신의 민낯을 털어놓은 수진이 덕훈의 얼굴을 차마 볼 면목이 없어 고개를 푹 수그렸다. 조용히 수진의 말을 듣고 곰곰이 생각에 빠졌던 덕훈이 곧이어 입을 열었다.

"솔직히 객관적으로 이야기하자면 당신 입장에서는 충분히 화나고 때로는 억울할 수 있는 상황인 것 같아요. 나야 피를 나눈 내 형제들이고, 어린 시절을 함께하면서 받았던 도움이나 고마운 기억들이 많지만 엄밀히 말해 당신은 아니잖아요. 그러니까 같은 상황에서 내가 느끼는 것과 당신이 바라보는 시각차가 생기는 건 당연해요. 그리고 무엇보다… 나는 지금껏 당신이 그런 생각과 감정을 가지고 있었다는 걸 몰랐었는데, 가장 가까운 내가 모를 정도면 우리 가족들 중 그 누구한테도 당신이 티를 내며 서운하게 하거나 상처를 주지는 않았을 거예요. 그러니까 공연히 자책하며 마음에 담아두지 말아요. 당신으로 인해 의지가 되고, 기뻤던 사람들만 있으니까."

덕훈이 수진의 손을 잡고 살짝 흔들며 말없이 수진을 불렀다. 덕훈의 부름에 수진도 미안함을 무릅쓰고 덕훈과 눈을 맞추며 용서를 구했다. 수진의 눈빛을 읽은 덕훈이 마저 하고 싶은 이야기를 전하며 마무리했다.

"내가 오히려 미안해요, 돌이켜 보니 무리하게 독단적으로 내린 결정들도 많았는데 늘 묵묵히 내 의사를 가장 존중해 주고 따라줘서 당신도 꼭 내 마음과 같을 거라고만 생각하고 넘겨짚었어요. 당신을 다 안다고 자만하고 내 멋대로 결정했던 거 늦었지만 이해해 줄래요?"

용서를 건넨 자신에게 오히려 사과를 해오는 덕훈을 보며 수진의 코끝이 찡해졌다. 오랜 시간을 덕훈과 함께 보내며 그 누구보다도 덕훈에 대해 잘 안다고 자부했던 수진이 깊이를 도저히 가늠할 수 없는 덕훈의 따뜻함에 더 깊게 빠져들었다. 마음을 내내 누르고 있던 짐을 내려놓은 수진이 한결 후련해진 얼굴로 덕훈을 바라보았다. 수진과 눈이 마주친 덕훈이 갑자기 무언가 생각난 듯 급하게 주머니를 뒤적였다. 이내 투명한 포장지를 주머니에서 꺼내더니 그 안의 내용물을 수진의 손목에 조심스레 걸어주었다.

"됐다, 아까 진열된 것들 중에 당신이랑 가장 잘 어울려서 골랐어요. 조금은 소박하지만 그래도 내 생각하면서 종종 껴줄래요?"

덕훈이 잠시 머물다 간 수진의 손목에 조그만 빨간색 국화꽃 하나가 피어있었다. 수진이 수줍게 손목에 피어난 꽃을 매만지며 고개를 끄덕였다.

해가 저물고 땅거미가 지기 시작하자 축제장 곳곳에 색색의 꼬마 전구들이 별빛들을 대신해 어두워진 하늘을 밝혔다. 바람도 낮보다 제법 쌀쌀해져 불어오는 것에 수진과 덕훈이 축제장을 벗어나 저녁을 먹으러 향했다. 주차장으로 향하며 무얼 먹으면 좋을지 고민하던 수진의 머릿속에 더운 김이 모락모락 나는 까만 뚝배기가 떠올랐다. 덕훈이 병원에 입원해서 투병을 이어갈 무렵, 끼니마다 지정된 병원식을 억지로 삼켜내느라 힘들어하면서도 늘 입버릇처럼 말하던 그 음식이었다. 덕훈이 치료가 힘들었던 날이나, 유난히 지치는 날이면 수진에게 퇴원하면 꼭 같이 먹으러 가자고 매번 이야기했던 맛집으로 향한 두 사람이 고민하지도 않고 다슬기 해장국을 주문했다.

얼마 지나지 않아 수진이 몇 년을 손꼽아 기다렸던 다슬기 해장국이 각자의 뚝배기에 가득 담겨 모습을 드러냈다. 따끈하고 맑은 국물 속에 올망졸망한 다슬기들이 부추와 함께 모여 작은 바다 위의 섬을 이루며 보글거리는 뚝배기 안을 둥실둥실 떠다니고 있었다. 기다림이 길었던 만큼 기대감에 부푼 수진이 떨리는 마음으로 크게 한 숟가락을 떠 입안으로 가져갔다. 쫄깃한 다슬기를 씹을수록 은은하게 퍼지는 짭조름한 맛에 향긋한 부추향이 더해져 개운한 국물의 풍미가 배가 되었다. 몇 숟가락을 더 떠먹으며 맛을 음미하던 수진이 칼칼한 맛을 더하고 싶어 곁들어 나온 다진 양념을 집어 들었다. 쥐고 있던 숟가락으로 양념을 한 큰술 떠서 뚝배기 안에 넣고 양념 그릇을 되돌려 두던 수진이 갑자기 나지막하게 탄식하더니 물티슈를 찾았다. 다슬기에 집중하여 뚝배기에 거의 반쯤 얼굴을 넣고 있던 덕훈이 수진의 목소리에 고개를 들고 얼른 물티슈를 찾아 건네며 물었다.

"괜찮아요? 혹시 데인 건 아니죠?"

"아니에요, 그건 아닌데 양념이 묻어서요. 아, 여기에도 묻어버렸네…"

덕훈이 건넨 물티슈로 손바닥과 손목 부근을 닦아내던 수진이 울상이 되어 옷소매 끝자락을 당겨 올리더니 덕훈을 향해 손목을 내보였다. 그곳에는 수진의 손목을 붙잡고 있던 시계가 불과 몇 분 전 덕훈이 걸어준 빨간색 국화꽃 팔찌와 함께 붉은 양념이 묻어 얼룩덜룩해져 있었다. 시무룩해진 수진의 표정을 보고 웃던 덕훈이 수진의 시계와 팔찌를 풀어 자신의 몫으로 나온 물티슈로 하나씩 감싸 닦고는 손수건 안에 곱게 담아 수진에게 되돌려 주었다.

"집에 가서 알코올 솜으로 한 번 더 닦으면 얼룩이든, 냄새든 남지 않을 거예요. 그러니까 걱정하지 말고, 우리 남은 저녁 맛있게 먹어요."

덕훈의 말에 기분이 나아진 수진이 고개를 끄덕이며 팔찌가 담긴 손수건을 핸드백 안쪽 주머니에 잘 넣어두고, 오롯이 덕훈과의 저녁 식사에만 집중했다. 마지막 순간까지 지킬 수 없었던 둘만의 약속을 이뤄내고 있는 지금이 믿어지지 않아, 수진이 기계적으로 입안에 밥을 밀어 넣으면서도 눈은 자꾸만 덕훈의 모습만을 쫓았다.

꿈과 현실을 넘나드는 오묘한 기분으로 저녁식사를 마치고 나오자 어느새 주위가 컴컴해진 것에 두 사람이 서둘러 차에 올라탔다. 차에 나란히 앉아 한산한 고속도로를 달리며 집으로 되돌아가는 길, 저녁을 든든하게 챙겨 먹은 덕에 수진의 뱃속에 핫팩이라도 몰래 넣어놓은 듯 온몸에 따뜻하고 훈훈한 온기가 퍼져 나른해져 왔다. 거기에 포근한 자동차 시트가 수진의 몸을 편안히 감싸 안고, 넘어지지 않게 수진의 발밑에 놓아둔 국화 화분에서 퍼지는 은은한 국화꽃 향기까지 더해져 수진의 눈꺼풀이 무거워지기 시작했다.

피곤함을 무릅쓰고 밤길 운전을 하는 덕훈이 걱정된 수진이 필사적으로 잠들지 않으려 조수석 창문을 내리고 신선한 공기를 맞아가며 기를 쓰고 눈에 힘을 주면서 크게 떠보지만, 한번 노곤해지기 시작한 정신을 다시 붙잡기란 쉽지 않았다. 롤러코스터를 타고 지구 한 바퀴를 돈 것 같이 정신없는 하루를 보낸 수진의 고개가 가을볕에 잘 익어가는 벼처럼 허공에서 위태롭게 흔들렸다. 깜박 잠이 들었던 건지 순간적으로 머리를 크게 꾸벅거리는 반동에 놀라 잠에서 깬 수진이 결국 졸음을 쫓기 위해 양손으로 본인의 두 볼을 두드리기 시작하자, 덕훈이 수진의 팔을 잡고 내리며 다정하게 말했다.

"이제 톨게이트 거의 다 도착했어요, 그러니까 걱정하지 말고 조금 이라도 눈 좀 붙여요. 나는 안 졸리니까 괜찮아요."

"그래도… 조수석에서 자고 있으면 운전하는 사람도 같이 졸리고 더 피곤해서 안 돼요."

말은 안 된다고 하면서도 자꾸만 감기는 눈꺼풀에 점점 시야가 좁아져 가는 것에 수진이 더 이상 저항하며 버티기 힘들어졌다. 느려지는 말과 웅얼거리는 목소리로 수진의 상태를 눈치챈 덕훈이 웃으며 대답했다.

"차에 화분도 있고, 챙겨가야 할 서류들도 있어서 도착해서는 손이 부족해서 당신 못 업어줘요. 그러니까 지금 잠깐 얼른 자고 조금 있다가 맑은 정신으로 짐 옮기는 것 좀 도와줘요. 그리고 무엇보다 당신이 그렇게 있으면 내가 더 불안해서 그래요. 응?"

흐려지는 의식의 흐름이 수진의 의지를 벗어나 점점 더 아득해질 무렵, 덕훈과의 시간도 마무리가 되어가는 것을 직감적으로 느낀 수진이 이미 잠식된 정신의 한줄기를 붙잡고 온 힘을 다해 자신의 마음을 전했다.

"당신… 덕분에 정말 행복하고 즐거웠어요. 매 순간, 모든 시간들이 내게는 다 선물이었으니까 너무 마음 쓰지 말아요… 그리고 가족들 모두 걱정하지 말고, 당신만큼은 아니겠지만 당신 못지않게 내가 많이 아끼고 사랑해 줄게요… 고마워… 요."

힘겹게 내뱉은 마지막 말을 끝으로 수진의 의식이 정전이라도 된 듯 온통 어둠 속에 휩싸여 블랙아웃 되었다. 어디가 어디인지 도저히 알 수 없을 정도로 사방이 어두워 블랙홀에 빨려 들어온 것만 같은 착각이 들 무렵, 익숙하면서도 어딘가 슬프게 진한 국화꽃 향기가 수진을 끌어당겼다. 눈에 보이지 않는 향기를 따라 걷던 수진의 앞에 어느 순간 눈을 뜰 수 없을 만큼 강렬한 빛이 거침없이 쏟아져 내렸다. 갑작스러운 상황에도 오히려 알 수 없는 포근함과 안도감을 느낀 수진이 왈칵 차오르는 눈물을 참으며 주저하지 않고 빛 속으로 차분히 걸어 들어갔다.

 천천히 눈을 뜨던 수진이 미처 덜 닫힌 암막 커튼 틈 사이를 뚫고 들어온 햇빛에 눈이 부셔 얼른 고개를 돌렸다. 수진의 얼굴이 돌아간 방향을 따라 눈꺼풀 속에 가득 갇혀있던 눈물도 함께 목적지를 바꿔 줄줄이 내려앉았다. 베갯잇에 웅덩이를 그리며 눈을 떴지만, 오랜만에 개운하게 잠에서 깬 수진이 매트리스 위에 일어나 앉아 한동안 멍하니 커튼 사이로 빛이 새어 들어오는 모습을 바라보았다. 서둘러 달려가 커튼 사이의 틈을 꽁꽁 여몄을 전과 다르게 방 안으로 퍼져 들어오는 밝은 빛과 그 빛 위를 둥둥 떠다니는 작은 먼지들을 물끄러미 구경하던 수진이 곧이어 천천히 자리에서 일어나 창가로 다가갔다.
 서서히 손을 들어 커튼의 끝자락을 잡아 쥔 수진이 주저하다 커튼을 밀어냈다. 몇 년 만에 자기 손으로 서재의 커튼을 젖힌 수진이 예상외의 상쾌한 기분에 닫혀있던 나머지 커튼마저 활짝 걷어내자, 강렬한 빛이 서재 안으로 번져가며 길었던 어둠을 몰아냈다. 베란다 너머 호수의 수면에 반사되어 한층 더 따사로워진 햇살도 함께 길게 손을 뻗으며 방 안 곳곳을 환하게 밝혀주었다. 무대 위에 올라온 것처럼 힘차게 내리쬐는 빛 속에 서있던 수진이 조금 더 용기를 내어 창문 가까이 다가갔다.

망설이다 베란다 창문 손잡이를 잡은 수진이 이내 손잡이를 비틀고 힘껏 옆으로 밀어냈다. 열린 문으로 호수를 거치고 불어온 바람이 기다렸다는 듯 시원하게 방 안을 맴돌고 지나갔다. 창문 틈으로 한꺼번에 쏟아져 들어온 바람을 온몸으로 맞으며 느끼던 수진이 방충망까지 밀어젖히고 오랜만에 탁 트인 산뜻한 기분을 즐겼다. 덕훈을 닮아 수진이 애지중지 아끼던 디퓨저의 향기도 밀려들어 온 호수 바람을 타고 한데 섞여 자유롭게 밖으로 날아갔다. 왠지 모를 후련함과 공허함이 뒤섞여 설명할 수 없는 감정에 휩싸인 수진이 눈물을 글썽였지만, 눈물이 흘러내리기 전에 터져 나온 웃음이 모든 걸 다 삼켜버렸다.

한결 가볍고 편안한 마음으로 재민과 아침 식사를 마친 수진이 무언가를 결심한 표정으로 안방에 들어섰다. 안방에 들어서자마자 바로 베란다에 딸린 화단으로 직진한 수진이 시들고 메말라 버린 화분들을 하나하나 살펴보며 분류하기 시작했다. 덕훈이 소중히 아끼던 자식과 같은 녀석들을 정리하려니 마음이 좋지 않았지만, 이미 손쓸 수 없는 지경이 되어버린 것들을 그저 붙잡고만 있는 것도 무의미하다고 생각되어 과감하게 결단을 내렸다.

밝고 화사했던 지난날과 달리 색도, 생기도 모두 잃은 채 이 집을 떠나는 화분들에게 혼잣말로나마 미안한 마음을 전하던 수진의 눈에 무언가 띄었다. 몇 년째 깻잎 모양을 닮은 잎사귀만 보여주다 이제는 그마저도 보여주지 않았던 수국 화분에 여린 연둣빛의 작은 새싹 이파리와 함께 방울양배추 같은 조그만 꽃봉오리가 서로 옹기종기 모여 열심히 피어나고 있었다. 열악한 환경에서도 기운을 내준 수국이 더

없이 대견하고 고마웠던 수진이 꽃대를 살며시 톡톡 두드려 주며 응원과 고마움을 전했다. 부드러운 연둣빛에 물들어 따뜻함을 만끽하던 수진이 연주에게도 보여주고자 자신의 휴대폰을 찾아 사진을 찍었다.

화분 정리를 하던 것도 잊은 채, 어린잎에 정신이 팔려 연신 셔터를 누르던 수진의 시야에 낯선 화분 하나가 들어왔다. 꽃집에서 흔히 보이는 평범한 하얀색 플라스틱 화분에는 비쩍 말라 다 시들어 버린 꽃가지들만 남아있어 원래 어떤 식물이 이 자리에 머물렀는지 도통 알 수가 없었다. 덕훈과 달리 식물에는 문외한이던 수진이 열심히 생각할수록 도리어 머릿속은 점점 더 미궁 속으로 빠져들어 갔다. 그러다 문득 어젯밤 꿈속에서 특별한 기억을 선물했던 국화꽃이 떠올라 급하게 파우더룸으로 뛰어갔다.

안방 욕실 옆에 자리한 화장대의 서랍과 수납장을 하나하나 다 열어보며 애타게 무언가를 찾았지만, 도무지 보이지 않는 것에 결국 포기하고 화장대 앞에 놓인 스툴에 털썩 주저앉았다. 괜히 실망한 수진이 화분 정리를 마무리하기 위해 일어나려는 순간, 발끝에 쇼핑백 하나가 걸려 넘어졌다. 허리를 숙여 쇼핑백을 세우려던 그때, 그 안에서 쏟아져 나온 핸드백을 보고 황급히 가방을 열어 안을 확인했다. 휴대용 티슈와 영수증만 들어있는 것에 주춤하다 마지막으로 확인차 가방 속 주머니의 지퍼를 열자, 그 안에 무언가를 감싸고 있는 손수건이 담겨있었다. 떨리는 마음으로 조심스럽게 손수건을 풀어내는 수진의 손바닥 위로 귀엽게 만개한 빨간색 국화꽃이 수진을 반겨주며 활짝 웃고 있었다.

9.

초코 바나나

　정신없이 짐을 챙기던 재민이 벽에 걸린 시계를 확인하고는 깊은 한숨을 내쉬었다. 캐나다로 돌아가자마자 당장 마무리해야 할 일들이 줄줄이 기다리고 있었고, 가는 비행기 표까지 완벽하게 다 예매해 놓은 마당에 시간이 가까워져 올수록 재민의 마음은 점점 더 무거워지기만 했다. 엊그제 고모가 집에 다녀가신 이후로 눈에 띄게 달라진 엄마의 모습에 조금은 마음이 놓이면서도 자신이 떠나고 나면 또다시 혼자가 될 엄마를 생각하니 자꾸만 가슴이 답답해졌다. 지난 시간 동안 켜켜이 쌓여버린 묵은 감정들 때문인지 아직은 마냥 편하고 솔직하게 수진과 대화를 나누기가 어려웠던 재민이 재영에게 도움을 요청했지만, 논문 막바지라 많이 바쁜지 카톡 답장마저도 하루를 넘겨오기 일쑤였다.

　아빠와 함께 있을 때면 나란히 앉아 말없이 있어도 편하고, 굳이 말하지 않아도 통하는 무언가가 있었는데 왜 엄마와 있으면 자꾸 어색하고 불편하기만 한 건지 도무지 알 수 없었다. 아들과 엄마의 사이는 아들과 아빠랑은 또 다르다고 이유를 붙이자니 형과 엄마의 사이는 자신과 전혀 달랐기에 더 이해가 가지 않았다. 답이 없는 문제에 머릿속만 더 복잡해진 재민이 머리를 흔들며 생각을 털어내고, 캐나다에 도착하자마자 짐을 풀고 제출해야 할 포트폴리오에 집중하며 정신을 쏟기 시작했다. 과제에 빠져 노트북 화면을 뚫어져라 쳐다보느라 눈이 건조해져 올 때쯤, 재민의 방문을 두드리는 소리가 들렸다.

"가져가야 할 짐은 다 챙겼니? 내일 출국인 거지?"

"네, 내일 공항 출발 전까지 써야 하는 노트북이랑 몇 가지 빼고는 다 챙겼어요."

"정확히 몇 시 비행이라고 했었지? 여기서 공항까지 가려면 언제 출발해야 해?"

"저녁 8시 30분 비행기예요. 음… 탑승 수속 할 시간이랑 교통이나 돌발상황 대비해서 공항에 미리 도착한다고 계산하면 저녁 먹기에는 조금 이른 시간이라서 간식 느낌으로 가볍게 먹고 출발하면 충분할 것 같아요. 어차피 저녁은 조금 늦은 시간이어도 기내식으로 먹으면 되니까요."

내일 이 시간 이후부터는 또다시 혼자가 된다는 것에 수진의 표정이 급속도로 아쉬움으로 물들었지만, 곧 평소보다 더 씩씩한 표정을 지어 보이며 재민에게 말했다.

"아직 더 해야 하는 일 남았니? 시간 괜찮으면… 출국 전날이니까 엄마한테도 시간 좀 내어줄 수 있어?"

수진이 던진 예상 밖의 제안에 재민이 내심 당황했지만, 재민도 엉켜버린 마음을 조금이라도 풀어내고 싶은 생각에 흔쾌히 동의하고 수진의 뒤를 따라나섰다. 멀리 갈 것도 없이 주방으로 나온 두 사람이 마주 보고 식탁 의자에 앉았다. 식탁 위에는 수진이 미리 준비해 둔 것인지 한입 크기로 예쁘게 잘린 과일과 비스킷, 그리고 견과류들이 놓여있었다.

"집에서 딱히 안주상을 마련해 본 적이 없어서 그냥 있는 거랑 생각나는 대로 일단 차려봤는데 이게 맞는지 모르겠네. 요새 애들은 뭘 먹는지도 잘 모르겠고… 네 취향 아니더라도 오늘은 그냥 먹자."

괜히 멋쩍은 듯 어색하게 웃으며 말을 건넨 수진이 냉장고에서 캔맥주를 꺼내와 두 사람 앞에 하나씩 놓아두었다. 가볍게 디저트를 먹으며 대화를 나누는 줄만 알았던 재민이 뒤늦게 수진의 말을 알아채고 덩달아 웃음 지으며 말했다.

"저도 이제는 요즘 애들과는 거리가 멀어지고 있는 나이라 잘은 모르겠지만, 하나 확실한 건 여기 있는 것들은 다 제가 좋아하는 것들뿐이에요. 그나저나 이제 정말 엄마도 술 드시나 봐요? 전에는 알코올 솜 냄새만 맡으셔도 취하는 것 같다고 하셨잖아요. 그래서 아빠가 매번 엄마는 간호사 일을 어떻게 했는지 모르겠다고 하셨었는데…"

자연스럽게 이어진 덕훈의 이야기에 아차 싶었던 재민이 급하게 다른 이야기를 덧붙였다.

"아, 그러고 보니 엄마랑 이렇게 단둘이 술을 마시는 건 처음이네요. 형이랑은 지난번에 마셨었는데… 생각해 보니 이번에 한국 와서는 짧은 시간 동안 새롭게 이것저것하고 가는 것들이 많네요. 다음에 기회 되면 형도 이런 자리 같이하면 좋겠어요, 그때는 제가 맛있는 거 만들어 드릴게요."

재민이 식탁 귀퉁이에 놓여있던 티슈를 뽑아 캔맥주 입구를 깨끗하게 닦아내고 조심스럽게 캔을 따서 수진에게 건넸다. 수진이 캔음료를 마실 때면 늘 입구를 먼저 닦고 열어서 전해주던 덕훈의 모습이 재민에게 오버랩되어 보였다. 중학교를 졸업하자마자 캐나다로 유학을 떠나 재영에 비해 수진과 함께하는 시간이 적었던 재민이었지만, 은연중에 튀어나오는 사소한 습관이나 눈에 잘 띄지 않는 버릇들에서 덕훈과 재영, 그리고 수진의 모습을 볼 수 있었다. 오래 떨어져 있어도, 자주 만나지 못해도 여전히 닮아있는 서로의 모습을 느끼며 수진이 다시금 가족이라는 연결고리가 주는 편안함에 안정감을 느꼈다.

재민이 건넨 캔맥주를 받아들자 수진의 손목에 걸려있던 빨간색 국화도 덩달아 즐겁게 흔들렸다. 자기 몫의 캔을 따고 건배를 청하려던 재민의 눈에 수진의 팔찌가 들어왔다. 간호사였던 수진은 직업병 때문인지, 그동안의 습관 때문인지 간호사를 그만두고도 시계를 제외한 다른 액세서리는 잘 착용하지 않았기에 수진의 손목에 매달려 이리저리 흔들리는 국화꽃 팔찌가 재민에게는 굉장히 낯설고 특별하게 다가왔다.

"어, 엄마 팔찌 착용하셨네요? 원래 시계 말고는 거추장스럽다고 반지나 팔찌 같은 거 잘 착용 안 하시지 않았어요? 아침까지는 못 봤던 것 같은데…"

재민의 뜻밖에 관심에 괜히 쑥스러워진 수진이 수줍은 듯 웃으며 대답했다.

"아, 이거. 아까 오전에 화분 정리하다가 발견한 거야. 음… 찾았다고 해야 하나? 아빠가 시계랑 같이 착용하라고 사주셨거든."

또다시 제자리로 돌아와 이어진 덕훈의 이야기에 수진이 맥주를 한 모금 마시더니 뭔가를 고민하는 듯 주저했다. 덕훈의 마지막을 단 한 순간도 지키지 못했다는 죄책감과 원망이 얽혀 상처로 남아있을 재민에게 섣불리 자신이 먼저 편하게 덕훈의 이야기를 꺼내도 되는 건지 걱정이 앞섰지만, 언젠가는 풀어야 할 매듭이기에 용기를 냈다.

"실은… 엊그제쯤 아빠 보내드리고 나서 처음으로 아빠 꿈을 꾸었거든. 지금껏 단 한 번을 꿈에서조차 얼굴을 보여주지 않는다고 내심 원망도 하고 서운해하고 있었는데 정말 무슨 마법을 부린 것처럼 아빠가 나타난 거야. 그것도 거짓말처럼 항상 마음에 걸려서 떠올리면 늘 죄책감에 시달렸던 그 순간에… 그래서 꿈의 힘을 빌려서나마 사과를 전할 수 있었는데 그 덕분에 마음이 좀 놓여. 게다가 어느 순간 익숙해져서 특별하게 생각하지 않았던 아빠의 사랑과 배려, 그리고 그 커다랗고 깊은 마음도 조금이나마 헤아릴 수 있었던 시간을 보내서인지 오랜만에 정말 너무 행복했어."

다시 눈앞에 꿈을 그려내는 듯이 아련한 눈빛으로 이야기하는 수진을 바라보던 재민이 부러움과 한스러움이 뒤섞여 혼란스러워진 감정을 추스르기 위해 애써 눈앞에 놓인 포크로 바나나 한 조각을 입안에 욱여넣었다. 재민의 입안에서 바나나의 달달함이 퍼질수록 덕훈과의 어릴 적 추억도 점점 더 선명하고 진해져 결국 이제껏 꾹꾹 눌러왔던 마음이 걷잡을 수 없을 만큼 새어 나오기 시작했다.

"그래서 엄마 얼굴이 눈에 띄게 편안해 보였던 거였네요. 아빠를 다시 만나고 거기에다가 마음의 짐까지 덜 수 있으셨다니 정말 좋으셨겠어요, 부러워요. 근데… 제 마음이 너무 좁은 건지 엄마가 부럽다 못해 미워지려고 해요. 아빠는, 아빠는 왜 한 번도 저를 만나러 안 오셨대요? 제가 임종도, 장례식도 그 무엇도 못 챙겨서… 그래서 너무 서운한 마음에 아직은 제가 안 보고 싶으시대요?"

울분 섞인 재민의 얼굴이 식탁 위에 놓인 토마토처럼 빨개지는 것을 본 수진이 어디서부터 이야기를 풀어야 할지 가늠할 수 없어 주저하는 사이 억눌렀던 재민의 마음이 수진에게로 계속해서 흘러나왔다.

"왜, 왜 그러셨어요? 형한테는 안 그러셨으면서 왜 하필 저한테는 그러셨어요? 아빠가, 아빠가 저한테는 어떤 존재인지 누구보다 잘 아셨으면서. 형한테 알리셨을 때라도, 아니 단 몇 주만이라도 먼저 알려주셨더라면… 그랬다면 제가 이렇게까지 힘들지는 않았을 거예요. 온마음이, 감정들이 끝을 알 수 없는 답답한 감옥 속에 지금까지 갇혀있는 기분이에요. 속수무책으로 해외입국자 격리시설에 감금되듯 격리되어서 임종도, 장례식도 지키지 못하고 보내야만 했던 그 시간들만 끝없이 계속 되풀이되는 그런 악몽 같은 일상을 보내고 있다고요."

재민이 격리시설에서 돌아왔을 때 보였던 무덤덤함이 수진과 재영의 선택에 대한 이해와 납득이 아닌, 포기와 체념이었음을 깨닫게 된 수진이 죄책감과 미안함에 차마 말을 잇지 못하고 크게 숨을 내쉬었다.

"대한민국 안에, 같은 하늘 아래에서 차만 타면 닿을 수 있는 공간에 있으면서도 갇혀서 갈 수 없는 상황 겪어보지 못한 사람은 절대 몰라요. 마음의 지옥이 있다면 꼭 이런 느낌이 아닐까 하는 생각을 격리하는 동안 내내 했어요."

흘러넘친 재민의 마음들이 차츰 바닥을 보일 때쯤, 수진이 힘겹게 목소리를 내었다.

　"핑계처럼 들리겠지만… 아빠의 뜻이었어. 너를 향한 아빠의 마음이, 의지가 너무 확고해서 도저히 그 뜻을 꺾을 수가 없었어. 매일매일 너 마지막 시험 끝나는 날이 언제냐고 물으시면서 못해도 너 올 때까지는 무슨 일이 있어도 버티실 거라고 하루 종일 손꼽아 날짜만 세는 모습을 곁에서 보는데 어떻게 말할 수 있었겠니."

　여전히 재민의 눈을 바로 쳐다보지 못하고 떨리는 손을 감추기 위해 꼭 쥐고 있던 맥주캔을 들어 한 모금 더 들이키고 목을 축인 수진이 말을 이어나갔다.

　"아빠가 병실에서 너 방학하는 날만 기다리시면서 오늘 하루도 잘 버티고 보냈다고 매일 달력의 날짜를 하나씩 지워내실 때마다 제발 너 올 때까지만이라도 우리 곁에 조금만 더 있게 해달라고 기도했었어. 우리는 너 한국 도착해서 코로나 검사 결과 나오는 것까지만 생각했지, 정신이 없어서 바뀐 해외입국자 격리 기간 방침은 미처 계산을 못 했던 거야. 아마 미리 알았다고 해도 아빠는 비밀로 하라고 말리셨겠지만, 그랬다고 해도 그렇게까지 기간이 길어질 줄 알았다면 내가 얘기를 했을 텐데… 미안해, 다 내 불찰이야. 나 때문에 우리 아들까지 지옥에 살게 될 줄 알았다면 아무리 아빠가 간곡히 부탁했어도 동조하지 않았을 텐데."

　수진의 후회와 진심 어린 사과를 듣고 원망과 미움으로 차갑게 얼어버렸던 재민의 마음에 조금씩 물방울이 맺히기 시작했다. 하지만 긴 시간 동안 견고하게 켜켜이 쌓아 올린 얼음장벽에 틈을 만들어 내지는 못하고 이내 곧 다시 얼어붙었다.

"그럼 아빠 아프시다는 것만이라도 미리 말씀해 주셨어야죠. 그랬으면 휴학하고 곁에 있든, 아니면 하다못해 방학 때만이라도 자주 나왔을 텐데 왜 모든 걸 비밀로 하고 혼자 다 떠안으려고만 하셨어요? 저랑 형도 엄마랑 똑같은 아빠 가족인데 적어도 마음과 고통을 함께 나눌 수 있는 기회를 주셨어야죠! 엄마는 옛날부터 그랬어요, 이유를 먼저 설명해 주지는 않고 결과부터 통보하고 납득하라고 하시는 거. 어릴 때부터 형은 되지만 무조건 저는 안 되는 것 투성이었어요. 눈에 띄게 대놓고 형과 비교하시지는 않았지만, 뭐라고 설명할 수 없는 은근한 차별이 항상 명백히 존재했어요. 그때마다 챙겨주고 감싸주셨던 사람이 아빠셨는데… 왜 저한테 아빠와의 남은 시간도 모자라 마지막 순간까지 마음대로 빼앗아 가셨냐고요!

엄마가 일부러 저한테 그러신 거라고 생각하지는 않을게요, 매번 그러셨듯이 결국에는 나를 위한 선택이셨을 테니까요. 그렇지만 저를 진심으로 위하셨다면 그 선택을 제가 결정할 수 있게 해주셨어야 했어요, 그 중요했던 순간들 중에 적어도 단 한 번쯤은요."

그동안 애써 아무렇지 않은 척 숨겨왔던 마음을 한순간에 남은 밑바닥까지 모두 긁어모아 수진에게 탈탈 털어냈다. 재민이 본의 아니게 격앙되어 쏟아내 버린 감정을 가라앉히기 위해 앞에 놓인 맥주를 벌컥벌컥 들이켰다. 톡톡 쏘는 차가운 탄산이 목 안으로 흘러들어 가면서 재민이 뿜어내는 열기를 식혀주었다. 재민과 수진이 각자의 방식으로 이리저리 거세게 뒤흔들린 마음을 진정시키는 동안, 마주 앉은 식탁 사이에는 초대하지 않은 고요함만이 찾아와 어색하게 자리를 채웠다. 널뛰던 재민의 마음이 서서히 가라앉아가는 것을 바라보던 수진이 나지막이 말을 건넸다.

"아빠 마지막 목표가 뭐였는지 알아? 바로 재민이 네가 만들어 준 그 화려한 셔츠를 입고 네 졸업전시회랑 졸업패션쇼 가시는 거였어. 네가 손수 디자인해서 만든 옷을 입고 모델이 되어서 무대 위를 누비는 그 모습을 꼭 직접 보고 싶어 하셨거든. 물론 나중에는 코로나 때문에 상황 자체가 여의치 않게 되었지만, 온라인으로 하는 거라도 보고 싶다고 얼마나 열심히 병마와 싸우셨는지 몰라. 열 때문에 입안이 온통 다 헐어서 죽을 넘기는 것마저도 힘든 지경이라 때마다 밥 먹는 시간이 찾아오는 게 하루 일과 중 제일 싫다고 하시면서도 온 힘을 다해 드셨어. 얼른 좋아져서 재민이 너 만나러 가야 한다고…"

어느새 탄산이 많이 날아가 밍밍해지기 시작한 맥주를 거침없이 한꺼번에 꿀꺽꿀꺽 들이켠 수진이 남은 이야기를 전했다.

"그리고 아빠는 네가 또 휴학하는 거 원치 않으셨어. 가뜩이나 전과해서 따라가야 할 것들도 많았는데, 다른 외국 친구들과는 다르게 군 복무 때문에 강제로 휴학하고 한국에 돌아와야 해서 네가 질색했었잖아. 군대에서 세상과 단절되어 있는 시간만큼 다른 애들보다 뒤처지고 감도 잃어버릴 거라고 계속 불안해했던 걸 아빠가 그 누구보다도 잘 아시는데, 다른 이유도 아니고 본인 때문에 쉬어간다는 건 절대로 용납할 수 없으셨을 거야.

뭐, 결과적으로는 군대에서 좋은 인연들을 많이 만난 덕분에 네가 휴학하고 일찍 다녀오길 잘했다고 했지만. 아무튼 네가 아빠 아프신 거 알면 모든 걸 다 접고 바로 한국으로 돌아올 게 뻔해서 어떻게든 최대한 비밀로 하다가 다 낫고 나서 지나가는 말처럼 가볍게 이야기하고 싶어 하셨어. 무엇보다 재민이 네가 선택한 그 길을 마음속으로 꿈꾸고 펼치고 싶었던 만큼 온전히 모두 다 이뤄내길 바라셨거든."

그동안 재민에게 전해주고 싶었지만, 한동안 닿을 수 없었던 덕훈의 마음이 수진의 목소리를 빌려 재민에게로 다가갔다. 이만하면 제법 경험치가 쌓인 어른이라고 생각하며 우쭐거렸던 지난날들이 한순간에 무색해질 만큼 깊은 아버지의 마음을 받은 재민이 자신은 아직 어른아이에 불과했다는 걸 깨끗하게 인정할 수밖에 없었다. 이제는 더 이상 아버지의 마음을 직접 들을 수 없다는 걸 새삼스럽게 다시금 깨달은 재민이 몰려오는 쓸쓸한 기분에도 도리어 살포시 웃어 보였다. 건너편에서 싱긋 웃는 재민의 표정을 보고 슬며시 마음이 놓인 수진이 오늘이 재민과의 마지막 밤이라는 것에 한 번 더 용기를 냈다. 제때 표현하지 못해 또다시 후회로 물든 시간 속에서 허우적거리는 어리석은 짓을 반복하고 싶지 않았다.

"너희들에게 아빠 아프신 거 일찍 말하지 않아서 미안해. 너랑 형을 가족으로 생각하지 않아서, 너희들에게 서운한 점이 있어서 그런 건 절대 아니었어. 아빠랑 엄마 생각은… 부모는 자식을 지켜주고 버팀목이 되어줘야 하는 사람들이니까, 결코 나약한 모습을 보이거나 짐이 되어서는 안 된다고만 생각했어. 너희들이 벌써 이렇게 든든하게 잘 자라서 어느새 우리가 기대고 의지해도 될 만큼 성장한 줄 모르고 말이야. 그리고 조금 더 솔직해지자면 아빠, 엄마 모두 그동안 가족들에게 기둥 역할만 주로 해왔던 사람들이라 누군가에게 의존하고 자신을 내맡기는 데 있어서는 오히려 너희들보다도 더 서투른 면이 있어. 그게 가장 가까운 사이인 가족, 그리고 자식일지라도.

　가족이니까, 자식이니까 서로 굳이 말하지 않아도 자연스레 마음을 알아주고 이해해 줄 거라고 멋대로 생각하고 판단한 내 잘못이기도 해. 아프게 하고 싶지 않았는데 본의 아니게 더 큰 상처를 줘버린 거 진심으로 사과할게, 미안해…"

　감정에 솔직하면 어색해질 거라고 예상했던 것과 달리 표현할수록 한결 편안하고 더 가까워진 느낌에 재민을 대하는 수진의 표정과 행동도 점차 자연스러워졌다. 오랫동안 엉망으로 엉켜있던 관계의 실마리가 이제야 겨우 보이려고 할 때쯤, 당장 내일 또다시 이별이라는 게 마냥 아쉽기만 한 수진이 냉장고에서 캔맥주를 더 가져와서 재민에게도 하나 건넸다. 이번에도 재민이 캔의 입구를 가볍게 닦아내고 캔을 따서 수진에게 다시 되돌려 주자 덕훈의 모습이 재민에게 겹치며 문득 무언가 떠올랐다.

　황급히 안방 화장대에서 얼마 남지 않은 향수를 가지고 나온 수진이 어딘가 확고한 표정으로 재민의 손에 작은 향수병을 꼭 쥐여주었다. 갑자기 손바닥 안에 들어온 작은 병에 의아한 표정으로 수진을 쳐다보자 숨을 천천히 깊게 내쉰 수진이 연주에게 들었던 말들과 자신이 경험한 꿈같은 이야기들을 재민에게 하나씩 늘어놓았다.

　"저기… 혹시 엄마 취하신 건 아니죠? 아니, 엄마 말을 믿어요. 정확히는 믿고 싶은데요, 뭐랄까 너무 꿈만 같은 이야기라 왠지 당황스러워서요."

　대화를 하며 느리게 마신 맥주 한 캔에 절대로 취할 리가 없는데도 갑작스러운 수진의 말에 정신이 멍해진 재민의 머릿속이 혼란스러웠다. 설마 엄마의 짓궂은 장난을 진지하게 받아들인 건 아닌가 싶어 슬쩍 수진의 눈치를 살피는 재민이었지만, 진실한 수진의 눈빛에 복잡함만 더해져 어떤 말부터 꺼내야 할지 제대로 된 판단이 서지 않았다. 고민하는 재민의 표정을 조용히 지켜보던 수진이 재민을 대신해서 결론을 내려주었다.

"쉽게 믿기 힘들다는 거 알아, 나 역시도 처음에는 반신반의했으니까. 하지만 내가 꿈인지 현실인지 분간할 수 없는 그 순간을 통해 위로와 용기를 얻었듯이 재민이 너에게도 기회를 주고 싶어. 엄마가 멋대로 가로채 버린 아빠와의 시간을 조금이나마 되돌려 주고 싶어."

미안함과 간절함이 잔뜩 배어있는 수진의 목소리를 듣던 재민이 쥐고 있던 손을 펴서 손바닥 위에 자리한 조그만 향수병을 살짝 흔들어 보였다. 얼마 남지 않은 투명한 액체가 향수병의 아래쪽에서 찰랑이며 재민에게 옅은 존재감을 드러냈다. 자신의 손에 들어오기 전까지 몇 명의 사람들을 만나고 온 것일까 생각하던 재민이 꿈이든 상상이든, 아니면 단순한 기억이든 다시 한번 아빠를 만날 수 있다면 그게 무엇이든 아무래도 상관없다는 결론에 이르렀다. 재민이 향수를 바지 주머니 안에 잘 넣어두고, 떠나기 전 마지막 밤을 마무리하기 위해 수진과 한 캔을 더 마신 후 방으로 돌아왔다.

웬만한 짐들은 다 챙겨서 가지고 왔던 수트케이스에 넣어두었지만, 내일 출발하기 전까지 사용해야 하는 로션이나 충전기 같은 자잘한 물건들과 노트북, 그리고 아직 정리하지 못한 서류들은 아직 방 안 곳곳에 머무르며 자유로이 널려있었다. 마저 정리하고 잠자리에 들까 잠시 고민하던 재민이 아직 내일 오후까지는 여유가 있다는 생각에 대충 한 곳으로 몰아서 밀어두고 침대 위로 올라갔다.

방 안을 희미하게 비추는 옅은 스탠드 불빛에 의존해 수진에게 받았던 향수를 조심스레 비춰보았다. 빛에 반사되어 무지갯빛처럼 보이는 노즐을 제외하고는 투명한 색부터 자그마한 용기까지 특별함이라고는 찾아볼 수 없는 향수가 신비한 힘을 가지고 있다는 것이 믿기지 않았지만, 믿져야 본전이라는 생각으로 향수의 노즐을 꾹 눌러 분사했다. 은은한 불빛 아래서 방 안으로 액체가 퍼지는 모습을 보며 재민이 냄새를 맡았지만, 아무런 향기도 나지 않는 것에 당황하며 재차 향수를 뿌려보았다. 일반적인 향수를 뿌릴 때처럼 다시 손목 안쪽과 목덜미에 차례로 향수를 분사한 뒤, 향기가 퍼지기를 기대하며 기다렸지만 아무런 냄새도 느껴지지 않는 것에 김이 새버린 재민이 침대 위로 벌렁 드러누웠다. 당황스러움이 황당함으로 변한 재민이 누워서 혼자 헛웃음을 짓다 혼잣말을 중얼거렸다.

"나 엄마한테 속은 거야? 아니, 무슨 장난을 그렇게까지 진지하게 치셨지. 근데 그 타이밍에 그러실 분은 아닌데… 그냥 내 코가 비염 때문에 냄새에 둔한 건가, 뭐지? 뭐, 어쨌든 아무래도 다 좋으니까, 아빠만 다시 만날 수 있었으면 좋겠다."

신경 쓰지 않는 듯 말하면서도 침대에 누운 채로 손만 길게 뻗어 협탁 위에 놓여있던 로션을 가져와 킁킁거리며 냄새를 맡아보던 재민의 눈꺼풀이 점점 느려졌다. 며칠 동안 새벽까지 포트폴리오 작업을 강행한 데다 맥주를 마셔 노곤해진 몸이 침대에 놓인 푹신한 이불 위에 누우니 무중력 상태에 있는 것처럼 편안해져 자꾸만 졸음이 한꺼번에 몰려왔다. 결국 굴복한 재민이 마지막으로 힘겹게 이불 끄트

머리를 잡아 끌어와 몸을 반쯤 덮자마자 거침없이 무의식의 세계로 빠져들어 갔다. 재민의 오감도 쉬어가느라 점차 무뎌져 갈 무렵, 달콤한 향기가 재민을 둘러싸듯 주변을 맴돌기 시작했다.

와글와글대는 어린아이들의 목소리와 첨벙거리는 물소리가 재민의 귓가를 가득 메웠다. 주위를 둘러보니 유치원에 다닐 법한 꼬마 아이들이 알록달록한 형형색색의 작은 수영복을 입고 수영을 배우고 있었다. 어릴 적 다니던 어린이 수영교실의 수영장과 비슷하다는 생각이 떠오르는 순간, 누군가 재민의 어깨를 톡톡 두드리며 말을 걸어왔다.

"재민아, 이제 수업 끝났는데 집에 안 가니? 오늘은 주말이라 아빠가 데리러 오시지? 조심히 잘 들어가고 선생님이랑은 다음 주에 만나자. 안녕!"

얼떨결에 같이 손을 흔들어 가며 선생님과 인사를 나눈 재민이 무의식적으로 샤워실로 발걸음을 옮겼다. 몸이 기억하는 듯 자연스럽게 샤워를 마치고 나와 옷을 갈아입은 재민이 로비로 향했다. 미리 와서 기다리고 있었던 건지 저 멀리서 덕훈이 재민을 향해 손을 흔들며 다정한 목소리로 이름을 불렀다. 그토록 다시 듣고 싶었던 목소리가 재민의 귓가로 흘러들어 오자 왠지 왈칵 울음이 쏟아져 내릴 것만 같아 재민이 얼른 고개를 푹 숙였다. 마중 나온 덕훈을 반겨주며 재잘거리던 여느 때와 달리 조용히 고개만 숙이고 있는 재민의 모습에 걱정이 된 덕훈이 재민에게로 가까이 다가와 속삭이듯 말했다.

"수영장에서 속상한 일 있었어? 기분이 별로 안 좋은 것 같네, 동우랑 시합하다가 졌어?"

어린 재민이의 머리 위로 흩어지는 덕훈의 어린이용 질문에 기분이 가벼워진 재민이 얼굴을 들고 웃어 보이며 고개를 저었다. 아들의 웃는 얼굴을 확인한 덕훈이 마음이 놓인 듯 재민의 머리를 살살 쓰다듬으며 수영복이 든 가방을 받아들고는 재민과 나란히 주차장으로 향했다. 조수석에 재민을 태우고 뒷좌석에도 재민의 가방을 놓아둔 덕훈이 운전석으로 돌아와 앉으며 챙겨온 간식을 꺼냈다.

"배고프지? 오늘 간식은 우리 재민이가 가장 좋아하는 바나나빵이랑 초코우유네, 천천히 맛있게 먹어."

덕훈이 바나나빵을 감싸고 있는 투명한 비닐포장지를 손에 들고 먹기 알맞게 뜯어 재민의 손에 쥐여주고는 초코우유가 든 우유팩을 열고 빨대를 꽂아 이따금 재민의 입에 물려주었다. 재민의 입안으로 은은한 바나나 향기와 초콜릿의 달콤함이 부드럽게 퍼지며 조그만 배를 채워갔다. 오랜만에 느껴보는 초코 바나나 조합에 재민이 열심히 입을 움직이며 맛을 음미할수록 생각에 빠져들어 갔다.

태어날 때부터 몸이 약했던 재민은 장염과 감기를 시기마다 달고 지내는 데다가 아토피까지 생겨 재영이와는 다르게 먹는 것부터 활동하는 것까지 늘 많은 제약에 시달려야 했다. 그런 재민이 일주일 중 유일하게 자유로울 수 있는 날이 바로 토요일 오후였다. 재영을 따라 태권도랑 축구교실을 다니지 못하게 된 재민이 울고불고 떼를 쓴 덕분에 겨우 다니게 된 수영수업과 그 시간이 끝나면 마중 나온 덕훈이 엄마 몰래 챙겨온 간식을 편하게 먹을 수 있는 유일한 날이었기 때문이었다.

처음에는 사탕이나 젤리, 이온음료와 같은 간단한 간식을 근처 편의점에서 급하게 사다 주던 덕훈이 어느 순간부터 미리 준비해 오는 것처럼 스포츠 센터 주변에서는 구하기 힘든 간식들을 챙겨와 재민을 기다리고 있었다. 게다가 요즘 한참 초콜릿과 바나나 조합에 꽂힌 재민의 취향을 어떻게 알아챈 건지 초콜릿과 바나나를 시작으로 두 가지 조합에서 파생된 간식이 몇 주 째 이어지고 있었다. 초코도넛과 바나나우유였던 지난주에 이어 이번 주는 바나나빵에 초코우유였다.

정신없이 바나나 모양의 빵에 빠져 맛있게 빵과 우유를 먹던 재민이 평소와 다르게 문득 집 근처에서도 팔지 않는 바나나빵을 어떻게 구해오신 건지 궁금해졌다.

"아빠, 이 바나나빵 어디서 사오셨어요?"

갑작스러운 재민의 질문에 덕훈이 놀란 듯 어딘가 어색하게 답했다.

"어? 그거… 집 앞에 있는 빵집에서 샀지."

"집 앞 빵집 아저씨가 저한테는 이거 안 판다고 하셨어요. 지난번에 텔레비전에서 보고 동네에서 새로운 빵집 보일 때마다 들어가서 물어봤거든요, 근데 다 없다고 하셨었는데…"

덕훈에게 대답하며 시무룩해지는 재민의 표정에 당황한 덕훈이 잠시 고민하더니 솔직하게 이야기를 털어놓았다.

"우리 매번 엄마 몰래 사탕이랑 과자랑 먹고 들어갔었잖아. 근데 지난번에 떡볶이 먹고 들어간 날, 떡볶이 양념이 옷에 묻어있었는지 사실 엄마한테 딱 들켜버렸거든. 그래서 이제는 엄마 몰래 먹기 힘들겠다 싶었는데, 그다음부터 엄마가 재민이 수영 끝나고 먹으라고 미리 간식 챙겨주셨어. 엄마가 이것들 다 재민이가 좋아하는 거라고 하시던데, 맞아?"

갑작스럽게 마주한 진실에 목이 막힌 재민이 대답 없이 고개만 끄덕거렸다. 자신의 말뜻을 이해한 재민을 눈치챈 덕훈이 계속해서 이야기를 이어나갔다.

"엄마가 재영이 형이랑 다르게 재민이 너한테는 먹지 못하게 하는 음식도 많고, 하지 못하게 하는 것도 많잖아. 태권도랑 축구교실도 형만 보내주고, 유치원 캠프도 못 가게 하고 재민이가 좋아하는 소시지랑 빵, 라면도 자주 못 먹게 하고… 근데 엄마가 그렇게 하시는 게 재민이가 미워서, 아니면 형을 더 예뻐해서 그러는 게 절대 아니야. 재민이가 엄마, 아빠를 조금 일찍 만나러 나와서 형보다는 조금 더 조심해야 하는 것들이 많은 것뿐이야."

덕훈이 어떻게 이야기해야 어린 재민이가 더 쉽게 이해할 수 있을지 곰곰이 생각하더니 재민이의 눈을 마주 보며 계속 목소리를 이어갔다.

"음… 아, 전에 재민이가 심부름하고 남은 거스름돈으로 병아리 두 마리 데려온 적 있었지? 나중에 아빠 친구 농장으로 보내줬었던."

"네, 삐삐랑 삐약이요."

"맞다, 삐삐랑 삐약이. 근데 그중에서 삐약이가 우리 집에 오고 난 뒤로 시름시름 아팠었잖아. 그래서 병원에도 가고, 삐삐랑 다르게 약도 먹고… 그러다 나중에는 삐삐랑도 같이 있을 수가 없어서 따로 지냈었지. 재민이가 삐약이 잘 돌봐줬었는데, 그때 기억나니?"

"네, 제가 잘 돌봐주지 못해서 아픈 것 같아서 미안했어요. 싫어하는 약 먹일 때랑 삐삐랑 같이 못 놀게 할 때도요. 힘내라고 쓰다듬어 주고 싶었는데 더 아플까 봐 못 만졌거든요."

"음… 아빠 생각에는 말이야, 재민이가 삐약이를 생각한 것처럼 엄마도 똑같이 그런 것 같아. 정말로 너무 소중하고 사랑하지만, 오히려 그래서 더 표현이 서투를 때가 있는 법이거든. 아직은 이해가 되지 않아도 우리 재민이가 조금 더 자라서 어른이 되면 분명 엄마의 마음이나 표현 방식을 이해할 수 있는 날이 올 거야. 그 무렵이 되면 아빠가 꼭 다시 한번 이야기해 줄게. 그래도 서운한 일들 생기면 아빠한테 와서 말해줘, 아빠가 다 들어줄게."

덕훈이 어린 재민의 젖은 머리칼을 쓰다듬자, 아직 덜 마른 머리카락을 타고 물방울이 맺히다 한 방울씩 떨어져 옷에 무늬를 만들어 냈다. 재민의 가방에서 여분의 수건으로 머리를 마저 말려주던 덕훈이 가방 귀퉁이에 있는 로션을 보고 재민에게 물었다.

"아, 재민아 수영수업 끝나고 몸에 로션 꼼꼼하게 발랐지?"

덕훈의 말에 말없이 놀란 표정을 지으며 눈치를 보는 재민의 얼굴로 모든 설명을 들은 덕훈이 수진을 대신해 잔소리를 이어갔다.

"엄마가 아시면 큰일 나, 재민이 몸이 아직은 민감해서 수영장 물에서 나오면 깨끗하게 씻고 꼭 보습제 발라줘야 해. 여름에는 좀 끈적끈적하고 귀찮아도 수영장 다니는 대신 열심히 로션 바르기로 약속했었잖아. 재민이도 엄마가 재민이랑 약속한 거 마음대로 어기면 속상하지 않겠어? 앞으로 절대 잊어버리지 않기야, 오늘은 일단 아빠랑 비밀!"

덕훈이 입가에 검지를 가져다 대며 쉿! 소리를 내자, 재민도 웃으며 따라 했다. 아빠와 아들 사이의 암묵적인 약속이 이루어지자, 덕훈이 재민의 가방에서 로션을 꺼내 일단 눈에 보이는 부분만이라도 보습제를 발라주었다. 물속에서 움직이다 나온 데다 적당히 배부른 느낌, 게다가 보습제의 포근한 향기까지 더해져 덕훈의 차를 타고 집으로 향하는 길에 재민이 까무룩 잠에 빠져들었다.

재민이 다시 눈을 떴을 때, 수많은 웅성거림과 함께 바쁘게 움직이는 발걸음들이 눈에 들어왔다. 다양한 옷차림부터 들려오는 언어까지 각양각색이었지만, 하나같이 약속이라도 한 듯 설렘 가득한 표정으로 물들어 이동하는 사람들이 대부분이었다. 수화물 줄에 서있던 재민이 짐을 맡기는 동시에 발권까지 마치고 돌아서 나오자, 줄 밖에서 덕훈과 수진이 재민을 기다리고 있었다. 한결 가벼워진 차림으로 노트북이 든 가방을 멘 재민이 두 사람 곁으로 가까이 다가가자 덕훈이 손에 들고 있던 쇼핑백에서 무언가를 뒤적거리기 시작했다.

"재민아, 나중에 배고플 때 먹어. 이거 아빠 나름대로 어렵게 구한 거야."

사람들이 지나다니는 체크인 카운터 주변에서 조금 더 멀어지며 근처 벤치에 앉은 재민이 등 뒤에 메고 있던 가방을 자기 무릎 위에 내려두자, 덕훈이 쇼핑백에서 꺼낸 투명한 지퍼백에 담긴 무언가를 건네주었다. 재민이 받아들고 안의 내용물을 살펴보자, 어딘가 익숙한 듯 낯선 포장지에 감싸진 파이 형태의 과자들이 줄지어 차곡차곡 테트리스를 하는 중이었다.

"어… 아빠, 이게 뭐예요? 그리고 뭘 또 이렇게까지 많이 가져오셨어요."

"재민이 네가 어릴 때 그 파이 과자 제일 좋아했었잖아. 근데 이건 무려 바나나크림이 들어간 맛이래, 네가 좋아하는 바나나랑 초콜릿을 동시에 맛볼 수 있는 과자가 이제야 나왔더라고. 지난번에 인터넷 기사 보다가 우연히 알게 되었는데, 괜히 반가운 마음에 지나칠 수가 있어야지. 오랜만에 옛날 생각도 나고, 이번에 캐나다 들어가서 다시 학기 시작되면 또 언제 한국 오게 될지 모르니까 아쉬운 마음에 챙겨왔어. 우리 재민이 어렸을 때 이런 다양한 맛이 나왔더라면 더 좋아했을 텐데…"

하나라도 더 넣어주고 싶으셨는지 원래 내용물이 들어있던 종이상자가 아닌 지퍼백에 켜켜이 쌓인 파이 과자 탑을 바라보던 재민이 뭔가 다른 점을 발견했다.

"어, 이거 다 같은 게 아니네요? 2종류인가요?"

"역시 눈썰미가 남다르네. 이번 트렌드 테마가 바나나인 건지 몰라도 스페셜 에디션으로 바나나맛 파이를 출시한 곳이 더 있더라고. 둘다 먹어보고 다음에 어떤 게 더 네 취향이었는지 말해줘. 실은 엄마랑 내기했거든, 네 입맛 맞추는 걸로."

군대 제대까지 마치고 학교로 되돌아가는 다 큰 아들을 아직도 어린아이를 대하듯 마냥 귀여워하는 덕훈을 보던 재민이 과자를 가방에 챙겨 넣으려다 문득 스쳐 지나가는 기억에 주춤했다.

하루의 절반 이상이 소요되는 긴 비행을 버티고, 다시 학교 근처의 친구 집까지 또 차를 타고 달리는 통에 부드럽고 연약한 파이 과자는 재민의 등 뒤에서 노트북과 함께 한 몸이 되어갔고 재민이 이를 알아차렸을 때는 이미 조각조각 부서지고 눌려 본래의 맛을 온전히 느끼기 어려운 지경이었다. 그래서 자연히 내기 결과는 미제로 계속 남아있던 데다, 이제는 승부를 나눌 내기의 상대방마저 함께할 수 없게 되어 영원히 미완결인 채로 기억 속에만 자리하고 있었다. 언제든 마음만 먹으면 다시 돌아와 같이 나눌 수 있다고 생각했던 시간과 추억들이 재민의 선택을 언제까지나 마냥 기다려 주지 않는다는 것을 느낀 순간, 재민이 사소하게나마 전과는 다른 결정을 내리기로 마음먹었다.

가방 속으로 반쯤 들어가 있던 지퍼백을 다시 꺼낸 재민이 지퍼백에서 서로 다른 파이 과자를 각각 하나씩 꺼내 차례대로 입으로 가져갔다. 마치 미슐랭 심사라도 하는 듯 진지하게 번갈아 가며 파이 과자 맛을 보던 재민이 마음을 정했는지 어딘지 모르게 단호한 표정으로 결정을 내렸다.

"제가 선택한 과자는 생각보다 크게 달지 않고, 담백한 바나나 생크림이 촉촉한 초콜릿 빵 부분과 적절하게 잘 어우러져 부드러움이 배가 된 점이 만족스러웠던 M사로 하겠습니다."

심사위원이 별점을 매기는 것처럼 파이 과자에 대한 평론을 마치자, 어느새 덩달아 과몰입한 수진과 덕훈의 얼굴에 희비가 교차했다.

"거봐요, 재민이는 너무 단 거 안 좋아한대도. 어릴 때부터 둘이 몰래 간식 먹으러 다니면서 재민이 취향을 익혀두었던 경력을 무시할 수 없죠."

"아, 그래도 수영장 다닐 때 간식은 내가 더 많이 챙겨줬던 것 같은데… 왠지 서운한데요?"

으쓱거리며 자신만만한 표정을 짓는 덕훈을 계속 지켜보던 재민이 의미심장하게 웃으며 천천히 뒷말을 덧붙였다.

"그런데 어린 재민이라면 크리미한 바나나 크림이 쫀득한 마시멜로와 바삭한 비스킷에 어우러져 더 풍성해진 맛. 거기에 초콜릿이 마지막으로 파이 전체를 감싸 안음으로써 깊고 진한 달콤함이 느껴졌던 C사를 선택했을 것 같아요."

이어진 재민의 말에 곁에 있던 두 사람의 표정이 정반대로 바뀌었다. 재민의 말 한마디에 시시각각으로 변하는 얼굴을 보며 조용히 웃던 재민이 결론을 내며 마무리 지었다.

"그러니까 두 분 모두 정답이에요. 제 입맛이라고만 하셨지, 어느 시기라고 특정 짓지 않으셨으니까요. 맞죠?"

혹시라도 서운한 사람이 생길까 현명한 대답을 내놓은 재민의 섬세함에 덕훈이 남몰래 미소 지으며 기특하게 재민을 바라보았다.

"재영이었으면 '달아요, 덜 달아요'라고 단조롭게 말해서 평이라고 할 것도 없었을 텐데 재민이는 확실히 표현이나 느끼는 게 남다른 것 같아요. 쪼끄만 아기였을 때도 성격부터 감각까지 유달리 예민하고 민감하더니 이제는 오히려 그 성향의 덕을 톡톡히 보네요."

수진이 흐뭇하게 웃으며 덕훈에게 말하자, 덕훈도 공감하며 대답했다.

"그러게요. 말 한마디 상의도 없이 갑자기 마음대로 전과부터 먼저 하고 툭 던지듯 통보하길래, 도전하는 건 좋지만 순간적인 감정으로 철없이 즉흥적인 선택을 했다가 나중에 두고두고 후회할까 봐 한동안 걱정했었잖아요. 지금 와서 생각해 보면 트렌드나 소비자의 니즈를 누구보다도 더 빨리 캐치하고, 그걸 선도해야 하는 패션 분야가 재민이의 스타일이나 성격과도 잘 맞는 것 같아요."

덕훈이 고개를 돌려 따뜻하게 재민을 바라보더니 재민의 어깨를 두드리며 말했다.

"타국에 멀리 있다는 핑계로 같은 시기의 형에 비해 신경을 많이 못 써줬던 게 늘 마음에 걸렸었는데, 혼자서도 의젓하게 잘 지내줘서 고맙다. 주어진 길만 걷는 것이 아니라 자기 자신에 대해 끊임없이 고민하고, 앞으로의 미래에 대해 도전하는 네 모습을 보고 실은 아빠가 많이 놀랐었거든. 마냥 어린 줄만 알았던 네가 자신의 안목과 선택을 믿고 중요한 순간 과감한 결단을 내릴 줄도 알고, 또 그 결정을 책임지기 위해 모든 일에 열과 성의를 다하는 모습을 보면서 언제 이렇게 자랐는지 대견스럽고 한편으로는 안심도 되었어. 이제는 정말 엄마, 아빠만 바라보며 여리기만 하던 어린 시절의 재민이가 아니구나 싶어서. 앞으로도 너를 변하게 하고 움직이게 만든 그 마음과 열정이 오래도록 네 마음을 따뜻하게 채워주면 좋겠구나."

재민이 덕훈이 건넨 진심에 쑥스러워져 괜히 손에 쥐고 있던 빈 파이 포장지를 괴롭히듯 만지작거리다 문득 떠오른 말을 꺼냈다.

"만약 이런 선택을 제가 아닌 재영이 형이 했다면 어떻게 하실 거예요? 형이 저처럼 두 분께 상의도 없이 몰래 마음대로 진로 바꾸고 어느 날 갑자기 툭 던지듯 통보한다면요?"

불쑥 던진 듯 보였지만 어딘가 의미심장한 재민의 질문에 덕훈이 순간적으로 당황한 표정을 짓다 이내 진지하게 물음에 대한 답을 주었다.

"음… 만약 형이 그런다고 해도 결말은 너와 마찬가지일 것 같은데? 물론 처음에야 너무 놀라고 당황스럽겠지, 어쩌면 재민이 너한테 소식을 들었을 때보다 더 많이. 어릴 때부터 형은 하기 싫은 일, 귀찮은 일도 아무런 불평 없이 하는 지나치게 어른스러운 아이여서 가끔은 너 대신하는 일도 많았거든. 그 때문인지 틀에 박힌 걸 싫어하고 자유로운 너와는 다르게 형은 늘 정해진 길에서 좀처럼 벗어나지 않는 스타일이니까. 그래서 놀라는 걸 넘어서서 혹시 한동안 화가 난다고 할지라도 결국에는 그 선택을 존중하고 지지해 줄 것 같아.

얼마나 좋으면 뜻밖에 변수를 싫어하는 아이가 그런 결정을 내렸을까 싶어서. 근데 이왕이면 너무 오래 기다리게 하거나, 결국 들통나게 될 거짓말로 유예기간을 늘리지는 않았으면 좋겠어. 부모 입장에서는 자식에게 그동안 얼마나 믿음을 주지 못했기에 그랬을까 서운하면서도 자괴감이 들기도 하거든. 때로는 너처럼 정면 돌파가 서로에게 더 나은 순간이 있는 법이야."

쓸쓸함을 담은 눈으로 말을 마친 덕훈이 다시 미소를 지으며 재민에게 말을 이어갔다.

"부모에게 자식은 다 똑같아. 대하는 방식이야 사람이니까 조금씩 다를 수 있겠지만, 결국에 자식을 향하는 그 모든 마음은 자식의 행복으로 모여 끝이 나거든. 재민이 너도 언젠가 부모가 된다면 그 심정 알 수 있을 거야, 널 쏙 닮은 자식 낳아서 우리 심정이 어땠는지 알아가는 것도 괜찮겠다."

"아, 절대 싫어요!"

세 사람이 즐거운 대화를 나누는 사이 어느덧 시간이 흘렀는지 공항 안에 안내방송이 흘러나오기 시작했다.

'토론토로 향하는 OJ6114 편의 탑승 수속이 곧 마감됩니다. 탑승하실 손님께서는 체크인 카운터로 오시거나 셀프 체크인을 해주시고, 체크인을 마치신 손님께서는 보안검색대를 통과하여 주시길 바랍니다. 다시 한번 안내 말씀 드리겠…'

갑자기 들려온 안내방송에 마음이 급해진 재민이 손목시계로 시간을 확인하더니, 서둘러 손에 든 과자 포장지를 가방 앞쪽 주머니에 구겨 넣고 자리에서 일어났다. 수진과 덕훈을 차례로 바라보던 재민이 번갈아 가며 포옹하며 마지막 인사를 건넸다.

"엄마, 아빠 어떤 순간에도 항상 제 편이 되어주셔서 감사해요. 두 분의 아들이어서 너무 행복해요, 정말 많이 사랑해요."

덕훈도 재민을 꼭 껴안아 주며 말했다.

"아빠도 우리 재민이가 우리 아들이어서 너무 행복하고 감사해. 가서도 밥 잘 챙겨 먹고, 아프지 말고… 성적이든, 당장 눈에 보이는 결과든 그게 전부는 아니니까 멀리 생각하고 너의 행복과 미래를 위해서 꿈을 꾸고 움직이렴. 이번에도 잘해낼 수 있을 거라고 믿어, 사랑한다. 우리 아들."

덕훈의 말에 울컥한 재민이 차마 대답하지 못하고 고개만 연신 끄덕이고는 보안검색대로 향하는 대열에 합류했다. 줄 밖에서 수진과 덕훈이 재민에게 손을 흔들며 재민의 마지막 모습을 눈에 담았다. 직원에게 여권과 항공권을 확인받던 재민이 마지막으로 뒤를 돌아 수진과 덕훈의 모습을 한 번 더 새기듯 바라보고 점차 멀어졌다. 수진과 덕훈의 그늘을 벗어나 다시 오롯이 혼자가 된 재민의 볼 위로 힘껏 참아왔던 눈물이 한 방울씩 굴러떨어지기 시작하자, 어디선가 흘러나온 달콤한 향기가 재민을 위로하듯 주변을 감싸 안았다. 부드러운 초콜릿과 달콤한 바나나가 뒤섞인 단 향에 이끌린 재민이 감았던 눈을 살짝 뜨고 주위를 둘러보았다.

서서히 날이 밝아오고 있었지만 아직은 어슴푸레한 빛 사이로 익숙한 천장이 눈에 들어왔다. 포근한 침대 위, 이불 귀퉁이 조각으로 몸의 일부분만 겨우 덮은 채로 흐느끼면서 아침을 맞이한 재민이 좀처럼 얼떨떨한 기분에서 빠져나오지 못하고 한동안 우두커니 자리에 앉아있었다. 얼마 지나지 않아 재민의 휴대폰에서 경쾌한 노랫소리와 함께 진동이 시작되며 알람이 울렸다. 가볍게 휴대폰을 들고 뒤집으며 알람을 끈 재민이 생생한 꿈과 기억이 만들어 낸 현실 사이의 그 어딘가를 떠올리며 깊은 생각에 잠겼다. 일시 정지라도 된 듯 재민이 꿈쩍도 하지 않고 지난밤 생각에 빠져있는 동안, 아침의 햇살이 부지런히 어둠을 밀어내고 재민의 등 뒤로 쏟아지듯 들어오며 환하게 방을 밝혀주었다.

얼마 뒤, 무의식적으로 이불 위에 던지듯이 놓아두었던 휴대폰의 진동이 다시 울리기 시작하더니, 알람과는 다른 멜로디가 들려오는 것에 재민이 황급히 생각에서 빠져나와 휴대폰 화면을 확인하고는 전화를 받았다.

"어, 형. 아침 일찍 웬일이야?"

'아침 일찍? 이제 곧 9시인데 무슨 한밤중 같은 소리야. 너 오늘 출국이라고 하지 않았어? 지금까지 여유 부려도 안 늦어? 괜찮은 거야?'

"어, 저녁 비행기여서 아직 여유 있어. 근데 형은 학교 안 가?"

'가는 중이지, 마스크 쓴 채로 반쯤 뛰면서 통화하려니까 금방 숨 찬다. 아니, 너 오늘 출국이래서 시간 맞으면 배웅이라도 가려고 했는데 오후 일정이 어떻게 될지 모르겠네.'

"아… 괜찮아. 뭐 언제는 형이 마중 나오고, 배웅하러 오고 그랬었나. 그게 더 새삼스럽다."

'야, 너는 꼭 생각을 해줘도 그러더라. 하여튼 어릴 때부터 어색하게 느껴지면 괜히 더 뾰족뾰족하게 굴더니 아직도 그러네. 이번에 너 캐나다 들어가면 또 언제 다시 볼지 모르니까 그런 거지. 아, 그리고 너 엄마랑 이야기 좀 해봤어? 마음에 계속 담아두지만 말고 너무 늦기 전에 다 풀고 가. 그래야 너도, 엄마도, 그리고 나도 마음이 더 편하지 않겠냐?'

"…아, 알겠어. 내가 알아서 할게. 괜한 걱정하지 마."

'야, 잔소리라고만 생각하지 말고. 알았지? 아, 그리고 배웅 못 갈 수도 있어서 미리 말할게. 너야 뭐, 네 할 일은 알아서 잘하니까 걱정 없지만 가서도 건강은 꼭 잘 챙겨라. 집중 잘된다고 밤샘 작업으로 몰아서 많이 하지 말고, 편하다고 몸에 안 좋은 것만 먹지 말고.'

"…응, 고마워. 형, 형도… 잘 자고, 잘 먹고, 잘 지내."

재영과 통화를 마친 재민이 덕훈과의 공항에서의 마지막 순간이 떠올라 또다시 가슴 한편이 먹먹해졌다. 복잡한 마음으로 터덜터덜 방에서 나온 재민을 보고 거실에 앉아있던 수진이 먼저 아침 인사를 건네왔다.

"일어났네? 꿈이 언제 끝날지 몰라서 일부러 안 깨웠는데. 얼른 씻고 아침 먹자."

들뜬 발걸음으로 주방으로 향하는 수진을 향해 고개를 끄덕인 재민이 멍한 정신을 깨우기 위해 차가운 물로 세수하고 식탁 앞에 앉았다. 갓 구운 식빵에 스크램블에그, 우유와 시리얼이 차례로 식탁 위에 올려지며 재민의 선택을 기다리는 동안 수진은 여전히 주방에서 분주히 움직이며 재민에게 뒷모습을 보여주고 있었다. 어릴 적부터 늘 봐왔던 일상적인 아침 모습이었음에도 오늘따라 모든 것들이 생소하게만 느껴진 재민이 쭈뼛쭈뼛 다가가 수진이 들고 있던 접시를 대신 받아들며 말했다.

"엄마도 같이 아침 드세요, 혼자서 먹으면 왠지 맛이 덜하잖아요. 엄마도, 저도."

재민에게 과일이 담긴 접시를 빼앗긴 수진이 재민의 뒤를 따라 식탁에 마주 앉았다. 재민이 유리컵에 우유를 따르고 수진 가까이 놓아주자, 수진이 살짝 웃으며 한 모금 마시더니 재민을 지그시 바라보았다. 수진의 시선을 느낀 재민이 괜히 눈을 피하며 우물거리듯 말을 시작했다.

"저… 어젯밤에 엄마가 주셨던 향수, 그거 써봤어요. 뭐, 그 향수 때문인지 아니면 깊은 곳에 잠들어 있던 제 무의식인 건지는 잘 모르겠지만 어쨌든 덕분에 아빠를 다시 만날 수 있었고, 함께여서 좋았었던 시간을 되새길 수 있었어요. 감사해요."

재민의 목소리에 수진이 크게 안도의 한숨을 내쉬며 답했다.

"다행이야, 비록 내가 마음대로 가로채 버린 시간들을 온전히 돌려줄 수는 없겠지만… 그렇게라도 조금이나마 재민이 너에게 미안한 마음을 갖고 싶었어."

한순간의 선택이 가져온 예상치 못한 결과의 소용돌이 속에서 자신 못지않게 그 시간에 갇혀 힘들어하는 수진을 보고 재민이 밤새 정리했던 마음을 조심스레 전했다.

"아, 저기 그… 어제는 죄송했어요. 전부터 엄마가 일부러 그러신게 아니라는 거, 엄마 때문이 아니라 그냥 여러모로 좋지 않은 상황들이 겹쳐져서 그렇게 됐다는 걸 충분히 이해하고 머리로는 받아들였었는데… 자꾸만 아쉽고 속상한 마음에 어린아이처럼 그저 마냥 누군가를 탓하고 미워하고 싶었나 봐요. 아픈 아빠 곁을 지키면서 혼자서 힘든 순간들이 참 많으셨을 텐데 저까지… 죄송해요. 그리고 어릴 때부터 저를 형이랑 차별했다는 말도… 마음에 담아두시지 않으면 좋겠어요."

재민이 수진의 눈을 바로 쳐다보지 못하고 애꿎은 토스트 식빵의 귀퉁이만 뜯어 먹으며 수진의 눈치를 살폈다. 지난밤과 다르게 움직이기 시작한 재민의 마음을 느낀 수진이 용기를 내 그동안 감춰두었던 자신의 이야기를 털어놓았다.

"재민이 너는 태어날 때부터 몸이 약해서인지 새벽에 응급실로 업혀 가는 일이 잦았어. 나는 그때마다 네가 아픈 게 늘 내 탓, 내 잘못 때문인 것만 같아서 며칠 동안 밤새 잠을 이룰 수 없더라. 실은 재민이 네가 엄마한테 와주었을 때, 엄마는 한참 수술방에서 근무하느라 출퇴근 시간도 명확하지 않고 밤낮 구분이 없는 일상을 보내고 있었거든.

그래서 형보다, 다른 또래 친구들보다 더 여린 너를 볼 때마다 죄책감과 미안함 때문에 너를 편하게 대하기가 너무 힘들었어. 죄는 내가 지었는데 벌은 네가 대신 받는 것만 같아서. 아마 자꾸만 너에게 더 까다롭게 굴었던 건 내 잘못이라 느끼는 부분을 뒤늦게라도 대신 만회하고 싶어서 그랬던 것 같아. 그게 너를 더 힘들게 하는 줄도 모르고… 무조건 너를 위하는 길이라고만 생각했어. 바보같이…"

수진이 앞에 놓인 우유컵을 들어 단숨에 비워내더니 마저 말을 이어갔다.

"그리고… 궁색한 변명을 하나 더 덧붙이자면, 재민이 너는 형과 다르게 나한테는 늘 솜사탕 같은 그런 존재였어. 내가 손이라도 가까이 다가가면 금세 녹아 엉망이 되거나, 작게 불어온 바람에도 금방이라도 날아가 버릴 것만 같은 예쁘고 연약한 작은 아이. 그런 너를 지켜내고 싶었던 내 마음이 너무 앞서 걷는 바람에 오히려 너와는 더 멀어지게 되어버렸지만, 그로 인해 너를 잃지 않을 수 있었던 거라면 나는 몇 번이고 기꺼이 그 길을 걸으며 악역을 맡을 거야. 물론 방식은 좀 바꿔야겠지만.

형을 키우면서 엄마로서 어느 정도 자신이 생겼는데 너는 또 다르더라고, 형과는 정반대인 성격과 취향, 재능까지 어느 것 하나를 예측할 수 없어서 널 대할 때면 늘 자신이 없었어. 각자가 다 다른 법이니까 당연한 거였는데 그때는 왜 제대로 헤아리지 못했을까… 서툰 엄마여서 미안했고, 늘 한 템포 늦게 알아차려서 미안해. 그리고 툴툴대면서도 항상 엄마 생각해 주고 챙겨줘서 고마워, 재민아."

수진에게서 흘러나온 진심을 듣고 견고하기만 했던 재민의 얼음장벽이 요동치기 시작했다. 수진이 한 걸음씩 다가와 좁혀진 거리만큼 이번에는 재민이 손을 뻗어 식탁 위에 놓인 수진의 손등을 말없이 감쌌다. 재민의 온기가 수진에게 전해지며 맞닿은 두 손의 온도가 같아지는 동안 수진의 손목에 자리를 잡은 빨간색 국화꽃도 흔들리며 활짝 웃었다. 작게 움직이는 국화꽃 팔찌를 응시하던 재민이 조심스레 말을 건넸다.

"속마음을 얘기해 주셔서 고마워요, 엄마. 어릴 때부터 엄마가 절 싫어하신다고 생각하지는 않았지만, 항상 모든 면에서 형보다 뒤처지고 부족하기만 한 제가 마음에 차지 않으셔서 저를 신경 쓰지 않는 거라고 생각했어요. 부모 자식 관계라고 해도 결국에는 모두 타인인 셈인데, 엄마면서 왜 자식인 나를 이해하지 못할까 답답해하기만 했어요. 저 자신도 엄마 마음을 제대로 보려고 노력했던 적 없으면서… 생각해 보면 형에 대한 질투심에 눈이 멀어 더 철없이 이기적으로만 굴었던 것 같아요, 죄송했어요."

재민의 목소리를 들은 수진이 손등을 돌려 재민의 손바닥과 마주 잡고 이제야 비로소 두 사람이 눈을 맞출 수 있었다. 마음을 움직여 열어준 재민이 고마워 미소 짓는 수진을 보고 재민도 덩달아 입꼬리를 올렸다.

여러 가지로 인상적인 일들이 가득한 오전을 보낸 재민이 방에 들어와 남아있던 짐들을 챙겼다. 챙겨야 할 서류들에 변동이 있지는 않은지 인터넷으로 다시 확인한 재민이 서류들을 한 장씩 꼼꼼하게 다 넘겨보며 최종 점검을 했다. 충전이 완료된 노트북과 함께 서류를 가방에 넣은 재민이 여권과 신분증을 챙기기 위해 늘 메고 다니던 백팩의 앞주머니를 열었다. 원래대로라면 인공눈물과 볼펜, 안대만 들어 있을 공간에 누군가 구겨 넣어둔 것 같은 과자 포장지가 연달아 튀어 올라왔다.

"이게 왜… 뭐야, 누가 내 가방에 쓰레기를 넣어놨어. 아, 부스러기 다 들어간 거 아니야?"

당황스러움이 순식간에 짜증스러움으로 바뀐 재민이 과자 부스러기를 치우기 위해 가방의 주머니를 비워내는 동안 재민의 등 뒤로 노크 소리가 들려왔다.

똑똑-.

"예? 네, 들어오세요."

"남은 짐 챙기고 있었구나. 아니, 지난번에 고모가 네 용돈이라고 챙겨주셨는데 깜박 잊어버렸더라고. 오늘이라도 생각나서 다행이지, 나중에 고모께 감사하다고 전화 드리는 거 잊지 말고."

연주가 맡기고 간 봉투를 재민에게 전해주려 수진이 가까이 다가가자, 가방 안의 내용물을 모두 빼서 주변에 던져둔 채 가방을 뒤집어 들고 털어내는 재민의 모습이 눈에 들어왔다. 재민의 곁에서 다른 소지품과 함께 굴러다니는 과자 포장지를 발견한 수진이 반가운 듯 소리쳤다.

"어머, 이거 그 초코 바나나? 그거 아니야? 오랜만에 보네. 왜, 너 어렸을 때 한참 바나나랑 초콜릿에 꽂혀서 그 조합만 먹었던 적 있었거든. 아빠가 그때 생각난다고 한정판 나왔을 때 구하러 다니시느라 얼마나 고생하셨는데. 이거 요새 다시 나와?"

재민의 머리 위에서 쏟아지는 수진의 목소리에 재민이 가방 청소를 멈추고 고개를 들어 수진을 바라보며 물었다.

"네? 이게 한정판이었어요?"

"응, 언제였지? 아빠랑 같이 공항으로 너 배웅 갔을 때 그때 무렵에만 잠깐 나왔던 것 같은데. 요새 무슨 스티커 들어있는 빵 구하는 것처럼 아빠가 이 과자들 구하느라고 무지 애쓰셨거든. 동네 마트부터 편의점, 대형 마트에 온라인까지 다 찾아다니셔서 정확히 기억나. 너 어릴 때 스티커 모았던 빵처럼 이것도 재출시된 거야? 옛날 생각나서 그런지 반갑네."

수진의 말에 재민이 방바닥에 내팽개치듯 놓아둔 과자 포장지를 다시 주워 들고 찬찬히 살펴보자, 어젯밤의 기억들이 각인시키듯 재민의 머릿속에서 빠르게 재생되어 지나갔다. 한층 더 뚜렷해진 기억들을 떠올리다 어딘가 의미심장했던 덕훈의 말과 이전에 재영에게 들었던 말이 마음에 걸린 재민이 슬쩍 수진에게 물었다.

"저기… 근데 엄마, 혹시 전에 형 졸업식 어떻게 알고 가신 거예요? 형이 날짜 말씀 안 드렸다고 하던데."

"졸업식? 아, 그거. 아마 아빠께서 형 학교 홈페이지 들어가서 확인하셨던 것 같은데? 형이 계속 모른다면서 날짜를 안 알려준다고 직접 알아보셨어. 엇, 잠시만. 네, 여보세요?"

재민의 질문에 답해주던 수진이 전화를 받으며 방을 나서자, 혼자가 된 재민이 단서들을 모아 머릿속으로 흩어진 퍼즐들을 이리저리 끼워 맞춰보았다. 곧이어 심각한 표정의 재민이 어디론가 급하게 전화를 걸었지만, 연결이 되지 않아 초조해진 마음에 서둘러 문자를 남겨놓았다.

10.

초록 내음

강의실에서 나오며 휴대폰을 확인한 재영이 뜻밖의 연락에 무슨 일인지 궁금해졌다. 남겨져 있는 문자에 답장을 하려고 휴대폰 자판을 두드리던 재영이 이내 마음을 바꾸고 상대방에게 전화를 걸었다. 재영의 연락을 기다리고 있었던 것인지 신호음이 얼마 가지 않았는데도 금방 전화가 연결되었다.

"여보세요? 응, 문자 봤어. 아까 아침에는 시큰둥하더니 몇 시간 만에 왜 갑자기 마음이 바뀐 거야? 그 사이에 무슨 일 있었어?"

'어… 근데 전화로 말하기는 좀 그래. 그러니까 형, 죽고 사는 정도로 큰일 없으면 조금 있다가 꼭 공항으로 와줘. 나 캐나다 들어가기 전에 형이랑 단둘이서 꼭 해야 할 말이 있으니까… 기다릴게.'

웃으며 통화를 하던 재영이 진지한 재민의 목소리에 주춤하더니 덩달아 진지해져 제법 심각한 표정으로 답했다.

"응, 알겠어. 아주 여유 있게 도착하지는 못하더라도 너 보안검색대로 들어가기 전까지는 어떻게든 출국장에 도착해 볼게. 근데 무슨 안 좋은 일이 있는 건 아니지? 목소리가 너답지 않게 너무 진지해서 겁부터 나려 그래."

'아, 그건 걱정하지 마. 안 좋은 일은 아니고, 형이랑 내가 앞으로 나아갈 시간에 관한 이야기야. 그러니까 꼭 와줘. 응?'

재영이 지금껏 살면서 이 정도로 간절하게 재민이가 무언가를 부탁해온 적이 없었기에 이번만큼은 무슨 일이 있어도 시간 맞춰 꼭 공항에 가야겠다고 다짐하며 일정을 조율했다.

간식까지 야무지게 챙겨 먹은 재민이 공항으로 출발하려다 말고 수진과 실랑이가 한창이었다. 집에 올 때 가져왔던 수트케이스와 백팩에 수진이 챙겨준 크고 작은 물건들이 더해져 불어난 짐들을 사이에 두고 두 사람의 의견이 팽팽하게 맞섰다.

"엄마가 공항까지 데려다준다니까, 짐도 많은데 어떻게 혼자 가려고 해. 응?"

"어차피 공항에 주차할 곳도 거의 없어서 차 가져가면 오히려 더 힘들어요. 그리고 엄마는 집에 다시 오셔야 하잖아요, 한 명만 고생하는 편이 나아요."

"그럼 엄마가 너만 얼른 내려주고 집으로 오면 되잖아. 대중교통 이용하면 짐이 많아서 불편해. 그리고 이제 엄마 운전해도 돼, 너 데려다주려고 아까 기름도 꽉 채워왔는데."

"저 데려다주고 나면 엄마 혼자 운전해서 집으로 돌아오셔야 하잖아요. 그것만으로도 마음에 걸리는데, 공항에서 저 내리고 나면 러시아워일걸요? 꽉 막힌 도로에서 엄마 혼자 갇혀 계실 걸 생각하면 제마음이 더 불편하고 답답할 것 같으니까 오늘은 저 혼자 택시 타고 갈게요. 대신 다음에 저 입국하면 그때 마중 나와주세요, 휴대폰 충전도꼭 하셔서. 네?"

수진의 제안을 한사코 거절하는 재민에게 결국 지고 한발 물러선수진이 아쉬운 표정으로 말했다.

"그럼 공항 도착하면 연락하고, 비행기 타면 탔다고 카톡 남겨줘.그 정도는 괜찮지?"

"네, 꼭 연락드릴게요. 캐나다 도착해서도 틈틈이 카톡 남겨놓을게요, 너무 걱정하지 마세요. 저는 가서도 잘 지낼 테니까 대신 엄마께서도 식사 잘하시고, 잠도 푹 주무시면서 건강하게 지내셔야 해요. 집에만 계시지 마시고, 가볍게라도 밖으로 산책도 좀 다니시고요."

재민의 말에 포옹으로 답한 수진이 서운함을 뒤로한 채 아파트 현관 입구에서 재민을 보내주어야만 했다. 씩씩하게 택시 트렁크에 짐을 실은 재민이 좌석에 몸을 맡기고 공항으로 이동하는 동안 초조해지는 마음에 자꾸만 시계를 들여다보며 시간을 확인했다. 인천공항에도착해 수진에게 공항에 잘 도착했다는 카톡을 남기고, 항공권을 체크인하기 위해 곧장 해당 항공사 카운터로 향했다. 무사히 체크인과수화물을 맡기고 홀가분해진 재민이 주머니 속에 손을 넣어 무언가를 확인하더니 근처 의자에 앉아 재영에게 메시지를 남겼다.

'형, 나 공항 도착해서 방금 짐까지 다 맡겼어. 아, 그리고 나 이번에는 제2터미널에서 탑승하니까 여기로 바로 와줘. 혹시라도 엇갈리면 안 되니까 공항 도착하면 꼭 연락해. 그동안 커피숍에서 차분히 시간 보내고 있을게. 조심해서 와, 기다릴게.'

재민이 남겨놓은 메시지를 읽은 재영이 서둘러 공항철도 시간표를 확인하더니, 역까지 도착할 수 있는 시간을 계산해 열차표를 예매했다. 조금만 더 여유 부리다가는 퇴근길 행렬에 옴짝달싹할 수 없게 될 시간이라 마음이 급해진 재영이의 발걸음이 마음처럼 점점 빨라지더니 이내 반쯤 뛰다시피 하면서 캠퍼스를 벗어났다. 내딛는 걸음을 재촉한 덕분인지 열차 시간에 딱 맞춰 역에 도착해 좌석에 앉고 나서야 비로소 한숨을 돌릴 수 있었다. 마스크 너머로 가쁜 숨을 몰아쉬던 호흡이 안정되자, 꼭 직접 만나서 전해야 한다는 재민의 이야기가 무엇인지 궁금하면서도 한편으로는 걱정이 되기 시작했다. 재민의 말을 듣고 놀라기 전에 미리 여러 가지 경우의 수를 떠올려 보던 재영의 눈앞에 탁 트인 전망이 펼쳐졌다.

화창한 날씨 덕분에 저 멀리 있는 산의 녹음과 그 위에 올려진 커다란 뭉게구름까지 더해진 광경은 눈길을 사로잡기 충분했다. 그 평화로운 순간을 따라 빠르게 내달리는 열차의 속도를 따라오기 힘들었는지, 재영의 곁을 어슬렁거리던 걱정과 무거운 마음이 더는 속력을 내지 못하고 점차 멀어져갔다. 얼마쯤 지났을까, 종착역을 알리는 안내방송이 흘러나옴과 동시에 곳곳에서 짐을 챙기는 분주한 소음들이 모여 편안함에 녹아든 재영을 흔들어 깨웠다. 바쁜 움직임 사이로 정신을 차린 재영이 잊지 않고 재민에게 메시지를 남겼다.

'나 이제 곧 공항철도에서 내려. 너 어디에 있어? 아직 커피숍이면

내가 거기로 갈게.'

메시지를 보내자마자 열차가 목적지에 도착했고, 재영도 인파에 합류해 공항으로 들어섰다. 두리번거리며 출국장으로 가는 길을 찾는 재영에게 때마침 재민의 답장이 도착하며 길잡이가 되어주었다.

'나 여기 공항 3층 출국장 중앙 쪽에 있는 커피 n 웍스에 있어. 그 출국 수속 하는 곳 근처에 있는 초록초록한 느낌의 투명한 건물이니까 다른 곳으로 가지 말고. 안쪽 자리에 앉아있어서 바로 안 보여도 그냥 쭉 들어오면 나 보일 거야.'

재민이 알려준 대로 곧장 3층으로 향한 재영이 곧이어 초록색 넝쿨로 꾸며진 통유리의 커피숍을 발견하고 빠르게 걸어갔다. 콘센트가 있는 커피숍 바깥 자리는 이미 노트북과 스마트폰을 충전하며 이야기를 나누는 사람들로 여유가 없는 반면, 실내는 빈자리가 많아 상대적으로 좀 더 조용한 분위기였다. 커피숍에 들어와서도 재민의 모습이 보이지 않는 것에 순간 당황했지만, 조금 더 안쪽으로 발을 옮기자 휴대폰에 집중한 재민을 발견할 수 있었다. 재영이 조심스레 다가가 재민이 앞에 놓인 탁자를 두드리자, 재민이 기다렸다는 듯 고개를 들고 재영을 맞이했다.

"뭘 그렇게 심각하게 찾아보고 있냐? 진짜 무슨 일 있는 거 아니야?"

"아니래도 그러네. 형 바쁠 텐데 여기까지 와줘서 고마워. 급하게 오느라 목마를 텐데 형도 뭐 좀 마셔, 내가 살게."

소지품은 자리에 그냥 둔 채, 카운터로 향한 두 사람이 메뉴판을 올려다보며 음료를 골랐다.

"형, 뭐 마실래?"

"네가 사는 거니까 여기서 제일 비싼 거 먹어야지. 음… 목마르지만 그래도 커피 마실래."

"아, 아니다. 형, 커피 종류 말고 그냥 다른 거 마셔."

재영에게 선택권을 주는듯하더니 갑자기 막무가내로 메뉴에 제한을 걸어버리는 재민을 보며 재영이 순간적으로 짜증 섞인 목소리로 왜 그러냐며 물었다.

"내 생각에 일단 오늘은 주스나 차를 마시는 게 좋을 것 같아. 아, 기왕이면 숙면에 도움이 되는 허브차도 괜찮겠다. 허브차로 마셔."

"아, 네 마음대로 고를 거면 굳이 왜 물어봤어. 그리고 나 오늘 집에 가서 마무리해야 할 것들 산더미여서 카페인 신의 도움이 절실한데 무슨 숙면이야."

"오늘 하루 푹 잔다고 해서 큰일 나지 않아. 오히려 푹 잠들지 않으면 두고두고 크게 아쉬울 거라고."

어딘가 확신에 찬 목소리로 단호하게 말하는 재민을 보며 재영이 이해가 안 간다는 듯 꿍얼거리면서도 결국 한발 물러섰다. 결제를 마치고 진동벨을 받아 다시 자리로 돌아온 재영이 재민의 머그컵에 담긴 음료를 확인하고 소리쳤다.

"야, 장거리 비행하는 너는 커피 마시면서!"

"아, 여기는 카페라테가 진짜 맛있어. 형도 다음에 이 지점으로 오게 되면 카페라테 마셔봐."

"내가 당분간 공항에 또 올 일이 뭐가 있다고! 나도 그냥 커피 마실 걸, 안 그래도 지금 카페인 주입해 줘야 하는 시간이었는데. 하여튼 유재민 오늘따라 더 별나게 굴어."

재영이 투덜거리는 사이 음료가 준비되었는지 탁자 위에 올려둔 진동벨이 흔들리기 시작했다. 심술이 난 재영을 대신해 카운터에서 음료를 받아온 재민이 친절하게 재영의 앞에 따뜻한 허브차를 놓아주었다. 괜히 재민을 한번 흘겨본 재영이 따스한 기운이 감도는 허브차를 살짝 식혀 조심스레 한 모금 삼켰다. 따끈한 온기와 편안한 허브향이 재영을 감싸 안기 시작하자, 조금씩 차분함을 되찾은 재영이 더 지체하지 않고 본론으로 들어갔다.

"자, 이제 나를 여기까지 부른 이유가 듣고 싶은데. 설마 진짜로 너 배웅하라고 부른 건 아닐 테고… 무슨 일이야?"

직진으로 들어온 재영의 질문에 주저하던 재민이 가방 주머니에서 무언가를 꺼내 탁자 위에 올려두었다. 무심코 집어 든 재영의 표정이 순식간에 일그러지더니 또다시 재민을 향해 짜증이 날아들었다.

"야, 진지하게 이야기하라니까 무슨 과자를 꺼내고 있어. 그것도 모자라 알맹이는 어디 가고 빈 과자 봉지만 주냐. 너 오늘 진짜 나한테 왜 이래? 너 이번에 들어가면 다시는 나 안 볼 작정이야, 그래?"

공복에 카페인으로 의지하던 체력마저도 점차 바닥이 나고 있어서인지 한껏 예민해진 재영이 재민을 쏘아붙였다. 익숙한 상황인 듯 굴하지 않은 재민이 가방에서 초코바를 하나 더 꺼내 재영에게 밀어주며 말했다.

"진짜 장난 아니니까, 일단 먹으면서 들어."

재영이 초코바 포장지를 뜯으며 고개를 끄덕였고, 재민이 한껏 목소리를 낮추며 이야기를 시작했다.

"형, 이 과자 포장지 어딘가 이상하지 않아?"

재영이 초코바를 입에 욱여넣으며 과자 포장지를 슬쩍 보고는 휘둥그레진 눈으로 답했다.

"과자 포장지 안에 과자가 없다는 점이 내 눈에는 제일 이상해 보이는데? 아, 어? 이거 혹시 몇 년 전에 나왔던 그 한정판 과자 아니야? 이거 요즘에 다시 나와?"

야단스러운 재영의 반응에 증명이라도 된 듯 확신에 가득 찬 재민이 나지막이 말했다.

"아니, 이거 몇 년 전에 나왔던 그 한정판 과자 맞아. 근데 이 포장지는 내가 어젯밤에 과자 먹고 남은 거야."

알쏭달쏭하기만 한 재민의 말에 재영의 표정이 황당함으로 물들며 재민의 말을 정리했다.

"그러니까 지금 네 말은 몇 년 전에 사둔 과자를 네가 어젯밤에 먹었고, 지금 탁자 위에 있는 이것들이 그 과자 먹고 남은 쓰레기라는 거지?"

재영이 한껏 싸늘해진 눈빛으로 재민을 쳐다보며 나지막하게 속삭였다.

"너 진짜 나랑 장난하냐. 중요하게 할 말 있다고 해서 열 일 다 제쳐놓고 부리나케 달려왔더니, 왜 자꾸 쓸데없이 과자 얘기만 하는 건데."

인내심에 한계가 온 듯한 재영을 보면서 당황한 재민이 손을 내두르며 해명하기 시작했다.

"아니야, 정말 장난 아니고 이제부터 할 이야기에 이게 중요한 단서여서 먼저 말한 거야."

그리고는 재민이 잃어버리지 않도록 바지 주머니 안쪽에 넣어두었던 작은 향수병을 조심스레 꺼내어 재영에게 건네주었다. 예상 밖의 물건을 건네받은 재영이 추가 설명을 요구하는 듯 재민에게 눈짓을 보내려다 텅 비어있는 향수병을 확인하고는 얼굴이 붉게 물들어 갔다.

"유재민, 아까는 다 먹은 과자 봉지더니 이번에는 텅 빈 향수병이네? 야, 너 진짜 나랑 뭐 하자는 건데. 진지한 척하면서 왜 자꾸 나한테 쓰레기를 버려."

"아, 왜 자꾸 쓰레기래. 진짜 쓰레기 아니래도! 그리고 향수병을 살짝 흔들어 봐, 아주 조금이기는 해도 바닥에 좀 남았단 말이야. 어, 그렇게 막 흔들면서 뿌리려고 하지 말고."

재민의 말을 듣던 재영이 마구잡이로 향수를 뒤집어 보며 흔들더니 뚜껑을 열고 얼마 남지 않은 소량의 향수를 허공에 뿌리려고 했다. 재민이 향수병을 들고 있는 재영의 손을 잡으며 가까스로 향수 분사를 막아내고는 황급히 재영의 손에서 향수 뚜껑을 뺏어와 닫았다. 그리고 자못 심각한 목소리로 재영을 공항까지 일부러 불러낸 이유에 대해 말을 꺼냈다.

"형, 지금부터 내가 하는 말이 다소 이상하게 들리더라도 절대 장난이나 거짓말은 아니니까 오해하지 말고 들어줘."

재영이 결연한 재민의 표정을 보고 덩달아 진지해져 침을 꿀꺽 삼키고는 말없이 고개를 끄덕였다. 재민이 지난밤 수진과 나누었던 대화와 문제의 그 향수, 그리고 어젯밤 꿈인지 과거로의 여행이었는지 알 수 없는 순간에 대해 자신이 알고 있는 모든 것들을 숨김없이 재영에게 모두 털어놓았다. 처음에는 재민의 장난으로만 치부하며 시큰둥

한 태도로 흘려듣던 재영도 계속되는 재민의 이야기에 점차 매료되어 갔다.

"그러니까 이 과자 포장지가 과거로 돌아갔던 어젯밤에 네가 공항에서 먹고 급하게 넣어두었던 거란 말이지?"

"응, 형도 아까 말했잖아. 이 과자 한정판이었는데 요즘 다시 나오냐고. 내가 겪은 일이지만 솔직히 나조차도 믿을 수 없어서 혹시 누군가 다 먹은 과자 봉지를 나 몰래 내 가방에 넣어둔 건 아닐까 하는 생각까지 했었거든. 차라리 그편이 더 설득력이 있으니까. 근데 이 과자가 요즘은 나오지 않는 거라면, 내가 꿈이든 기억이든 무언가를 통해 잠시 과거 그 순간에 다녀왔다는 게 오히려 더 말이 되지 않아?"

재민의 말을 듣고 곰곰이 생각하던 재영이 어떤 반박도 하지 못하고 한숨만 깊게 내쉬며 고개를 끄덕거리다 물었다.

"그렇다면 아까 전화로 우리 두 사람이 나아갈 시간에 관한 이야기라는 건 뭐야? 과거에 다녀온 사람은 너 혼자인데, 나는 왜?"

"내가 이 과자 포장지를 내 가방 앞쪽 주머니에서 발견하고, 단순히 쓰레기가 아닌 이게 지난 순간의 그 과자에서 나온 거라는 걸 알아차렸을 때 마지막으로 아빠랑 나눴던 말 중에 마음에 걸리는 게 있어서 물어봤거든. 엄마한테 형 졸업식에 대해서."

"응? 내 졸업식?"

갑자기 이야기에 본인이 등장하자 눈이 휘둥그레진 재영이 손가락으로 자신을 가리키며 묻자, 재민이 의미심장한 표정을 지으며 재영의 궁금증을 조금씩 풀어주었다.

"응, 형이 지난번에 나한테 그랬었지. 엄마, 아빠께 말씀드리지 않

았는데 졸업식 당일에 갑자기 찾아오셔서 형도 급하게 졸업식에 참
석했었다고. 근데 법과대학 졸업식이랑 날짜가 달랐는데 어떻게 알고
오셨는지 모르겠다고."

재민의 브리핑에 격하게 고개를 끄덕이며 동조하던 재영이 알아낸
정보를 빨리 이야기해 보라는 듯 눈으로 재촉했다.

"엄마께 여쭤봤더니, 아빠께서 직접 형 학교 홈페이지 들어가셔서
확인하셨대. 근데 내가 분명 어젯밤 아빠랑 이야기하면서 형이 나랑
같은 선택을 한다면 어떻게 하실 거냐고 물어봤을 때 그러셨거든. 갑
작스러운 진로 변경에 당황스럽고 어쩌면 순간적으로 화가 날지도
모르겠지만, 나와 똑같이 형도 형의 인생이 있는 거니까 결국에는 이
해하고 응원해 주실 거라고. 다만 본인이 정한 선택을 전할 때까지 너
무 오래 기다리게 하거나, 언젠가 탄로 날 얕은 거짓말들로 불필요한
유예기간만 늘리지는 않았으면 좋겠다고 하셨어. 이런저런 걸 종합해
봤을 때, 어쩌면 아빠는 형이 몰래 전과한 사실을 전부터 알고 계셨을
지도 몰라. 형이 생각하는 것보다 훨씬 더 이전부터."

재민의 말에 머릿속이 혼란스러워진 재영이 아무 말도 하지 못하
고 그저 멍하니 앉아있자, 재민이 다시 재영의 손에 향수를 건네주며
말했다.

"그러니까 형, 형도 이 향수를 통해서 후회를 털어버리고 위안을
얻을 수 있었으면 좋겠어. 엄마와 내가 다시 일어날 용기와 힘을 얻은
것처럼."

재영이 바닥에 얼마 남지 않은 향수병을 살짝 흔들어 보다 조금 전
과는 다르게 소중히 손으로 감싸들었다. 생각이 많아진 복잡한 얼굴

로 재영이 재민을 바라보며 어렵게 입을 떼었다.

"재민아, 나도… 나도 아빠를 만나서 솔직하게 고백하면 아빠께서 용서해 주실까? 아빠의 기대를 처참히 무너뜨린 걸로도 모자라 도리어 큰소리로 대들면서 실망감까지 안겨드린 나인데도? 나… 실은 아빠께서 갑자기 아프셨던 게 모두 다 나 때문인 것 같아서 늘 마음이 무거웠어. 아프신 시기도 그렇고, 내가 너무 속상하게 해드려서… 그 스트레스 때문에 병이 생기신 것만 같아서 아빠 보내드리고 늘 죄인 같은 마음으로 지냈어. 염치없지만 아빠를 다시 만나게 된다면, 내가 저지른 잘못을 조금이라도 만회해서 용서받을 수 있을까?"

언제나 자신감 넘치고 당차던 재영이 끝도 없이 지하로 파고드는 모습을 보이는 것이 낯설면서도 안쓰러워진 재민이 일부러 대수롭지 않은 일인 듯 가볍게 툭 던지며 말했다.

"형. 어릴 때부터 '영재 우리 재영이'라고 불리면서 형이 목표한 건 다 이뤄내고, 실패는 맛본 적이 없는 엄친아로서 선생님부터 친구들, 가족들 할 것 없이 다 형을 좋아하니까 세상이 형을 중심으로 돌아간다고 생각하나 본데. 너무 자의식 과잉 아니야? 모든 일들이 형으로부터 기인한다고 생각하면서 부담감을 느낄 필요는 없다고 생각해. 무엇 또는 누구 때문이 아니라 어떤 특별한 계기 없이도 때로는 그냥, 놓치고 지나쳤던 사소한 것들이 모이거나 상황이나 운이 나빠서 일어나는 일들도 있는 법이니까. 그리고 만약에 아빠께서 형한테 서운하셨다고 해도 그 이유 하나만으로 투병을 시작하게 되신 건 아닐 거야. 그러니까 이제는 어깨에 짊어지고 있는 죄책감과 책임감을 내려놓고 형이 계획하고 그려왔던 형의 길을 가."

담아두었던 생각을 진솔하게 이야기한 재민이 한결 편안해진 얼굴로 홀가분하게 웃더니 재영을 향해 눈을 맞추고 이야기를 계속했다.

　"그리고 이제는 내가 곁에 있을 테니까, 형은 미국이든 영국이든 대학교 박사과정이나 자세히 알아봐. 괜히 학기만 더 늦어지기 전에 얼른. 기억도 잘 나지 않는 까마득한 어린 시절 속 어느 날부터 지금껏 형이 그랬듯이 앞으로는 내가 형의 편이 되어줄게."

　어쩐지 쑥스러워진 재민이 재영의 눈을 살짝 피하더니 탁자 위에 놓인 빈 과자 봉지를 매만지며 조금 더 솔직해져 보았다.

　"지난번에 형이랑 단둘이 술 마신 날부터 생각한 건데… 나는 태어날 때부터 너무나도 똑똑하고 뛰어난 형 그림자에 가려져서 제빛을 못 보는 억울한 사람으로, 늘 피해자라고만 생각하며 살았어. 그런데 형이랑 이야기 나누면서 비로소 진실을 깨닫게 된 것 같아. 형은 내 가치를 삼켜버리려고 쫓아다니는 어두운 그림자가 아니라, 뜨거운 햇빛 속에서도 한 템포 쉬어갈 수 있게 해주는 그늘이었다는 걸. 형이 드리워 준 그늘 덕분에 그 아래에서 내가 더 자유롭게 온전한 나 자신으로 있을 수 있었어. 고마워, 형."

　성격부터 취향, 생각까지 어느 것 하나 맞는 게 없다며 정반대인 서로를 이해하지 못했던 두 형제였지만, 이제는 그 누구보다도 더 알아가고 싶은 상대가 되어가고 있었다.

　용기 내어 속마음을 보여준 재민이 괜히 어색하게 웃으며 농담인 듯 가볍게 말을 덧붙였다.

　"가만 보면 형만 늘 의젓하고 멋진 거 하더라? 이제부터는 그 어른스럽고 진중한 거 형 대신 내가 할 테니까, 적어도 이번만큼은 형 자신만 생각해."

약하고 여린 동생이라 튼튼한 자신이 보호하고 챙겨줘야 한다고 생각하며 지냈던 시간이 무색할 만큼 듬직하고 든든해진 재민의 모습에 재영이 자신도 모르게 의지가 되었다. 오랜 시간 굳어진 장남의 무게에 책임감까지 더해져 좀처럼 움직이지 않던 재영의 마음이 재민의 말에 흔들리기 시작했다. 재민의 말에 어떤 대답을 해야 할지 고민하는 동안, 재영의 결정을 기다리지 못하고 안내방송이 흘러나왔다.

'토론토로 향하는 KR073 편의 탑승 수속이 곧 마감됩니다. 아직 체크인하지 않으신 손님께서는…'

어젯밤과 비슷한 안내방송이 흘러나오자 마음이 급해진 재민이 재영의 답변을 기다리지 못하고 주섬주섬 가방을 정리했다. 덩달아 같이 조급해진 재영이 빠뜨린 물건은 없는지 체크하며 함께 재민의 소지품을 챙기고 자리에서 일어섰다. 보안검색대로 향하는 길, 말없이 걷던 재영이 출국장 자동문을 몇 발자국을 앞에 두고 멈춰 서서 재민에게 말했다.

"재민아, 고마워."

재영이 여러 의미를 담아 전한 메시지를 용케 알아들은 재민이 재영을 꼭 안으며 대답했다.

"응, 언제든 기다리고 있을 테니까 마음이 정해지면 편하게 연락해줘. 그리고… 도착하면 카톡 남길게."

재영의 끄덕임을 끝으로 쑥스러워진 재민이 서둘러 출국장으로 뛰어갔고, 손을 흔들며 자동문 너머로 사라졌다. 오가는 사람들 모두 시간에 맞춰 자신의 길로 움직이는 행렬 사이에서 재영이만 도착지를 잃어버린 듯 한참을 우두커니 서있었다. 공항의 커다란 창문 밖이 점점 더 짙어진 어둠으로 스며들 때까지 갈 곳을 정하지 못하고 멍하니 멈춰있던 재영이 천천히 발걸음을 옮겨 집으로 향했다. 비교적 가까운 인천 본가로 향할까 고민하던 재영이 곧이어 내일 일정을 떠올리고는 공항철도를 타러 계단을 내려갔다. 시간에 쫓기던 몇 시간 전과는 다르게 평소처럼 여유를 되찾은 재영이 갈 때는 일반열차에 앉아 여러 정류장을 스쳐 지난 뒤에야 목적지에 이르렀다.

학교 근처 자취방에 도착하자마자 마스크만 겨우 벗은 재영이 침대에 몸을 내던졌다. 금방이라도 쓰러질 듯 피곤해도 외출복을 입고는 절대 침대 위에 올라서지 않던 평소와 다르게 모든 것들이 귀찮고 의미 없게 느껴져 침대 위에 벌러덩 누워 천장의 전등을 바라보며 느리게 눈을 깜박였다. 바쁜 일정을 쪼개어 공항까지 다녀온 덕분에 피곤이 더 쌓인 데다 푹신한 침대 위에 누워있으니 순식간에 잠에 빠져들기 좋은 조건이었다.

잠이 들지 않기 위해 손발을 흔들어 가며 조금씩 움직이던 재영이 결국 몸을 일으켜 주방으로 향했다. 혼자 사는 원룸이라 몇 발자국을 떼지 않고도 어디든 갈 수 있는 공간이었지만, 피로가 누적된 상태라 그런지 내딛는 한걸음이 유난히 천근만근으로 무겁게 느껴졌다. 만사가 다 귀찮아져 모든 걸 내일로 다 미뤄두고 그냥 쉬고 싶었지만, 내일의 나를 믿을 수 없어 일부러 바삐 몸을 움직였다.

재영이 간단하게 저녁을 챙겨 먹고 노트북 앞에 앉은 지 얼마 지나지 않아, 졸음이 솔솔 몰려왔다. 눈을 부릅뜨며 고개를 흔들기도 하고 민트맛 목캔디도 입에 넣어봤지만, 밀려오는 졸음을 쫓아내기에는 역

부족이었는지 결국 커피를 마시러 향했다. 수납장을 열자마자 보이는 커피믹스에 자연스럽게 손을 가져가던 순간, 재민이 했던 말이 귓가에 맴돌았다. 특별히 신경 쓰지 않고 흘려들었던 말이 자꾸만 떠오르는 것에 어딘가 마음이 불편해져 결국 디카페인 커피로 타협을 마치고 매듭을 지었다.

진녹색 몸통에 손잡이는 금빛으로 마무리가 된 머그잔에 따뜻한 물을 넉넉하게 넣어 한층 더 연해진 커피를 들고 책상 앞으로 돌아온 재영이 이내 인터넷 강의에 빠져들었다. 과목을 바꿔가며 연달아 몇 강의를 듣고 나자 어느덧 자정을 한참 넘긴 다음 날 새벽이 되어있었다. 의자에 앉은 채로 하품하며 기지개를 켜던 재영이 휴대폰 시계를 확인하고는 서둘러 씻고 잠자리에 들었다.

머그잔 가득 물을 넣어 연하게 탄 디카페인 커피임에도 카페인은 카페인인지 노곤한 몸과 다르게 또렷한 정신에 재민이의 이야기가 가득 채워지기 시작했다. 눈을 감고 몸을 뒤척거릴수록 떠오르는 향수 이야기에 굴복한 재영이 수면 스탠드를 켜고 재민에게 받은 향수를 찾았다.

공항에 입고 갔던 바지 주머니에서 작은 향수병을 꺼내어 들고 침대로 돌아온 재영이 한참을 이리저리 향수병을 돌려가며 살펴보았다. 스탠드 불빛에 반사되어 은은한 무지갯빛을 내는 향수 뚜껑을 제외하고는 특이한 점을 찾아볼 수 없는 향수에 신비한 힘이 있다는 말을 선뜻 받아들이기 힘들었다. 하지만 시종일관 진지한 태도와 표정으로 말하던 재민이를 떠올린 재영이 결심한 듯 향수의 노즐을 꾹 눌렀다.

얼마 남지 않은 양이어서 그런지 고르게 분사되지 못하고 금방 찔

끔거렸다. 당황한 재영이 다시 여러 차례 노즐을 눌러보았지만, 미량의 향수만 겨우 손에 묻어날 뿐 어떤 향도 느낄 수 없었다. 믿을 수 없는 이야기라고 생각하면서도 내심 기대했었던 건지 순식간에 실망감에 물든 재영이 시무룩한 표정으로 침대에 몸을 뉘었다.

"조금만 더 남겨주지. 향수 냄새를 맡아보지도 못해서 그런지 더 감질나네."

재영이 괜히 재민을 향해 투덜거리며 이불을 덮었다. 긴장이 풀려서인지 기대가 시들어서인지 똘망똘망했던 눈이 점점 흐려지며 눈꺼풀로 뒤덮여 갔다. 눈꺼풀의 속도가 현저히 느려지기 시작하고 재영의 정신도 아득해질 무렵, 숲속 한가운데 서있는 듯 싱그러운 풀과 나무 냄새가 상쾌하게 불어오기 시작했다.

재영이 감았던 눈을 뜨자, 서재에 있는 컴퓨터 앞이었다. 모니터 안에는 한국대학교 수시전형 합격자 조회 홈페이지 창이 열려있었다. 합격자 발표날이었던 건지 컴퓨터 책상 위에는 수험표가 휴대폰과 함께 결과를 기다리고 있었다. 얼마 뒤, 휴대폰에서 알람이 울리자마자 학교 홈페이지의 카운트다운이 마감되며 이름과 수험 번호, 주민등록번호를 입력하라는 창으로 바뀌었다. 이미 결과를 알고 있는 재영이었지만, 예전 그때 그 순간처럼 여전히 떨리는 마음으로 앞에 놓인 수험표의 숫자를 차례대로 침착하게 누르고 결과를 기다렸다. 꿈이라서 혹시라도 다른 결과가 나올까 조마조마하며 컴퓨터 화면을 응시한 순간, '한국대학교 신입생이 되신 걸 축하합니다!'라는 문구와 함께 최종 합격을 알려주었다.

"휴, 다행이다."

온전한 기쁨보다 먼저 안도의 한숨을 깊게 내쉰 재영이 휴대폰으로 덕훈과 수진에게 전화를 걸어 합격 소식을 전하자, 전화기 너머의 목소리가 점점 커지기 시작하더니 소란스러운 축제 분위기로 바뀌었다. 전화를 끊고 난 후에도 몇 번이고 재차 합격 사실을 확인하고 나서야 마음을 놓은 재영의 머릿속으로 힘겹게 공부를 이어갔던 순간들이 주마등처럼 스쳐 지나갔다.

총명하다고 칭찬을 듣기 시작하던 유치원생 때부터 재영을 만난 주변 사람들은 아빠의 뒤를 이어 판, 검사가 될 재목이라며 하나같이 입을 모아 말했었다. 어릴 때부터 줄곧 들어오던 가벼운 말들은 너무나도 쉽게 재영의 진로를 결정해 버렸고, 주입된 선택이 재영이가 걸어가야 할 길이자 운명인 것처럼 받아들이게 했다. 주변에 의해 정해진 방향을 꿈이라 생각하고 성실히 따라간 재영이 첫 번째로 도착한 곳은 한때 덕훈의 꿈이자 목표였던 한국대학교 법학과였다.

덕훈이 사법연수원 교수로도 재직하고 있었던 시기라 주위 사람들은 재영이 법학과를 졸업하고 덕훈의 뒤를 이어 같은 법조인의 길을 걸어가는 것을 당연하게 여기는 분위기였다. 정작 당사자인 본인을 제외하고 다른 사람들 모두가 일사천리로 재영의 다음 목적지를 판단하고 결정짓는 상황에 불만도 있었지만, 재능도 있고 좋아하는 것도 많은 재민이와 달리 공부만 열심히 잘 해내는 재영에게 고르고 싶은 다른 선택지도 딱히 존재하지 않았다.

그 때문인지 비교적 자유로운 대학교 신입생이 되어서도 재영의 생활 패턴은 정해진 틀에 맞추어 지냈던 고등학교 생활과 크게 달라지지 않았다. 그저 새로운 공간에서 다양한 사람들을 사귀며, 진로와 조금 더 밀접하게 연계된 공부를 한다는 점이 다를 뿐이었다. 수강 신청했던 강의가 최소인원 미달로 갑작스럽게 폐강되면서 급하게 찾아 넣었던 다른 학과 수업이 가져온 나비효과만 아니었다면, 재영이의 미래는 다 헤아리기도 어려운 사람들이 무심코 던진 계획들로 조각조각 이어 붙여져 만들어진 모양으로 완성될 예정이었다.

갑자기 시공간이 뒤흔들리는 듯한 기분이 들더니, 곧이어 재영이 아까 전과는 다른 느낌의 책상 앞에서 눈을 떴다. 책상의 위치와 책상 위를 차지하고 있는 물건만 달랐을 뿐, 익숙하고 편안한 공간인 재영의 자취방이었다. 불과 몇 년 전임에도 불구하고 어딘가 반갑고 그리운 느낌에 재영이 펼쳐져 있는 책과 필기가 가득한 공책들을 눈에 담으며 새겨진 글자들을 손으로 쓸어보았다. 어느새 생각에 잠긴 재영이 꼬리에 꼬리를 무는 상념들을 뿌리치지 못하고 이리저리 끌려다니고 있을 때, 때마침 메시지 알림이 울리며 흐름을 끊어주었다.

'학교 일정 정확하게 정해지면 알려줘, 꼭!'

수진이 보낸 카톡을 확인한 재영이 무슨 일정인지를 떠올리려다 연달아 울리는 메시지 알림 소리에 화면 위의 알림 바를 내려 메시지를 확인했다.

'정치학과 학위수여식 장소가 변경되어 다시 안내해 드립니다. 당초에 안내해 드렸던 종합운동장이 보수공사 진행으로 인해 불가피하게 사회과학관에서 학위수여식이 진행될 예정입니다. 참석하실 학우

분들께서는…'

학과 사무실에서 보낸 메시지를 확인한 재영이 문자에 기재된 날짜를 다시 한번 보고는 휴대폰의 알림창을 내려 현재 날짜를 확인했다. 문제의 졸업식 바로 전날이었다.

이날 무슨 일을 했었는지 이전 기억을 더듬어 보던 재영의 머릿속에 메시지를 확인하고 무심하게 휴대폰을 책상에 내려두었던 순간이 떠올랐다. 처음부터 재영은 졸업식에 참석할 마음이 없었기 때문에 졸업식이 언제인지 알려달라던 수진의 물음에도 아직 정해진 게 없어 잘 모르겠다는 말만 성의 없이 되풀이하고 있던 참이었다. 수많은 날 중에서 왜 하필 지금 이 순간을 되짚어 보게 된 건지 생각해 보던 재영이 금방 그 의미를 깨닫고 급하게 어디론가 향했다.

능숙하게 비밀번호를 누르고 들어선 집 안에서 인기척이 들려왔다. 현관으로 발걸음 소리가 가까워지는 동시에 익숙한 목소리가 들려왔다.

"당신왔… 어, 재영이 네가 연락도 없이 웬일이야? 무슨 일 있어?"

광역버스 정류장에서 내리자마자 조급한 마음에 뛰어오느라 헉헉거리며 숨을 고르고 있는 재영의 곁으로 수진이 다가오며 묻자, 재영이 차오른 숨 때문에 한 문장을 내뱉는 것도 버거워 띄엄띄엄 대답하면서도 마침내 문장을 완성해냈다.

"아, 아빠, 아빠는. 아빠는 지금 어디 계세요?"

오랜만에 집에 오자마자 다급하게 아빠부터 찾는 재영의 모습에 수진이 벽에 걸린 시계의 시간을 확인하고 말했다.

"응? 아빠? 이 시간이면 아빠는 사무실에 계시겠지. 아, 오늘 재판 있다고 하셨었는데. 그게 오전이었나, 오후였나? 잠깐만 기다려 봐, 사무실로 전화를…"

수진이 휴대폰을 찾으러 거실로 향하는 순간 재영의 등 뒤에서 일정한 간격으로 버튼을 누르는 소리가 들려오더니 곧이어 현관문이 열렸다. 열린 문틈 사이로 예상치 못했던 인물이 등장하자, 재영과 수진이 동시에 놀라며 물었다.

"어, 벌써 퇴근하신 거예요?"

현관 입구에 모여 자신을 기다린 듯한 얼굴들을 향해 어딘가 멋쩍은 표정을 지어 보인 덕훈이 자연스럽게 신발을 벗고 집안으로 들어서며 말했다.

"의뢰인이 돈도 다 필요 없다면서 괘씸해서 합의는 절대 없다고 하시더니, 오늘 법정에서 재판 시작하자마자 갑자기 가능하면 합의해서 마무리하고 싶다고 하시더라고. 그 덕분에 생각보다 일찍 마무리되어서 빨리 집으로 왔지."

"그냥 합의해 주셨다고요? 난데없이 왜 마음이 바뀌셨대요?"

소송이 한창 진행 중이던 시기에 내려진 이례적인 결정의 원인이 궁금해진 수진이 덕훈의 뒤를 따르며 묻자, 덕훈이 뒤돌아보다 재영과 눈이 마주치자 똑바로 응시하며 대답했다.

"상대방에게 편지를 받으셨다나 봐요. 그 뒤로 진심 어린 사과도 직접 받으셨다면서, 한순간의 선택이 마음속의 얼룩으로 남아 앞으로 보낼 시간들 사이사이에 후회로 떠오르게 하고 싶지 않으시대요. 그러고 보면 결국 중요한 순간 사람의 마음을 움직이는 건 꾸밈없는 진심인 것 같아요."

뭔가를 꿰뚫어 보는듯한 덕훈의 눈빛을 어색하게 살짝 피한 재영이 준비했던 말을 차마 입 밖으로 꺼내지 못하고 입술만 깨물며 주저했다. 덕훈의 이야기에 집중해있던 수진이 뒤늦게 재영의 방문 목적을 떠올리고 재영을 돌아보았다.

"참, 재영이 너 아까 아빠 찾지 않았어? 오랜만에 집에 오자마자 섭섭하게 엄마는 안중에도 없고 아빠부터 찾더니 정작 만나니까 아무 말도 없네, 중요한 일 있던 거 아니었어?"

수진의 말에 정신을 차린 재영이 쉽사리 말을 꺼내지 못하고 우물쭈물하자, 서재로 들어가려던 덕훈이 들어오라며 재영을 향해 손짓했다. 얼떨결에 뒤따라 들어간 재영이 책상 앞에 앉아 무언가를 찾는 덕훈의 옆에 어색하게 섰다.

"잠시만 기다려 줄래? 사무실에 사건 관련된 법조문을 알려줘야 할 게 있어서."

고개를 끄덕이며 짧게 대답한 재영이 우두커니 서서 방 안을 둘러보았다. 손때가 묻은 각종 법률 서적들이 책장 안을 빼곡하게 채우며 여전히 자리를 지키고 있었고, 미처 자리를 차지하지 못한 새로운 책들과 서류들은 책장과 책상 주변의 귀퉁이에 겨우 걸터앉아 간신히 매달려 있었다. 뒤죽박죽 엉켜있는 종이 더미들이 만들어 낸 복잡하고 어수선한 분위기와 달리 코끝을 간질이듯 은은하게 풍겨오는 산뜻한 향기에 재영의 긴장이 서서히 풀려갔다. 방 안을 가득 메운 신선한 나무 향기로 인해 마치 비가 내리다 그친 촉촉한 숲속을 거닐고 있는 듯한 기분에 사로잡혀 편안함을 느꼈지만, 동시에 아빠와 심하게 다투었던 내일의 기억이 떠올라 재영에게 이 공간이 자꾸만 괴롭게 다가왔다.

사무실로 메일을 보내던 덕훈이 미묘하게 점점 굳어지는 재영의 표정을 눈치채고 아무렇지 않은 척 태연하게 말했다.

"재영이 너 귀찮다고 운동 안 한 지 꽤 됐지, 집에 온 김에 너도 아빠랑 근처 호수공원 좀 같이 걷자. 얼른 옷 갈아입고 나올 테니까 현관 입구에서 기다려."

재영이 대답할 틈도 주지 않은 채 서재를 나가, 안방으로 들어간 덕훈이 빠르게 편한 복장으로 갈아입고 현관으로 향하는 복도로 나왔다. 멍하니 서 있는 재영의 등을 떠밀며 현관을 지나 집 밖으로 나온 덕훈이 공원을 향해 앞장서서 걸었다. 이따금 재영이 다른 길로 새지 않고 잘 따라오고 있는지 뒤돌아보며 확인하고는 빨리 오라고 재촉하던 덕훈이 공원 입구에 다다르자 발걸음을 재영의 속도에 맞추며 나란히 걸었다. 가을이 가까워져 오고 있어도 아직은 꽤 더운 날씨에 두 사람의 입에서 뜨거운 숨이 끊임없이 새어 나왔다. 한참을 말없이 걷던 두 사람의 침묵이 어색하지 않고 자연스럽게 느껴질 때쯤, 덕훈이 먼저 고요함을 흔들어 깨웠다.

"이렇게 아무런 생각도 하지 않고 무작정 걷다 보면 힘들고 어렵게 느껴지던 것들이 조금씩 풀리는 듯한 기분이 들더구나. 그게 감정이든, 생각이든 또는 상황이든. 네가 조금 더 가볍고 편안해지면 이야기해 줘. 아빠는 언제든지 들을 준비가 되어있으니까."

재영이 꺼내려고 하는 말을 꼭 이미 다 알고 있는 사람처럼 의미심장한 말을 남긴 덕훈이 계속해서 걸었다. 재영도 그 뒤를 따라 한참을 걷고 또 걸으며 마음을 다잡았다. 커피숍과 함께 마련된 전망대에 다 다른 두 사람이 전망대 꼭대기를 향해 계단을 올랐다. 폭이 넓은 나선형 계단을 따라 건물 주위를 빙글빙글 돌아가며 올라가자 어느새 공원의 전경을 한눈에 담을 수 있는 탁 트인 공간에 도착해 있었다.

쉬지 않고 올라오느라 가빠진 숨을 급하게 고르는 두 사람의 입에서 쉴새 없이 불씨가 없어 보이지 않는 연기가 내뿜어져 나오고 허공에 흩어지기를 반복했다. 호흡이 일정해지기 시작할 무렵, 옥상 난간으로 가까이 다가간 재영이 공원을 내려다보며 숨을 깊게 들이마셨다. 아직은 미지근한 늦은 여름 바람을 맞으며 청량한 공기를 들이마시자 복잡했던 재영의 머릿속도 한결 맑아지는 것만 같았다. 흐르는 땀을 식히려고 연신 손부채질을 하느라 손끝이 빨개질 무렵, 덕훈이 재영의 곁에 다가와 섰다.

덕훈도 재영이처럼 공원을 바라보며 시원한 공기로 정신을 깨웠다. 가까이에 있을 때는 커다랗게만 느껴지던 모든 것들이 멀리서 보니 그저 아기자기한 물방울들이 옹기종기 모여있는 것만 같았다. 미니어처처럼 작아진 형체 때문인지, 아니면 걸으며 비워낸 생각 때문인지 왠지 모를 용기를 얻은 재영이 전보다 제법 힘 있는 목소리로 덕훈을 향해 말했다.

"아빠, 저 사실 두 분께 고백할 거 있어요. 저, 저도 재민이처럼 엄마, 아빠 몰래 전과했어요. 정치학과로요… 이제야 말씀드려서 정말 죄송해요."

멍하니 경치를 눈에 담던 덕훈이 재영의 갑작스러운 고백에 놀란 듯 두 눈이 커졌지만, 이내 차분한 목소리로 되물었다.

"그래, 바꾼 전공은 어때? 법학보다 네 적성에 더 잘 맞는 것 같아?"

한없이 다정한 말투와 목소리로 물어오는 덕훈에게 재영도 조금 더 편안한 마음으로 자신의 속마음을 털어놓기 시작했다.

"네… 그래서… 원래 계획했던 로스쿨 대신에 대학원을 가고 싶어요. 인문사회계열 전공자의 설 자리가 점점 더 없어지고 있어서 힘든 길이 될 거라는 걸 잘 알지만, 그래도 허락해 주신다면 좀 더 공부해 보고 싶어요."

말을 마친 재영이 슬그머니 덕훈의 눈치를 살피며 쭈뼛거렸다. 재영의 폭탄선언을 들었음에도 덕훈은 덤덤한 얼굴로 생각에 빠진 듯 아무런 말이 없다가 이내 입을 열었다.

"그래, 하고 싶으면 해야지. 솔직한 심정으로는 지금이라도 늦지 않았다며 뜯어말리고 싶은 게 내 마음이지만, 내가 그런다고 재영이 네 마음이 달라지는 것도 아닐 테니까."

공원의 끝자락을 응시하던 덕훈이 몸을 돌려 재영을 바라보며 이야기를 이어나갔다.

"얼마나 좋았으면 네가 그런 선택을 했을까 싶구나. 나랑 엄마가 지금까지 살아온 삶의 바탕으로 최적의 코스나 목표로 가는 최단 거리를 안내해 줄 수는 있겠지만, 결국 그 길을 걸어가는 건 너 자신이고, 너에게 주어진 네 인생이니까 이제 아빠랑 엄마는 묵묵히 뒤에서 응원할게. 재영이 네가 한 선택이 너를 행복으로 이끈다는 걸 우리 두 사람에게 보여주겠니?"

따뜻함과 사랑이 묻어난 덕훈의 말에 코끝이 찡해진 재영이 고개를 푹 숙이며 대답했다.

"네, 두 분 기대를 저버리고 실망하게 해드려서 정말 죄송해요. 이해해 주서서 감사하고요…"

"원래 인생은 계획대로 되지 않는 법이잖아. 뜻한 바를 이루지 못해서 가슴 아프기도 하지만, 때로는 그로 인해 찾아낸 다른 무언가 덕분에 또다시 가슴 설레기도 하는 그런 게 삶 아니겠니? 더 기다리게 하지 않고 먼저 이야기해 줘서 고맙다."

덕훈이 격려하며 재영의 어깨를 두드리자, 덕훈과 눈을 맞춘 재영이 용기를 내 말했다.

"감사해요… 저기, 혹시… 내일 스케줄이 어떻게 되세요? 바쁜 일 없으시면, 엄마랑 같이 제 졸업식에 와주실 수 있으세요?"

"당연하지, 네 졸업식 가려고 진작에 일정 비워뒀는걸. 섭섭하게 초대 안 해주려고 했어?"

덕훈의 뜻밖의 대답에 당황한 재영의 눈이 지진이라도 난 듯 빠르게 이리저리 흔들렸다. 조금도 예상하지 못했는지 어안이 벙벙한 재영의 모습에 덕훈이 살며시 웃으며 말했다.

"네가 하도 이 핑계, 저 핑계 대가면서 대답을 회피하길래 내가 직접 학교 홈페이지 들어가서 확인하고, 학과실에 직접 전화도 해봤어. 내가 정치학과랑은 좀 인연이 깊거든."

덕훈의 이야기를 전혀 따라가지 못한 재영이 멍하니 덕훈의 얼굴만 쳐다보자, 덕훈이 재밌다는 듯 크게 웃으며 이야기를 이어갔다.

"아이고, 재영이 네가 은근히 둔한 구석이 있네. 너 군대 갈 때, 대게 1학년이나 2학년 마치고 가는데 왜 굳이 3학년까지 한 학기를 더 다니고 가겠다고 하는지 좀 의아했었거든. 그래도 그냥 그러려니 하고 넘어갔는데, 어느 날 학교에서 전화가 온 거야.

재영이 학생이랑 연락이 안 되어서 부모님께 대신 연락드렸다고. 지난 학기에 장학생 선정 기준이 달라졌는데 미반영된 금액으로 납부가 되어있어서 잘못 납부된 금액 일부를 환급해 드리려 하니 환급받으실 계좌를 알려달라고 하시더라. 그래서 알려드리고 일단락되는 줄 알았는데, 통화가 끝나고 생각해 보니 처음에 그냥 흘려들었던 안내 인사말이 자꾸 마음에 걸려서 그 번호로 다시 전화해서 물어봤지. 저기, 방금 통화했던 유재영 학생 학부모인데 법학과 맞냐고. 거기서 교직원분이랑 통화하다가 다 알게 되었어."

덕훈의 이야기를 듣고 얼굴이 당황스럽다 못해 새하얗게 질린 재영이 더듬거리며 물었다.

"아, 아니. 다, 다 알고 계셨으면서 왜 먼저 말씀 안 하셨어요?"

"우리는 네가 먼저 말해주길 기다렸지, 네 선택과 의사를 존중하니까. 솔직하게 말하면 전화 끊고 나서 처음에는 황당하고, 화도 나고 어이가 없어서 막 헛웃음이 나왔는데. 나중에는 아무리 기다려도 네가 우리에게 솔직하게 얘기해 주지 않아서 서운하고 많이 섭섭하더라. 그동안 얼마나 믿음을 못 줬으면 결국에 탄로 날 일을 어떻게든 피하고 숨겨보겠다고 계속 거짓말을 하는 걸까 싶어서. 너 오늘 이렇게 와서 먼저 이실직고 안 했으면, 우리 둘이 내일 무작정 졸업식 찾아가서 담판을 짓고 올 생각이었어. 마지막까지 정말 하도 괘씸해서, 근데 오늘 먼저 와서 엉켰던 마음들을 풀었으니까 괘씸죄는 사해줄게."

말을 마치고 환하게 웃는 덕훈을 보고 오랜만에 재영도 함께 편안하게 웃어 보였다.

그 사이 조금 더 서늘해진 공기에 전망대를 내려온 두 사람이 천천히 집을 향해 걷기 시작했다. 어느새 저녁노을이 지며 하늘이 붉은빛 주황색으로 물들어갔다. 등 뒤로 길어진 그림자를 매달고 나란히 걸어가는 두 사람의 뒷모습이 한층 더 가까워져 있었다. 노을에 물든 호숫가의 바람을 타고 짙은 풀 내음이 싱그럽게 불어왔다.

호수를 따라 나란히 놓인 산책로를 걸으며 내일 졸업식 끝나고 뭘 먹으러 가면 좋을지와 같은 일상적인 이야기를 나누던 덕훈이 문득 재영에게 물었다.

"참, 근데 수많은 과 중에서 어떻게 정치학과에 관심을 두게 된 거야?"

"아, 그게요… 1학년 때는 아무것도 모르니까 그냥 주어진 전공이랑 교양 필수과목 위주로 시간표를 짜서 학교에 다녔었는데 2학년은 좀 다르잖아요. 근데 하필 2학년 첫 학기에 갑자기 수강 신청이 꼬이게 되면서 어쩔 수 없이 다른 학과 전공 선택 과목을 듣게 되었거든요. 그때 만났던 정치학과 민혁이 형이 조별 과제도 끼워주고 잘 챙겨줬어요. 게다가 집도 가까워서 자주 밥도 먹고, 같이 공부도 하다 보니 저도 모르게 스며들어 있더라고요. 민혁이 형이 정치학이랑 외교학을 복수전공 중이었는데 형 어깨너머로 이것저것 보고 듣다 보니 제가 공부하던 법학과는 또 다른 새로운 매력을 느꼈어요. 그때까지만 해도 잠깐의 신선함으로 끝일 줄 알았었는데…"

재영이 코끝에 맴도는 선선한 공기를 크게 들이마시며 숨을 한번 고르더니 다시 차분하게 이야기를 이어갔다.

"그러다 어느 날 학과 모의재판에 참여하게 되었는데, 제로섬 게임으로 승자와 패자 단 두 가지로만 갈리는 재판이 너무 냉정하게만 느껴졌어요. 거기에다 의뢰인에 대한 변호와 법조인 개인이 갖는 신념이 상충하는 경우, 그 사이에서 느껴지는 괴리감이 너무 커서 많이 혼란스러웠던 것 같아요.

그 이후로 전공에 대해 많이 방황도 했지만, 처음에는 복수전공을 해서라도 어떻게든 법학을 놓지 않을 생각이었어요. 오랜 시간 동안 계획해 왔던 길도 있었고, 로스쿨 제도 때문에 사실상 법학과로는 마지막 학번이었으니까요. 근데 정치학이랑 외교학 둘 중에서 어떤 걸 포기해야 할지 도저히 고를 수가 없었어요. 그렇다고 세 가지 모두를 안고 가기에는 그건 정말 미친 짓 같아서… 이왕 이렇게 마음먹은 거 이번 한 번만 모르는 척 눈 딱 감고 내 마음대로 해봐야겠다 싶어서 그런 거예요. 저까지 제멋대로 굴어서 죄송해요."

또다시 덕훈의 눈치를 보는 재영을 느끼고 걸음을 멈춰선 덕훈이 따뜻하게 말했다.

"지난 시간과 계획들을 모두 맞바꾸고 싶을 만큼 너에게 떨림과 설렘을 주는 무언가가 있어서 아빠는 기뻐. 수없이 많은 고민 끝에 내린 결정이니까, 집에 올 시간도 아껴가며 재영이 네가 처음으로 선택한 길을 힘껏 걸어가 보렴. 그리고 너의 열정으로 얼마나 멋진 선택이었는지 우리에게도 보여줘."

덕훈의 응원에 내일의 시간이 떠올라 오버랩되면서 재영의 눈시울이 붉어졌다. 늦은 오후의 제법 거세진 호수 바람을 빌려 차오른 눈물을 열심히 말려내자, 덕훈이 웃으며 이야기를 더했다.

"만약에 열심히 걷다가 또 다른 새로운 선택의 기로 앞에 서게 된다고 해도 늘 같은 행보를 보이지 않아도 괜찮아. 다만, 지금껏 그래 왔듯이 매 순간 후회 없이 최선을 다해주면 좋겠구나. 졸업, 진심으로 축하한다. 사랑하는 아들, 재영아."

말을 끝으로 활짝 웃어주는 덕훈을 보며 비로소 마음이 놓인 재영의 눈에서 눈물이 걷잡을 수 없이 쏟아지기 시작했다. 아직 미적지근하기만 한 호수의 바람으로는 날려 보내지 못한 눈물이 쉴 새 없이 재영의 얼굴을 타고 흘러내렸지만, 지금까지의 그 어떤 순간보다 벅찬 기쁨과 행복감으로 충만함을 느끼는 재영이었다. 산책로 한가운데서 어린아이처럼 엉엉 울고 있는 재영을 보며 가까이 다가간 덕훈이 꼭 안아주었다. 덕훈의 옷에 매달린 은은하고 익숙한 머스크 향기가 주변 가득 놓여있는 나무들과 풀 내음과 뒤섞여 함께 재영을 감싸 안아주었다.

눈물과 콧물 범벅이 된 채로 자취방 침대에서 눈을 뜬 재영이 얼떨떨한 기분에 주변을 둘러보았다. 코끝에 짙은 나무 향기가 맴돌고 왠지 모르게 손발이 서늘한 느낌이었지만, 어젯밤 잠들기 전 상태 그대로의 모습을 간직한 자신의 자취방이 맞았다. 당황스러운 기분에 손을 길게 뻗어 더듬더듬 침대 위에 놓인 휴대폰을 급하게 찾아들고 현재 날짜까지 제대로 확인하고 나서야 비로소 편하게 벌러덩 몸을 맡길 수 있었다.

지난밤을 떠올릴수록 뭐가 뭔지 점점 더 미궁 속으로 빠져드는 듯한 혼란스러운 기분에 재민에게 연락해 보려다 비행시간을 계산해 보고는 전화 다이얼 창을 닫았다. 일단 메시지라도 남겨놓을까 고민하던 재영이 어디서부터 어떻게 이야기해야 할지 정리가 되지 않아 포기하고는 어젯밤 기억들을 복기하는 것부터 시작했다. 대학교 합격 결과를 확인했던 순간부터 학과 사무실에서 온 문자를 받고 집으로 향했던 일, 덕훈과 호수공원을 돌며 진솔한 대화를 나누었던 시간까지 찬찬히 되짚어 보던 재영의 머릿속으로 번뜩이는 무언가가 스쳐 지나갔다.

"아, 졸업식! 그다음 날이 졸업식이었으니까 여기 어딘가에 사진이 있을 거야. 분명 어색하게나마 기념으로 한 장 찍었던 것 같은데… 왜 안 보이지?"

재영이 갤러리 앱을 열고 사진 폴더 이곳저곳을 뒤적였다. 졸업식 이후로 휴대폰을 바꿨어도 웬만한 자료들은 그대로 백업해서 가져왔기 때문에 파일들이 뒤엉켜 있기는 해도 틀림없이 어딘가에는 저장되어 있을 것이었다. 카메라 폴더부터 기억, 추억, 동영상 폴더까지 졸업식 사진이 있을법한 폴더들을 처음부터 끝까지 한 장씩 다 넘겨 보았지만, 흔적조차 없는 것에 실망한 재영이 뒤로 가기 버튼을 터치했다. 커다란 사진 한 장에서 조각조각의 여러 사진이 들어있는 폴더로, 또 폴더와 폴더들이 모여있는 앱의 메인으로 되돌아가던 순간 카톡에서 내려받은 폴더가 눈에 들어왔다. 혹시나 하는 마음에 하나씩 모두 확인하던 그때, 파란색 학사복과 학사모를 쓴 사진이 나타났다.

다소 굳은 얼굴로 가족사진처럼 찍었던 이전 기억 속의 사진이 아닌 꽃다발을 들고 편안하게 활짝 웃고 있는 재영의 모습이 담겨있었다. 하나씩 넘긴 페이지마다 자연스럽고 행복한 표정으로 재영의 졸업을 축하해 주고 있는 덕훈과 수진의 모습이 휴대폰 화면을 가득 채웠다. 화면 너머로 덕훈과 함께일 때면 느낄 수 있었던 은은한 풀 내음이 나는 것만 같았다. 사진을 보며 덩달아 함께 미소 짓던 재영이 마음을 정한 듯 기지개를 한번 크게 켜고 침대 밖으로 나와 블라인드를 돌돌 말아 올리며 창문을 활짝 열었다.

시끄러운 바깥 소음을 차단하기 위해 늘 창문을 꼭 닫아두었던 통에 굳게 닫혀있던 유리창이 삐걱거리며 둔하게 밀려났다. 좁은 방이라 몇 발자국을 떼지 않고도 책상 앞으로 다가선 재영이 겹겹이 쌓여있는 책들을 정리하기 시작했다. 간밤에 잠들기 직전까지 인터넷 강의를 들으며 풀다가 놓아둔 LEET 시험 문제집들과 노트들이 색색이 펜들과 함께 뒤엉켜 책상 위에서 그들만의 질서를 새롭게 만들어 내고 있었다. 촉이 삐죽 튀어나온 펜부터 제멋대로 펼쳐진 책과 휴먼즐림체가 가득 담긴 공책까지 각각 따로 분리해 모두 덮은 재영이 차례대로 층층이 쌓아 책상 가장 귀퉁이로 밀어두고 사뭇 진지한 표정으로 노트북에 무언가를 검색하는 데 집중했다.

열어둔 창문으로 자동차가 지나가는 소음과 이따금 아이들이 재잘거리는 소리가 방 안으로 흘러들어 와 재영의 주위를 톡톡 건드렸다. 더불어 제법 높아진 온도를 머금은 더운 바람도 슬며시 불어와 키보드 위에서 정신없이 새로운 기회를 두드리고 있는 재영의 머리카락과 손등을 격려하듯 쓰다듬고 지나갔다.

고요하기만 했던 재영의 공간이 어느새 방 안 가득 싱그럽고 활기찬 여름의 모양으로 가득 채워져 가며 재영의 여름이 조금 일찍 시작되고 있었다.

11.

시간의 위로

 푹푹 찌는듯한 더위가 슬그머니 한풀 꺾이기 시작하더니, 구름 한 점 없이 새파란 하늘이 끝도 없이 펼쳐진 계절이 돌아왔다. 가벼운 옷차림의 길이가 점점 길어지고 차가운 아이스크림보다 따뜻한 음료가 더 끌리는 지금, 지나 보내고 나서야 알아차린다는 찰나의 계절 가을이었다.

 창에 뜨는 해당 번호에 따라 창구로 움직이는 사람들 뒤편으로 놓인 간이 책상에 앉은 정환이 맞은편에 앉은 사람과 이야기를 나누고 있었다. 웅성거리는 소음 속에서 서로 마스크를 쓰고 대화를 이어가려니 발음이나 단어를 잘못 알아들어 소통에 오류가 생기는 일도 잦았지만, 반쯤 가린 정환의 얼굴에 상냥한 미소가 떠나지 않았다.
 "선생님, 이 건은 검인이 필요해서 서류가…"

"네? 범인이요?"

"…? 아, 아니요. 범인 말고 거-엄인, 검.인.이요."

정환이 마스크 너머로 보이지도 않는 입 모양을 크게 벌리고 천천히 발음하며 상담을 이어갔다. 진행 중이던 상담이 막바지에 이르자 준비해 간 메모지에 한 글자씩 또박또박 필요한 서류들을 적어 상대방에게 건넸다. 메모가 된 종이와 함께 정환의 명함을 받아간 마지막 사람이 자리를 떠나고 나서야 겨우 한숨을 돌릴 수 있었다.

코로나 바이러스 확산으로 인해 많은 서비스들이 비대면으로 진행되면서 잠정적으로 중단되었던 구청 무료 법률상담 서비스가 얼마 전부터 재개된다는 소식에 그 이전보다 훨씬 더 많은 사람들이 찾아와 상담을 받고 돌아갔다. 처음 법률상담 봉사활동 제의가 들어왔을 때 정환을 비롯한 새내기 동기들은 구청에 찾아온 민원인들에게 자연스럽게 사무실 홍보도 되고, 잘하면 사건을 수임할 수도 있겠다는 희망과 기대감으로 가득 차 있었다.

하지만 구청에서 임의대로 정하여 통지해 오는 날짜와 시간을 지키기 위해 사무실 스케줄까지 매번 바꿔가며 시간을 내기란 쉽지 않았다. 무엇보다도 먼 거리를 오가며 시간을 소비하는 것에 비해 구청에서 상담받으려는 사람이 적어 어색하게 3시간 동안 책상만 지키고 있다가 돌아오는 날이 많았다. 시간만 허비하고 아무런 소득과 이득으로도 이어지지 않는 그야말로 봉사인 활동에 점차 지쳐갔고, 얼마 지나지 않아 다들 이 핑계 저 핑계를 대며 나가떨어졌다.

정환 역시 사무실 스케줄을 조정해 가며 구청 봉사활동에 참여하는 게 힘들 때도 많았지만, 법률적 자문이 필요한 사람들에게 도움이 되어주어야 한다는 덕훈의 말이 떠올라 무료 법률상담 서비스가 다시 시작되는 이번에도 선뜻 자원했다. 처음 시행되었을 때보다 지원자가 많이 없는 터라 정환이 봉사활동에 참여하게 되는 횟수가 더 늘었지만, 작게나마 항상심을 잃지 않겠다는 덕훈과의 약속을 지키는 것만 같아 즐거운 마음으로 임하는 중이었다.

3시간 내내 답답한 마스크를 쓰고 계속 이야기를 하느라 숨도 차고 목이 말랐던 정환이 마스크를 살짝 내리고 커피를 마셨다. 구청에 들어오기 전, 텀블러에 담아온 아이스 아메리카노가 스테인리스 빨대를 타고 시원하게 입안으로 들어왔다. 처음보다는 아니었지만 아직도 시원함은 남아있는 덕분에 갈증과 열기를 식혀낸 정환이 시간을 확인하고 주섬주섬 책상 위에 늘어놓은 짐들을 정리하기 시작했다.

가져온 메모장과 파일, 필기구를 담아 가방에 넣고 앞에 놓아둔 명함에 손을 뻗는 순간, 또각또각 구두 소리와 함께 누군가 정환이 앉아 있는 책상 앞에 멈춰 섰다. 앉은 채로 고개를 들어 위를 올려다본 정환이 앞에 선 사람과 눈이 마주치자, 어색하게 웃으며 정리하던 물건을 다시 제자리에 놓으려 가방 안으로 손을 넣었다. 가방을 뒤적이며 잠시만 기다리시라는 말을 하려는 정환의 머리 위로 뜻밖의 목소리가 흩어졌다.

"정환 오빠, 맞죠? 어떻게 여기서 만나지? 잘 지냈어요?"

움직임을 멈춘 채 다시 고개를 들어 앞사람의 얼굴을 찬찬히 확인하던 정환이 마스크로 가려진 얼굴을 뒤늦게 알아보고 말을 건넸다.

"어… 어? 어! 와, 진짜 오랜만이다. 학교 다닐 때랑 스타일이 완전히 바뀌어서 하마터면 못 알아볼 뻔했네. 너는 잘 지냈어?"

"나름 파란만장한 시간을 보냈지만, 그 덕분에 지금은 잘 지내고 있어요. 아, 사실은 지금도 잘 지내는 게 맞는 건가 싶기는 한데 그래도 문 하나 정도는 연 기분이라서요. 오빠 다시 공부 시작해서 법무사 시험 합격했다는 것까지는 들었는데…"

"아, 응. 사무실은 법원 근처에 있어, 언제 한번 놀러 와. 공부하고 나중에는 이래저래 정신없이 보내느라 학회 애들이랑 못 뭉친 지 꽤 오래되어서 너 고시 준비한다는 것까지 밖에 몰랐는데…"

"엄청 오랫동안 정보 업데이트가 안 되었는데요? 하긴 저도 학회 애들이랑 거의 못 만나긴 했어요. 몇 년 동안 계속 행정고시 준비하다가 잘 안 되어서 나중에 로스쿨로 바꿨거든요. 서울권은 다 떨어지는 바람에 다른 지역 로스쿨 다니다가 이번에 겨우 변호사 시험 합격해서 사무실 들어간 지 얼마 안 됐어요. 그래서 저도 저-기 옆자리 책상에서 현장 경험 쌓는 중이에요."

정환이 건너편 사람의 손가락을 따라 고개를 돌리자 몇 발자국 떨어진 곳에 정환과 같은 간이 책상과 의자가 놓여있는 걸 발견할 수 있었다. 이번에 변호사 쪽에서 봉사활동 인원이 충원되었다는 이야기를 들었던 터라 정환이 고개를 끄덕이며 말을 이어갔다.

"아, 이번에 합류하게 된 사무실이었어? 스케줄은 랜덤이지만, 그래도 오며 가며 자주 만나겠는데? 앞으로 잘 부탁해."

정환이 장난스레 악수 대신 주먹을 내밀자 맞은편에서도 웃으며 주먹을 맞부딪혀 왔다.

"제가 더 잘 부탁드려야죠, 선배님. 아, 저 이제 사무실 들어가 봐야 할 것 같아요. 잔업이 좀 남아서… 오늘 정말 반가웠어요. 다음에 같이 밥 한번 먹어요, 오빠."

시간을 확인한 상대방이 정환에게 명함을 건네자, 그제서야 정환도 허둥지둥 명함을 찾아 건네주며 교환했다. 멀어지는 뒷모습을 보며 받은 명함을 확인한 정환이 주머니에 잘 챙겨 넣은 후 남은 소지품을 정리하고 자리를 마무리했다. 정환의 주머니 속에 담긴 명함에는 따뜻한 감귤색 바탕에 굵은 흰색 글씨가 기재되어 있었다.

'법무법인 나눔, 변호사 이지현'

노트북과 서류 뭉치들, 그리고 이리저리 제멋대로 펼쳐진 각종 서적들이 기다란 식탁 위를 가득 메우고 있었다. 곧이어 노트북 옆에 놓아둔 휴대폰이 울리기 시작하자, 잠시 자리를 비웠던 자리의 주인이 한 손에 김이 모락모락 피어나는 머그잔을 들고 부리나케 뛰어왔다.

"네, 여보세요? 응, 방금 메일로 보냈다고? 고마워~ 진짜 덕분에 살았어. 분명 어디선가 읽은 기억이 있는데 집에 있는 책들을 아무리 다 뒤져도 안 나오길래 답답해하던 참이었거든… 이것만 마무리되면 맛있는 점심 살게. 정말 고마워~."

연주가 식탁 위에 놓인 노트북으로 메일을 확인하는 도중, 현관에서 도어락 비밀번호를 누르는 소리가 들리는가 싶더니 누군가 허둥지둥 뛰어오는 소리가 들렸다.

"엄마, 엄마! 어디 계세요?"

시아의 목소리에 연주의 눈이 여전히 노트북에 고정되어 있었지만, 한쪽 팔을 팔랑팔랑 흔들며 대답했다.

"어, 시아 왔니? 엄마 지금 식탁에 있어~."

연주의 목소리를 듣고 곧장 식탁으로 다가온 시아가 어딘가 들뜬 얼굴로 말을 걸어오자, 연주가 손바닥을 들어 보이며 시간을 벌었다. 잠깐 틈이 난 사이에 얼른 화장실에서 손을 씻고 나온 시아가 설렘으로 가득 물든 표정을 지으며 연주에게 본격적인 이야기를 시작했다.

"엄마, 엄마 혹시 예전에 제가 봉사활동 하면서 만났다던 언니 기억나세요? 그 왜, 알고 보니 아빠 친구분 형님 딸이었던."

"웅? 누구 말하지… 아, 아! 그 혹시 윤아 언니 얘기하니? 간호학과 갔었던."

"네! 근데 그 언니 적응하기 힘들었는지 1학년만 다니다 학교 그만두고 미국으로 유학 갔었거든요. 그래서 한동안 연락 끊겼었는데 이번에 SNS로 다시 연락이 닿아서 요즘 연락하고 지내다가 오늘 엄청 오랜만에 얼굴 봤거든요."

"아, 오늘 만난다는 사람이 윤아였어? 윤아는 어떻게 잘 지낸대? 바꾼 전공은 괜찮고? 윤아가… 아마 미국에서 생물학을 공부한다고 했었던 것 같은데."

"네, 졸업하고 다시 한국 돌아와서 취업 준비하다가 갑자기 치대 편입으로 노선을 바꿨는데 운 좋게 잘 풀려서 지금 다니고 있대요."

"아, 정말? 너무 잘 됐다, 편입은 정원이 많지 않아서 힘든 데다가 치대면 경쟁률 엄청 치열했을 텐데 대단하네. 그래서 지금 학교 다니기는 괜찮대?"

"네, 수업이랑 진도 따라가는 게 좀 버겁고 힘들기는 하지만 그래도 공부하는 게 재밌대요. 전에 간호학과 공부했을 때랑은 또 다르다고 하더라고요. 공부하느라 피곤해 보였는데도 학교 이야기 나오면 언제 그랬냐는 듯 즐겁게 이야기하는 모습이 굉장히 새롭던데요?"

덩달아 들뜬 듯 신나게 이야기하던 시아가 부러움이 묻어난 표정을 짓더니 조심스럽게 연주에게 말했다.

"그래서 말인데요… 엄마, 저도 편입 준비해 볼까 하는데 어떻게 생각하세요?"

연주가 놀란 눈으로 시아를 바라보자, 시아가 어색하게 웃으며 계속 말을 이어나갔다.

"아니, 윤아 언니가 저도 한번 치대 편입 생각해 보면 어떻겠냐고 하더라고요. 간호학과랑은 또 다른 느낌이라면서… 실은 그것 때문에 물어보고 싶은 것들이 많아서 오늘 만나러 간 거였거든요. 이전부터 언니한테 들었던 이야기 때문에 흥미가 생겼는데 정말로 어떤지 궁금해서요. 편입은 어떻게 준비했는지도 물어보고 싶고…"

뜻밖에 이야기에 당황한 연주가 눈동자를 이리저리 굴리며 머릿속을 정리했다. 간호학과가 적성에 맞지 않는다며 무작정 휴학을 감행한 시아가 언니의 말만 듣고 너무 성급하게 편입을 생각하는 건 아닌지 걱정되었다. 게다가 비슷한 계열이라 또다시 예전과 같은 일들이 반복되어 지금 이 상황이 되풀이될까 봐 겁부터 났다. 복잡해진 마음을 애써 감춘 채, 연주가 차분히 시아의 결심을 들어보기로 마음먹었다.

"음… 편입하는 건 좋아. 시아 네가 간호학을 공부하는 게 너무 부담스럽고 맞지 않는다고 해서 언젠가는 다른 적성이나 전공으로 옮기지 않을까 예상했었거든. 근데… 이렇게 빠르게 결정해 버려도 괜찮겠어? 엄마는 네가 나중에 혹시라도 다시 후회하게 될까 봐 솔직히 그게 제일 걱정돼."

딸이 애써 바꾼 마음이 후회와 방황으로 상처가 될까 불안해하는 연주의 마음을 읽은 시아가 편안하게 웃으며 연주의 손을 꼭 잡아왔다.

"엄마, 저 윤아 언니 말 때문에 성급하게 결정한 거 아니에요. 휴학하고 제 진짜 적성을 한번 찾아보려고 그동안 이것저것 다양하게 많은 것들을 해봤는데요, 생각처럼 지금보다 더 잘 맞는 분야를 찾기가 어렵더라고요. 인문사회도 아니고, 공학도 아니고, 그렇다고 법학이나 예체능 계열은 더더욱 아니어서 솔직히 정말 당황했거든요.

내가 안 맞는다고 뛰쳐나온 곳이 그나마 나랑 가장 잘 맞는 곳이었다고 생각하니 돌아갈 곳을 잃은 것처럼 눈앞이 캄캄하고 막막했어요. 그때 마침 언니랑 연락이 닿았고, 처음에는 가볍게 안부를 묻고 서로의 고민과 일상을 공유했는데 그러다 보니 관심이 생기게 된 거예요. 엄마가 뭘 걱정하시는지 알아요, 왜냐면 저도 그 부분 때문에 엄마께 말씀드리기 전까지 저 자신에게 쉴 새 없이 질문을 던졌으니까요."

시아가 숨을 크게 한번 고르더니 떨리는 목소리로 연주에게 자신의 속마음을 전했다.

"그래도 해보고 싶어요. 정말 만약에 다시 후회하고 돌아오는 한이 있더라도 도전해서 그 길을 한번 가보고 싶어요. 의대에 가려고 처음 목표를 세웠을 때 이후로 진로에 대해 이렇게까지 진지하게 고민했던 적 처음이에요. 그러니까, 그러니까 엄마도 허락해 주시고 같이 응원해 주시면 안 돼요?"

그 어느 때보다 진지한 시아의 부탁에 말문이 막혀버린 연주가 잠시 고민하더니 대답했다.

"네 진로에 대한 결정이고, 너의 인생인데 엄마가 허락하고 말고 할 게 뭐가 있겠어. 엄마는 시아 네가 행복하고 즐거우면 됐어, 단지 그뿐이야."

연주가 손을 돌려 자신의 손등을 덮고 있던 시아의 손을 꽉 마주 잡아주며 말했다.

"그런데 편입하려면 전적 대학 성적 들어가는 거 아니야? 치대면 난다 긴다 하는 애들이 엄청나게 몰려들 텐데 어떻게 작전을 세워야 유리하려나. 너 혹시 생각해 둔 계획 있니?"

시아의 결정을 존중하기로 마음을 정하자마자 벌써 편입학을 위한 전략을 고민하는 연주를 보며 시아가 든든함을 느끼며 웃음 가득한 얼굴로 대답했다.

"아, 그건 걱정하지 마세요. 학교마다 모집 요강이나 모집 인원이 상이하기는 한데요, 자체적으로 마련한 필답고사가 1차의 100% 비율인 학교도 있어서 괜찮을 것 같아요. 그리고 이전 학교 성적을 보는 학교들도 공인영어점수라든지 다른 것들을 보기 때문에 이전 성적의 비율이 엄청 높지는 않더라고요. 필답고사도 생물이랑 화학 과목 위주여서 윤아 언니가 자기가 준비했던 학원이라든지 노하우들 많이 공유해 주기로 했어요. 시간 나면 공부도 좀 봐주기로 했고요. 이번에 어학 성적도 갱신해야 해서 우선 다음 달에 있는 시험 접수해 놨어요."

시아가 연주 못지않은 추진력으로 이미 이것저것 편입에 대해 많은 준비를 해놓은 것을 보고 연주가 걱정스러웠던 마음을 놓으며 대견하게 바라보았다. 덥고 습한 계절이 지나간 자리를 서늘한 바람이

불어오며 채워가고 있었지만, 다가오는 시아의 계절은 앞으로 더 뜨거워질 예정이었다.

좀도둑이라도 든 것처럼 옷장 문은 다 열려있고, 곁에 놓인 책상 서랍도 옷장과 다름없이 모두 속을 훤히 보여준 채로 입을 벌리고 있었다. 먼지 한 톨 없이 깔끔했던 방이 옷장과 책상에서 나온 물건들로 뒤죽박죽 엉망이 되어가고 있을 때, 초조한 목소리가 들려왔다. 한 손에는 휴대폰을 들고, 나머지 한 손으로 방 안 이곳저곳을 뒤적이던 수진이 답답한 마음을 애써 억눌러 가며 통화를 이어가고 있었다.

"아니, 너는 비자 신청하러 가면서 가장 중요한 걸 잃어버리면 어떡하니. 지금 당장 다시 여권 신청한다고 해도 주말이랑 공휴일까지 겹쳐서 나오는데 며칠은 걸릴 텐데, 그러면 다음 일정들이 또다시 다 밀리게 되잖아. 어떡하면 좋아."

'엄마, 어디 있을 거예요~. 제가 잃어버린 게 아니라, 넣어뒀다고 생각한 곳에 지금 잠깐 여권이 안 보이는 것뿐이어서 그렇지 금방 찾으면 돼요.'

"우리는 일반적으로 그런 상황을 잃어버렸다고 표현하거든? 얘는 이런 순간까지도 느긋한 것 좀 봐. 또 나만 불안하고 조급하지, 응?"

'아니, 잘 찾아보면 어디 있을 거라니까요. 제가 분명 어제 챙겼지만, 혹시라도 집에 떨어뜨렸나 싶어서 같이 찾아봐 달라는 거죠. …어, 어! 아, 찾았다!'

"뭐? 여권 있어? 찾은 거야?"

'네! 어제 잘 챙겨둔다고 가방에 딸린 주머니에서 이곳저곳 옮겼더니 헷갈렸나 봐요. 원래 여기에 뭘 잘 안 넣는데 여기에 넣었네… 가장 안쪽 주머니의 다른 서류 속에 겹쳐있어서 안 보였어요. 엄마, 제가 안 잃어버렸다고 했죠?'

여권을 찾아 다행이면서도 자기 일인데 걱정 하나 없이 긍정적이고 해맑기만 한 재영이 때문에 대신 속이 타들어 가는 수진이 안도의 한숨을 크게 내쉬었다. 수화기 너머로 수진의 한숨 소리를 전해 듣고도 그저 웃는 재영을 따라 수진도 헛웃음을 지어 보였다.

'아, 그리고 엄마. 아빠 친구분 아들 중에 선호 형 있잖아요, 그 형도 지금 영국에서 대학원 다니고 있다고 들었던 것 같은데 연락처 좀 알아봐 주실 수 있으세요?'

"선호? 아, 윤 변호사님 아들? 응, 알겠어. 엄마가 윤 변호사님한테 연락해 볼게."

재영과 통화를 마친 수진이 휴대폰 연락처 앱을 열어 이름을 찾았지만, 그 어떤 이름으로도 정보가 저장되어 있지 않아 당황했다. 수진이 서둘러 덕훈의 서재로 가서 명함을 모아놓은 파일을 넘겨보았지만, 눈에 들어오지 않아 실망할 때쯤 안방 화장대 서랍 안에 고이 잠들어 있는 덕훈의 휴대폰이 떠올랐다. 거침없이 안방으로 자리를 옮긴 수진이 화장대 서랍에서 이전에 덕훈이 사용하던 휴대폰을 찾아 전원을 켰다. 휴대폰 옆에 달린 버튼을 꾹 누르자 잠시 화면이 밝아지는 듯싶더니 배터리가 없다는 알림 표시만 간신히 뜨고 금방 다시 빈 검은 화면으로 돌아갔다. 조금씩 사소하게 일들이 자꾸 어긋나는 것에 수진의 기분도 점점 엉켜가는 것만 같았다.

서랍 속에 봉인시키듯 넣어두고 오랫동안 사용하지 않았던 터라 휴대폰에 충전기를 꽂아 넣고도 전원이 켜질 때까지 한동안 기다려야만 했다. 휴대폰이 눈을 뜰 힘을 모으는 동안, 곁에서 기다리기 지루해진 수진이 주인의 손에 도둑맞은 모양이 된 재영이의 방을 정리하고 돌아왔다. 그사이 열심히 에너지를 충전한 듯 검은 화면 위에는 번개 모양과 함께 23%라는 숫자가 떠있었고, 그 주위를 밝은 에메랄드색 선이 원을 그리며 쉴새 없이 뱅글뱅글 돌고 있었다. 수진이 충전기가 연결된 채로 덕훈의 휴대폰 전원을 켜고는 곧바로 연락처를 살폈다. 다행히 한눈에 알아보기 쉽게 저장된 이름과 전화번호를 찾아낸 수진이 서둘러 자신의 휴대폰에 11자리 숫자를 옮겨 누르고 전화를 걸었다.

윤 변호사님과 통화를 마친 수진이 메시지로 선호의 연락처까지 받아낸 후에야 의자에 앉아 한숨을 돌렸다. 태평하고 느긋한 성격의 재영이 때문에 혹시라도 계획된 일정에 차질이 생길까 마음이 급해진 수진만 재영을 대신해서 조급함에 쫓겨 다녀야 했다.

어딘지 모를 불편함에 서성대며 통화하던 조금 전과 다르게 차분하게 앉아 재영에게 선호의 연락처를 남기던 수진의 눈에 여전히 충전 중인 덕훈의 휴대폰이 들어왔다. 이제는 더 이상 울리지 않을 전화기를 바라보며 새삼 또 한 번 덕훈의 빈자리를 느낀 수진이 서글퍼지는 마음에 빠르게 충전기를 분리해 서랍 속에 넣었다.

순식간에 파고든 공허함으로 울적해진 수진이 덕훈의 휴대폰을 다시 잠재우기 위해 귀퉁이에 달린 버튼을 누르려다 갑자기 마음을 바꾸었다. 덕훈이 남긴 흔적들을 모른 척 외면하고, 기억들로부터 도망가도 결국 제자리걸음이라는 걸 느낀 수진이 이제는 추억들을 피하지 않고 정면으로 마주하겠다고 결심하며 휴대폰 화면 위에 창을 띄웠다. 덕훈의 휴대폰 갤러리 앱에 들어오자, 화면캡처나 다운로드와 같은 몇 개의 특정 폴더를 제외한 나머지 사진들이 거의 한 폴더에 몰아 넣어진 듯 집중되어 들어있었다.

대단한 기밀이라도 엿보는 듯 긴장되는 마음에 숨을 크게 내쉰 수진이 떨리는 손가락으로 폴더를 누르자, 추억의 조각들이 터지듯 퍼져나갔다. 각기 다른 다채로운 색감과 주제를 담은 사진들이 선명하게 기록되어 저장된 덕분에 사진만 보아도 저절로 그날의 기억들이 되살아나 머릿속에서 재생되는 것만 같았다. 한 장씩 천천히 사진을 넘기며 그 순간을 떠올리고 추억하던 수진의 손끝이 문득 허공에서 멈춰 섰다. 중간중간 섞여있는 꽃이나 나무 사진들을 제외한 나머지 사진들 속에는 항상 수진이 있었음을 눈치챈 수진의 눈에 기어코 눈물이 차올랐다.

애써 울음을 참은 수진이 사진을 몇 장 더 넘기자, 옅은 핑크빛으로 물들어 가는 노을 진 하늘을 바라보느라 온통 정신이 팔린 국화꽃 축제 속 수진이 화면 가득 담겨있었다. 언제, 어느 순간에도 덕훈의 시선의 끝은 늘 자신을 향하고 있었다는 걸 새삼 깨닫게 된 수진의 마음이 덕훈에 대한 고마움과 그리움으로 벅차올랐다. 지금껏 휴대폰을 바꿀 때마다 이전에 저장되었던 사진들을 모두 백업해서 가져왔던 것인지 뒤로 갈수록 수진의 시간도 함께 거슬러 올라갔다.

어느새 타임머신이라도 탄 듯 시간이 빠르게 되돌아갔고, 처음보다 다소 흐릿해진 화질의 사진이 펼쳐지기 시작했다. 머리를 단정하게 하나로 묶은 수진이 밝은 연두색 앞치마를 입은 채 지친 기색을 애써 감추며 환하게 웃고 있었다. 어디서 찍었던 사진인지 기억이 가물가물해진 수진이 연두색 앞치마에 남색으로 쓰인 글씨를 읽어보려 손가락으로 창을 늘려보았지만, 살짝 흔들리며 찍힌 사진만 더 흐려질 뿐이었다. 사진을 뒤로 몇 장 더 넘기자, 똑같은 앞치마를 입고 있는 낯익은 사람들에 의해 수진의 궁금증이 자동으로 풀리며 그날의 기억도 더불어 되살아났다. 이날은 덕훈이 로펌 식구들과 다 같이 요양원으로 봉사활동을 가던 날로 수진도 따라나섰던 바로 그날이었다.

주말 아침부터 요양원 대청소에 빨래, 점심식사 준비와 뒷정리까지 모두 소화하느라 오후가 되어서는 이미 전부 녹초가 되었는데도 사진 속 얼굴들에는 미소가 가득 담겨있었다. 특별한 것이라고는 없는 지극히 평범하고 일상적인 일과를 공유하고 잠시 이야기를 나누며 말벗이 되어드렸을 뿐인데, 오랜 가족처럼 마음을 열고 정을 나눠주시던 어르신들 덕분에 몸은 힘들어도 마음만큼은 충만해졌던 값진 시간이었다. 요양원 봉사활동을 마치며 다음에 또 찾아뵙겠다던 수진의 계획은 차례로 찾아온 재영의 수험 생활과 덕훈의 개업, 그리고 캐나다 수험생이 된 재민을 핑계로 차일피일 미뤄지다 이내 기억에서 흐릿해지며 사라져 갔다.

지금껏 덕훈과 아이들을 챙기는 데만 온 정신과 마음을 쏟아내며 분주하게 생활하던 수진이 갑작스레 텅 비어버린 자리와 시간의 여백을 어떻게 채워야 할지 몰라 한동안 낯선 공허함 속을 헤매었다. 이번에 재영이마저 외국으로 떠나고 나면 온전히 혼자 남겨져 보내야 할 시간들이 내심 걱정이던 수진에게 뜻밖에 찾아온 오래전 약속은 수진의 마음을 한순간에 뒤흔들며 설레게 하기 충분했다. 잊고 지냈던 그 시간만큼 더 애틋하게 떠오른 기억에 수진의 마음이 조금씩 뭉클해지기 시작했고, 곧이어 떠오른 생각에 수진의 얼굴이 환해졌다. 처음과 다르게 한결 밝아진 표정으로 덕훈의 휴대폰을 내려놓은 수진이 급하게 서재로 향하였다. 멍하니 시간을 보내느라 오랫동안 잠들어 있던 컴퓨터를 깨운 수진이 들뜬 마음을 감추지 못하고 마우스와 키보드 위를 오가며 바쁘게 손을 움직였다.

며칠 뒤, 흰색 블라우스에 검은색 정장 바지, 재킷까지 단정하게 갖춰 입은 수진이 현관 앞 전신 거울 앞에서 마지막으로 옷매무새를 확인하며 정돈했다. 고요한 집 안을 향해 '잘 다녀올게~.'라고 외치며 수진이 집을 나섰다. 이에 여름 동안 수진의 곁을 지키던 연보라색 수국에게 바톤을 넘겨받아 피어나기 시작한 진보라색 국화꽃이 살짝 흔들리며 인사했다.

방학과 휴가, 명절 시즌이 모두 한참 전에 마무리되어 버린 시기로 특별할 것 하나 없는 평일 오전임에도 불구하고 백화점은 많은 인파로 북적거렸다. 새로 입점한 브랜드가 있는 건지, 아니면 특별한 볼거리가 있는 건지 몰라도 입구까지 길게 늘어선 줄이 백화점 안으로 들어가는 행렬처럼 이어져 있어 뒤이어 도착한 사람들도 자연스럽게 그 대열에 합류했다. 오랜만에 함께 백화점 나들이에 나선 시연과 유진도 다른 사람들의 움직임에 따라 그 줄의 끝에 서게 되었고, 아무런 의심 없이 서로의 일상을 공유하다 정신을 차려보니 어느샌가 팝업스토어의 대기 번호를 받고 있었다. 얼떨결에 매장 입구에서 휴대폰 번호를 등록한 두 사람이 각자의 휴대폰 메신저로 안내된 대기 순번과 함께 기재된 긴 대기 시간을 확인하고 적잖이 당황했다.

"선배님, 이거 원래 이래요? 제가 팝업스토어는 처음이라서…"

"그러게… 제주도에서 지내는 동안 육지는 뭐가 많이 바뀐 것 같아. 제주도에서는 백화점이 없었으니까 아주 급하지 않고서는 주로 인터넷으로 몰아서 쇼핑해서 그런지 나도 한국에 있는 백화점은 오랜만이거든."

"그럼 우리 기왕 오랜만에 온 김에 팝업스토어도 구경하고 가면 안 돼요? 뭔지는 잘 모르겠지만, 평일 오전부터 저렇게 많은 사람들이 줄을 서는 걸 보면 뭔가 특별한 게 있는 것 같은데 어떠세요?"

"그럴까, 그럼? 어차피 입장할 수 있는 시간까지 아직 멀었으니까, 그사이에 원래 계획했던 대로 쇼핑도 하고 맛있는 점심도 먹으면서 시간 보내면 딱 맞을 것 같은데."

마주 보며 눈빛을 교환한 두 사람이 곧이어 에스컬레이터를 타고 다른 층으로 이동했다. 그동안 궁금했던 브랜드들을 하나씩 돌며 구경도 하고, 필요했던 물건들도 산 두 사람의 양손이 한 층씩 위로 올라갈 때마다 점점 더 무거워졌다. 정신없이 이곳저곳을 둘러보느라 시간 가는 줄 모르고 걷던 두 사람의 배가 슬슬 고파질 때쯤 가장 꼭대기 층에 이르렀다.

점심시간의 피크 타임이 조금 지났지만, 여전히 식당가 곳곳에서 맛있는 냄새가 솔솔 풍겨져 나오고 있었다. 한결 여유로워진 시간에 온 덕분에 자리 배정 눈치싸움에 성공한 시연과 유진이 별도의 기다림 없이 식당 안으로 들어갔다. 제법 쌀쌀한 바람이 부는 날씨에 따끈한 국물이 생각난 두 사람이 각각 냄비 우동 정식과 냄비 메밀국수 정식을 주문하고, 갑자기 밀려오는 배고픔에 대화를 나눌 새도 없이 각자 앞에 놓인 음식에만 집중했다. 따뜻한 음식으로 몸을 데우고 배고픔도 덜어낸 두 사람의 기력 충전이 완료될 때쯤, 각자의 휴대폰에 팝업스토어 대기 알림이 울렸다.

서둘러 엘리베이터를 타고 팝업스토어로 이동한 두 사람이 입구에서 직원에게 휴대폰을 보여주고 간이 매장으로 입장했다. 팝업스토어 안으로 들어가자, 온통 핑크빛으로 물든 배경에 배경만큼이나 사랑스럽게 생긴 젤리곰 모양의 커다란 핑크색 곰돌이 캐릭터가 다양한 모습으로 곳곳에 자리하고 있었다.

핑크 곰돌이 캐릭터와 사진을 찍을 수 있게 마련된 공간과 함께 어울려 놀 수 있는 볼풀이 모두의 관심을 사로잡았다. 거기에 자신만의 캐릭터로 새롭게 만들어 보는 DIY 부스와 유행하는 네 컷 사진에 캐릭터 배경이 들어간 포토매틱까지 더불어 자리하고 있어 볼거리와 즐길 거리가 한가득이었다. 어른들을 위한 공간 못지않게 어린아이들이 뛰어놀기 좋은 체험장소들이 많았던 터라, 아이들이 까르륵거리는 웃음소리와 작은 공을 던지며 장난치는 소리에 마스크 너머의 목소리가 잘 전해지지 않아 눈빛과 손짓으로 눈치껏 소통해야 했다.

"선, 배, 님, 우리 저쪽으로도 가봐요."

"응, 응? 뭐라고? 옆으로 가라고?"

유진의 눈빛과 손가락을 따라 살짝 옆으로 이동하자, 유진이 살포시 웃으며 시연의 팔에 팔짱을 끼고 다른 부스로 이끌었다. 놀이 체험

부스 옆에는 캐릭터용품을 판매하는 굿즈샵이 마련되어 아기자기한 굿즈들로 장바구니를 가득 채운 사람들이 많았다. 이에 질세라 시연과 유진도 얼른 그 분위기에 합류해 캐릭터가 그려진 여러 굿즈들을 하나하나 살피며 구경했다.

열쇠고리부터 담요, 무선 이어폰 케이스와 인형 등 여러 물건에 귀엽고 사랑스러운 곰돌이 캐릭터가 크고 작게 녹아들어 있었다. 모처럼 특별히 마련된 팝업스토어에 방문한 기념으로 시연도 굿즈를 하나 사갈까 고민했지만, 멀리서도 눈에 확 띄는 핑크색이라 어떤 걸 골라야 할지 선뜻 손이 가지 않을 때였다. 랜덤 피규어 박스를 보고 있는 유진이 옆으로 볼펜과 수첩, 마우스 패드와 같은 문구용품들이 늘어선 진열장에 시연의 눈길을 끄는 물건이 있었다.

핑크색 곰돌이가 자신만큼이나 커다랗고 핑크빛을 내는 별을 타고 비행하는 듯한 모습이 담긴 데코 스티커였다. 게다가 별의 바깥 테두리는 야광 처리가 되어 어두운 곳에서는 푸른 빛을 낸다고 쓰여있어 단숨에 시연의 마음을 사로잡았다. 거기에 그치지 않고 달을 껴안고 있는 핑크 곰돌이를 비롯해 우주복을 입고 있는 우주비행사 핑크 곰돌이 등 각양각색의 다양한 모습을 한 핑크 곰돌이가 한 사람도 놓치지 않겠다는 듯 열렬히 모두의 취향을 저격하고 있었다. 노련한 마케팅에 속수무책으로 마음을 뺏긴 시연이 태블릿 PC에 붙일 자신의 몫과 지호가 좋아할 법한 달이 그려진 모양의 스티커까지 장바구니에 몇 개 더 담고 나서야 겨우 다음으로 부스로 발걸음을 뗄 수 있었다.

어느덧 전시의 막바지에 이르게 된 것인지 포토존의 하이라이트인 커다란 핑크 곰돌이와 사진을 찍는 곳이 나왔다. 공식 포토존인 것처럼 거의 한 사람도 빠짐없이 사진 촬영을 즐기는 것에 시연과 유진도 커다란 핑크 곰돌이 인형에 안겨 사진을 찍었다. 부여받았던 대기 시간에 비해 짧게 끝난 투어가 아쉬워진 두 사람이 마지막으로 네 컷 사진을 찍으며 팝업스토어 나들이를 마무리했다.

복닥복닥한 백화점을 나와 근처에 있는 조용한 커피숍에 들어선 후에야 두 사람이 편하게 이야기를 나눌 수 있게 되었다. 점심으로 먹었던 면은 핑크 곰돌이를 쫓아다니느라 이미 소화된 지 오래여서 대화를 나눌 에너지를 모으기 위해 커피와 케이크를 사이에 두고 급속 충전에 들어갔다. 좀 전에 함께 찍은 사진들을 번갈아 가면서 구경하느라 케이크 위를 오가던 손이 점차 느려질 무렵, 따뜻한 아메리카노로 입안을 정리한 시연이 먼저 말을 건넸다.

"그나저나 모처럼 만에 오프 때 서울 와서 만나고 가야 할 사람들도 많을 텐데 나한테까지 귀중한 시간 내줘서 고마워~."

"에이, 저는 선배님 만나러 서울 온 건데요? 오랜만에 만나서 시간 보내니까 옛날 생각도 나고 너무 좋아요."

"말도 이쁘게 해, 정말. 참, 요즘 노선이 좀 더 늘었다던데 힘들거나 어려운 일은 없고?"

"뭐… 그래도 이전만큼 항공 노선이랑 운항 스케줄 회복하려면 아직은 좀 멀어서 괜찮아요. 아, 근데 그건 있어요."

유진의 말에 시연이 휘둥그레진 눈으로 유진을 바라보자, 본격적으로 말을 시작하기도 전에 답답한지 유진이 아이스 아메리카노를 시원하게 한모금 쭉 마시고 이야기를 이어갔다.

"이제 기내 방호복도 입지 않고, 고글도 쓰지 않아도 돼서 일할 때 한결 편하긴 한데요… 그래도 아직 마스크랑 장갑은 착용하잖아요, 장갑이야 그냥 조금 답답한 걸로 끝나는데 마스크가 문제인 상황이 종종 발생해서요."

"마스크? 마스크가 왜? 장시간 동안 계속 쓰고 일해야 해서?"

"그것도 그렇지만… 일하는 내내 쓰고 있는 건 이제 적응이 되어서 괜찮은데요, 손님들이랑 소통이 어려운 순간들이 종종 생겨서요. 아까 전처럼 어린이 손님들이 많은 비행이라던지, 아니면 기내가 유난히 어수선할 때 서로의 목소리가 잘 안 들려서 불편하더라고요. 근데 가장 큰 문제는 지금부터예요."

가장 큰 문제라는 유진의 말에 시연이 궁금증을 참으며 유진의 다음 말을 기다렸다.

"캐빈승무원들이 착용하는 마스크는 방송용 마스크처럼 마스크 앞부분이 투명하게 보이지 않잖아요. 그래서 가끔 귀가 불편하신 교통약자 손님께서 탑승하시면 승무원들 입 모양마저도 보이지 않아서 더 답답해하시는 것 같더라고요. 게다가 요즘은 중간에 종이로 필담을 나누는 것조차 여의치가 않아서 비행하는 내내 죄송한 마음이 들어요. 제 씽크빅의 한계 때문인지 달리 뾰족한 방법도 생각나지 않아서, 가끔 마주하는 상황이어도 일행분을 통하지 않고 바로 도움을 드릴 수 없을 때면 매번 마음이 무겁더라고요."

유진의 말을 들은 시연이 장기 휴가 이전의 비행 기억을 더듬어 보았다. 그 당시에는 국내선도 방호복만 제외였을 뿐, 고글과 장갑, 마스크는 철저한 방역을 위해 필수인 데다 비행기 기내에서도 거리두기로 인해 손님들과의 소통이 거의 없어 미처 눈치채지 못했었다. 유진의 고민이 시연에게 나눠지며 시연의 표정이 생각으로 물들어 가자, 서둘러 유진이 분위기를 전환했다.

"얼른 코로나가 종식되어서 저희도, 손님들도 좀 더 편하게 비행하는 날이 왔으면 좋겠어요. 참, 선배님께서는 요즘 어떻게 지내세요? 그래도 명색이 장기 휴가인데 그동안 하시려고 계획하셨던 리스트들 많이 없애셨어요?"

"응, 초반에는 이전에 못 쉬었던 것까지 다 모아서 원 없이 놀아야지 하고 정말 푹 쉬었어. 잠도 늘어지게 푹 자고, 보고 싶었던 드라마랑 영화들도 모두 몰아서 보고. 근데 그것도 얼마 못 가더라고, 생각했던 것보다 비행기 밖에 그렇게 재미난 것들이 많지 않아서 어느새 복귀할 때를 준비하게 되더라고. 그래서 이번 기회에 외국어 점수 갱신해 두려고 공부하고 있어. 영어는 어느 정도 점수 마련해 뒀고, 중국어는 다시 공부 시작했는데 손을 놓은 지 좀 되어서 오랜만에 일일이 쓰면서 공부하느라 손가락이 난리야."

"아, 맞다. 선배님 제2외국어가 중국어셨죠? 그래서 중국 노선에 한창 집중할 때 제주베이스 발령받으셨다고 하셨었던 것 같은데."

"맞아, 스쳐 지나가듯 이야기했었는데 그걸 지금까지 다 기억하고 있었어? 감동이야… 아, 이건 TMI이긴 한데 실은 나 원래 고등학생 때 학교에서 배웠던 제2외국어는 일본어였거든. 근데 그 당시에는 수업을 잘 못 따라가서 낙오된 학생이었지만."

유진의 말을 시작으로 시연이 갑자기 떠오른 예전 기억을 더듬어 보며 이야기를 이어가자, 유진이 궁금한 듯 물었다.

"어, 그럼 일본어보다 중국어를 원래 더 좋아하셨던 거예요? 저는 둘 다 한자 때문에 선뜻 도전하기 힘들던데요."

"어휴, 나도 한자가 너무 어려워서 원래는 중국어 생각도 안 했었어. 근데 캐빈승무원이 되고 싶은 마음이 너무 커서 뭐든 하게 되더라고. 어떤 능력을 갖추고 있어야 손님들께 더 도움이 되는 승무원이 될수 있을지 고민하다 보니 언어였고, 면접에서 조금이나마 승부수를 띄워볼 수 있는 게 뭘까 고민하던 결과가 결국 중국어가 된 거야."

잦은 불합격에도 포기하지 않고 꼭 캐빈승무원이 되겠다는 일념 하나로 물불 가리지 않고 도전했던 지난날들이 떠오른 시연의 마음 한구석이 왠지 뜨끈해졌다. 입사만 할 수 있다면 기내 화장실 청소를 도맡아 하더라도 기쁠 것만 같던 열정과 패기는 고된 업무강도로 조금씩 사그라들었고, 일상이 되어버린 비행에 설렘마저 무뎌질 때쯤 맞이하게 된 팬데믹은 시연의 초심마저 좀먹고 있던 참이었다. 유진과의 대화로 시연이 눈물과 땀으로 점철된 지난 시간들 속 간절함의 가치를 다시 느끼며 잊고 지냈던 진심에 대해 다시 생각해 보게 되었다. 잠시 생각에 빠져 멍해진 시연을 유진의 목소리가 흔들어 깨웠다.

"역시 선배님에게는 뭔가 특별한 게 있어요. 딱히 뭐라고 설명하기는 어려운데… 뭐랄까, 따뜻함으로 사람의 마음을 움직이는 그런 거요. 저도 엄밀히 말하면 선배님 덕분에 들어올 수 있었던 셈이잖아요. 우리 회사 면접 보러 가던 그날 그 비행기에서 선배님을 만나지 못했다면, 오늘의 저도 없었을 거예요. 항상 감사드립니다~."

유진이 애교 섞인 목소리로 시연을 향해 장난스레 꾸벅 인사를 건네며 말하자, 시연도 그에 장단을 맞춰 가볍게 속마음을 담아 전했다.

"아이고, 아닙니다~. 저도 우리 후배님 덕분에 배우고 깨달은 것들이 아주 많아요. 익숙하고 어쩌면 당연시하게 된 부분을 특별하고 새로운 관점에서 생각해 보게 하는 힘을 길러줘서 매번 고마워요. 앞으로도 잘 부탁드립니다~."

유진과 시연이 웃으며 그동안 못다 했던 이야기들을 쏟아내듯 나누었다. 두 사람이 진지한 내용부터 시시콜콜한 이야기까지 주제를 바꿔가며 새로운 대화를 이어가는 동안, 시간도 쉬지 않고 열심히 흐르고 있었다. 석양의 그림자가 짙어질 무렵이 되어서야 자리에서 일어서던 두 사람이 갑작스러운 유진의 목소리에 일시 정지되었다.

"어, 잠깐만요! 가장 중요한 걸 잊어버릴 뻔했어요."

"중요한 거? 어떤 거, 뭐 잃어버린 것 같아?"

유진의 말에 놀란 시연이 테이블과 의자 주변을 이리저리 살피며 무언가 놓친 부분이 있는지 둘러보자, 유진이 웃으며 가방 안에서 주섬주섬 무언가를 꺼내 시연에게 건넸다.

"아니요, 제가 뭘 잃어버린 건 아니고요. 전에 선배님이 말씀하셨던 거 혹시 이거 맞나요?"

"응? 어, 이거! 이 디퓨저 어떻게 구했어? 이상하게 이 향만 단종되어서 국내는 물론이고 해외직구로도 도저히 구할 수가 없어서 낙담했었는데. 진짜 고마워…"

시연이 산타할아버지에게 크리스마스 선물을 받은 어린아이처럼 물건을 이리저리 뜯어보며 유진에게 연신 고마움을 전했다.

"지난번에 괌 비행 갔다가 쇼핑센터에서 우연히 발견했어요. 그 디퓨저 보니까 선배님이 하셨던 이야기가 생각나서 우디향도 있는지 유심히 봤는데 운 좋게 있더라고요. 참, 이번에 리뉴얼 되어서 다시 나온 거라 조만간 한국에서도 재출시할 것 같던데요?"

"고마워… 이 향을 찾아준 것만으로도 너무 감사한데 이렇게 넉넉하게 리필까지 챙겨주고, 유진이 너는 정말 섬세한 것 같아. 나도 닮아가도록 노력해야겠어."

"네? 저는 이런 거 다 선배님 보고 배운 건데요?"

배려심 넘치는 온정을 서로 나눈 두 사람이 서늘해진 바깥 공기를 가르며 각자 나아갈 길로 향했다. 집으로 돌아가는 지하철에 몸을 실은 시연이 운 좋게 바로 앞에 난 자리에 앉아 쉬어갈 수 있게 되었다. 멍하니 까만 유리창만 보던 것과 달리 사람들을 마주하게 된 시연의 시선 끝에 친숙한 옷차림과 머리 모양이 눈에 들어왔다. 불과 몇 달 전까지 시연과 거의 한 몸처럼 붙어 지내며 시연의 일상복이었던 유니폼이 승무원을 준비하던 시절의 그 어느 날처럼 꿈같이 다가왔다. 예전 그때처럼 홀린 듯 유니폼에 시선을 빼앗긴 시연이 생각에 잠겼다.

'저 윙의 무게를 감당하기 위해 무엇을 갖춰야 좋을까?'

항공사 면접을 준비할 때마다 몇 번이고 자신에게 던졌던 질문을 또 한 번 머릿속에 떠올린 시연이 유니폼 재킷 위에 다시 피어날 동백꽃을 기다리며 고민에 빠졌다. 얼마가 될지 모를 공백기를 의미 있는 시간들로 채우고 싶은 욕심에 떠오르는 생각대로 이것저것 인터넷을 검색하던 시연이 내려야 할 정거장에 도달해 출입문 쪽으로 다가갔다. 시연이 출입문에 점점 가까워질수록 특정 좌석도 함께 거리를 좁혀왔고, 무심코 돌아본 시연의 눈에 교통약자석이 담겼다.

그 순간, 시연의 머릿속에 항공사에서 제공 중인 다양한 기내 교통약자 서비스와 함께 유진의 말이 생각났다. 유진이의 말처럼 장갑과 마스크를 착용하고도 방역과 소통 모두를 원활하게 소화해 낼 수 있는 방법을 찾던 시연이 수어를 떠올리고 검색에 들어갔다. 출입문 근처에 서있던 터라 내리는 사람들의 흐름에 따라 정거장을 놓치지 않고 자연스럽게 하차한 시연이 한동안 역사 안을 떠나지 못하고 기둥 귀퉁이에 우두커니 서서 궁금증을 풀었다.

'기내 수어'부터 시작된 검색은 각종 관련 뉴스들과 간략한 포스팅을 넘나들며 정보 수집으로 이어졌고, 다양한 검색어들로 확장되어 이곳저곳으로 흘러 다녔다. 얼마쯤 지났을까, 바쁘게 스마트폰 화면 위를 누비던 시연의 엄지손가락을 멈춰 세운 건 처음 들어보는 단어였다. '서울 수어 전문 교육원'

기초부터 통역사 과정까지 체계적으로 수어를 배울 수 있는 전문 교육원이 있다는 사실에 들뜬 마음으로 홈페이지에 들어간 시연이 수강 자격 요건을 확인하고는 금세 시무룩해졌다. 몇 번을 다시 읽어 봐도 기재된 5가지 요건 중에 그 어떤 사항에도 해당하지 않자, 순식간에 김이 빠져 휴대폰을 가방에 넣고 터덜터덜 집으로 향했다.

"다녀왔습니다-."

습관적인 인사를 외치며 시연이 양손에 든 쇼핑백과 가방을 스르륵 내려놓자, 방에서 풀죽은 목소리를 들은 지호가 거실로 나오며 물었다.

"얼마나 열정적으로 쇼핑했길래 이렇게 기운이 없어, 아니면 혹시 밖에서 무슨 일 있었어?"

"응? 아니, 아무 일도 없었어. 아, 조금은 있는 건가?"

"오랜만에 들떠서 나가더니 충전이 아니라 오히려 방전되어서 돌아왔네. 무슨 일인데?"

"일단 요점만 말하면, 서울시에서 지원하는 수어 전문 교육원에서 수어 수업을 수강하고 싶은데 자격 요건이 안돼. 5가지 중에서 단 1가지만 충족되어도 가능한데…"

"자격 요건이 뭐길래? 뭐, 서울시에서 주관하는 거면 서울에 관련된 건가. 회사명은 그래도, 언니 회사 서울 아니야? 서울베이스가 있으니까 본사는 서울로 등록되어 있을 것 같은데."

"나도 그 생각 때문에 혹시나 해서 확인해 봤는데 아니야. 아… 이것 때문에 학교를 다시 다닐 수도 없고 어쩌지. 본가 주변에도 있는지 찾아봐야 하나."

"응? 잠깐만, 그 말은 거주지가 서울이면 된다는 거 아니야? 그럼 그냥 여기로 주소 옮기면 되겠네. 난 또 뭐라고, 나는 괜찮으니까 내일이라도 당장 옮겨."

시연의 고민을 간단명료하게 해결해 준 지호가 더 심각한 고민이 있는 듯, 한 손으로 머리를 싸매며 진지하게 휴대폰을 들여다보았다. 지호의 말 한마디에 갑자기 증발해 버린 고민으로 후련해진 시연이 이번에는 지호의 짐을 덜어주기 위해 지호 곁으로 가까이 다가갔다.

"나는 네 덕분에 이제 해결됐는데, 너는 무슨 고민이길래 이렇게 심각해? 어디 공개채용 공지라도 떴어?"

"응? 아, 어. 그것도 그건데… 지금은 이게 더 심각하고 중요한 거야."

신중한 표정으로 휴대폰을 살피는 지호를 보던 시연이 슬쩍 지호의 휴대폰을 엿보자, 화면 가득 각종 음식들이 카테고리별로 나란히 줄지어 늘어선 모습이 보였다. 설마 하는 마음으로 질문을 던지려던 시연의 입술을 진지한 지호의 목소리가 막아섰다.

"언니… 우리 오늘 저녁, 뭐 먹지? 나 지금 엄청 만족스러운 저녁식사가 꼭 필요해."

다소 엉뚱한 지호의 물음에 긴장이 풀린 시연이 허탈하게 웃으며 저녁 메뉴 고르기에 합세했다. 100분 토론 못지않은 진지함으로 완벽한 한 끼 식사를 골라낸 두 사람이 기세를 몰아 후식까지 속전속결로 주문을 마치고 배달을 기다렸다.

따끈한 국물과 고슬고슬한 밥으로 배를 가득 채운 두 사람이 늘어지듯 앉아있는가 싶더니 이내 아이스크림을 가져와 2차전을 벌였다. 배부름으로 덥혀진 몸을 아이스크림으로 식히며 서로의 오늘을 나눴다.

"근데 언니, 갑자기 왜 수어 수업을 들을 생각을 했어?"

"아, 오늘 언니 승무원 후배 만난다고 했었잖아. 만나서 요즘 일하는 건 어떤지 이런저런 이야기 나누다가 교통약자 손님에 대한 말이 나왔거든. 마스크 때문에 귀가 불편하신 분들이랑 소통하는 데 전보다 더 어려움이 있다는 말이 자꾸 생각이 나서 고민하다가 수어가 떠오르더라고, 시간도 많은데 이번 기회에 차분히 배워보는 것도 좋을 것 같아서. 참, 그 후배가 큰엄마 디퓨저도 구해다 줬다? 리뉴얼 되어서 재출시됐대."

시연이 종이가방 안에서 디퓨저를 꺼내 지호에게 자랑하듯 흔들어 보였다.

"어, 진짜? 잘됐다… 이제 재영이 오빠마저도 곧 출국하고 나면 또 혼자 지내셔야 하는데 이 향기로나마 조금이라도 위안이 되셨으면 좋겠다."

"그러게… 그리고 보면 영상이나 음악 못지않게 향기에도 참 신비로운 힘이 있는 것 같아. 그냥 좋은 냄새로만 끝나는 게 아니라 기분전환이 되어주기도 하고, 때로는 위로와 기억이 되는 걸 보면 말이야."

시연의 말에 격하게 고개를 끄덕이며 핑크 스푼 가득 아이스크림을 떠먹은 지호가 말했다.

"있지, 그래서 말인데 향기 중에 맡기만 해도 재충전 되어서 막 힘과 자신감이 샘솟는 그런 향은 없을까? 언제 어디서 먹어도 피로회복이 되는 꼭 이 민트초코처럼 말이야."

지호의 말에 시연이 고개를 절레절레 저으며 인절미맛 아이스크림을 입에 가져갔다. 입안 가득 퍼지는 달콤 상쾌한 맛을 음미하던 지호가 시연의 디퓨저와 아이스크림을 번갈아 보더니 별안간 큰소리를 내며 말했다.

"아! 없으면 내가 그냥 만들면 되는 거잖아. 그렇게 간단한 걸 내가 왜 지금껏 그 생각을 못 했지? 언니, 지난번에 수제향수 만들었다고 했었잖아. 그거 자기가 원하는 향을 임의대로 배합할 수 있는 거지?"

"어? 어… 아마도 그럴걸? 나도 정상적이라고 해야 하나, 보편적이라고 해야 하나 아무튼 평범한 수제향수를 만든 건 아니어서 잘은 모르겠지만, 보통은 일정한 범위 안에서 자기가 원하는 대로 배합할 수 있을걸? 잠깐, 너 전부터 민트초코 향수 이야기하더니 설마 진짜 민트초코를 향수로 만들려고?"

시연의 물음에 개구쟁이처럼 씩 웃으며 당연하다는 듯 고개를 끄덕이며 지호가 말했다.

"실은 아까 낮에 방송국에서 연락이 왔었거든, 다음 주에 제작진 미팅하러 오라고. 근데 이게 출연 확정이 아니라 최종 면접 같은 개념의 미팅이어서 너무 걱정돼. 그래서 편안함과 안정감을 줄 수 있는 무언가가 절실히 필요한데, 가서 아이스크림을 먹고 있을 수는 없잖아."

"그것도 그렇네. 여러모로 좋은 기회니까 꼭 붙잡아야 하는데. 호불호가 갈릴 수도 있겠지만, 민트초코가 너 자신을 보여주는 데 도움이 될 것 같으면 한번 배팅해 보는 것도 괜찮을 것 같아."

작가님이 요청한 대로 경직된 느낌의 정장이 아닌 편안한 코코아색 슬랙스에 아이보리 셔츠, 검정색 스니커즈를 매치해 신은 지호가 신발장에 붙어있는 전신 거울 앞에서 옷매무새를 다듬었다. 마지막으로 시연의 말에 힘입어 만든 민트초코 향수를 에코백에서 꺼내 뿌리며 마무리를 한 지호가 만족스러운 듯 활짝 웃으며 집을 나섰다.

지호가 향하는 제작진 미팅은 특집으로 방영된 파일럿 프로그램이 뜻밖의 폭발적인 반응으로 이번에 정규편성이 결정된 프로그램이었다. 취업과 관련해 다양한 공부법을 공유하고 각자에게 맞는 면접 메이크업과 복장, 자세에 대해 방향을 찾아가는 취업준비생의 성장기를 다루는 방송으로 모의 면접과 2주 간의 인턴 체험 등 알찬 구성이 준비 중이었다. 방송이 처음부터 많은 기대를 모으고 있는 만큼, 첫 방송과 달리 프로그램 본연의 취지에 맞게 연예인이나 유명 인플루언서를 제외한 대학생과 스터디 관련 영상 유튜버들을 출연진으로 구성하도록 대폭 변경되면서 지호에게 기회가 찾아온 것이었다.

혹시라도 늦을세라 발걸음을 재촉한 덕분에 40분이나 먼저 방송국에 도착한 지호가 안내데스크에서 방송국 로고가 크게 박힌 방문증을 받고 안으로 들어섰다. 미팅 시작까지 아직 여유가 있었지만, 예정된 시간이 가까워져 올수록 점점 더 새하얘져만 가는 머릿속을 정리하기 위해 화장실로 향했다. 세면대 앞에서 정신을 차리기 위해 찬물로 손을 씻고, 마스크를 쓰고 반쯤 뛰다시피 걸어오느라 번진 화장도 수정하면서 조금씩 마음을 진정시켰다. 화장실을 나서기 전, 마지막으로 가볍게 한 번 더 향수를 뿌린 지호가 거울 속 자신을 보고 파이팅을 외쳤다.

지호가 눈을 감고 숨을 크게 내쉬기를 반복하며 화장실에서 나와 무심코 모퉁이를 반쯤 휙 도는 순간, 무언가에 부딪혀 뒤로 넘어졌다. 어깨에 메고 있던 지호의 가방이 바닥에 흩어지는 소리와 함께 맞은편에서도 비슷한 소리가 들려왔다. 지호가 죄송하다는 말을 건네며 서둘러 가방에서 쏟아진 물건들을 주워 담고 떨어진 휴대폰을 손에 쥐었다. 물건을 쓸어 담는 지호의 손길 위로 상대방의 목소리가 흩어졌다.

"죄송합니다, 괜찮으세요?"

지호가 당황스러움에 상대방의 얼굴은 쳐다보지도 못한 채, 다시 한번 꾸벅 고개를 숙이며 사과를 전하고는 황급히 곁을 지나가려 하자 맞은편 목소리가 다급히 지호를 잡아 세웠다.

"저, 저기요. 죄송한데 그거… 그 휴대폰 제 거예요."

상대방의 말에 의아해진 지호가 휴대폰을 뒤로 돌려 뒷유리를 확인하자, 처음 보는 그립톡과 함께 뒷유리 귀퉁이에 조그만 스티커가 몇 개 줄지어 붙어있었다. 그립톡과 동일하게 토끼 옷을 입은 단무지 캐릭터의 눈이 하트로 가득한 스티커 너머로 뒷면유리를 가로지르는 가느다란 금을 확인한 지호가 놀라서 말했다.

"앗, 죄송해요. 근데 뒷유리가 좀 깨져버린 것 같은데… 저랑 부딪칠 때 그랬나 봐요. 어떡해, 죄송합니다. 변상을 어떻게 해드리면 좋을지…"

지호에게서 휴대폰을 돌려받은 상대방이 휴대폰 뒷유리를 확인하고는 말했다.

"아, 아니에요. 이거는 전에 제가 그랬던 거예요. 이번에 그런 거 아니니까 신경 쓰지 않으셔도 돼요. 근데 저기 혹시 스…"

상대편의 말이 아직 끝나지 않았는데 단무지 토끼가 붙은 휴대폰의 화면 위로 '초코볼U'라는 글자가 뜨더니 진동이 울리기 시작했다. 급히 지호에게 양해를 구한 상대방이 전화를 받고 이야기했다.

'형, 지금 어디예요? 곧 녹화 시작인데 잠깐 바람 쐬고 온다는 사람이 지금까지 안 오면 어떡해요. 여기 몇 번을 왔는데, 설마 또 길 잃은 건 아니죠?'

"아, 그게… 지금 바로 갈게. 곧바로 찾아갈 수 있을 것 같아."

'아, 이럴 줄 알았으면 귀찮아도 같이 갈 걸 그랬어요. 형, 시간 늦었으니까 대기실 말고 곧장 스튜디오로 와요. 알겠죠?'

"응, 알겠어. 여기 직원분께 물어보고 바로 거기로 갈게."

전화를 끊은 맞은편의 남자가 지호의 목에 걸린 커다란 로고가 그려진 방문증을 보며 안도한 목소리로 말했다.

"죄송한데요, 혹시 스튜디오 S4가 어딘지 알려주실 수 있으세요?"

지호가 기억을 더듬어 1층 출입구 엘리베이터 옆에서 보았던 건물 층별 안내도를 떠올리고는 스튜디오 위치를 설명해 주었다.

"어… S4 스튜디오는 정반대였던 것 같은데요. 이쪽 복도를 쭉 따라서 가시다가 저 끝에 보라색 벽이 있는 곳에서 우회전하시면 바로 보이실 거예요. 아, 그리고 혹시 어거스트 보이즈이신가요?"

"아, 네! 안녕하세요, 여기 스태프분이셨군요. 저 때문에 죄송합니다, 제가 좀 길치라서요… 정말 덕분에 살았어요, 지나다니시는 분들도 안 계시고 전화로 위치를 설명하려고 해도 어디가 어딘지 몰라서 막막해하던 참이었거든요. 감사합니다, 역시 직원이셔서 그런지 방송국 위치를 잘 아시네요."

맞은편 남자가 지호에게 연신 고마움을 전하며 두 손을 모아 공손히 지호의 방문증을 가리켰다. 뭔가 오해가 시작된 것만 같은 느낌에 지호가 맞은편 남자가 통화하는 사이 바닥에서 주웠던 이름표를 얼른 남자 손에 건네주고, 목에 건 방문증을 상대방을 향해 들어 올리며 횡설수설 말했다.

"아, 저는 아직 직원이 아니라 직원 꿈나무인데요… 여기 방송국 로고가 너무 크게 그려져서 꼭 사원증처럼 보이셨겠지만, 방문증이에요. 오늘 미팅이 있어서요…"

"아… 그러셨구나. 아, 어, 저는 이만 가봐야 할 것 같아서요. 안내해 주셔서 감사합니다. 미, 미팅… 잘하세요!"

맞은편 사람이 어색하게 웃으며 지호를 향해 꾸벅 인사를 하고 지호가 알려준 방향으로 빠르게 걸어갔다. 지호도 늦지 않게 미팅 장소로 발걸음을 돌리다 문득 알 수 없는 기시감에 멀어지고 있는 남자의 뒷모습을 바라보았다.

'이 비슷한 상황이랑 저 단무지 토끼, 왠지 어디선가 본 것 같은데…'

대화를 나누며 어느 정도 긴장이 풀린 지호가 생각을 떨치려고 고개를 흔들고 다시 미팅 생각에 집중하며 걸어나갔다. 급하게 앞만 보고 걸어가던 맞은편의 남자도 모퉁이를 돌려다 말고 고개를 돌려 작아진 지호의 뒷모습을 응시했다.

'상쾌하면서도 달달한 냄새, 어딘가 익숙한데…'

이른 오전부터 수진의 집이 갖은 먹거리들과 사람들로 북적였다. 할아버지, 할머니 제사를 맞아 수진을 돕기 위해 아침부터 시연과 지호, 그리고 그 둘의 엄마들이 한가득 장을 봐서 수진의 집에 방문한 것이었다.

"그렇지 않아도 장 보러 가려던 참이었는데… 아침 일찍부터 장까지 봐오느라 고생했어, 많이 피곤할 텐데 얼른 좀 쉬어. 나 혼자 천천히 준비해도 괜찮은데… 바쁜데도 이렇게 시간 내서 와주고, 마음 써줘서 고마워."

"무슨 말씀이세요, 형님. 당연히 와야죠, 게다가 이제 제사 저희가 가져간대도 한사코 말리셨잖아요. 앞으로 병원 일 다시 시작하시면 눈코 뜰 새 없이 바빠지셔서 벅차실 텐데… 언제든지 힘드시면 편하게 말씀해 주세요."

"예전처럼 대학병원도 아니고 그냥 조그만 요양원으로 출퇴근하는 거라 괜찮아. 또, 제사 핑계로 가족들 얼굴 한 번 더 보고 싶어서 그래. 어머님, 아버님 제사 1년에 고작 한 번뿐인데, 그 정도는 내가 하고 싶어. 그리고 말이 내가 지내는 거지, 매번 동서들이 와서 다 장만하니까 나는 거의 장소 제공만 한 셈이야. 게다가 올해는 이렇게 고급 인력들까지 와서 제사 음식 준비를 도와주니 내가 할 일이 더 없어져서 오히려 민망한데?"

수진이 웃으며 네 사람이 준비해 온 식재료들을 냉장고에 넣으며 정리하자, 그 곁을 돕던 지호가 두리번거리며 말했다.

"에이, 언니랑 저는 사실상 백수라서 언제든지 불러주셔도 괜찮아요. 그리고 조금이나마 이렇게라도 제 노동력이 쓸모있는 곳이 있어서 얼마나 다행인지 몰라요. 아, 근데 재영이 오빠는 어디 있어요? 설마 벌써 공항 갔어요?"

"응, 오전 비행기라서 일찍 출발해서 갔어. 원래는 다음 주 출국이었는데 집 계약 때문에 문제가 좀 생겨서 갑자기 일정을 조정하게 되는 바람에 출발 직전까지 정신없었어. 재영이도 오늘 제사에서 가족들이랑 직접 얼굴 보고 인사 나누고 갈 수 있다고 좋아했었는데, 이렇게 되어서 얼마나 아쉬워했는지 몰라."

"일찍 오면 잠깐이라도 재영이 오빠 볼 수 있으려나 했는데 아쉬워요. 잘 다녀오라는 인사라도 직접 하고 싶었는데… 아, 혹시 엄마랑 저희들 때문에 오빠 배웅하러 공항에 못 가신 거예요?"

과일 상자를 베란다로 옮기던 시연이 아쉬움이 묻어나는 목소리로 이야기하다 놀란 표정을 지으며 수진을 돌아보았다.

"아니야~. 멀리 간다고는 하지만, 재영이도 어른이 된 지 한참인데

343

이제 뭐든 혼자서 해 버릇해야지. 그리고 자꾸 덤벙대는 애 옆에 있으면 나도 모르게 먼저 챙겨주게 되어서 안 되겠더라고. 죽이 되든, 밥이 되든 실수를 통해 곤란해져 보기도 하고 수습도 해봐야 정신 바짝 차리고 다닐 것 같아서 내버려 둘 참이야. 어쩌면 형제 둘이 성격이든 취향이든 전부 다 정반대인지, 며칠 전에는 여권이 안 보인다고…"

다섯 사람이 서로 이런저런 소소한 이야기를 주고받으며 손을 움직이자, 시간이 얼마 지나지 않았는데도 벌써 전체적인 틀이 잡혀갔다.

인천공항으로 가는 택시에서 깜박 잠이 들었던 재영이 연달아 울리는 휴대폰 메신저 알림음에 정신을 차렸다. 재킷 주머니에서 휴대폰을 꺼내 메신저를 확인하려는 순간, 휴대폰 화면이 바뀌며 낯익은 이름이 창을 가득 채웠다.

"여보세요? 정환이 형?"

'재영아, 너 지금 벌써 공항이야? 다음 주에 출국이라고 하지 않았어? 뭐야, 갑자기 말도 없이. 나는 당연히 오늘 저녁 제사에서 볼 수 있을 줄 알았더니.'

서운함이 한가득 묻어나오는 정환의 목소리에 재영이 살짝 웃으며 잠긴 목소리로 대답했다.

"아, 아직은 공항 가는 길이야. 택시 안, 크흠. 원래 다음 주 출국이었는데 렌트한 집 계약에 문제가 좀 생겨서 예정보다 일찍 출발하게 됐어. 나도 오늘 가족들한테 모두 인사하고 오고 싶었는데 상황이 여의치 않아서 많이 아쉬워… 근데 나 오늘 오전 비행기인 거 어떻게 알았어? 예매한 티켓 급하게 바꾸느라 미처 말 못 했는데."

'오늘 저녁 제사 때문에 작은어머니께 일손이나 필요하신 거 있으신지 여쭤보려고 전화드렸다가 알게 됐지. 멀리 공부하러 가는 길에 제대로 인사도 못 하고 그냥 보내서 나도 이렇게 섭섭한데 재영즈 신도들은 난리가 나겠네. 그렇지 않아도 우주랑 민석이 녀석들 수능 얼마 안 남았는데도 제사에 너 보러오겠다고 난리던데, 이미 출국한 거 단톡방에 알려주면 채팅방 폭발할 듯싶다.'

정환의 목소리에 고개를 살살 저으며 웃던 재영이 말했다.

"민석이도 민석이지만, 우주는 학원 또 몰래 빠졌다가는 고모한테 진짜 엄청나게 혼날 텐데, 일찍 알려줘. 아, 채팅창 폭발할 수도 있으니까 나 비행기 타고 나면 말해주고. 인사 못 하고 가서 미안하고, 대신 마지막까지 최선을 다해서 수능 잘 보고 가벼운 마음으로 한번 놀러 오라고 전해줘. 형도 여유 생기면 꼭 놀러 오고, 이제 전보다 입출국 규제 많이 완화됐으니까 형 오기 전까지 내가 맛집이랑 재충전하기 좋은 곳들 많이 알아놓을게."

'응, 말이라도 고맙다. 우리 걱정은 하지 말고, 가서도 건강 잘 챙기고 하고 싶었던 공부 마음껏 하고 와. 돈 걱정도 하지 말고, 형이 많이는 못 해도 몇 학기 학비 정도는 최대한 지원해 줄 수 있으니까. 원래 오늘 만나서 전해주려고 했었는데 일정이 급박하게 변경되어서 일단 메신저 페이로 용돈 조금 보냈으니까, 받기 꼭 눌러. 알았지? 작은아버지가 나랑 미현이한테 해주신 거에 비하면 아무것도 아니니까 괜히 부담 갖지 말고.'

정환과 통화를 마친 재영이 연달아 와있던 메신저를 확인해 보았다. 진심과 사랑이 듬뿍 담긴 정환의 메시지와 함께 전달된 마음이 디지털 봉투에 담겨있었다. 화면 위에서 잠시 고민하며 손가락을 주저하던 재영이 '받기' 버튼을 눌러 디지털 봉투에 감추어 두었던 정환의 마음을 전송받았다.

아침 출근길에 걸려 예상했던 시간보다는 늦었지만, 비행기 출발 시간까지 겨우 빠듯하지 않을 정도로 공항에 도착한 재영이 택시 좌석과 트렁크에서 짐을 뺐다. 빠뜨린 건 없는지 택시 안을 다시 확인하고 공항으로 들어선 재영이 무거운 가방들을 챙기며 천천히 체크인 카운터로 향했다. 친숙한 국적기 항공사의 로고를 따라 줄을 서던 재영의 눈에 묘하게 수상해 보이는 한 사람이 들어왔다.

큰 키에 위아래 세트로 맞춘 검은색 트레이닝복을 입고 머리에는 후드를 깊게 눌러 쓴 채, 까만 선글라스와 검은색 마스크까지 착용하고 있어서 그런지 애니메이션에 나오는 것처럼 그 사람 주변으로 검은 오로라가 퍼지는 듯한 느낌마저 들었다. 왠지 불편한 경계심이 든 재영이 무의식적으로 슬쩍슬쩍 곁눈으로 그 사람을 지켜보다 항공사 카운터에서 항공권 체크인과 수화물을 맡기며 무사히 탑승 수속을 마치고 돌아섰다. 한결 가벼워진 몸으로 대열에서 빠져나와 출국장으로 향하려던 재영의 곁으로 조금 전 보았던 검은색으로 뒤덮인 사람이 슬그머니 다가와서 말을 걸었다.

"아, 왜 이렇게 늦게 와. 피곤한데 한참 기다렸네."

당황한 재영이 주위를 두리번거리며 손가락으로 자신을 가리키더니 더듬거리며 대답했다.

"ㄴ, 네? 저, 저요? 저를 왜⋯ 저기, 사람 잘못 보신 것 같아요."

은근히 떨리는 목소리를 애써 감추며 말하는 재영을 보고 맞은편 사람이 비웃듯 바람 빠지는 소리를 내더니 쓰고 있던 선글라스를 살짝 내리며 말했다.

"형, 나야. 재민이. 나인 줄 몰랐어? 아까부터 내 쪽 쳐다보길래 알아본 줄 알았는데."

"어? 어! 유재민 네가 지금 여기 왜, 왜 있어? 오늘 제사… 여서 온 건 아닐 테고. 뭐야, 너."

"나는 형 기다렸지. 원래 다음 주 출국이라고 들어서 나도 다음 주로 일정 다 맞춰놨는데 갑자기 바꾸면 어떡해. 덕분에 나까지 일정 다 틀어져서 항공권 못 구할뻔했잖아."

투덜대며 말하는 재민의 말을 따라가지 못한 재영이 손바닥을 들어 보이며 재민을 가로막고 멈춰 세웠다.

"자, 잠깐만. 그러니까 네가 나를 왜 여기서 기다리고 있냐고. 너 학교는 어쩌고? 취업은?"

"형, 진짜 서운하다. 학교 졸업한 지가 언젠데, 졸업전시회 끝나고 바로 그 다음 주였어. 멀리 있다고 졸업식 초대 안 하고 그냥 넘어갔더니 아예 기억에서까지 지울 건 또 뭐야. 그나마 내 얼굴은 용케 알아본 거였네. 형 머리는 진짜 공부만 잘하게 설계되어 있는 거야? 하여튼 어릴 때부터 한결같이 미스터리야… 뭐, 그건 그렇고. 형 대신 내가 한국으로 들어왔어, 여기서 취업하려고 인턴도 지원해 놨고. 아직 결과는 안 나왔지만… 아무튼 그러니까 형은 가서 돈 걱정, 엄마 걱정 하지 말고 형이 정말로 하고 싶은 일들에만 온전히 집중하고 와."

갑작스러운 재민의 말에 말문이 막힌 재영이 어떤 말을 해야 할지 몰라 입술만 벙긋거리자, 재민이 제법 의젓한 표정으로 재영의 어깨에 손을 올리며 말했다.

"내가 형만 어른스럽고 멋있는 사람 하게 놔두지 않겠다고 했지? 지난번에 엄마랑 잘 풀어서 나도 이제 형 못지않게 엄마랑 사이 엄청 좋아. 지금부터는 내가 엄마 곁에서 함께하지 못했던 지난 시간들을 채우고 있을 테니까 정말로 마음 놓아도 돼. 아마 형 공부 마치고 돌아올 때쯤이면 오히려 질투 날걸?"

오래 계획했던 미래와 꿈의 방향까지 바꿔가며 엄마를 위해 되돌아오는 게 쉽지만은 않은 결정이었음에도 아무렇지 않은 듯 가볍게 이야기를 건네는 재민을 보며 재영이 미안함과 고마움에 목이 메어왔다. 전에 비해 그리 길지 않은 시간이었지만, 그 사이 마음의 키가 더 성장해서 돌아온 재민이 섣불리 말하지 못하는 재영의 마음을 알고 있다는 듯 웃으며 주머니에서 무언가를 꺼내 재영의 손바닥 안을 채워주었다. 손 안 가득 바스락거리는 비닐포장지 소리에 손바닥을 펴 정체를 확인한 재영이 노란색 바탕의 포장지 안에 커다란 바나나가 그려진 파이 과자를 보고 그제야 편안하게 웃어 보이며 말했다.

"갑자기 웬 초코 바나나 파이야? 이거 다시 나왔어?"

"형 만나려고 무리하게 스케줄 조정해서 도착했더니 새벽이잖아, 일단 짐부터 물품 보관소에 맡기고 돌아섰는데 딱히 갈 곳이 편의점밖에 없어서 들어갔더니 반가운 과자가 있어서 그냥 지나칠 수가 있어야지. 인터넷 찾아보니까 이번에 리뉴얼 되어서 재출시되었다고 하더라고. 그냥 작은 과자일 뿐인데 받을 때는 몰랐던 마음을 형한테 주고 보니 조금은 알 것도 같아, 아빠께서 나를 보낼 때 어떤 마음이셨을지… 물론 그 큰마음을 아직은 내가 모두 다 헤아릴 수는 없겠지만."

덕훈에 대한 그리움으로 재영과 재민이 각자의 옛 추억에 빠져들 때쯤, 탑승 수속 안내방송이 공항 안을 가득 메우며 두 사람을 흔들어 깨웠다. 서둘러 출국장으로 향한 두 사람이 서로를 향해 응원을 담은 가벼운 포옹을 나누며 마지막 인사를 대신했다.

공항 물품 보관소에서 짐을 찾아 집으로 향하는 택시를 탄 재민이 급격히 몰려오는 피로감과 졸음에 자꾸만 눈이 감겼다. 멍하니 창문 밖을 쳐다보다 자기도 모르게 잠이 들었는지 갑자기 울린 휴대폰의 진동에 놀라 번뜩 눈을 떴다. 휴대폰의 잠금화면을 풀고 들어가자, 메시지 아이콘 위로 빨간색 숫자 1이 떠있었다. 입국 관련 문자메시지인가 싶어 별다른 생각 없이 눌러 확인한 메시지는 재민이 지원했던 인턴 결과였다.

'죄송합니다. 유재민 님은 2022년도 하반기 패션 부분 인턴 공개 모집 서류전형에 불합격하셨습니다. 자세한 사항은 홈페이지…'

뜻밖의 소식에 저절로 눈이 번쩍 떠진 재민이 다시 한번 천천히 메시지를 읽어보며 의미를 파악하더니 소문으로만 듣던 대한민국의 악명높은 취업난을 실감하고는 헛웃음을 지었다. 다년간의 외국 생활로 다져진 유창한 외국어 능력과 단기였지만 꽤 이름있는 패션 회사에서 인턴십을 한 경험에 더불어 재민의 포트폴리오를 보고 러브콜을 보내온 회사들도 많았기에 자신이 갖춘 스펙에 어느 정도 자신 있던 재민이었다. 하지만 합격은 고사하고 면접 근처에는 가보지도 못한 채 서류부터 광속 탈락했다는 사실이 믿기지 않아 당황스러웠다. 한국에 도착하자마자 맛보게 된 첫 고배의 쓰라린 맛에 정신이 얼얼해진 재민이 내심 자만했던 자신을 반성하며 돌파구를 모색했다.

사라진 입맛도 되살아날 만큼 고소하게 기름진 냄새가 집안을 가득 채우며 제사 준비가 한창이었다. 주방 인덕션 위 프라이팬 안에서는 색색의 나물들이 차례대로 들깻가루와 어우러지고 있었고, 거실과 이어지는 바닥 위에서는 시연과 지호가 삼색 꼬치전을 준비하고 있었다. 산적용 꼬치에 미리 길이를 맞춰 잘라둔 게맛살과 햄, 파, 그리고 버섯을 차례대로 꽂아 넣던 지호가 어깨를 두드리며 말했다.

"언니, 나 혼자 꽂으니까 그런지 세상이 안 끝나는 기분이야… 뭔가 이 공간에 나랑 전 재료만 존재하는 듯한 느낌이라서 그런데 같이 좀 해주면 안 돼?"

부침가루를 펼쳐둔 쟁반과 달걀을 풀어서 간을 맞춰둔 스테인리스 볼을 들고 오던 시연이 지호의 말을 듣고 웃으며 답했다.

"근데 세상이 끝나면 안 되는 거 아니야? 뒤집개랑 식용유만 얼른 가져온 다음에 바로 도와줄게, 잠깐만 기다려~."

시연과 지호가 전기프라이팬과 나머지 필요한 재료들을 모두 갖춰놓은 다음 전을 부치기 시작했다. 몇 달 전에 합을 맞춰본 덕분인지 환상의 호흡을 자랑하며 순식간에 속전속결로 전의 종류를 늘려갔다. 붙박이장 깊숙한 곳에서 제기를 찾아 꺼내오던 수진이 물었다.

"오늘 제사에 누구누구 오신다고 하셨지? 고모도 오실 수 있다고 하셨나?"

"네, 고모랑 고모부도 이번에는 참석 가능하시댔어요. 아, 시아도 올 수 있다던데요? 요즘 편입 준비하느라 바쁘지만, 그래도 오늘은 시간을 조정했는지 고모 대신 준비하는 거 돕는다고 조금 일찍 온다고 했어요. 정환 오빠도 구청 무료 법률상담 끝나면 바로 오기로 했고요. 참, 미현 언니는 이번에 새로 맡은 심화반 수업 마치고 늦게라도 온대요. 언니는 아무래도 학교보다는 학원에 더 잘 어울리는 스타일인 것 같아요."

"피곤할 텐데 집에 가서 쉬지, 괜찮은데… 미현이도 이제 학원에서 인정받고 어느 정도 자리를 잡아가는 것 같아서 마음이 좀 놓이네. 올해는 더 많은 손자, 손녀들이 기억하러 와줘서 할머니, 할아버지께서 너무 좋아하시겠다. 그럼 시연이는 요즘 외국어 공부하고, 지호는 계속 스터디하면서 아나운서 준비 중이니?"

맛을 보느라 입안 가득 전이 들어있는 지호를 대신해 시연이 대답했다.

"저는 외국어 공부하면서 온라인 수업으로 수화도 배우고 있어요. 나중에 복귀하게 되면 조금이나마 손님들께 도움이 되지 않을까 싶어서요. 그리고 지호는… 어쩌면 조만간 텔레비전에서 만날 수 있을지도 몰라요."

시연이 은밀하게 속삭이듯 전한 지호의 근황에 놀란 당사자가 황급히 내용을 정정했다.

"아, 언니 그렇게 말하면 꼭 아나운서로 출연하는 것 같잖아. 큰엄마 그게 아니라요, 얼마 전에 취업 관련 프로그램에 유튜버를 패널로 섭외하는데 거기 미팅을 다녀왔거든요. 근데 그 이후로 연락을 못 받아서 결과는 아직 몰라요. 언니, 진짜. 합격하면 말씀드리려고 했는데 이게 뭐야."

부끄러움에 볼이 발그레해진 채로 쏘아붙이듯 말하는 지호를 시연이 귀엽다는 듯 바라보더니 뭔가 생각난 듯 수진을 향해 말했다.

"참, 저 큰엄마께 전해 드릴 거 있었는데 잊어버릴 뻔했네요. 조금 있다가 손 씻고 드릴게요."

"고마워~. 우리 시연이랑 지호가 알뜰살뜰 챙겨 준 거 큰엄마는 매번 받기만 해서 어쩌지?"

화기애애한 분위기를 타고 전 부치기가 막바지에 접어들 무렵, 공동현관 벨소리가 울렸다. 부침가루와 달걀 푼 물이 엉겨 붙어 생긴 반죽을 손에서 대충 떼어낸 시연이 인터폰을 확인하려 자리에서 일어선 순간 화면이 사라졌다.

"아, 떡집에서 배달오셨나 보다. 아까 문자 받았었거든, 생각보다 더 일찍 오셨네?"

수진의 말에 서둘러 손을 씻은 시연이 현관문을 열어주기 위해 입구로 다가가자, 곧이어 현관 초인종 소리가 들렸다. 습관적으로 '누구세요?'를 외치며 현관문을 밀어 열던 시연이 앞에 서있는 예상 밖의 등장인물에 놀라 멍하니 바라보다 이내 활짝 웃으며 반갑게 맞이했다.

"어? 재민아, 어떻게 왔어? 아, 여기서 이럴 게 아니라 얼른 들어가자. 오느라 고생 많았지?"

한껏 들뜬 시연의 목소리에 의아해진 나머지 네 사람이 현관으로 우르르 몰려왔다. 무거운 수트케이스를 현관 안으로 끌며 들어선 재민이 수진과 눈을 맞추며 힘차게 외쳤다.

"다녀왔습니다!"

재민이 들어오며 일으킨 바람에 거실 베란다 창문 앞에 놓여있던 진보라색 국화가 환영하듯 흔들렸다. 또 한 번의 계절이 무르익어 가는 만큼, 깊어지고 있는 마음들이 다시 용기 내어 각자의 목표를 향해 새로운 한 발짝을 내딛고 있었다.

덕훈을 기억하는 향기는 각자 달랐지만, 덕훈이 전해준 따스한 온기는 모두에게 한결같았다.

에필로그

'손님 여러분, 우리 비행기는 간사이국제공항에 도착했습니다. 지금 이곳은 4월 23일 오전 11시 16분이며, 기온은 섭씨 18도입니다. 오늘도 스카이얼라이언스 회원사인 저희 플라이제주를 이용해 주셔서 대단히 감사합니다. 저희 승무원을 비롯한 모든 직원들은 앞으로도 손님 여러분께서 안전하고 편안하게 여행하실 수 있도록 최선을 다하겠습니다. 감사합니다. 안녕히 가십시오.'

비행기 창가 자리에 앉은 지호가 창문 너머로 보이는 공항의 모습을 눈에 담으며 주위를 둘러보았다. 랜딩에 성공하자마자 주위에서 좌석 벨트를 풀며 짐을 챙기는 소리가 들려왔고, 이내 도착 기내 방송이 흘러나왔다. 급하게 기내를 떠나는 사람들을 뒤로한 채, 천천히 선반에서 가방을 꺼내든 지호가 복도를 지나 시연과 같은 유니폼을 입은 승무원들과 가벼운 작별 인사를 나누고 공항 안으로 들어섰다. 일행이 도착하려면 아직도 시간이 멀었던 것에 느긋하게 수화물을 찾고, 긴장했던 출입국 심사까지 순조롭게 마치고 난 뒤 천천히 입국장을 벗어났다.

시연이 미리 예매해둔 교통 카드와 공항버스 티켓까지 야무지게 수령한 지호가 휴대폰으로 미리 캡처해 둔 이미지를 확인하며 해당 정류장에서 호텔 근처로 가는 공항버스에 몸을 실었다. 좌석에 앉아 안전벨트를 매고, 차가 정해진 구간대로 운행을 시작하자 이제야 긴장이 풀린 듯 편하게 무선 이어폰을 귀에 꽂아 넣고 음악을 들었다.

능숙하고 자연스러운 듯 행동했지만, 실은 일본 여행이 처음이었던 탓에 여유를 부리면서도 혹시 모를 돌발상황에 대비해 다시 한번 정신을 바짝 차렸다. 긴장을 늦추지 않은 덕분에 일본어와 영어 안내방송에도 목적지 정류장을 놓치지 않고 잘 내린 지호가 여행용 가방을 끌며 호텔을 찾았다. 테마파크 구역 안에 있는 호텔이라 테마파크로 향하는 사람들을 따라가면 쉽게 찾을 수 있다고 생각하여 수많은 인파를 따라 걷다 오히려 길을 반대로 들어선 탓에 돌고 돌다 한참 후에서야 겨우 호텔로 들어설 수 있었다. 체크인하기에는 조금 이른 시간이라 예약부터 확인하고 우선 짐이라도 맡겨둘까 싶어 프런트 앞에 선 지호가 순간적으로 머리가 새하얘져 어떤 말부터 건네야 할지 막막해졌다.

'일본이니까 일본어를 해야 할 것 같기는 한데… 인사말이나 간단한 기초 일본어밖에 못 하는데 어떡하지, 호텔이니까 영어로도 소통이 되겠지? 아… 시연 언니 언제 와.'

지호가 어색하게 미소를 지으며 프런트 직원에게 우물쭈물 한국어와 일본어를 섞은 첫마디를 내뱉자, 한국인임을 금세 눈치챈 직원이 자연스럽게 한국어로 응대해 주었다.

"안녕하세요, 예약하셨나요? 예약자분 성함이랑 연락처 말씀해 주시겠습니까?"

지호가 군더더기 없이 자연스러운 발음에 반갑고 놀라 순간적으로 직원의 명찰 속 이름으로 눈길이 향했다. 하지만 한자와 함께 간단한 영어 이니셜만 자리한 것에 괜히 남몰래 머쓱함을 느끼며 편안하게 한국어로 대답했다.

"아, 그리고 혹시… 짐 좀 먼저 맡겨놔도 될까요?"

"네, 물론입니다. 그럼 객실 정돈이 마무리되면 체크인 시간에 맞춰서 해당 객실에 짐을 미리 가져다 놓겠습니다."

"감사합니다. 아, 정말 죄송한데요… 공항버스 티켓은 어디서 살 수 있나요?"

긴장하며 호텔에 들어서던 처음과 달리 편안하게 궁금했던 점들을 이것저것 물어보고 답도 얻은 덕분에 한결 가벼워진 발걸음으로 밖을 나섰다. 테마파크로 향하는 들뜬 사람들의 모습과 설렘이 가득 묻어있는 목소리를 들으며 함께 걸음을 옮기던 지호가 낮이 되면서 높아진 기온에 입고 있던 겉옷을 벗어들고 커피숍으로 향했다. 그 옛날 아름다운 목소리로 뱃사공들을 사로잡았던 세이렌이 현대에 들어서는 목소리 대신 향기로운 커피 향으로 전 세계 사람들을 유혹하고 있는 익숙한 커피전문점의 카운터 앞에서 고민 끝에 음료를 주문하고 창가에 자리를 잡았다.

1인용 키다리 스툴에 앉아 창밖을 내다보며 사람들을 구경하던 지호가 자기 번호와 메뉴가 불리는 것에 음료를 받아들고 다시 자리로 향했다. 맡아둔 자리에 거의 다 도달할 때쯤 휴대폰의 카톡 알림이 연달아 울리는 것에 잠시 멈춰서 휴대폰으로 주의가 분산된 순간이었다. 꼬맹이들이 장난치며 뛰어오다 지호가 들고 있는 쟁반의 귀퉁이를 살짝 치는 바람에 그 위에 놓여있던 아이스 초코가 쓰러지며 쟁반과 지호의 옷을 물들였다. 순식간에 벌어진 상황에도 반사적으로 재빠르게 유리컵을 잡아 제자리로 세웠지만, 아이스 초코는 이미 절반 이상이나 지호의 곁에서 멀어져 있었다.

지호가 한숨을 내쉬면서도 첫 일본 여행을 망치고 싶지 않아 테이블에 쟁반을 놓아두고 차분히 가방에서 티슈와 물티슈를 꺼내 옷과 쟁반을 닦아냈다. 시연이 오면 같이 점심을 먹을 예정이었기에 혹시라도 배가 부를까 싶어 휘핑크림은 빼고 주문했던 터라 다행히 하얗게 얼룩지지는 않았지만, 축축하고 달콤한 향기에 한껏 물든 덕분에 방금 초콜릿으로 샤워를 마치고 나온 사람 같았다.

컵 안에 남아있는 얼음과 음료 몇 모금으로 더위를 식혀내던 지호가 곧 도착한다는 시연의 전화를 받고 서서히 몸을 움직였다. 잠시 벗어두었던 겉옷을 입어 축축해진 네이비 셔츠를 감춰내고 커피숍 밖으로 나와 시연을 찾기 시작했다. 두리번거리는 지호를 먼저 발견한 시연이 반가움에 저 멀리서부터 뛰어오며 지호를 향해 손을 흔들었다.

"미안해, 오래 기다렸지. 생각했던 것보다 일정이 좀 늦어져서… 배는 안 고파?"

어느새 새내기 티를 벗고, 제법 승무원 이미지를 갖추게 된 시연이 비행을 마치자마자 급하게 공항에서 옷만 갈아입고 바로 여행지로 출발한 덕분에 시연의 머리는 아직 비행 중이었다. 지나치게 단정한 머리와 그에 맞지 않은 옷차림 때문에 다른 곳에서 보면 눈에 띌만한 스타일이었지만, 각종 코스프레와 이색적인 옷차림들이 가득한 테마파크 구역에 있으니 오히려 평범하기 그지없었다. 지호가 시연과 자신의 옷차림을 번갈아 보더니 웃으며 말했다.

"괜찮아, 얼마 안 기다렸어. 샤워는 언니가 해야 하는데 되려 내가 한 셈이네. 지금 너무 배고프니까 얼른 밥부터 먹으러 가자, 나 공복이면 예민해지는 거 알지?"

"응? 무슨 일 있었어? 일단 먹으면서 이야기하자."

근처 음식점 중 맛집을 고르다 지친 두 사람이 그냥 먹고 싶은 메뉴에 이끌려 식당 안으로 들어갔다. 살짝 늦은 점심이라 여유로워진 식당에서 편하게 자리를 잡은 두 사람이 각자 좋아하는 스타일의 돈카츠를 주문했다. 얼마 지나지 않아 주문한 메뉴가 각자의 앞에 놓이고, 이제 막 한 조각을 집어 입안에 가져가는 순간 등 뒤에서 누군가 세게 밀친듯한 느낌이 들어 주위를 둘러보았다. 시연만 느낀 게 아니었는지 맞은편에 앉은 지호도 눈이 휘둥그레져 시연과 마주했다.

"지호야, 왜 그래?"

"어? 아니, 누가 뒤에서 민 것처럼 순간적으로 몸이 흔들려서. 뭐지?"

"너도? 근데 우리 두 사람 등 뒤에 아무도 없지 않았어? 뭐야, 무섭게."

시연과 지호가 알 수 없는 당황스러움에 목소리를 웅얼거리듯 한껏 낮추며 주위를 둘러보았다. 둘을 뺀 다른 테이블은 식사를 계속하며 아무 일도 없었다는 듯 평온한 것에 괜히 답답해져 갈 무렵 두 사람의 바로 옆의 테이블의 한 손님도 두리번거리는 모습을 발견했다. 곧이어 그 손님이 건너편에 앉은 자기 일행과 익숙한 한국어로 이어가는 대화를 듣게 되었다.

"방금, 누가 나 밀지 않았어? 돌아보니까 아무도 없어."

"네? 형 뒤에 아무도 없었는데… 왜요?"

"아니, 몸이 크게 흔들렸다고 해야 하나. 넌 안 그랬어? 나만 느낀 건가…"

"아, 혹시 형 지진 난 거 말해요? 원래 일본에서 이 정도 흔들리는 건 약간 일상적인데, 바로 얘기해 줄 걸 그랬나 봐요. 테이블만 한번 휘청이는 정도라 상관없을 줄 알았어요."

"나 원래 좀 둔해서 한국에서 지진 났을 때는 한 번도 흔들림을 못 느껴봤거든. 아, 이런 게 지진으로 흔들리는 거구나…"

"아 뭐예요, 새로운 발견인 거예요? 거짓말 조금 보태서 일본에서는 이 정도로 지진 났다고 얘기 안 하거든요. 그래서 다들 신경 안 쓰는 거고요."

본의 아니게 옆 테이블의 대화를 엿들은 지호가 아직도 테이블 다리들을 힐끔거리며 돈카츠를 입에 넣고 있는 시연에게 조심스럽게 말했다.

"언니, 아까 그거 지진이었나 봐."

"응? 지진? 근데 왜 아무도 동요하지 않았지? 여기도 약간 안전 불감증 뭐 이런 건가?"

"아니, 이 정도는 너무 일상적인 정도라서 그런가 봐. 그럼 뉴스에 나올 만큼의 진도는 어느 정도로 흔들린다는 거지…"

"헉, 지진을 처음 느껴봐서 몰랐네. 이런 게 지진으로 흔들린다는 거구나⋯ 일본에서 너랑 먹는 첫 식사인데 지진이라니, 뭔가 묘하게 특별한 여행이 될 것 같은 느낌인데? 아, 그건 그렇고 지진인 거 어떻게 알았어? 벌써 인터넷 뉴스 뭐 이런 게 떴을 리는 없고."

시연의 질문에 지호가 어색하게 웃으며 곁눈질로 옆 테이블을 흘 끗 가리키며 소리 없이 입 모양으로 말했다. 지호의 눈짓과 입 모양을 알아들은 시연이 못 말린다는 듯 함께 장난스럽게 웃으며 남은 돈카 츠를 입에 넣었다. 지호와 시연의 식사가 거의 막바지를 향해 달려갈 무렵 옆 테이블 손님들도 식사를 마치고 먼저 자리에서 일어났다.

얼마 뒤 시연과 지호도 소지품을 챙겨 자리에서 일어나려는데 옆 테이블 의자 등받이와 좌석 사이에 꽂힌 듯 놓여있는 휴대폰이 눈에 띄었다. 노란색 단무지가 토끼 옷을 입고 있는 캐릭터가 휴대폰 케이 스 곳곳에 그려진 휴대폰을 집어 든 지호가 가게 직원에게 휴대폰을 맡기기 위해 카운터로 향하려다 급하게 멈춰 섰다.

"언니, 근데 이 휴대폰이 저쪽 테이블 분실물이라는 말을 일본어로 어떻게 말하지?"

"어⋯ 영어로 하면 좀 그런가? 일단 아쉬운 대로 번역기 어플로 찾 아보자."

지호가 자신의 휴대폰으로 검색을 이어가는 도중 손에 들린 다른 휴대폰이 울리기 시작했다. 당황한 지호가 시연을 쳐다보며 어떻게 해야 할지 물었다.

"아까 그 자리에 앉았던 사람 한국인 아니었어? 게다가 휴대폰에 뜨는 언어도 그렇고, 좋아하는 캐릭터를 보면 한국인인 것 같으니까 우선 받아봐. 이상한 사람 같으면 바로 나 바꿔주고."

시연의 말에 지호가 결심한 듯 고개를 끄덕이고 전화를 받았다. 한국어가 들릴 거라고 예상했던 것과 다르게 일본어로 '여보세요'라는 말이 들려오자 당황한 지호가 어버버거리다 무작정 한국어로 대답했다.

"저… 저기, 여보세요? 이 휴대폰 주인이신가요?"

'엇, 잠깐만요. 형, 한국말 하시는 분 같으니까 형이 받아봐요. 주인 찾는데?'

'아, 진짜? 네, 여보세요? 그 휴대폰 주인인데요, 실례지만 지금 위치가 어떻게 되시죠? 제가 어디서 잃어버린 건지 정확히 기억이 안 나서요…'

"어, 저는 그 돈카츠 가게에요. 옆 테이블이었는데 계산하러 가다가 눈에 띄어서 맡겨두고 갈 참이었거든요. 가게에 맡겨둘까요, 아니면 저도 나가는 길이니까 멀리 안 가셨으면 주변에서 드릴까요? 아, 혹시 테마파크 오신 거면 입장하는 곳에서 만나도 괜찮고요."

"네! 저희도 테마파크 온 거라서요. 그럼 죄송하지만 테마파크 입구에서 만나도 괜찮을까요? 저는 흰 셔츠에 검정 바지 입고 있어요."

옆 테이블 손님의 휴대폰을 챙겨 든 지호와 시연이 돈카츠 가게를 나와 테마파크 입구로 향했다. 학교에서 단체로 소풍이라도 온 건지 흰 셔츠에 체크무늬 바지와 치마 교복을 입은 학생들이 와글와글 인산인해를 이루고 있었다. 난감해진 시연과 지호가 전화를 걸어야 할지 고민할 때쯤 다시 휴대폰이 울렸다.

'저기, 혹시 도착하셨나요? 생각해 보니까 무슨 옷을 입으셨는지 인상착의를 안 물어봐서요.'

"저는… 연보라색 바바리 자켓에 청바지 입고 있어요. 아, 저희 언니는 올림머리하고 있어서 더 눈에 띌 수도 있을 것 같은데… 혹시 저희 같은 사람 보이시나요?"

'연보라색 바바리에 청바지, 그리고 올… 올림머리요?'

"그, 승무원 머리 있잖아요. 승무원들이 단정하게 말아 올려 묶은 그 머리요."

"엇! 저기 저분 아니야? 지호야 지금 손 흔들고 있는 사람 보이시냐고 물어봐."

"혹시 지금 손 흔들고 있는 두 사람 보이세요?"

'네? 아, 아! 보여요, 지금 갈게요.'

그 목소리를 끝으로 저 멀리서부터 점차 거리를 좁혀오는 두 사람이 보였다.

"감사합니다, 정말 덕분에 살았어요."

"아, 아니에요. 여기 휴대폰이요."

지호가 건넨 휴대폰을 받아들며 환하게 웃는 손님의 갈색 머리가 바람에 흔들렸다.

"사례라도 해드려야 할 것 같은데… 뭘 해드리면 좋을지…"

"괜찮아요, 저희도 우연히 발견한 거라서요. 안전하게 주인을 찾아드린 것만으로도 다행이라서 정말 괜찮아요. 마음 편하게 즐거운 여행 되세요."

"아… 정말 감사합니다. 근데 혹시 K-pop이나 한국 드라마 좋아하세요? 한국어 정말 잘하시네요, 한국 사람인 줄 알았어요."

"네? 아, 아무래도 한국 사람이니까요."

지호에 말에 손님이 당황하자, 곁에 있던 손님의 일행이 웃으며 말했다.

　"형, 일본 사람이었으면 제가 그냥 통화했겠죠. 한국 분이신 것 같아서 형 바꿔드린 거였는데 모르셨어요? 형은 가만 보면 편견이 없는데, 있는 스타일인 것 같아요."

　일행의 말에 시연과 지호도 따라 웃자, 손님도 멋쩍은 듯 웃으며 말했다.

　"아니, 나는 여기가 어쨌든 일본이니까… 일본 분들이 더 많으시니까 그랬지. 요새 한국어 잘하시는 일본 사람들도 많다고 그러고. 혹시 실례됐다면 죄송합니다."

　"아니에요. 아, 저희도 이제 입장해야 할 것 같아서요. 재밌는 시간 보내세요~."

　시계를 보던 지호가 마지막으로 인사를 나누며 시연과 테마파크 안으로 들어갔다. 어딘지 모르게 시무룩해진 지호의 표정을 눈치챈 시연이 조심스레 물었다.

　"왜 그래, 어디 불편해? 혹시 아까 그분 말 때문에 기분 상했어?"

　"아니… 그런 건 아닌데. 내 발음이 좀 별로여서 외국인인 줄 아셨을까? 명색이 아나운서 되겠다는 아나운서 지망생인데 외국인이 구사하는 한국어처럼 말하는 거면 나 정말 큰일인 거잖아. 아직 졸업하려면 멀었으니까 그 전에 발음교정 수업 재수강할까 봐."

　귀여우면서도 무게가 느껴지는 지호의 고민에 시연이 지호의 머리를 쓰다듬어 주며 말했다.

　"그냥 아까 그 일행분 말씀처럼 편견이 없는데, 있는 그런 스타일이신 것뿐이야. 그리고 아나운서도 일상생활할 때는 편하게 말할걸? 오프 시간에서까지 긴장하면서 말해야 하는 직업이라면 너무 부담스럽지."

시연의 말에 팔랑팔랑 조금씩 기분이 바뀌고 있는 지호의 표정을 살피던 시연이 마지막으로 최후의 한 방을 던졌다.

"우리, 가서 깔끔하게 아이스크림 하나 먹고 시작할까? 테마파크 안에 31가지 맛 아이스크림 가게 있는 것 같던데. 어때?"

"아이스크림? 언니는 지금 여기까지 와서 무슨 아이스크림이… 완전 옳지. 그렇게 중요한 이야기를 왜 이제 하는 건데, 얼른 앞장서. 기분도 왠지 좀 그러니까 민트초코 먹을 거야."

아이스크림 이야기에 비장한 표정을 지어 보이며 힘차게 발걸음을 옮기는 지호를 보고 웃던 시연이 다소 의아한 표정으로 물었다.

"응? 근데 너 아까 민트초코 관련된 음료 먹었던 거 아니야? 아, 민초단에게 민트초코는 언제 먹어도 늘 새롭고 짜릿한 건가?"

"아니? 나 아까 아이스 초코 마셨는데. 물론 거의 다 흘려서 3분의 1 정도는 내 옷이 먹은 셈이지만…"

"그래? 그래서 너한테 은은하게 민트초코 냄새가 나는 건가? 그럼 초코는 그렇다 치고 민트는 뭐지?"

시연의 말에 무언가 떠오른 지호가 웃으며 대답했다.

"와, 언니 진짜 냄새 잘 맡는다. 아니면 내 전략이 통한 건가? 요즘 베르가못에 민트가 살짝 섞인 향에 꽂혀서 바디워시부터 로션, 미스트까지 다 세트로 맞췄거든. 모두 같은 향기로 사용하면 향이 훨씬 더 오래간다고 그래서. 민트 베르가못이랑 초코랑 섞이면 민트초코 같은 향이 나는구나. 근데 정작 내 코는 향기에 동화되어서 그런지 민트초코 향이 잘 안 느껴져, 만약에 민트초코 향수 있었으면 바로 살 텐데. 어디서 안 파나?"

시연과 지호가 민트초코 이야기에 빠져 아이스크림 가게와 가까워질 무렵 손님과 그 일행도 테마파크 안에서 어디론가 발걸음을 재촉했다.

"아까 어디선가 굉장히 상쾌한데 달달한 향기 나지 않았어? 꼭 민트초코처럼."

"아, 형. 민트초코 먹고 싶으면 그냥 먹고 싶다고 얘기해요, 누가 민초단 아니랄까 봐 은근슬쩍 민트초코 집어넣는 거 봐."

"아, 아니야! 진짜로 민트초코 향이 났다니까? 어쨌든 그래서 말인데 우리 민트초코 먹으러 갈래? 형이 사줄게, 응?"

"형 휴대폰 잃어버린 것 때문에 너무 놀라서 목마르고 당 떨어졌으니까, 저는 그냥 달달하게 아이스 바닐라 라떼로 할게요. 그리고 다시 말하지만 저는 반민초단이에요."

"아, 왜. 민트초코 프라푸치노에 자바칩 추가해서 한 번만 먹어봐, 그러면 민트맛도 별로 세지 않고 달콤산뜻한 게 진짜 맛있어. 응? 유토야, 한 번만~."

"저는 치약맛 별로 안 좋아한다니까요, 승준이 형 혼자 먹어요. 취향 존중 몰라요?"

자꾸만 계속되는 권유에 유토가 승준을 피해 뛰기 시작했고, 그 뒤를 맹렬하게 추격하는 한 사람의 웨이브진 갈색 머리카락이 바람을 타고 찰랑거렸다.

감사의 글

제 이야기가 책이 되어 사람들에게 전해질 수 있는 기회를 얻게 되어 기쁘고 설렙니다. 귀한 시간을 내어 읽어주신 만큼 기억과 마음에 오래도록 남을 수 있는 이야기가 되었으면 좋겠습니다. 기꺼이 제 첫 소설의 독자가 되어주신 여러분 감사합니다.

제 가능성을 누구보다도 먼저 알아주시고 응원해 주셨던 정화 선생님, 멀리서도 늘 걱정과 격려해 주신 덕분에 첫발을 내디딜 용기를 낼 수 있었습니다.

그리고 언제나 제 작품의 첫 번째 독자가 되어주시는 최용 선생님, 어느새 지긋해진 나이와 장시간 글을 읽기 버거운 상황에서도 누구보다도 열정적인 마음으로 진지한 피드백을 주신 덕분에 더 나아갈 수 있었습니다.

또, 사랑과 관심으로 글쓰기에 도전할 수 있게 이끌어 주신 가족들께도 이 자리를 빌려 감사의 말씀 전하고 싶습니다.

마지막으로 이 이야기가 세상으로 나오게 만들어 주신 하늘의 가장 빛나는 별에도 존경과 사랑을 담아 이 책을 바칩니다.

글쓴이 진노랑 드림.

기억의 향수

향 기 를   따 라

초판 1쇄 발행 2023. 8. 25.

지은이 진노랑
내지 일러스트 노재서
펴낸이 김병호
펴낸곳 주식회사 바른북스

편집진행 황금주
디자인 최유리

등록 2019년 4월 3일 제2019-000040호
주소 서울시 성동구 연무장5길 9-16, 301호 (성수동2가, 블루스톤타워)
대표전화 070-7857-9719 | **경영지원** 02-3409-9719 | **팩스** 070-7610-9820

•바른북스는 여러분의 다양한 아이디어와 원고 투고를 설레는 마음으로 기다리고 있습니다.

이메일 barunbooks21@naver.com | **원고투고** barunbooks21@naver.com
홈페이지 www.barunbooks.com | **공식 블로그** blog.naver.com/barunbooks7
공식 포스트 post.naver.com/barunbooks7 | **페이스북** facebook.com/barunbooks7

ⓒ 진노랑, 2023
ISBN 979-11-93127-70-4 03810